덕천사우연원록德川師友淵源錄

이 책은 2010년도 경상남도 지원금에 의해 개발되었음

경상대학교 남명학연구소
남명학교양총서 20

덕천사우연원록德川師友淵源錄

하우선河禹善 주편主編

이상필李相弼·공광성孔光星 역주譯註

景仁文化社

목 차

머리말

　어떤 인물이 그 인품과 학문을 이루어가는 데에는 자신의 부단한 노력이 있어야 함은 말할 필요도 없지만, 평소에 어떤 사람을 만나서 그들과 무슨 이야기를 나누느냐 하는 데서도 매우 큰 영향을 받는다는 것은 주지의 사실이다. 사우연원록師友淵源錄을 편찬하는 이유가 여기에 있다.

　『덕천사우연원록德川師友淵源錄』은 남명南冥 조식曺植(1501-1572)의 학문이 이루어지는 데 중요한 영향을 주었던 인물들과, 남명 조식의 학문에 영향을 받았던 인물들을 한 곳에 모아둠으로써, 남명 학문의 연원과 남명을 연원으로 하는 수많은 문인과 사숙인을 한 곳에서 확인할 수 있는 자료다. 덕천德川은 남명이 만년에 공부를 했던 산천재山天齋가 있던 곳이기도 하고, 남명을 향사하는 서원의 이름이기도 하다.

　그런데 이 『덕천사우연원록』이 나오기 전에, 이미 남명이 일찍이 장수유식藏修遊息하였던 산해정山海亭의 이름을 딴 『산해사우연원록山海師友淵源錄』이 간행된 적이 있다. 이 책은 무민당無悶堂 박인朴絪(1583-1640)이 인조 병자(1636)년에 간행한 것이다. 여기에는 남명의 종유인 24인과 문인 50인만 실려 있다.

그 뒤 영조 갑신(1764)년에 묵재默齋 김돈金墩(1702-1770)과 어은漁隱 박정신朴挺新(1705-1769)에 의해 간행된 『남명선생별집南冥先生別集』「사우록師友錄」이 있다. 여기에 실린 인물은 『산해사우연원록』과 같고 내용이 간소화되었다는 점만 다르다. 다시 1894년 무렵에 남명의 후손 복암復菴 조원순曺垣淳(1850-1803)에 의해 『산해연원록山海淵源錄』이 편찬된 적이 있다. 여기에는 모두 111인이 실려 있는데, 종유인과 문인의 구별이 없다.

이제까지 나왔던 남명의 사우연원록에 대한 본격적인 보완의 의미로 집필된 것이 바로 이 『덕천사우연원록』이다. 1957년에 시작하여 1960년에 완성되었으며, '임명록任名錄'에는 교정校正을 담당한 것으로 되어 있는 담헌湛軒 하우선河禹善(1894-1975)의 주도에 의해 이루어진 것이다. 여기에는 모두 353인의 인물이 실려 있다.

우선 특이한 점은 남명이 손수 그려 병풍으로 만들어두고 아침마다 배례하였다는 공자孔子·염계濂溪·정자程子·주자朱子 등의 4성현이 '도통원류道統源流'로 가장 앞에 실려 있다는 것이다. 그리고 다음에 '종유'와 '종유속록', '문인'과 '문인속록', '사숙'의 순서로 실려 있다.

『산해사우연원록』에는 24인의 종유인이 실려 있었는데, 여기에는 그 가운데 4인이 문인으로 자리가 옮겨졌다. 그리고 여기에 회재晦齋·퇴계退溪 등 7인이 추가되어 있으며, '종유속록'이 신설되어 여기에 다시 25인이 더 실려 있어서 종유인이 모두 52인이 되었다.

문인은 『산해사우연원록』에 50인이 실려 있었는데, 종유인에서 4인이 옮겨오고 문헌 근거에 따라 15인이 추가되었으며, '문인속록'이 신설되어 여기에 66인이 더 실려 있어서 문인이 모두 135인이 되었다. 사숙인은 숙종 때까지의 인물 162인이 실려 있다.

부록에는 남명에 대한 제현의 찬술贊述이 실려 있는데, 문인이 지은 제문祭文과 행장行狀에서부터 묘갈명墓碣銘, 신도비명神道碑銘, 각종 남명 관련 문헌의 서발序跋, 묘지명墓誌銘 등에서 남명 학문의 핵심을 언급한 부분이 발췌되어 있다.

이 『덕천사우연원록』의 편찬을 주도한 담헌 하우선은 니곡尼谷 하응로河應魯(1848-1916)의 손자다. 니곡은 설창雪牕 하철河澈(1635-1704)의 후손이고, 설창은 겸재謙齋 하홍도河弘度(1593-1666)의 조카면서 제자다. 겸재는 송정松亭 하수일河受一(1553-1612)의 문인이고, 송정은 남명 문인 각재覺齋 하항河沆(1538-1590)의 제자다. 담헌의 가계에는 이처럼 남명학의 전통이 면면히 이어져 오고 있었다. 이러한 가계적 배경이 여러 가지 난관을 무릅쓰고 이 책의 편찬을 가능케 한 원동력이었다 할 수 있을 것이다.

이 책은 『산해사우연원록』이후 남명의 사우 연원을 보완해야 한다는 강우 지역 남명학파의 숙원을 해결한 의의가 있다. 그래서 남명의 종유인과 문인을 대폭 보완하고, 1700년대 초반기에 태어난 인물까지 사숙인으로 정리한데다, 남명의 도통원류로 4성현을 책머리에 실은 것 등으로 인해, 이 책은 남명 연원록의 완결편으로 일컬어진다. 1990년 이후 지금까지 남명 및 남명학파에 대한 연구가 본격화될 수 있었던 것도 이 책에 힘입은 바 크다.

물론 회재와 퇴계를 종유인으로 추가한 일과 내암 정인홍을 문인에 넣지 않은 점이나, 객관적으로는 문인으로 인정하기 어려운 인물 6-7인이 문인에 들어 있는 점 등은 앞으로 수정이 필요한 부분이라 하지 않을 수 없다. 또한 조선말기에 태어난 인물까지 포괄될 수 있도록 남명의 사숙인을 확대하여 보완하는 일

덕천사우연원록 德川師友淵源錄

도 앞으로 남은 과제라 할 것이다.

이번 번역에서 남명의 정신이 드러나는 부분을 혹시 오역하거나 불완전하게 번역하지나 않았는지 몹시 두렵다. 일반인이 남명을 제대로 이해하는 데 일조하지 못하고, 오히려 조금이라도 오도하게 하는 것이나 아닌지 염려스럽다.

질정을 달게 받겠다.

2011년 2월 20일
경상대학교 교수
이상필

범례

하나. 이 책은 덕천서원德川書院의 역사요 유림의 전고典故다. 남명 선생과 그 사우 문인으로부터 사숙私淑한 제현에 이르기까지 하나로 묶어 기록하였다. 그래서 책 이름을 『덕천사우연원록德川師友淵源錄』이라 한다.

하나. 남명 선생의 연원록淵源錄은 옛날 무민당无閔堂 박인朴絪이 만든1) 것이 있다. 겸재謙齋 하홍도河弘度, 간송㵎松 조임도趙任道, 임곡林谷 임진부林眞怤 등 세 분 선생도 일찍이 여기에 참여하여 교정하였다.(무민당·겸재·간송 세 분 모두 발문이 있다.) 영조英祖 갑신(1764)년에 도내의 선비들이 상사上舍 김돈金墩과 상사 박정신朴挺新에게 위촉하여 간략하게 수정하였다. 그러나 옛 판본에서 문구文句를 지우거나 다시 고쳐 쓰는 것에 그치고, 개간改刊하는 데에는 미치지 못했다.(두 분 모두 발문이 있다.) 대체로 그 책이 『이락연원록伊洛淵源錄』2)의 범례에 따라 각위各位의 아래에 전장

---

1) 무민당无閔堂 박인朴絪이 만든 : 『산해사우연원록山海師友淵源錄』을 두고 말한 것으로 무민본无閔本으로 불린다.

2) 『이락연원록伊洛淵源錄』 : 송나라의 주희朱熹가 지은 책이다. 송나라의 철학자인 주돈이周敦頤와 정호程顥 정이程頤 형제, 그리고 그 제자들의 언행을 기록한 것이다. '이락伊洛'이란 원래 이하伊河와 낙하洛河로 황하黃河의 지류인 이하와 그 이하로 흐르는 낙하를 가리킨다. 이하가 흐르는 하남성河南省 숭현嵩縣에서 생장한 정호·정이 형제가 낙양洛陽을 중심으로 제

傳狀·지갈誌碣·유사遺事 등을 모두 함께 수록하였다. 그러므로 비용과 힘이 너무 많이 들고 권질卷帙이 간단할 수가 없었던 것이다. 지금 모든 이가 이 책은 간략해야 된다고 생각하고 있다. 그래서 이제 단지 인물의 자字·호號·본관·관직官職·증시贈諡·원향院享³⁾ 등의 일만 기록한다. 만약 충효의 절개나 학문과 행실이 크게 드러난 것이 있다면 곧 이를 기록하였다. 또 글 가운데 남명 선생과 관련된 것이 있다면 반드시 권점을 찍고 기록하였다. 그러나 모두 간략함을 위주로 하였다.

하나. 무민본无悶本은 단지 종유인과 문인만 실려 있다. 그러나 이 책에서는 네 성현을 책 첫머리에 두고, 종유인·문인·사숙인 순으로 기록하였다.

하나. 이 책은 무민본을 표준으로 삼았다. 이번에 추가하여 기록한 것은 '속록續錄'이라 적어서 구분하였다. 회재晦齋 이언적李彦迪과 퇴계退溪 이황李滉 선생의 경우는 특별히 종유從遊 원편原編의 첫머리에 실었다.

하나. 종유인과 문인 가운데 간혹 『남명선생편년南冥先生編年』

자를 가르치고 학문을 연마하였고, 이들의 학문을 계승한 것이 주자朱子였으므로, 정주학程朱學 또는 주자학朱子學을 지칭하는 말로 흔히 쓰인다.
 3) 원향院享 : 서원書院에서의 향사享祀.

덕천사우연원록德川師友淵源錄

과 『동국문헌록東國文獻錄』에 드러나 있음에도 무민본에 실려 있지 않은 분에 대해서는, 이번에 속편의 앞쪽 원편의 끝에다 싣고, '편년編年에 보인다.' 또는 '동국문헌록東國文獻錄에 보인다.' 등의 주석을 달았다.(다른 서적에 보이는 것 역시 이 예를 따랐다.)

하나. 종유하거나 문하에 들어온 실제 자취가 제현의 문집 가운데 보이는 경우에는, 비록 무민본에 실려 있지 않더라도 이번에 모두 채록採錄하였다.

하나. 이 책에서의 제현은 모두 나이로써 싣는 순서를 삼아 기록하였다. 그러나 간혹 순서가 어긋남이 있음을 면하지 못했다. 대개 선후가 어긋나게 기록된 경우, 이를 인물의 고하로 논의해서는 안 될 것이다. 그러므로 대략 무민본의 옛 범례를 따라서 기록한다.

하나. 남명 선생의 문인 가운데 비록 경서를 가지고 와서 어려운 곳을 묻지는 못했으나, 깊은 권애眷愛를 입었거나 혹은 경모함이 매우 정성스러워서, 문인과 다름이 없다고 자처하는 경우는 한 편에 같이 실었다.

하나. 이 책에서 형제가 함께 실리는 경우, 그 순서를 당연히 형을 앞에다 두고 동생을 뒤에 두었다. 무민본에서 동생은 실려 있고 형이 실려 있지 않은 경우, 어쩔 수 없이 동생을 원편에 싣고 형을 속편에 실었다.

하나. 이 책에서 조손祖孫·부자·형제·숙질이 함께 실려 있는 경우, 반드시 '아무개의 손자', '아무개의 아들', '아무개의 아우', '아무개의 조카'라고 기록해서 그 가학연원家學淵源이 있음을 밝혔으며, 본관은 중복해서 싣지 않았다. 이 외에 명망 있는 부조父祖를 기록하기도 하고 혹은 기록하지 않기도 하였는데, 이는 대체로 그 본래의 단자가 이와 같기 때문이고 또한 일의 체면에 해로움이 없기 때문이다.

하나. 무민본에서는 목록과 범례 등의 글이 없었다. 그러나 이번에는 책머리에 따로 실어서 열람하기에 편리하도록 하였다. 또한 이로써 찬집가纂輯家의 규례를 보인다.

하나. 종유인과 문인 가운데 단자를 들이지 않은 경우, 각위의 아래에다 아는 대로 주석을 달았다. 사적이 모호한 경우 상세하고 간략함의 차이가 없을 수 없다.

하나. 사숙한 제현은 숙종조肅宗朝 이상으로 한정하고, 단자를 들이지 않는 경우는 어쩔 수 없이 궐략闕略하였다.

하나. 남명 선생의 아들, 조카, 손자, 증손자는 일찍이 무민본에 수록되지 않았으나 이번에 추가로 기록하여 말단에 붙였다.

하나. 환력이나 급제 사실 및 서원에서의 향사에 대한 기록 가운데 간혹 의심스러운 점이 있어도 끝내 고찰할 수 없을 경우에는 보내온 본래의 단자에 따라 기록하였다. 이 점에 대해서 이 책을 보는 사람들은 마땅히 잘 살펴야 할 것이다.

하나. 이 책에서는 우리 남명 선생 이외에는 비록 대현大賢이라도 '선생'이라 일컫지 않고 '공公'이라 일컬었으니, 이는 책을 보는 사람으로 하여금 구별할 바를 알게 하려는 것이다.

하나. 이 책에서는 각위의 머리에 있는 제목 가운데 '문인'이하는 모두 성명을 바로 적었고, 종유한 제현은 특별히 별호를 적었으니, 그 체모가 마땅히 이와 같아야 할 것이다.

하나. 이 책의 끝에 「제현찬술諸賢贊述」 한 통을 붙여둔 것은, 세상에서 남명선생을 배우려고 하지만 상고할 것이 없는 자들로 하여금 그 요령을 알게 하고자 함이다.

하나. 남명 선생의 연원은 집집이 온 나라에 산재해 있어서 널리 채집하지 못했다. 한 책에 모두 모으는 일은 다시 훗날의 군자가 이를 이어서 완성하기를 기다린다.

범례

도통원류道統源流

■ 공자孔子(BC. 551-479)

이름은 구丘, 자는 중니仲尼이다. 노나라 창평향昌平鄉 추읍陬邑 사람이며, 주나라 영왕靈王 21년 경술(B.C 551년) 10월 경자일에 태어났다(주나라의 10월은 곧 지금의 8월이다). 노나라에서 벼슬하여 대사구大司寇가 되어 재상의 업무를 대신 맡아 하였다. 노나라 애공哀公 16년 임술(B.C. 479년)에 졸하였다. 서한西漢 원시元始 신유(A.D 1)년에 '포성선니공褒成宣尼公'으로 추시追諡하였고, 동한東漢 영원永元 임진(92)년 '포존후褒尊侯'에 봉해졌다. 후위後魏 태화太和 임신(492)년 '문성니보文聖尼父'라 개시改諡하였고, 후주後周 대중大象 경자(580)년 '추국공鄒國公'에 봉해졌다. 수隋대에서는 '선사니보先師尼父'로 증시贈諡하였으며, 당唐 정관貞觀 무자(628)년 '선성先聖'이라 존호尊號했으며, 정유(637)년 '선보宣父'라 존호하였고, 건봉乾封 병인(666)년 다시 '태사太師'라 존호하였다. 천수天授 경인(690)년 '융도공隆道公'에 봉해졌으며, 개원開元 기묘(739)년 '문선왕文宣王'으로 추시하였다. 송宋 대중상부大中祥符 무신(1008)년 '현문선왕玄文宣王'으로 가시加諡 되었으며, 임자(1012)년

'지성문선왕至聖文宣王'으로 개시하였다. 원元 대덕大德 정미(1307)년 '대성지성문선왕大成至聖文宣王'으로 가봉加封되었다. 명明 홍무洪武 기유(1369)년 예전의 봉작封爵을 따르도록 조서를 내렸다. 가정嘉靖 경인(1530)년 왕호王號를 없애고, 단지 '지성선사공자至聖先師孔子'라고 일컬었으며, 소상塑像을 신주神主로 대체하였다.

■ 염계濂溪 주돈이周敦頤(1017-1073) 선생

이름은 돈이敦頤, 자는 무숙茂叔이며 호는 염계濂溪이다. 송나라 진종眞宗 천희天禧 원년인 정사(1017)년에 태어났다. 송나라에서 벼슬하여 대리시승大理寺丞을 지냈고, 희녕熙寧 계축(1073)년에 졸하였다. 선봉대부宣奉大夫로 증직되었고, 시호는 원元이다. 순우淳祐 신축(1241)년 여남백汝南伯에 추봉追封되었고, 공자 사당에 종사從祀되었다. 원나라 지순至順 을해(1335)년에 도국공道國公에 가봉되었다.

■ 명도明道 정호程顥(1032-1085) 선생

이름은 호顥, 자는 백순伯淳이며, 하남河南 낙양洛陽 사람이다. 송나라 인종仁宗 명도明道 원년 임신(1032)년에 태어났다. 가우嘉祐 정유(1057)년 진사가 되었으며, 승의랑承議郎 종정시승宗正寺丞을 지냈다. 원풍元豐 을축(1085)년에 졸하였다. 시호는 순純이며, 순우淳祐 신축(1241)년에 하남백河南伯으로 추봉되어 공자 사당에 종사되었고, 원 지순 을해(1335)년 예국공豫國公에 가봉되었다.

■ 회암晦庵 주희朱熹(1130-1200) 선생

이름은 희熹, 자는 중회仲晦며 호는 회암晦庵으로, 휘주徽州 이원婺源 사람이다. 송 고종高宗 건염建炎 4년 경술(1130)년에 태어났다. 건염 무진(1147)년 진사進士로 급제하여 비서각 수찬秘閣修撰 궁관宮觀 등의 벼슬을 지냈다. 경원慶元 경신(1200)년에 졸하였으며, 시호는 문文이다. 보경寶慶 정해(1227)년 태사太師로 증직되었으며, 신국공信國公에 추봉되었다. 소정紹定 경인(1230)년에 다시 휘국공徽國公으로 추봉하였으며, 순우 신축(1241)년 공자 사당에 종사되었다. 원 지정至正 임인(1362)년 제국공齊國公으로 개봉改封되었다.

우리 남명 선생은 일찍이 이상 네 분 성현의 유상遺像을 손수 그려, 감실에 모셔두고 우러러 예배를 드렸는데, 마치 친히 네 성현의 가르침을 받는 듯하였다. 그러므로 특별히 책의 첫머리에 기록한다.

○ 어떤 사람이 선생에게 "선생과 엄 자릉嚴子陵을 비교하면 어떻습니까?"라고 묻자, 선생은 "아! 엄 자릉의 기개와 절개를 내가 따를 수 있겠는가? 그러나 자릉과 나는 도가 같지 않으니, 나는 이 세상을 잊지 못하는 사람이다. 공자를 배우는 것이 내가 원하는 바다." 하였다.

종유從遊

- 회재晦齋 이언적李彦迪(1491-1553)

자는 복고復古, 호는 회재晦齋이며 본관은 여주驪州다. 중종中宗 갑술(1614)년 문과에 급제하였으며 관직은 찬성贊成에 이르렀고, 영의정에 추증되었다. 시호는 문원文元이며, 문묘에 종사 되었다.

○ 회재가 일찍이 어떤 벼슬에 있을 적에 선생을 유일로 천거하였고, 또 경상도의 감사가 되어서는 여러 번 편지를 보내 만나보고자 했다. 그러나 선생은 "다만 생각건대 옛사람은 네 임금 아래에서 벼슬하였지만, 벼슬한 기간은 겨우 46일이었다고 합니다. 나는 상공께서 벼슬에서 물러나 고향으로 돌아갈 날이 머지 않으리라 생각합니다. 그때 제가 각건角巾을 쓰고 안강리安康里에 있는 댁으로 찾아가 만나도 늦지 않을 것입니다."라고 답했다.

- 퇴계退溪 이황李滉(1501-1570)

이름은 황滉, 자는 경호景浩, 호는 퇴계退溪며 본관은 진보眞寶다. 연산군燕山君 신유(1501)년에 태어났다. 중종 무자(1528)년 진사에 입격한 뒤 갑오(1534)년 문과에 급제 하였으며, 관직은 찬성에 이르렀다. 영의정에 추증되었으며, 시호는 문순文純이다. 문묘에 종사 되었다.

○ 퇴계는 "나와 남명은 같은 시대에 태어났으나 아직 만나보지 못해 항상 그리워하는 마음이 깊었습니다. 지금 소명召命에 응하여서는 또한, 군자가 시의時宜에 맞게 출처하는 법도와 합치됨을 보았습니다."[1]라고 하였고, 선생은 "경호는 왕을 보좌할 만한 학문이 있다."라고 하였고, 또 "요즘 벼슬하는 자들을 보면 출처의 절개에 대해 전혀 볼 것이 없으나 퇴계만은 옛사람과 가깝구나!" 하였다. 두 선생도 일찍이 정신적인 교우로 서로 인정하였다.

■ 삼족당三足堂 김대유金大有(1479-1552)

이름은 대유大有, 자는 천우天祐, 호는 삼족당三足堂이며 본관은 김해金海다. 성종 기해(1479)년에 태어났다. 탁영濯纓 김일손金馹孫의 조카다. 정묘(1507)년 정시庭試[2]에 장원壯元하여 곧장 진사과進士科에 나아가 입격하였다. 이때 임금이 마침 행실이 올바른

---

1) "나와 … 보았습니다." : 퇴계가 김우굉金宇宏에게 답장한 내용으로, 『퇴계집退溪集』 권15에 실려 있다.

2) 정시庭試 : 조선시대의 문무 과거로서, 3년마다 정기적으로 시행하는 식년시式年試 외에 임시로 시행하던 여러 별시 중의 한 종류이다. 처음에는 관인들에게 시험을 보여 관직을 올려주거나, 봄·가을로 성균관 유생을 궁정에서 시험하고 우수자에게 전시殿試에 직접 응시할 자격이나 다음 문과 초시의 성적에 가산점을 주는 상을 내렸으나, 후에 급제를 인정하게 되었으며, 1583선조 16년에는 독자적인 과거로 승격되었다.

사람을 구하고 있었는데, 고을에서 공을 으뜸으로 추천하여 전생서 직장典牲署直長에 제수되었다. 이해에 문과에 급제하여 성균관 전적成均館典籍에 제수되었고, 여러 차례 벼슬이 바뀌어 정언正言이 되어서는 사양하고 취임하지 않았다. 칠원 현감漆原縣監에 제수되었을 때는 부임한 지 석 달만에 교화教化가 행해져 고을 사람이 신명神明처럼 여겼다. 당시 여러 소인배가 마음대로 권세를 부리고 있었는데, 공을 거짓 학자라고 지목하여 관작을 모두 몰수하였다. 을사(1545)년 다시 관작을 회복하였으나, 얼마 안 되어 다시 거두어갔다. 현종顯宗 을사(1665)년 홍문관 응교弘文館應教에 추증되었으며, 뒤에 다시 판정判正으로 추증되었고, 자계서원紫溪書院에 향사되었다.

○ 을사(1545)년에 선생은 경재警齋 곽순郭珣 및 소요당逍遙堂 박하담朴河淡과 함께 운문산雲門山 우연愚淵가에 있던 삼족당으로 공을 방문하여 열심히 강학하였고, 뒤에 시로써 자주 서로 화답하였다. 공이 선생의 곤궁함을 염려하여 자식을 시켜 해마다 곡식을 보내게 하였으나, 선생은 받지 않고 다음의 시로써 사양하였다.

사마광司馬光3) 한테서도 받지 않았나니,   於光亦不受
그 사람은 바로 유도원劉道原4)이라네.   此人劉道原

---

3) 사마광司馬光 : 송나라의 학자, 정치가. 자는 군실君實, 시호는 문정文正, 온국공溫國公에 봉해졌다. 벼슬은 승상에 이르렀다. 19년에 걸쳐 저술한 『자치통감自治通鑑』은 중국의 대표적인 편년체 사서史書이다. 문집으로 『독락원집獨樂園集』이 있다.

4) 유도원劉道原 : 도원은 송나라 학자 유서劉恕의 자이다. 총명하고 사학을

덕천사우연원록德川師友淵源錄

그런 까닭으로 호강후胡康候[5]는,　　　　　　　　所以胡康候
죽을 때까지 가난을 말하지 않았다네.　　　　　至死貧不言

■ 청송聽松 성수침成守琛(1493-1564)

　이름은 수침守琛, 자는 중옥仲玉, 호는 청송聽松이며 본관은 창녕昌寧이다. 사숙공思肅公 성세순成世純의 아들이다. 성종成宗 계축(1493)년에 태어났다. 정암靜庵 조광조趙光祖의 문인이다. 키가 크고 골격이 빼어났으며 거동과 용모가 매우 훌륭했다. 효성이 매우 깊어 일가 사람이 모두 '효아孝兒'라 불렀다. 처음 글을 배울 때 곧 대의大義를 이해했다. 집이 백악산白岳山[6] 기슭에 있었는데, 송림松林으로 들어가 서실을 짓고 '청송聽松'이라 편액扁額하였다. 매일 그 속에 거처하면서 『대학大學』·『논어論語』를 읽고, 손수 태극도太極圖를 그려 조화의 근원을 완색玩索하였다. 『통서通書』이하 정자程子·주자朱子의 서적에 이르기까지 모두 분류하고 초록해서, 항상 곁에다 두고 살펴보는 자료로 삼았으며, 외물에

매우 좋아하였는데, 사마광이 『자치통감』을 저술하다가 복잡하여 처리하기 어려운 곳을 만나면 그에게 맡겨 처리하였다. 집이 매우 가난하여 겨울에도 추위를 막을 의복이 없었다. 그가 하직하고 남쪽으로 갈 때 사마광이 옷 몇 가지를 주었더니 받지 않으려고 했다. 굳이 주자 받고서 영주潁州에 이르러서는 봉하여 돌려보내 버렸다. 자기를 알아주던 사마광한테도 받지 않았으니 다른 사람한테는 어떻게 처신했는지 알 수 있다.

5) 호강후胡康候 : 강후는 송나라 학자 호안국胡安國의 자이다. 천거를 받아 중서사인中書舍人을 지냈다. 평생 춘추를 깊이 연구하여 『춘추호씨전春秋胡氏傳』을 지었다. 가난하게 살아 의식을 해결하기 어려울 정도였으나, "죽고 사는 것은 명命이 있다." 하면서 개의치 않았다.
6) 백악산白岳山 : 지금의 북한산이다.

마음이 얽매이지 않았다. 부모의 상을 당해서는 모두 삼 년간 여묘廬墓를 살았다. 중종中宗 신축(1541)년에 유일遺逸로 후릉 참봉厚陵參奉에 제수되었으나 나아가지 않았다. 임자(1552)년 특별히 육품의 품계가 내려졌고, 내자시 주부內資寺主簿로 첫 직임을 맡았다. 다시 예산 현감禮山縣監에 제수되었으나 사은謝恩하고 관직에 나아가지 않았다. 이조吏曹에서는 인근 고을에 근무하도록 벼슬을 내리려 하였으니, 이는 벼슬길에 한번 나오기를 바라서였다. 그래서 계를 올려 임지를 토산兎山으로 바꾸었다가 다시 적성積城으로 바꾸어 주었으나, 마침 병이 생겨 사은하지 못했다. 경신(1560)년 조지서 사지造紙署司紙에 제수되었으나 끝내 벼슬길에 나아가지 않고, 명종明宗 갑자(1564)년에 졸하였다. 임금이 명하여 관곽棺槨과 쌀·콩을 내려 주었다. 집의執義에 추증되었고, 숙종肅宗 연간 우의정에 추증되었다. 시호는 문정文貞이며, 물계서원勿溪書院과 파산서원坡山書院에 향사되었다.

○ 선생은 평소 공과 교분이 매우 깊었으며, 늙어서도 변함이 없었다. 주고받은 시와 편지가 있다. 퇴계가 "청송은 고상하게 은거하여 시작과 마침을 잘하였으니, 참으로 말세에 보기 드문 인물이다." 하였다.

■ 소요당逍遙堂 박하담朴河淡(1479-1560)

이름은 하담河淡, 자는 응천應千, 호는 소요당逍遙堂이며 본관은 밀양密陽이다. 성종 기해(1479)년에 태어났다. 병자(1516)년 생원시에 입격하였으며, 갑신(1524)년 사산감역四山監役에 제수되었다. 을유(1525)년 사섬시 봉사司贍寺奉事에 제수되었으나 나아가지 않았다. 무자(1528)년 장예원 사평掌隷院司評에 제수되었다. 은명 恩命이 거듭 내려지자 "세신世臣은 감히 산야山野에서 거드름피우지 않는다." 하고 행차가 중로中路에 이르자 소를 봉해 올리고 곧 돌아왔다. 선암서원仙巖書院에 향사되었다.

○ 선생이 일찍이 만나보고 "세 번이나 부름을 받았으나 나아가지 않은 것은 어째서입니까?"라고 말하자, 대답하기를 "자신의 분수를 헤아리지 않을 수 없고, 늙으신 어버이를 모시지 않을 수 없습니다."라고 했다. 선생이 "벼슬하여 영화롭게 봉양하는 것 또한 효의 한 경우입니다. 이것이 옛 사람이 징소하는 글을 받고 기뻐하는 이유입니다.[7]"라고 하자, "벼슬살이에 시달리며 어버이에게 걱정을 끼치는 것이, 어떻게 영화롭게 봉양하는 것이겠습니까?"라고 대답했다. 선생이 공과 삼족당에게 다음의 시를 붙였다.

세상일은 풍운과 함께 변하고,	事與風雲變
강물은 세월과 함께 흘러간다.	江同歲月流
고금의 영웅들이 품었던 뜻을,	英雄今古意
온통 한 척의 빈 배에 부친다.	都付一虛舟

■ 참봉參奉 성우成遇(1495~1546)

이름은 우遇, 자는 중려仲慮, 전한典翰 세준世俊의 아들이며 본

---

7) 이것이 … 이유입니다. : 한漢 나라 모의毛義가 "태수 사령장을 받고 기뻐한 것은 늙은 부모를 위해서이다.[奉檄而喜爲親屈也]" 하였다.

관은 창녕昌寧이다. 학문을 좋아하고 높은 절개가 있었다. 천거되어 제릉 참봉齊陵參奉에 제수되었다. 명종明宗 병오(1546)년에 윤원형尹元衡이 계啓를 올려서, 공을 을사년에 죽은 곽순郭珣 등의 여당餘黨이라 논하고, 잡아다 국문하여 형벌을 받도록 청함으로써, 공은 형장刑杖을 맞고 죽었다. 선조조에 신원되었다.

○ 공과 선생은 교분이 매우 깊었다. 공은 일찍이 손수『동국사략東國史略』을 찬집纂輯했는데, 선생이 발문을 지었다. 또 선생과 함께 두류산을 유람하였다. 공이 죽었을 때 선생은 소식을 듣고 목이 메도록 슬프게 울었다.

■ 대곡大谷 성운成運(1497-1579)

이름은 운運, 자는 건숙健叔이며 호는 대곡大谷이다. 참봉 우遇의 아우로 연산군 정사(1497)년에 태어났다. 학문이 정밀하고 굉박하여 세상의 큰 유자가 되었다. 집에서 몇 리 떨어진 곳에 시내와 골짜기가 있어 완상玩賞할 만했다. 그곳에 작은 집을 짓고 소요자적逍遙自適하였다. 중종 신묘(1531)년 사마시에 입격했으며, 천거되어 두 번 참봉이 되었다. 관직에 임한 지 며칠만에 벼슬을 버리고 돌아갔다. 그 뒤로 여러 차례 소명이 있었으나, 모두 글을 올려 사은하고 끝내 물러났다. 기묘(1579)년 병이 위독하자 임금이 의원을 보내 살피게 했으나, 의원이 이르기 전에 졸하였다. 임금이 제문과 부의를 내리고 관아에서 장례에 관한 일을 돕게 했다. 물계서원勿溪書院과 상현서원象賢書院에 향사되었다.

○ 공과 선생은 허물없이 지내는 사이였는데, 그 주고받은 시

와 편지가 지금까지 사람들 사이에서 많이 전송되고 있다. 선생은 일찍이 "건숙은 정금미옥精金美玉과도 같아서 내가 미칠 수 있는 바가 아니다." 하였다. 선생이 돌아가시자 공은 크게 마음 아파하며 "나는 이 사람과 더불어 감히 벗하지 못하고, 우뚝한 산악처럼 우러러보며 엄한 스승과 같이 공경하였다. 문득 대들보 꺾이니 내가 이제 장차 누구를 본받을꼬." 하였다. 장사를 지낼 때에는 만시輓詩와 제문을 지어서 곡하였고, 또 묘갈명을 지었다. 한강寒岡 정구鄭逑는 대현大賢의 기상을 잘 형용한 것으로 여기고, 안동으로부터 판각板刻을 하여 덕산으로 보냈다.

■ 숭덕재崇德齋 이윤경李潤慶(1498-1562)

이름은 윤경潤慶, 자는 중길重吉, 호는 숭덕재崇德齋며 본관은 광주廣州다. 연산군 무오(1498)년에 태어났다. 신묘(1531)년 진사시에 입격하였고, 갑오(1534)년 문과에 급제하였다. 벼슬은 판서에 이르렀으며, 시호는 정헌正獻이다.

○ 선생이 공에게 보낸 편지에 "신 자함申子諴[8]을 통해 공의 안부를 물으니, 올해 백제百濟의 고도古都[9]를 맡았다고 하더군요. 여러 사람의 입에 오르내려 공의 처지가 난처해진 줄을 알게 되었습니다. 늘그막의 심경을 더욱 상상할 만합니다." 하였다.

---

8) 신 자함申子諴 : 자함子諴은 신계성申季諴(1499-1562)의 자다.
9) 백제百濟의 고도古都 : 전라북도 전주全州를 가리킨다.

■ 동고東皐 이준경李浚慶(1499-1572)

이름은 준경浚慶, 자는 원길原吉이며 호는 동고東皐다. 숭덕재崇德齋 이윤경李潤慶의 아우로, 연산군 기미(1499)년에 태어났다. 임오(1522)년에 사마시에 입격하였고, 신묘(1531)년 문과에 급제하였다. 벼슬은 영의정에 이르렀고, 시호는 충정忠正이며, 선조묘宣祖廟에 종향從享되었다.

○ 선생은 어려서부터 공과 교분이 두터웠으며, 책상을 나란히 하고 유산栖山에서 책을 읽었다. 선생은 공이 대중을 거느릴 수 있는 기상을 지녔다고 허여하였다. 무인(1518)년 또 산사에서 책을 읽었는데, 선생이 함께하였다. 선생이 소명召命을 받고 서울에 갔을 때, 공은 남문 밖에서 미리 기다리고 있다가 집으로 맞이하였고, 즐겁게 지내다 헤어졌다. 공이 정승이 되자 선생은 편지로 공에게 다음과 같이 답하였다.

"공은 소나무처럼 위로 우뚝하게 솟아, 사람들이 등 넝쿨처럼 아래서 타고 올라오지 못하게 하기를 부탁합니다."10)

■ 송계松溪 신계성申季誠(1499-1562)

이름은 계성季誠, 자는 자함子誠, 호는 송계松溪며 본관은 평산平山이다. 연산군 기미(1499)년에 태어났다. 도학이 고명하여 세상의 사표師表가 되었다. 선생 및 황강黃江 이희안李希顔과 함께 도의지교道義之交를 맺었던 바, 세상에서 '삼고三高'라 불렀다. 학행

---

10) "공께서는 … 부탁합니다." : 정승으로서의 체모體貌를 높게 지켜 아랫사람들이 사적私的으로 붙는 일이 없도록 하라는 말이다.

덕천사우연원록德川師友淵源錄

으로 여러 번 나라의 부름을 받았지만 나아가지 않았다. 밀양의
예림서원禮林書院에 향사되었다.

○ 선생은 일찍이 "자함은 겉으로는 물러나 숨으려는 듯 보이
지만, 안으로는 매우 군세고 과감한데다가 백발이 되도록 변함
이 없으니, 나의 외우畏友다." 하였다. 공이 돌아가시자 선생은
그의 묘지명을 다음과 같이 지었다.

우리 무리에 인재가 있으니,	吾黨有人
신군申君이 가장 뛰어나네	申君爲最
마음가짐은 가지런 엄숙하고	齊莊於內
행동거지 반듯하고 꼿꼿하네	氷蘗其外
선현을 적이 본받으려했으니	私淑諸人
송당松堂11) 문하에서였네.	松堂之門
비록 벼슬은 하지 않았지만	雖家食吉
끼친 향기는 알려져 퍼지네.	遺香則聞

● 일재一齋 이항李恒(1499-1576)

이름은 항恒, 자는 항지恒之, 호는 일재一齋며 본관은 성주星州
다. 연산군 기미(1499)년에 태어났다. 병인(1566)년 유일遺逸로 천
거되어 사축司畜에 제수되었으며, 장악원정掌樂院正의 벼슬이 내
려졌을 때는 병이 심해 나아가지 못하였다.

---

11) 송당松堂 : 박영朴英(1471-1540)의 호로, 그의 자는 자실子實이다. 양녕대군
讓寧大君의 외손자로 무예에 뛰어났는데, 정붕鄭鵬의 문하에 수학하면서
성리학을 공부하였다. 스승의 영향으로 김굉필金宏弼 계통의 학문을 따
랐다.

○ 선생은 어릴 때부터 공과 우의가 깊었다. 병인(1566)년에 함께 소명을 받았는데 우저寓邸에서 공을 만나 말하기를 "이조대李措大12)가 하루아침에 군수가 되니, 화禍의 발단이 되지 않을 줄 어찌 알겠습니까?" 하였다. 공이 퇴계의 학문을 논하자, 선생이 예전에 일삼던 학업을 거론하여 말하기를 "공은 단지 공의 궁각弓角13)을 논할 뿐이고, 나는 단지 나의 강경講經을 논할 뿐이니, 어느 겨를에 경호 학문의 얕고 깊음을 논하겠습니까?"14) 하였다.

■ 갈천葛川 임훈林薰(1500-1584)

이름은 훈薰, 자는 중성仲成이다. 호는 갈천葛川인데, 자이당自怡堂·고사옹枯査翁 등의 호도 사용하였다. 본관은 은진恩津이다. 연산군 경신(1500)년에 태어났다. 경자(1540)년 생원이 되었고, 계축(1553)년 천거되어 참봉에 네 차례 제수되었다. 갑자(1564)년 공과 그의 동생 임운林芸(1517-1602)년의 효행을 기리는 정려旌閭가 내렸다. 그 뒤로 현감에 제수되었고, 판결사判決事에 이르렀다.

---

12) 이조대李措大 : 조대는 청빈한 선비를 가리키는데, 여기서는 이항을 가리켜 한 말이다.

13) 궁각弓角 : 궁각은 병기를 뜻한다. 여기서는 이항이 일찍이 무예를 익힌 것을 두고 한 말이다.

14) "공은 … 논하겠습니까?" : 이항은 처음에 무예를 배우다가『대학』을 읽고는 이에 크게 깨달아 배우던 무예를 그만두고 글을 읽고 수행하였으며, 남명 선생은 처음에 문과文科의 초시에 합격해서 경서經書를 강독하여 외다가, 뒷날에는 두류산頭流山에 들어가서 숨어 살며 의리를 실천했다. 이러한 전날의 학업 과정을 들어서 남명은 자신과 이항이 퇴계를 논할 자격이 못된다고 말하는 것이다.

시호는 효간孝簡이며, 용문시원龍門書院에 항시되었다.

○ 선생은 일찍이 "중성의 덕과 재능은 도당都堂15)의 한쪽에 두어서 경박한 풍속을 진정시키기에 합당하다." 하였다. 공은 또 일찍이 "남명 같은 인물이 어찌 우리 동방에 다시 나올 수 있는 인물이겠는가!" 하였다.

■ 규암圭庵 송인수宋麟壽(1499-1547)

이름은 인수麟壽, 자는 미수眉叟, 호는 규암圭庵이며 본관은 은진이다. 연산군 기미(1499)년에 태어났다. 신사(1521)년에 과거에 급제하여 대사헌大司憲에 이르렀다. 정미(1547)년에 사화士禍를 당해 죽었으며, 시호는 문충文忠이다.

○ 공이 "선생은 세속에서 벗어난 듯 성인을 배우려고 하였고, 곧 과거시험을 그만두었다. 경과 의에 힘을 쏟고 굳건히 잡아 안정됨을 얻어서, 한 때의 대세에 휩쓸려서 진퇴를 결정하지 않았다." 하였다.

■ 청향당淸香堂 이원李源(1501-1568)

이름은 원源, 자는 군호君浩, 호는 청향당淸香堂이며 본관은 합천陜川이다. 연산군 신유(1501)년에 태어났다. 널리 배우고 힘써 실천하여 세상에서 추앙받게 되었다. 만년에 살던 집 앞에 연못

---

15) 도당都堂 : 의정부議政府를 말한다. 의정부는 행정부의 최고 기관으로, 영의정·좌의정·우의정이 있어 이들의 합의에 따라 국가 정책을 결정하였으며, 아래에 육조六曹를 두어 국가 행정을 집행하도록 하였다.

을 파고 연꽃을 심었는데, 이로 인해 청향당을 호로 삼게 되었다. 병오(1546)년 천거되어 곤양 훈도昆陽訓導에 제수되었지만 나아가지 않았다. 배산서원培山書院에 향사되었다.

○ 선생은 공을 처음 보고는 크게 기뻐하여 말하기를 "이 사람은 나와 네 가지[16]가 같은 벗이다." 하였다. 공은 약관弱冠에 선생이 산사에서 독서하고 있다는 말을 듣고서 찾아가 함께하였다. 선생은 노재魯齋 허형許衡이 "이윤伊尹의 뜻을 지향하고, 안연顏淵의 학문을 배워서 나아가 벼슬하면 나라를 위해 하는 일이 있어야 하고, 물러나 은거해 있으면 스스로를 지킬 줄 알아야한다. 대장부는 마땅히 이처럼 하여야 한다."라고 한 글을 암송하였다. 이에 공은 묵묵히 마음속으로 계합함이 있어서 옛 사람의 위기지학爲己之學의 요체를 자못 알게 되었고, 이전에 지향하던 생각이 틀렸음을 자각하였다. 다음날 아침 결국 인사를 하고 돌아갔는데, 이로부터 실학實學에 마음을 쏟아 더욱 독실하고 굳건히 하였다. 선생은 일찍이 시로 "종래부터 옛일 상고하면 득력得力함이 많다네.[稽古由來得力多]" 하였고, 퇴계는 공에게 다음과 같이 화운和韻하였다.

세 사람 태어난 해를 알아줄 이 누구인가?	三人初度有誰知
갑자년보다 3년 앞인 신유년이 그 해로다.	先甲三年酉是期
아득히 두류산과 배양에 떨어져 지내나니,	邈阻頭流與培養
서로 그리는 시를 전하지 않을 수 있겠소?	可無相憶遞傳詩

---

16) 네 가지 : 남명과 이원은 같은 해(1501), 같은 경상도에서 태어난 것, 마음이 같은 것, 덕이 같은 것 등 네 가지 점에서 서로 같다는 말이다.

- 경재警齋 곽순郭珣(1502-1545)

이름은 순珣, 자는 백유伯瑜, 호는 경재警齋며 본관은 현풍玄風이다. 연산군 임술(1502)년에 태어났다. 을사(1545)년 사화를 당해 죽었으며, 영천永川의 송곡서원松谷書院에 향사되었다.

○ 선생은 "백유는 어진 이를 좋아하고 착한 일을 즐겨한다. 만약 능력을 펼칠만한 때를 만난다면, 반드시 나라를 위해 일을 할 것이니 그가 소찬素餐[17]을 먹지 않을 것이 분명하다." 하였다.

- 황강黃江 이희안李希顔(1504-1559)

이름은 희안希顔, 자는 우옹愚翁, 호는 황강黃江이며 본관은 합천이다. 교리校理 이희민李希閔의 아우로, 연산군 갑자1504년에 태어났다. 조정에서 유일지사遺逸之士로 천거하였다. 당시 회재 이언적이 이조판서로 있었는데, 공을 전옥서 참봉典獄署參奉에 천거하였으며, 얼마 뒤에 장악원 주부掌樂院主簿에 제수되었다. 또 고령 현감高靈縣監에 제수되었으나, 2년도 채 못 되어 사직하고 물러났다. 명종 경술(1550)년 군자감 판관軍資監判官으로 승진하였으나, 얼마 지나지 않아 관직을 버리고 돌아왔다. 연곡서원淵谷書院에 향사되었는데, 이 서원이 뒤에 옮겨져서 청계서원淸溪書院이 되었다.

○ 공은 선생 및 청송 성수침, 대곡 성운, 삼족당 김대유, 송계 신계성, 동주東洲 성제원成悌元 등의 제현과 도의道義로 사귀었다. 공은 또 선생 및 송계 신계성과 함께 서로 세상에서 뛰어난

---

17) 소찬素餐 : 소찬은 하는 일 없이 녹祿을 먹음을 뜻한다.

인물로 여겼으므로, 세인이 '삼고三高'라 일컬었다. 또 덕산德山·
도산陶山·성산城山의 '삼산三山'이라는 칭호가 있었다. 만년에 황
둔강黃芚江 가에 서실을 짓고 '황강정黃江亭'이라 편액하였고, 후
학을 장려하고 발전하게 하는 것으로 자신의 임무로 삼았다. 다
음과 같은 선생의 시가 있다.

산해정山海亭에서 꿈 몇 번이나 꾸었던가?　　　山海亭中夢幾回
뺨에 흰 눈 가득한 황강黃江 노인 모습을.　　　黃江老叟雪盈腮
반평생 금마문金馬門18)에 세 번 갔었지만,　　　半生金馬門三到
임금님 면목은 만나뵙지도 않고 돌아왔다지.19)　不見君王面目來

■ 동주東洲 성제원成悌元(1506-1559)

　이름은 제원悌元, 자는 자경子敬, 호는 동주東洲며 본관은 창녕
昌寧이다. 중종 병인(1506)년에 태어났다. 어려서 부모를 여의고
학문에 뜻을 두었으며, 서봉西峯 류우柳藕의 문하에서 수업하였
다. 공의 품성은 누구와도 견줄 수 없는 뛰어난 자질을 지녔고,
세상을 구제하고 그릇처럼 한 가지에 국한되지 않으려는 뜻을
품고 있었다. 어떤 곤란한 일을 당하더라도 여유로워 대나무가
쪼개지고 얼음이 녹은 듯 대처하였으며, 문장을 지을 때에는 넉
넉하여 물이 샘솟고 산이 솟아오른 것처럼 하였다. 청렴한 행실
을 위한 각고刻苦의 지조와 혼자 있을 때 삼가는 공부는, 멀리

---

18) 금마문 : 한나라 때 궁궐의 문. 후대엔 궁궐이나 궁궐문을 말한다.
19) 임금님은 … 돌아왔다지 : 남명과 황강이 벼슬하러 나가지 않기로 다짐
　　했지만, 그 뒤 황강은 임금의 부름에 응해서 벼슬에 나갔다가, 별 대접
　　도 받지 못하고 돌아온 것을 남명이 풍자한 것이다.

동떨어져 있는 나라의 작은 선비기 미칠 바가 아니다. 기묘(1519)년 사화가 일어나자, 탄식하며 "당고지화黨錮之禍20)가 다시 세상에 일어났단 말인가!" 하였다. 이로 인해 세상을 피해 은둔하려는 뜻을 가지게 되었다. 조정에서 유일로 보은 현감報恩縣監에 제수하였는데, 풍속에 따라서 다스리고 마음을 다해 백성을 돌보니 떠돌아다니던 백성이 사방에서 몰려들었다. 일찍이 관직을 버리고 돌아가려 하자 노인과 아이들이 목 놓아 큰소리로 울면서 길을 막았고, 고을 사람들이 생사당生祠堂을 세웠다. 공주公州의 충현서원忠賢書院, 보은報恩의 상현서원象賢書院, 창녕의 물계서원 등에 향사되었다.

○ 공이 현감으로 있을 때 선생과 토정土亭 이지함李之菡(1517-1578), 화담花潭 서경덕徐敬德(1489-1546) 등이 먼 길을 가다 방문하여 상을 마주하고 담소를 나누었는데, 동고 이준경이 그 이야기를 듣고 "덕성德星21)이 하늘에 나타났구나." 하였다. 선생이 서울에서 고향으로 돌아갈 적에 속리산俗離山으로 들어가 또 공을 방문하였는데, 헤어질 때 다음 해 8월 15일에 가야산伽倻山의 해인사海印寺에서 만나기로 약속을 하였다. 약속한 날짜가 되었을 때 큰비가 계속 내렸지만 선생은 비를 무릅쓰고 행차하였다. 절문 앞에 이르렀을 때에 공은 이미 먼저 도착해서 우의를 벗고

---

20) 당고지화黨錮之禍 : 중국 후한 때에 환관들이 정권을 장악하여 국사를 마음대로 하자 진번陳蕃·이응李膺 등의 학자와 태학생들이 환관들을 탄핵하였으나, 도리어 환관들이 이들을 종신 금고에 처하여 벼슬길을 막아버린 일을 말한다.
21) 덕성德星 : 덕행이 있는 사람을 비유적으로 이르는 말이다.

있었다고 한다.

■ 칠봉七峰 김희삼金希參(1507-1560)

이름은 희삼希參, 자는 사로師魯, 호는 칠봉七峰이며 본관은 의
성義城이다. 중종 정묘(1507)년에 태어났다. 신묘(1531)년 생원시에
입격하였으며, 경자(1540)년 문과에 급제하였다. 관직은 부사府使
에 이르렀으며, 품계는 통정대부通政大夫에 올랐다.

○ 선생은 다음의 시로 공을 애도하였다.

머리가 허연 친구인 나는 삼백 리 밖에 있는데,   頭白故人三百里
그대 생각나면 어디서 훌륭한 그 기상 보겠는가?   憶君何處見揚休

■ 유헌游軒 정황丁熿(1512-1560)

이름은 황熿, 자는 계회季晦, 호는 유헌游軒이며 본관은 창원이
다. 중종 임신(1512)년에 태어났다. 정암靜庵 조광조趙光祖(1482-
1519)의 문인이며, 과거에 급제하여 사인舍人에 이르렀다. 을사
(1545)년 인종이 승하하였는데, 문정왕후文定王后가 갈장渴葬22)을
지내려고 하자, 공은 불가함을 항소抗疏하였다. 얼마 지나지 않
아 사화로 인해 파직되었고, 정묘(1567)년 곤양으로 유배되었으
며, 이듬해 거제巨濟로 옮겨졌다. 선조 초년에 율곡栗谷 이이李珥
(1536-1584)가 차자箚子를 올려서, 신원伸冤되어 관작을 회복하였
다. 숙종 연간에 양관 대제학兩館大提學으로 가증加贈되었고, 시

---

22) 갈장渴葬 : 장기葬期를 기다리지 않고 급히 하는 장례葬禮를 말한다.

호는 충간忠簡이며, 영천서원寧川書院에 향사되었다.

○ 선생은 공의 적소謫所에 방문하여 그 소초疏草를 보았는데, 당시의 폐단을 극렬히 지적하고 있었다. 선생이 만류하여 결국 그 소를 올리지 못하였다. 또 선생과 예에 대해서 의문 나는 점을 문답한 적이 있다.

■ 귀암龜岩 이정李楨(1512-1571)

이름은 정楨, 자는 강이剛而, 호는 귀암龜岩이며 본관은 동성東城이다. 참판 이담李湛의 아들로 중종 임신(1512)년에 태어났다. 17세에 성균관에 들어갔으며, 문망文望이 매우 컸다. 병신(1536)년 문과 장원으로 뽑혀 옥당玉堂에 들어갔다. 관직은 부제학副提學에 이르렀으며, 구계서원龜溪書院에 향사되었다.

○ 공은 일찍이 선생과 도의로 사귐이 매우 두터웠다. 선생이 덕산 산속에 집을 짓자, 공 역시 그 근방에 터를 정해서 세상을 벗어난 단짝이 되려고 하였다. 또 함께 두류산 유람을 하였고, 만년에 남들의 구설수에 올라 교의가 자못 좋지 않았다. 그럼에도 오히려 검부러기만큼의 혐의도 없었다. 공이 병이 위독할 적엔 선생은 또한 그가 죽을까 두려워하고 걱정하였다.

■ 소재蘇齋 노수신盧守愼(1515-1590)

이름은 수신守愼, 자는 과회寡悔, 호는 소재蘇齋며 본관은 광주光州다. 중종 을해(1515)년에 태어났다. 갑오(1534)년 문과에 장원으로 급제하여 관직이 영의정領議政에 이르렀다. 공이 일찍이 재상의 자리를 여러 번 사양하자, 임금이 직접 유서를 내려 "경은 산천의 정기를 타고 난데다가 북두처럼 빛나는 문장을 지녔으며, 학문은 정호程顥·정이程頤의 맥락을 전수받았고 도덕은 유림儒林의 종장宗匠이 되었다. 10년 동안 의정부에 있으면서 태산 같은 공로와 구정九鼎 같은 위세가 은연중 드러났다." 하였다. 또 "경이 지난날 장기瘴氣가 서린 해변에 가 있었고 외지에 침체되어 있었던 것은 아마도 하늘이 경으로 하여금 마음을 가다듬고 보다 훌륭한 인재가 되어서, 출사하여 크게 쓰이게 하기 위한 것이었던 듯하다. 내가 외람되게 왕위를 계승하여 정승으로 삼았으니 이것은 하늘이 경을 나에게 주신 것이다." 하였다. 공이 졸하자 문의文懿라는 시호가 내려졌으며, 오현묘五賢廟에 종향從享되었다.

○ 선생이 돌아가셨을 때 공이 다음의 시로 곡하였다.

사문을 또 잃었으니 어디에 하소연하나.	斯文再喪堪誰愬
봄 저문 서울에서 병든 나는 슬퍼하네.	春晚皇都哭病盧

■ 토정土亭 이지함李之菡(1517-1578)

이름은 지함之菡, 자는 형백馨伯, 호는 토정土亭이며 본관은 한산韓山이다. 만년에 읍재邑宰가 되어 관아에서 졸하였다.

○ 공은 패랭이를 쓰고 거친 베옷 차림으로, 짚신을 신고 맨몸으로 걸어와 문 앞에 이르러 선생을 만나보고자 하였다. 선생이 나와서 공경히 맞이하자, 공이 "선생은 내가 초부나 야인이

아닌 줄 어찌 알고 영접함이 이러합니까?" 하였다. 그러자 선생은 "그대 같은 풍모를 제가 어떻게 못 알아보겠습니까?" 하였다. 공이 또 자신은 굶주림과 추위를 견디고, 바위에서 잠을 자고, 며칠 동안 먹지 않을 수 있다고 말했다. 그러자 선생이 "타고난 기품이 이와 같은데, 어째서 선술仙術을 배우지 않습니까?" 하니, 공이 "선생은 사람을 경시함이 어찌 이와 같습니까?" 하였다. 선생이 웃으며 사과하였다.

■ 옥계玉溪 노진盧禛(1518-1578)

이름은 진禛, 자는 자응子膺, 호는 옥계玉溪며 본관은 풍천豊川이다. 중종 무인(1518)년에 태어났다. 정유(1537)년 진사가 되었고, 명종 병오(1546)년 문과에 급제하였다. 관직에 나아간 지 30년 동안 조정에 머문 기간은 3년이 차지도 않았다. 성리학을 배우고 탐구하였으며, 반드시 정자와 주자의 학문을 근본으로 삼았다. 매번 부모님의 노쇠함을 핑계로 조정에 서기를 달가워하지 않았다. 선조가 친필로 경상도 관찰사에 초배超拜[23]하면서 어제가사御製歌詞를 은쟁銀錚에 새겨서 주고는 돌아가 부친을 봉양하도록 하였다. 또 하교下敎하기를 "노진은 나라의 원로元老며, 선비의 종사宗師다. 나이를 헤아리지 말고 기로사耆老社[24]에 들이도록 하라." 하였다. 무인(1578)년에 이조판서로서 졸하였다. 율곡 이이

---

23) 초배超拜 : 정해진 등급을 뛰어넘어서 벼슬을 내리는 것을 말한다.
24) 기노사耆老社 : 임금이나 정이품이상의 문신 가운데 70세 이상 노인에게 경로의 예우의 목적으로 설치된 곳으로, 기노사에 들어가게 되면 영수각에 초상이 걸리고 전답과 노비를 하사한다.

가 탄식하며 "정이품正二品의 직책에서는 다시는 그와 같은 사람이 없을 것이다." 하였다. 임금은 슬프고 안타깝게 여겼으며 사흘 동안 조회를 보지 않았다. 예관禮官을 보내 치제致祭하기를 "옛일을 상고하여 얻음이 있었으며, 장구章句를 일삼지 않았네. 화락하고 밝게 잘 다스려, 요순堯舜시대처럼 백성들 교화하였네." 하였다. 고을에 정문旌門을 세우게 하였으며, 시호는 문효文孝다. 영남과 호남의 서원이 사액을 받았는데, 함양의 당주서원溏洲書院과 남원의 창주서원滄洲書院이다.

○ 공은 일찍이 선생과 화림동花林洞을 유람하였다. 개암介庵 강익姜翼(1523-1567)도 함께 했었는데, 개암은 시로 "남명 옹이 옥계를 이끌고, 우리까지 환기喚起시키네.[冥翁携玉溪 喚起及吾儕]" 하였다. 또 선생과 지곡사智谷寺에서 만났는데, 원근의 선비들이 소문을 듣고선 구름처럼 모여들었다. 며칠 동안 강론한 뒤에, 선생과 각재覺齋 하항河沆(1538-1590) 등 제현과 함께 함양의 옥계로 공을 방문해서, 강론한 바가 많았다. 공은 일찍이 "선생은 하늘의 바른 기운을 타고나서, 세상의 영호英豪가 되었다." 하였다.

■ 판사判事 김희년金禧年

이름은 희년禧年이며, 자는 경로慶老다. 진사로 천거되어 관직을 받았다. 정평定平25)으로 유배되었다가 사면되어 판사에 제수되었다.

○ 선생은 그가 어진 이를 좋아하는 점을 아끼고 인정하였다.

───────────

25) 정평定平 : 함경남도에 있는 고을 이름이다.

공이 선생을 애도한 다음의 시가 있다.

우옹愚翁[26])과 자함子諴[27])을 먼저 알았으나,	先識愚翁與子諴
길이 부자를 생각하되 산을 우러르는 듯하였네.	長懷夫子擬山瞻
뇌룡사雷龍舍에서 처음 웃으면서 맞아주었고,	雷龍舍裏初迎笑
저도楮島 강변에서 또한 쾌활한 애기 나눴지.	楮島江邊又劇談
못난 나를 벗으로 허여함을 어떻게 감당하겠나?	薄劣敢當朋友許
의탁하여 엄사처럼 섬김이 오히려 다행이었네.	依歸還幸弟師嚴
근래 현자 다 데려가니 하늘은 얼마나 잔혹한지.	邇來不憖天何酷
다시는 우리 유가의 도가 영남에는 없게 되었네.	無復吾儒道在南

■ 계당溪堂 최흥림崔興霖(1506-1581)

○ 『남명선생편년』에 보인다.

이름은 흥림興霖, 자는 현좌賢佐이며 호는 계당溪堂이다. 정사(1557)년 선생은 속리산에 있는 대곡 성운을 방문하였다. 돌아갈 때에 대곡이 금화산金華山[28])의 금적정사金積精舍에까지 이르러서 전송하였는데, 금적정사가 바로 공의 별업別業이다. 제생들과 만나 왕도와 패도 그리고 취사取舍의 분별에 대해 강론하다가, 정일精一과 중화中和의 설에 이르러서는 선생이 다음과 같은 시를 주었다.

금적산金積山을 다 둘러보고서,	踏破金華積

---

26) 우옹愚翁 : 황강 이희안의 자다.
27) 자함子諴 : 송계 신계성의 자다.
28) 금화산金華山 : 충청북도 보은의 남부에 있는 산이다.

근원의 상류 제일 좋은 곳 잡았네.	源頭第一流
지대 높아 모든 것이 아래에 있고,	地高羣下隔
몸이 멀어지니 혼이 좀 시름겹네.	身遠片魂愁
그대의 집 아들은 젊잖다 젊잖고,	鄭鄭君家子
내 벗이 탈 배를 부르고 부른다네.[29]	招招我友舟
이내 회포를 다 그려내지 못하니,	此懷模不得
앞날엔 참으로 두고두고 그리우리.	來日正悠悠

후인들이 금화산에 사당을 세우고 선생과 제현을 제사지냈다.

■ 최복남崔福男

○ 『동국문헌록』에 보인다.

이름은 복남福男이며, 자는 덕윤德胤이다.

■ 치재恥齋 홍인우洪仁祐(1515-1554)

○ 『동국문헌록』에 보인다.

이름은 인우仁祐, 자는 응길應吉, 호는 치재恥齋며 본관은 남양南陽이다. 중종 을해(1515)년에 태어났다. 사마시에 입격하였으나, 약관이 되기도 전에 개탄하며 도를 구하려는 뜻이 있었다. 닭이 울면 일어나 세수하고 머리를 빗고, 의관을 정제한 뒤 정좌하고는 『심경』·『근사록』 등의 책을 읽었으며, 동지들과 강론하기를

---

29) 내 벗의 배를 부르고 부른다:『시경』 패풍邶風 「포유고엽匏有枯葉」에, "배 젓는 사람을 부르고 부르나니, 다른 사람들은 건너도 나는 건너지 않는다. 다른 사람들은 건너도 나는 건너지 않는 것은, 나는 나의 벗을 기다리기 때문이라네.招招舟子 人涉卬否 人涉卬否 卬須我友"라는 구절이 있다.

그지지 않았다. 40세에 부진상을 당했는데, 슬퍼함이 지나쳐서 몸을 상해 결국 돌아가셨다. 아들 홍진洪進(1541-1616)이 호성공신 扈聖功臣 2등에 책록된 공으로 영의정에 추증되었으며, 부원군府院君에 봉해졌다.

종유從遊 속록續錄

■ 금헌琴軒 이장곤李長坤(1474-?)

이름은 장곤長坤, 자는 희강希剛, 호는 금헌琴軒이며 본관은 벽진碧珍이다. 성종 갑오(1474)년에 태어났다. 임술(1502)년 문과에 급제하여 찬성贊成에 이르렀다.

○ 공이 함경도 감사監司로 있을 때 흉년에 백성들을 구제함이 많았다고 말하자, 선생이 "사람을 참으로 많이도 살렸지요."라고 덤덤하게 대답하였다. 공은 그 뜻을 알아채고는 "하늘에 맹세하건대, 죽기를 원했던 적이 여러 번이었습니다." 하였다. 대개 기묘(1519)년에 공은 병조판서로 있으며 정암 조광조 한 사람을 구하지 못했으면서, 굶주린 백성을 구한 것으로 자랑했기 때문에 선생이 이렇게 풍자하였고, 공 역시 스스로 깨닫고 지난날의 잘못을 인정한 것이다.

■ 병재甁齋 박하징朴河澄(1483-1566)

이름은 하징河澄, 자는 성천聖千이며, 호는 병재甁齋다. 소요당 하담의 동생으로 성종 계묘(1483)년에 태어났다. 중종 을해(1515)

년에 사산원 정언司諫院正言에 제수되었다.

○ 공은 선생과 삼족당 김대유, 탄수灘叟 이연경李延慶(1484-1548) 등 제현과 도의로 사귀었다. 선생은 일찍이 다음과 같은 시를 지었다.

숨어 사는 형 앞에 아우는 정언 벼슬,	隱逸兄前弟正言
운산서 오는 길에 서로 논하지 않았네.	雲山歸路未相論
고려 망한 뒤 세 번 징소된 자취 있고	高麗國後三徵蹟
충숙공忠肅公 집안의 5세손이라네.	忠肅家中五世孫
구포의 서교에서 내가 달을 보냈는데,	鳩浦西橋吾送月
오산의 동곡에서 누가 문을 닫았는가.	鰲山東谷孰堅門
성루에서 헤어졌는데 언제나 만날까	城樓分手何時面
내년 봄에 다시 만나 술잔을 잡을까?	春到明年更把樽

위의 시는 이효순李孝淳이 지은 공의 행장에 보인다.

선생이 공에게 다음과 같이 물었고, 공이 답하였다.

"사람이 태어났을 때 악함이 없는 데, 선과 악으로 나누어지는 것은 어째서입니까?"
"하늘과 땅의 기운은 본래 저절로 뚫리거나 막힘, 차거나 줄어드는 것의 다름이 있습니다. 그러므로 사람이 품부 받는 것 또한 맑거나 흐리고, 순수하거나 박잡한 것의 다름이 저절로 있는 것입니다. 선과 악의 나누어짐이 어찌 그렇지 않겠습니까?"
"정말 그렇군요."

공이 호를 병재로 사용하는 것은 사실 선생이 지어준 호이다.

■ 무심옹無心翁 성일휴成日休(1485-?)

이름은 일휴日休, 자는 자경子慶, 호는 무심옹無心翁이며 본관은 창녕이다. 교리 성안중成安重의 아들로, 성종 을사(1485)년에 태어났다. 어린 나이에 도학에 뜻을 두고 과거시험에 뜻을 접었으며, 강호에 자취를 감추었다. 사는 곳에 광풍제월대光風霽月臺가 있었는데, 매일 그 위에서 시를 읊조렸다. 만년에 정자 한 채를 지어 '무심無心'이라 편액하고, 다음의 시를 적었다.

푸른 이끼 파헤쳐서 작은 못을 만들고,	鑿破蒼苔作小池
띠를 엮어 집을 삼고 대로 울타리 삼네.	編茅爲屋竹爲籬
세간의 명리에는 무심한 지 오래지만,	世間名利無心久
청풍명월이 알아주는 것만은 허여하노라.	只許淸風明月知

죽은 뒤에, 유일로 표창되는 전례로 호조 참판戶曹參判에 추증되었다. 구암 이정은 공의 묘에 다음의 글을 남겼다.

가을엔 산에서 매를 부려 사냥하고,	臂蒼秋山
봄에는 강에서 그물로 고기 잡았네.	網魚春江
한 세상을 자유롭게 지내면서,	逍遙一世
영화와 이익을 구하지 않았네.	不求榮利

○ 공은 선생과 도의를 강마하였으며, 도움이 되고 유익함이 많았다. 선생 역시 공을 일컬어 인정하였다.

■ 모암茅庵 박희삼朴希參(1486-1570)

이름은 희삼希參, 자는 노경魯卿, 호는 모암茅庵이며 본관은 경주다. 홍문관 저작弘文館著作 박앙朴盎의 5세손으로 성종 병오(1486)년에 태어났다. 덕릉德陵과 건원릉健元陵 참봉을 지냈으며, 평천서원平川書院에 제향되었다.

○ 공과 선생은 오래도록 종유하였으며, 신의가 깊어 의심이 없었다. 두 아들 박제현朴齊賢(1521-1575)과 박제인朴齊仁(1536-1618)을 산천재山天齋로 보내어 수업을 받게 하였는데, 편지를 보내어 훈계하기를 "최근 내가 남명선생을 남악南嶽[30] 아래에서 뵈었는데, 비로소 오도吾道가 여기에 있음을 깨달았다. 대개 선생의 덕과 용모는 하늘과 땅의 정기를 타고났으며, 그의 학문은 경과 의를 수신의 으뜸으로 삼았다. 한번 움직이거나 가만히 있을 때에도 안으로는 곧게 하고, 밖으로는 방정하게 하는 것이 아님이 없다. 당대의 명석名碩이 모두 그의 문하에 모여들었고, 도덕과 경학에 넉넉하며, 얼굴과 등에서도 맑은 기운이 풍겼다. 옛날 군자가 영재를 기르는 즐거움을 남명에게서 보았다." 하였다.

■ 호음湖陰 문경충文敬忠(1494-1555)

이름은 경충敬忠, 자는 겸부兼夫, 호는 호음湖陰이며 본관은 남평이다. 성종 갑인(1494)년에 태어났다. 기개와 도량이 뛰어났으

---

30) 남악南嶽 : 지리산智異山의 다른 이름이다. 산천山川을 중요시하여 동·서·남·북의 이름난 산을 골라 나라에서 제사를 지낸 데에서 유래한 이름이다.

며, 학문과 행실이 순수하고 지극하였다. 또한 무략武略도 갖추고 있었다. 병자(1516)년 문익공文翼公 정광필鄭光弼(1462-1538)이 재행才行으로 천거하여, 임금이 구령 만호仇寧萬戶에 임명하였다. 얼마 지나지 않아 기묘사화가 일어나는 것을 보고서는, 다시는 세상에 나아가지 않았다. 월여산月如山 아래에 정자를 짓고, 도와 의로써 스스로 힘써 수양하였다.

○ 선생은 일찍이 "겸부와 같은 학문은 앞에서는 송당 박영이 있었고 뒤에는 이 사람이 있다." 하였다. 공은 "멀리하지 않으시고 스스로 새롭게 되는 공부를 하라고 면려해 주신 은혜를 입으니, 기질氣質을 변화하려는 마음은 비록 가슴속에 절실하지만, 북을 치며 배척하는 일이 어찌 저에게 미치지 않을 줄 알겠습니까? 마음이 두렵고 떨려 잠을 자거나 밥을 먹을 때에도 조금도 해이해진 적이 없습니다." 하였다.

선생은 공의 정자를 '사미정四美亭'이라 이름 붙여주었다. 또 다음과 같은 시를 남겼다.

영수潁水의 천 년 자취 전해오는데,   潁水千年跡
사천舍川에서 네 아름다움 이루었네.   舍川四美成
공은 산과 물을 능히 좋아하는데다,   公能仁智樂
또한 바람과 달에게도 정이 많다네.   風月亦多情

■ 서간西磵 정운鄭雲(1493-?)

이름은 운雲, 자는 붕로鵬路, 호는 서간西磵이며 본관은 초계草

溪다. 선생의 자부姉夫로 성종 계축(1493)년에 태어났다. 이려서부터 영민하였으며, 우뚝하고 고상한 뜻을 지녔다. 어릴 때부터 경서와 사서史書를 널리 섭렵하여, 이름이 멀고 가까운 곳에 알려졌다. 판교判校 조언형曹彦亨(1469-1526)이 공을 보고서 기특하게 여겨 사위로 삼았다. 35세에 동당시에 두 번 합격하였고 향시鄕試에서 여덟 번 장원하였으나, 끝내 문과에 급제하지는 못했다. 벼슬길에 나가 관직이 대정 현감大靜縣監에 이르렀다.

○ 공과 선생은 절차탁마切磋琢磨하였으며, 선생은 매번 그의 재기才氣에 탄복하고 성리서性理書 읽기를 권했다. 또 「익주부자묘비문益州夫子墓碑文」31)을 손수 적어주면서 "자형은 이것을 한 번 보고서 욀 수 있습니까?" 하였는데, 공은 책을 덮고 곧장 외우며 한 글자도 빠뜨림이 없었다. 선생이 손뼉을 치며 "왕자안王子安의 재주가 다시 인간 세상에 나왔군요!" 하고 감탄하였다.

■ 안분당安分堂 권규權逵(1496-1548)

이름은 규逵, 자는 자유子由, 호는 안분당安分堂이며 본관은 안동이다. 연산군 병진(1496)년에 태어났다. 부친의 명으로 과거시험을 공부하였다. 여러 번 응시하였으나 합격하지 못했는데, 문득 탄식하며 "사람의 본분과 일은 일상의 윤리와 도리 속에 있는데, 어찌 굳이 다른 곳에서 구하겠는가?" 하였다. 명종 병오

---

31) 「익주부자묘비문益州夫子墓碑文」: 왕발王勃(650-676)이 지은 작품이다. 그의 자는 자안子安이며, 중국 당나라 초기의 대표적 시인으로 초당初唐 사걸四傑이라 불렸다.

(1546)년에 유일로 참봉에 제수되었지만 나아가지 않았다. 문산서원文山書院에 향사되었다.

○ 선생이 상중喪中에 있을 때 일찍이 공이 찾아가 조문하였다. 이로부터 계속해서 종유하였으며, 또 퇴계와 도의로 사귀었다. 인종 을사(1545)년 겨울 선생을 산해정山海亭에서 방문하여 함께 강론하였고, 돌아와 사람들에게 "건중은 만길 절벽이 서 있는 듯한 기상을 지녔으며, 함양涵養하는 공부가 경·의를 좇아 나오지 않음이 없으니, 참으로 바른 학문을 한다." 하였다. 공의 장례 때 선생이 묘소에 찾아가 곡하였다.

■ 안분당安分堂 이공량李公亮(1500-1565)

이름은 공량公亮, 자는 인숙寅叔, 호는 안분당安分堂이며 본관은 전의全義이다. 연산군 경신(1500)년에 태어났다. 선생의 자부姊夫이다. 재예才藝가 뛰어났으며, 착한 것을 즐기고 의로운 것을 좋아하였다. 당시 이름난 사람들이 모두 사귀기를 원하였다. 명종 연간에 천거되어 선공감 참봉繕工監參奉에 제수되었으며, 아들 이준민李俊民(1524-1591)이 지체가 높아져 이조판서로 증직되었다.

○ 선생은 공을 아주 공경하고 소중히 여겼으며, 정의情誼 또한 서로 깊었다. 일찍이 함께 두류산 유람을 하였고, 공을 위해 「영모당기永慕堂記」를 지었다.

■ 모암慕庵 강우姜瑀(1495-1517)

이름은 우瑀, 자는 백규伯圭, 호는 모암慕庵이며 본관은 진양晉

陽이다. 연산군 을묘(1495)년에 태어났다. 계유(1513)년 진사에 입격하였다. 천성이 지극히 효성스러웠으며, 학문이 정밀하고 깊었다. 모친이 병이 들었을 때에는 탕약을 달여 올림이 매우 정성스러웠으며, 상을 당하여서는 몹시 슬퍼하여 상을 지내는 중에 졸하였다. 고을 수령이 효자로 임금에게 알렸으며, 영조 갑자(1744)년 임금이 정려를 내리도록 명하였다. 충효사忠孝祠에 향사되었다. ○공과 선생은 도의로 사귀었으며, 함께 학문을 강마하였다.

■ 월오月塢 윤규尹奎(1500-1560)

이름은 규奎, 자는 문로文老, 호는 월오月塢이며 본관은 파평坡平이다. 연산군 경신(1500)년에 태어났다. 성품이 효성스럽고 우애가 있었다. 부모를 모실 때는 몸과 마음을 함께 봉양하였으며, 형을 섬김에는 사랑함과 공경함을 함께 갖추었다. 뜻은 또 청렴하고 곧았으며 비록 자주 끼니를 걸렀지만, 의가 아니면 남에게서 받거나 주지를 않았다. 아름다운 산수를 아주 좋아하였고, 또 글짓기를 좋아하였는데, 문장가로 알려졌다. 황강 이희안, 낙천洛川 배신裵紳(1520-1573), 죽연竹淵 박윤朴潤(1517-1572), 매헌梅軒 최여설崔汝契(1551-1611) 등의 제현과 도의로 사귀고 서로 학문을 갈고 닦았다. 고령高靈의 문연서원文淵書院에 향사되었다.

○ 선생이 다음의 시를 남겼다.

문로文老의 재주와 명성 일류인데,	文老才名第一流
전날 터잡아 지은 집 깊고도 그윽하다.	從前卜築更深幽
천성이 자연을 즐겨 깃들어 숨을 만하고,	性耽泉石堪棲隱

몸은 관복官服을 싫어하여 벼슬하지 않네.　　身厭簪紳不宦遊

꿈속에서 찾아가고자 해도 중간 길 모르겠고,　魂夢欲尋迷半路

편지 전하기 어려워 삼 년이나 소식 몰랐지.　書筒難遞隔三秋

명리의 마당에 묵은 빚 이제 모두 버렸지만,　名場宿債今抛盡

노년의 세월은 또한 멈추어 주지를 않는구나.　老境光陰亦不留

■ 목사牧使 강응두姜應斗(1501-1558)

이름은 응두應斗, 자는 극서極瑞이며 본관은 진양이다. 대사간大司諫 강렬姜烈의 증손으로, 연산군 신유(1501)년에 태어났다. 성품이 지극히 효성스러웠으며, 부모의 상을 당했을 때는 여묘를 살며 죽을 먹었다. 집안이 부유하여 베풀기를 좋아했으며, 흉년이 들었을 때에는 많은 사람들을 구하였다. 천거되어 첫 직책으로 덕원 교수德源敎授를 맡았으며, 거듭 옮겨져 안주 목사安州牧使에 이르렀다. 아전과 백성이 비석을 세우고 덕을 칭송하였다. 얼마 뒤 임지가 성주星州로 옮겨졌으나, 질병으로 사양하고 나아가지 않았다. 좌승지左承旨로 증직되었다.

○ 공과 선생은 동갑으로, 명경대明鏡臺에서 서로 만나 악수하고 기쁨을 나눴으며, 동갑회同甲會를 만들고 며칠을 머물다가 돌아갔다.

■ 안락당安樂堂 이희안李希顔(1503-?)

이름은 희안希顔, 자는 사성師聖, 호는 안락당安樂堂이며 본관은 성주다. 연산군 계해(1503)년에 태어났다. 고은孤隱 이지백李智伯의 후손이다. 행실이 깨끗하였고 세속에 얽매이지 않았으며,

오로지 위기지학에 정진하였다. 계묘(1543)년 재행으로 천거되어, 사직司直으로 승진하였으며, 덕향사德鄕祠에 향사되었다.

○ 공은 일찍이 선생의 풍모를 듣고서 산천재로 찾아가 질문하였고, 경사經史를 강론하였다. 열흘이 넘도록 머물렀으며, 도의로써 인정하고 사귀었다. 청학동靑鶴洞에서 본 일에 대해 말하며, 선생이 곧 희롱하기를 "이것은 학이 아니고 황새입니다. 오늘 그대의 행차가 헛수고가 되었군요. 학을 보러왔는데 황새를 보았고, 숨은 선비를 방문하려는데, 나를 보았으니 얻은 것이 뭐가 있겠습니까?" 하였다. 지기志氣가 서로 맞음이 이와 같았다.

■ 대사간大司諫 이림李霖(1495-1546)

이름은 림霖, 자는 중망仲望이다. 벼슬은 대사간을 지냈으며, 을사(1545)년에 사화를 당했다.

○선생이 "중망의 사람됨은 얼음을 담은 옥항아리처럼 깨끗하고 맑으며, 옥색처럼 곱고 부드럽다. 그를 바라본 자는 노여움이 사라지고 분한 마음이 풀어진다. 이러한 점으로 그가 충신忠信한 사람임을 알 수 있다." 하였다.

■ 졸재拙齋 노상盧祥(1504-1574)

이름은 상祥, 자는 경수景受, 호는 졸재拙齋이며 본관은 풍천이다. 연산군 갑자(1504)년에 태어났다.

■ 목사牧使 신륜辛崙(1504-1565)

이름은 륜崙, 자는 경립景立이며 본관은 영산靈山이다. 연산군 갑자(1504)년에 태어났다. 무인(1518)년 진사가 되었고, 병오(1546)년 급제하였다. 관직은 목사에 이르렀다.

○ 선생이 지은 공의 묘표에서 "공은 어버이를 효성스럽게 섬기고 백성들을 화목하게 다스렸다. 사물을 접할 때는 성실하게 하고, 말과 행동에 거짓이 없었다. 벼슬자리가 그 사람의 그릇에 걸맞지 않아 사람들이 아깝게 여겼다." 하였다.

■ 남호南湖 성일장成日章

이름은 일장日章, 자는 자화子華며 본관은 창녕이다. 교리校理 성안중成安重의 아들이다. 재예才藝가 빼어났으며, 문명文名이 일찍부터 알려졌다. 향시에 열 번 합격하고, 동당시東堂試에 아홉 번 합격했으나 복시覆試에서는 끝내 합격하지 못하여, 사람들이 모두 안타까워하였다. 강응규姜應奎(1507-1576), 윤녕尹寧, 강응태姜應台(1495-1552) 등의 제현과 당시 이름을 나란히 하였다.

○ 공의 종손從孫 부사浮查 성여신成汝信(1546-1632)이 덕산에 가서 선생을 배알하였는데, 선생이 기뻐하며 "자경씨子慶氏32)는 나에게 있어 나이 많은 벗이고, 자화씨子華氏33)는 나에게 있어 서로 어깨를 나란히 할 만한 벗으로 사귐이 매우 두터웠다네. 그래서 항상 왕래하며 허물이 없었는데, 지금 자네를 보니, 마치 옛

---

32) 자경씨子慶氏 : 자경은 성일휴成日休의 자로, 성여신의 조부이다.
33) 자화씨子華氏 : 자화는 성일장成日章의 자로, 성여신의 종조부이다.

덕천사우연원록德川師友淵源錄

벗들을 보는 듯하네." 하였다.

■ 송담松潭 정백빙鄭白氷

이름은 백빙白氷, 자는 홍백弘伯, 호는 송담松潭이며 본관은 초
계草溪다. 광유후光儒侯 정배걸鄭倍傑[34]의 후손이다. 사람됨이 삼
가고 중후하며 신중하였고, 학문을 좋아하여 게을리하지 않았다.
어버이 병을 간호할 때에는 똥을 맛보아서[35] 병의 차도를 헤아
렸다. 상을 당하여서는 삼 년간 죽을 먹었으며, 인조 연간에 이
일이 알려져서 정려가 내려졌다.

○ 공은 선생의 매부妹夫였기 때문에 정의情誼가 매우 두터웠
고, 칭찬하고 인정함이 매우 많았다. 공이 죽었을 때 선생이 묘
갈명을 지었다.

■ 양촌陽村 김수문金秀文(1506-1568)

이름은 수문秀文, 자는 성장成章, 호는 양촌陽村이며 본관은 고
령高靈이다. 중종 병인(1506)년에 태어났다. 용모와 거동이 준엄하
고 단정했으며, 재능과 도량이 웅대하였다. 병신(1536)년 들판의
오랑캐를 정벌하고 다시 북쪽으로 진격하였다. 명종 을묘(1555)년

---

34) 광유후光儒侯 정배걸鄭倍傑 : 초계정씨草溪鄭氏의 시조인 고려시대의 학자
   로, 광유후는 봉호封號이다.
35) 똥을 맛보아서 : 『남사南史』「금루전黔婁傳」에 금루黔婁의 아버지가 병을
   얻었는데, 의사醫師의 말이 '병세를 알려면 똥을 맛보아야하는데, 똥의
   맛이 달면 병세가 심한 것이고, 맛이 쓰면 차도가 있는 것이다.'라고 하
   자 금루가 즉시 아버지의 똥을 맛보았다고 한다.

제주목사濟州牧使가 되어서는 왜구를 토벌하여 포상으로 가자加資되었으며, 소명을 받고 한성 판윤漢城判尹이 되었다. 『제승방략制勝方略』을 지었는데, 나라 안에서 간행되었다. 관직은 지중추부사知中樞府事에 이르렀다.

○ 공은 일찍이 김해부사金海府使가 되어 함허정涵虛亭을 창건하였는데, 선생이 기문을 지었다.

■ 죽애竹厓 임열任說(1510-1591)

이름은 열說, 자는 군우君遇, 호는 죽애竹厓이며 본관은 풍천이다. 중종 경오(1510)년에 태어났다. 삼과三科[36]에 급제하였으며, 관직은 판윤判尹에 이르렀다.

○ 공이 선생을 위해 지은 제문祭文에 "이렇게 못난 나이지만, 일찍부터 선생의 빼어난 풍모 우러렀네.[顧余微末 宿仰超卓]" 하였다.

■ 임당林塘 정유길鄭惟吉(1515-1588)

이름은 유길惟吉, 자는 길원吉元이며 본관은 동래東萊이다. 중종 을해(1515)년에 태어났다. 관직은 좌상左相에 이르렀다.

○공이 선생을 애도한 시에 "생전에 등용되셨다면, 겨와 쭉정이로도 희헌羲軒[37]을 만드셨을 텐데." 하였다.

---

36) 삼과三科 : 임열은 1533년에 별시문과에 급제하여 승문원정자承文院正字가 되었으며, 1536년 문과중시文科重試에 급제하였고, 1538년 이조좌랑 때 발영시拔英試에 각각 급제하여 사가독서賜暇讀書했다.
37) 희헌羲軒: 희헌羲軒은 고대 전설상의 제왕인 태호 복희씨太昊伏羲氏와 황

■ 초당草堂 허엽許曄(1517-1580)

이름은 엽曄, 자는 태휘太暉, 호는 초당草堂이며 본관은 양천陽川이다. 중종 정축(1517)년에 태어났다. 과거에 급제하여 관직은 감사監司에 이르렀으며, 시호는 문헌文憲이다.

○ 선생이 돌아가시자, 공이 시로써 애도하기를 "선생께서 문득 떠나가시니, 후학들은 다시 누구를 의지해야 하나.[先生奄忽逝後學更誰攀]" 하였다.

■ 임연재臨淵齋 배삼익裵三益(1534-1588)

이름은 삼익三益, 자는 여우汝友, 호는 임연재臨淵齋이며 본관은 흥해興海다. 중종 갑오(1534)년에 태어났다. 과거에 급제하여 관직은 감사監司에 이르렀다. 직책을 맡아서는 부지런하고 공손하였으며, 일을 맡아서는 잘 판단하였다. 중국에 사신으로 갔을 적에 황제가 표창의 뜻으로 조서를 내리고 망용의蟒龍衣[38])를 하사하였는데, 이를 바치자 임금이 가상하게 여겼다.

○ 공은 일찍이 선생을 방문하여 점필재佔畢齋 김종직金宗直(1431-1492)의 서원에 관한 일을 물어보았다.

제 헌원씨黃帝軒轅氏의 병칭으로 순수한 태고 시대를 상징한다.
38) 망용의蟒龍衣 : 명 나라에서 우리나라 임금에게 흔히 망용의蟒龍衣를 내려 주는 일이 있다. 망용의는 붉은 바탕에 구렁이를 그린 것인데 외국의 왕에게 간간이 내려 주는 것이다.

- 육암六庵 강응규姜應奎(1507-1576)

이름은 응규應奎, 자는 사방士方, 호는 육암六庵이며 목사 강응
두姜應斗의 둘째 아우다. 자질과 성품이 매우 뛰어났으며, 행의行
誼가 순수하게 갖추어졌다. 문음門蔭으로 사관祠官에 보임補任
되었으나, 직책에 나아가지도 않은 채 벼슬을 내어놓고 돌아왔
다. 사는 집 왼편에 작은 정자 한 채를 지어 휴식하는 곳으로
삼았다.

○ 공은 방장산 아래에서 선생을 방문하여 십여 일 동안 강론
하였으며, 선생이 서울에서 덕산으로 돌아올 때, 공이 두 손자로
하여금 덕산까지 모시고 가게 하였는데, 두 손자는 그로 말미암
아 선생을 스승으로 섬기게 되었다.

- 경재敬齋 이세주李世柱

이름은 세주世柱, 자는 흘수屹叟이며 호는 경재敬齋이다. 문효
공文孝公 국당菊堂 이천李蒨의 후손이며, 연산군 무오(1498)년에
태어났다. 관직은 전연시 직장典涓寺直長에 이르렀으며, 산청의
우계서원愚溪書院에 향사되었다. 실기實紀가 있다.

○ 공은 선생의 문하에서 종유하였으며, 『대학』을 가지고 나
아가 질문하였는데, 선생이 칭찬하고 감탄하며 "나는 오 자강吳
子强을 영남에서 첫 번째 사람으로 꼽았는데, 지금 이 군을 보니
이른바 '열 집 되는 마을에도 충신이 있다.'[39] 한 말을 믿게 되

---

39) 열 집 … 충신이 있다. : 『논어論語』「공야장公冶長」에서 공자가 "열 집밖
　　에 안 되는 작은 마을에도 반드시 나만큼 충성스럽고 신실信實한 사람이

었다." 하였다.

■ 효렴재孝廉齋 이경주李擎柱

이름은 경주擎柱, 자는 석초石礎이며 호는 효렴재孝廉齋이다.
경재 이세주의 아우로, 연산군 경신(1500)년에 태어났다.[40] 관직
은 연풍 현감延豊縣監에 이르렀으며, 우계서원愚溪書院에 향사되
었다. 문집이 있다.

○ 명종 신유(1561)년 공이 덕산에서 선생을 방문하였다. 선
조 임신(1572)년 선생의 부음을 듣고 서글프게 탄식하며 "하늘
이 사문斯文을 버리는구나, 우리의 도는 어디에 의탁해야하나."
하였다.

살고 있되, 나만큼 배우기를 좋아하는 사람은 없다.[子曰 十室之邑 必有忠信
如丘者焉 不如丘之好學也]" 하였다.

40) 오건, 『역년일기』을축 11월 9일조에 보이는 "盧上舍欽自咸陽歷見鄕中
以李延豊擎柱崔堂長有亨 年將九十 看慰於釜谷寺 余亦往參焉 崔丈至而
李延豊辭疾不來 得短詩 贈崔丈 其辭曰 白髮蒼顏對酒樽 可憐榮彩照山村
不須二老爲周相 還詫吾鄕有達尊"라는 기록으로 보아, 이 연풍의 생년을
1480년 무렵으로 보아야 할 것이다.

문인

■ 덕계德溪 오건吳健(1521-1574)

자는 자강子强, 호는 덕계德溪며 본관은 함양咸陽이다. 중종 신사(1521)년에 태어났다. 천성이 굳세며, 덕을 닦아 흔들리지 않았으며, 학술이 순수하고 발랐다. 일찍이 홍문관 시독관弘文館侍讀官이 되어서 경연經筵에 들어갔을 때는 강론이 정밀하고 익숙하였으며, 당시 사람들의 기대가 넘쳤다. 평생토록 후학을 부지런히 가르치는 것으로 마음을 먹었으며, 비록 직무가 바쁜 날이라도 찾아와 질문하는 사람이 있으면 차근차근 가르쳐 주었다. 『가례家禮』·『소학小學』 사서四書 등의 책에 더욱 마음을 쏟았다. 벼슬을 사퇴하고 고향 집에 있을 때에는 학도學徒들이 모여들었는데, 비록 병들어 누워 있으면서도 질문에 대답해 주기를 게을리하지 않았다. 문하에 들어와 수업을 받은 사람 가운데 당시에 이름을 남긴 사람이 많았다. 일찍이 이조 좌랑吏曹佐郎이 되어서 인재를 등용할 때에는 떳떳이 하였으며, 직책에 걸맞지 않는 사람일 경우는 대부분 교체해버렸다. 장관長官[1]이 꺼리는 기색을 비

---

1) 장관長官 : 한 관청官廳의 으뜸가는 벼슬로, 여기서는 이조판서를 가리킨다.

쳤지만 또한 함부로 노여워하지는 못했다. 병조 좌랑兵曹佐郎이 되어서는, 아랫사람을 대할 때에 엄하고 명백하여 아전들이 감히 농간을 부리지 못하였다. 사헌부와 사간원에서 벼슬할 적에는 논의가 곧고 분명하였으며, 당시 사람들이 기휘忌諱하는 일에 대해서도 거리낌이 없었다. 뜻을 세워 일을 처리함은 옛날의 훌륭한 사람과 다르지 않았다. 관직은 이조 정랑吏曹正郎에 이르렀으며, 서계서원西溪書院에 향사되었다.

○ 공은 산음山陰으로부터 선생을 찾아와 뵙고 가르침을 청하였는데, 선생은 아주 공경하고 소중히 여겼다. 『중용中庸』·『대학』·『심경心經』·『근사록近思錄』 등의 책을 익숙하게 읽도록 가르치자, 절실하고 지극하게 강론하고 탐구하였다. 이때부터 왕래하며 선생을 곁에서 모시면서, 덕행을 상고하고 의심스런 부분을 질문하는 등 세월을 헛되이 보낸 적이 없었다. 선생을 위해 지은 제문에 "학문하는 방향과 시대의 의리에 대해 귀를 당겨 가르쳐 주고 게으름을 경책警策하였으며, 붙잡아서 순순히 이끌어 주셨네.[爲學之方 識時之義 提耳警惰 誘掖諄至]" 하였다. 선생을 장사지낼 때에 공은 선생의 수문인首門人으로서 동쪽 자리에 섰다.

■ 한강寒岡 정구鄭逑(1543-1620)

자는 도가道可, 호는 한강寒岡이며 본관은 서원西原이다. 중종 계묘(1543)년에 태어났다. 어릴 때 선성先聖의 화상을 손수 그려서 매일 반드시 우러러 예배를 드렸다. 장성하여서는 과거공부를 그만두고 오로지 위기지학에만 힘을 쏟았다. 그의 저술에서 드러난 것이 도를 지키고 성인을 높이며, 성인의 가르침을 이어 받아 후세의 학자에게 가르쳐 전하려는 내용이 아님이 없다. 『심경발휘心經發揮』 같은 책은 『숙종보감肅宗寶鑑』에서 "'중국 사신이 와서 동방심학東方心學의 조종祖宗을 물으면 뭐라고 대답해야 하나?'라고 하자 조정에서 의견을 모아 '한강의 『심경발휘』가 동방심학의 조종입니다.' 하였다."는 기록이 있다. 선조 연간에 동강東岡 김우옹金宇顒(1540-1603)과 율곡栗谷 이이李珥(1536-1583)이 유일로 각각 천거하였으며 관직은 대사헌에 이르렀다. 무신(1608) 년 이후에 아첨하는 무리가 일을 꾸며, 떳떳한 인륜이 무너지자 산림으로 퇴처退處하였다. 여러 차례 소차疏箚를 올려 임해군臨海君에게 은혜를 베풀어 주기를 간절히 요구하였다.[2] 경신(1620)년에 졸하였으며, 동악東岳 이안눌이 다음의 만시를 지었다.

신안(성주의 옛 이름이다)에 옛집이 있고,	新安星州舊號故宅裡
돌아가신 해가 또한 경신년이네.[3]	易簀又庚申
정 강성鄭康成[4]과 같은 성으로,	以鄭康成姓

---

2) 무신(1608)년 ⋯ 요구하였다. : 1608년 일부 대신들과 중국 명나라에서 임해군을 왕으로 즉위시킬 것을 주장하자 이를 불안해한 광해군이 자신의 형인 임해군을 귀양 보내어 결국 사사賜死하였다. 임해군이 귀양 가 있을 때, 조정에서는 임해군을 죽여야 한다는 의견과 형제간의 우애를 보아 살려줘야 한다는 전은설全恩說로 갈렸는데, 정구는 전은설을 주장하여 여러 차례 소를 올렸다.

3) 신안 ⋯ 경신년이네. : 한강이 신안 사람이며 죽은 해(1620)가 경신년인데, 주희朱熹의 본관이 신안이며 죽은 해(1200)가 경신년이다.

4) 정 강성鄭康成 : 강성康成은 정현鄭玄(127-200)의 자다. 중국 후한後漢 말기의 대표적 유학자로 시종 재야在野 학자로 지냈다. 훈고학·경학의 시조로

주 중회(朱仲晦)⁵⁾의 몸이 되었네.	爲朱仲晦身
조정에는 하루도 있지 않았으며,	朝廷不一日
수천 명의 사람을 교도하였네.	教授幾千人
이 땅에 강상綱常을 부식하였으니,	扶植綱常地
그 정충精忠은 귀신도 보증하리라.	精忠質鬼神

효종 정유(1657)년 영의정으로 추증되었으며, 숙종 무오(1678)년 '문목文穆'이란 시호가 내려졌다. 여러 선비가 발의하여 서원을 건립하였다. 성주의 회연檜淵書院, 창원의 회원서원檜原書院, 성천成川의 용천서원龍泉書院, 창녕의 관산서원冠山書院, 칠곡漆谷의 사양서원泗陽書院, 옥천沃川의 삼양서원三陽書院이 모두 선생의 위패를 봉안한 곳이다. 또 대구大邱의 연경서원研經書院(퇴계 이황 선생의 사당이다)에 배향되었으며, 천곡서원川谷書院(정자와 주자 두 선생의 사당이다)에도 종사되었다. 목천木川에서는 죽림서원竹林書院을 건립하고, 중주忠州에서는 운곡서원雲谷書院을 건립하였는데, 두 서원 모두 주자를 봉안하고 선생을 종사하였다.

○ 병인(1566)년 공은 비로소 예물을 준비하여 덕산으로 찾아가 선생을 뵈었다. 정묘(1567)년 선생이 산해정에 있을 때 공은 또 찾아와서 한 달 남짓 모시고 질문하였으며, 선생은 가르치기를 게을리하지 않았다. 어느 날 선생이 공에게 "선비의 큰 절개는 오직 출처出處에 달려있을 따름이다. 너는 출처에 대해 어느

불리며, 그 외에도 천문天文·역수曆數에 이르기까지 광범한 지식욕의 소유자였다.

5) 주 중회朱仲晦 : 중회仲晦는 주희의 자다.

정도 터득한 것이 있으니, 내가 마음으로 그 점을 인정한다." 하였다. 선생이 일찍이 병들어 누웠을 때에 공이 찾아가 살폈는데, 선생이 손을 잡고서는 "병이 깊어가는 가운데 그대를 마주하고 말하니, 마치 왕마힐王摩詰의 망천도輞川圖[6]를 펼쳐서 감상하는 듯하네." 하였다. 임신(1572)년 선생이 졸하자, 장례에 참석하여 애도하였으며, 한결같은 정성을 쏟았다. 제문에 "선생은 천지의 순수하고 굳센 덕을 타고났으며, 산천의 맑고 아름다운 정기를 한 몸에 받았다. 재주는 한 세상에 드높고 기개는 천 년을 압도할 만하였으며, 지혜는 천하의 변고를 통달하기에 충분하고 용맹은 삼군의 장수를 빼앗기에 넉넉하였다. 우뚝 선 태산의 기상이 있으며 높이 나는 봉황의 취향이 있으니, 나의 안목으로 볼 때 당연히 이 나라 동방에 일찍이 없었던 호걸이었다." 하였다.

- 개암開巖 김우굉金宇宏(1524-1590)

자는 경부敬夫, 호는 개암開巖이며 칠봉 김희삼의 아들이다. 임진(1532)년 진사가 되었으며, 병인(1566)년 과거에 급제하였다. 관직은 부제학副提學에 이르렀으며, 속수사涑水祠에 향사되었다.

○ 공은 일찍이, 선생이 배우는 자들을 깊이 경책한 내용을 말하였는데, 다음과 같다.

"학문하는 것은 어버이를 섬기고 형을 따르는 것을 벗어나지

---

6) 왕마힐王摩詰의 망천도輞川圖 : 마힐은 중국 당唐의 시인이자 화가인 왕유王維(699-759)의 자다. 왕유가 망천輞川에 은거하며 자신의 별장과 주변 경치를 그린 그림이 망천도다.

않는다. 만약 이것에 힘쓰지 않는다면, 인사人事에서 천리天理를 구하는 일이 아니어서 끝내 실제로 얻는 것이 없을 것이다."

"이 도리는 온전히 일상의 쓰임에서 익숙해짐에 달려 있다. 움직이거나 고요히 있거나, 말하거나 침묵하는 사이에서 존심存心하고 성찰省察하면서 그 일을 익히는 것, 이것이 곧 실질적인 학문이다."

"달도達道, 즉 도에 통달하기 위해서는 박학博學·심문審問·신사愼思·명변明辨·독행篤行 다섯 가지 가운데 하나라도 폐지한다면 그것은 학문이 아니다."

공이 선생을 애도한 다음의 시가 있다.

바다와 산의 정기 받고, 해와 별처럼 빛났으며.	海嶽之精日宿光
큰 유자로 응당 임금을 보좌하기에 합당하였네.	大儒端合佐皇王
누가 알겠나? 힘들인 것이 오직 존양·성찰임을.	誰知着力惟存省
또한 가장 효과를 거둔 것이 직방7)의 공부임을.	最是收功在直方
기절로 공을 칭송함은 오히려 가소로운 일이며,	氣節稱公猶可笑
재주로 공의 학문을 담론함은 마음 아픈 일이네.	才華論學只堪傷
지부지知不知가 선생에게 어찌 손익이 되리요?	不知何損知何益
멀리서 애사를 부치며 옷깃에 눈물만 가득하네.	遙寄哀辭淚滿裳

■ 동강東岡 김우옹金宇顒(1540-1603)

자는 숙부肅夫이며, 호는 동강東岡이다. 개암 김우굉의 아우며,

---

7) 직방直方 : 직방은 '경을 위주로 하여 안을 곧게 하고, 의를 지켜서 바깥을 방정하게 한다.[敬以直內 義以方外]'는 말로 유가의 학문을 하는 방법인데, 여기서는 남명의 경의사상을 말한다.

선생의 외손서外孫壻다. 중종 경자(1540)년에 태어났다. 무오(1558)년 사마시에 입격하였고, 정묘(1567)년 문과에 급제하였으며, 선발되어 옥당玉堂에 들어갔다. 성균관에 있을 때에 일찍이 학제學制 7조를 손수 추려 적었는데, 오로지 배움과 가르침을 밝히는 일과 교화를 일으켜 인재를 육성하는 것을 근본으로 삼았다. 또 차자로 올려 7조목을 진술하였으며, 또한 차자로 시무팔조時務八條를 논하였다. 그리고 군주가 학문하는 요령을 진술하여 논하였으며, 성학육잠聖學六箴을 지어서 진술하였다. 관직은 이조참판에 이르렀다. 이조판서에 추증되었으며, 시호는 문정文貞이다. 성주의 청천서원晴川書院과 회령會寧의 오산사鰲山祠에 향사되었다.

○ 공은 처음 선생을 뵙고 깊이 감복하여 섬겼다. 선생이 차고 있던 성성자惺惺子를 주면서 "이 물건의 맑은 소리가 사람의 마음을 경계하고 반성하게 하니, 차고 다니면 매우 좋다는 것을 깨닫게 될 것이다. 내가 소중한 보배를 너에게 주니 너는 이를 잘 보존할 수 있겠느냐?" 하였다. 공이 일찍이 가르침을 청하였을 때 선생은 '雷天' 두 글자를 써서 주었다. 선생이 공과 한강 정구에게 "너희는 출처에 대해 대강 아는 부분이 있으니, 내가 마음으로 인정한다. 선비의 큰 절개는 오직 출처出處에 달려있을 따름이다." 하였다. 공이 경연관經筵官이 되어 입시하였는데, 임금이 이황의 문인 중에 조정에서 벼슬한 자가 몇 명이 있는가를 물으니, 유희춘柳希春(1513-1577)이 "정유일鄭惟一과 구봉령具鳳齡이 있습니다. 아마 김우옹도 이황의 문인인 듯합니다."라고 대답하자, 공이 "소신은 사는 곳이 약간 떨어져 있어서 미처 그의 문

하에 수업하지 못하였습니다. 고故 징사徵士 조식曺植이 신의 스승입니다." 하였다. 임금이 "조식의 학문은 어떠한가?"라고 묻자, "몸소 실천하는 공부는 매우 독실하여 정신과 기백이 사람을 깨우치는 점이 많습니다. 그래서 그의 문하에서 공부한 사람 중에는 일을 맡을만한 자가 많이 있습니다."라고 대답하였다. 임금이 "조식은 사람들을 어떻게 가르쳤는가?"라고 묻자, "흩어진 마음을 다잡는 것에 힘을 쏟게 하였으며, 또 경을 위주로 하여 흩어진 마음을 다잡는 공부로 삼았습니다."라고 대답하였으며, 임금이 "흩어진 마음을 다잡는 것과 경을 위주로 하는 것은 모두 자신에게 절실한 공부다." 하였다. 선생이 돌아가시자 공이 행장行狀을 지었다.

■ 도구陶丘 이제신李濟臣(1510-1582)

자는 언우彦遇, 호는 도구陶丘, 본관은 철성鐵城이다. 중종 경오(1510)년에 태어났다. 어려서부터 청광淸狂한 절개가 있었다. 시사時事가 장차 편안하지 못할 조짐을 보고선 자신의 이름과 행적을 감추려고 하였다. 청하 교수淸河敎授가 되어서는 일부러 미친 척하고 과거 시험장에 나아가지 않았다. 머지않아 을사사화가 일어났는데, 대개 선생은 미리 내다보는 명철함이 있었다. 일찍이 인종仁宗의 삼년상을 입었는데, 동림별곡桐林別曲을 지어서 뜻을 보였다. 집안의 재산이 자못 넉넉하였지만, 재물을 가볍게 여기고 베풀기를 좋아하여, 재산이 다 흩어지더라도 아까워하지 않았다. 어떤 때는 자주 끼니를 굶었지만, 태연하게 마음에 두지 않았다. 시를 지을 때에도 생각나는 대로 읊었으며 정밀히 생각하지 않았지만 이미 격식을 갖추고 있어, 여러 사람의 입을 통해 외어 전해졌다. 임오(1582)년에 천수를 누리고 죽었으며, 정강서원鼎岡書院에 향사되었다.

○ 공은 선생을 좇아 방장산 아래에 거처하였는데, 수석水石이 맑고 그윽한 곳을 만나면 문득 거처를 옮겨서 정처가 없었다. 일찍이 삼가三嘉의 금성산金城山에 올라 다음과 같은 시를 지었는데,

| 바위 아래 맑은 물은 새로 내린 빗물이고, | 岩下淸泉新雨水 |
| 돌 틈의 야윈 대는 옛날 스님이 심었다네. | 石間枯竹古僧栽 |

선생이 무릎을 치며 감탄하고 칭찬하였다. 선생을 장사지낼 때에 수백 명의 선비들이 모였는데, 덕계 오건이 문인 가운데 가장 앞에 섰으며, 수우당 최영경이 그 다음이었다. 장차 신주에 글씨를 쓰려 할 때에 정구, 김우옹, 정인홍 등이 '신주에 글씨를 쓰는 사람은 마땅히 소복을 입어야 한다.' 하였고, 한강이 특히 그 의견을 힘써 주장하였다. 나머지 사람들은 모두 '마땅히 국제國制를 따라 길복吉服을 입어야 한다.' 하여 한참을 결단하지 못하였다. 이 때 공이 해진 옷과 찢어진 갓 차림으로 손을 들고 자리를 헤치고 나와서 "덕계는 선생의 고제高弟로 지위와 명망이 가볍지가 않습니다. 조정의 대사大事에도 참여하여 결단하였으니, 마땅히 한마디 말로 결정하시지요." 하였다. 오건이 공손히 사양하자, 공이 문득 안색을 바로하고는 "이것이 그대가 전랑銓郎의 지위를 얻은 이유입니다." 하였다. 오건은 미소를 지었고,

덕천사우연원록德川師友淵源錄

최영경은 "이 노인네가 참으로 씩씩하기도 하다." 하였다.

■ 첨모당瞻慕堂 임운林芸(1517-1572)

자는 언성彦成이며, 호는 첨모당瞻慕堂이다. 갈천 임훈의 동생으로 중종 정축(1517)년에 태어났다. 정묘(1567)년에 천거되어 거듭 참봉에 제수되었다. 용문서원龍門書院에 향사되었으며, 남계서원灆溪書院에 배향되었다.

○ 선생은 일찍이 공에게 다음과 같이 말했다.

"그대는 총명함이 남달라 모든 것을 다 통달하고자 한다. 단지 이렇게만 공부한다면 결코 옳지 못하다. 요와 순의 지혜로도 오히려 급선무가 있었다. 군자는 재주가 많은 것으로써 사람을 이끌지는 않는다. 우리 유가의 일은 저절로 내외內外와 경중輕重의 구별이 있다. 주자는 '의리는 무궁한데, 세월은 유한하구나!' 하고는, 결국 서예·초사楚辭·병법 등을 그만두고 이 학문에만 뜻을 쏟아 여러 유현을 집대성集大成하는 데에 이르렀다. 이것이 어찌 후학이 마땅히 본받아야 할 바가 아니겠는가?"

■ 낙천洛川 배신裵紳(1520-1573)

자는 경여景餘, 호는 낙천洛川이며 본관은 성주다. 참봉 배사종의裵嗣宗 아들로, 중종 경진(1520)년에 태어났다. 여덟 살에 기와를 보고 다음과 같은 시를 지었다.

비바람에 닦이고 씻겨 옥돌처럼 반들반들,　　　風磨雨洗碧磷磷

높은 들보 덮어 준 지 몇 해나 되었는고.	庇得高樑問幾春
나도 또한 군왕이 이와 같기를 원하노니,	我願君王亦若此
큰 은혜가 천하 사람을 모두 덮어주기를.	鴻恩皆盖九州人

병신(1536)년 진사에 입격하였으며, 성균관의 천거로 거듭 참봉과 별좌別座에 제수되었다. 선조 초년에 월천月川 조목趙穆(1524-1606)과 함께 추천을 받아 교관敎官에 제수되었다. 대사동大寺洞에 우거할 때에 학도들이 모여들어서 수백 명에 이르렀다.

○ 공은 선생의 문하에 들어와 글 가운데 의심스러운 부분이 있으면 자주 질문하였다. 공이 "어떤 사람이 '선생과 엄자릉嚴子陵을 비교하면 어떻습니까?'라고 물었습니다."라고 하자, 선생은 "아! 엄자릉의 기개와 절개를 내가 따를 수 있겠는가? 그러나 자릉과 나는 도가 같지 않으니, 나는 이 세상을 잊지 못하는 사람이다. 공자를 배우는 것이 내가 원하는 바이다." 하였다. 선생이 오건과 공에게 답한 편지에 "내가 경여에게는 벼슬길에 나아가기를 권유하고, 자강에게는 말리고 물러나게 하였는데, 이는 녹사祿仕[8]와 행도行道[9]가 참으로 다르기 때문이다." 하였다.

■ 신연新淵 송사이宋師頤(1519-1592)

자는 경숙敬叔, 호는 신연新淵, 본관은 야로冶爐다. 중종 경진

---

8) 녹사祿仕 : 녹을 타기 위해 벼슬하는 것을 가리킨다. 부모의 봉양을 위하거나 생계 유지를 위해 부득이 벼슬하는 것으로, 이 경우 미관말직에 나아가는 것이 관례이다.
9) 행도行道 : 세상에 나아가 도를 행하기 위해 벼슬하는 것을 가리킨다.

(1520)년에 태어났다. 경오(1570)년 사마시에 합격하였으며, 천거로 경기전 참봉慶基殿參奉에 제수되었으나, 얼마 지나지 않아 관직을 버리고 돌아왔다. 가천伽川의 신연新淵 가에 터를 잡고 살았으므로, 신연을 호로 삼은 것이다. 방은 좁고 쓸쓸하여 바람과 햇빛을 가리지도 못하였으며, 해진 옷을 입고 마른 밥을 먹고 지냈다. 남들은 견딜 수 없을 정도였으나 거처함이 넉넉한 듯이 하였다. 효성과 우애는 동배同輩들 사이에서 월등히 뛰어났다. 성품은 온순하고 부드러웠고, 화락하고 평온하였으며, 성색聲色과 명리名利에 대해서는 담박하였다. 졸한 뒤에 후생이 사당을 세워 제사를 지냈다.

○ 공은 선생의 문하를 왕래하며 수학하였는데, 선생이 칭찬하며 "송 경숙은 진짜 오금烏金이다."라고 하였으니, 이는 진실한 덕을 가졌지만 행적을 감추어서 남들이 알지 못한다는 뜻으로 말한 것이다. 수우당 최영경은 엄숙하고 정직하여 사람에 대한 평가가 인색하였으나, 공에 대해 말할 적에는 반드시 예의를 갖추고 "우리 조 선생도 공을 대할 적에는 아끼고 공경하였다."라고 했다.

■ 최록崔樵

자는 대수大樹, 본관은 완산完山이다. 중종 임오(1522)년에 태어났다. 어려서부터 빼어났으며 책을 보면 대의에 통달하였다. 일찍이 『근사록』·『성리대전性理大全』 등의 서적을 즐겨 읽었다. 처음에는 화담 서경덕에게서 수학하였는데, 서경덕은 공이 지은 시를 보고는 "이는 정말 도의 본체를 노래한 것이다." 하였다. 을사(1545)년 옥사獄事에 관련 증인으로 체포되었다가 풀려났다. 인종 초년에 유일로 발탁하는 일을 의논할 적에, 선비들의 중망이 공에게 귀속되었으나, 마침 인종이 붕어하여 일이 취소되었다. 공은 일찍이 방 한 칸에서 머물며 좌우에 도서圖書를 두었으며, 신선로神仙爐를 차려놓고 술을 데우기도 하고 차를 끓이기도 하였다. 평상시 거처하는 모습이 마치 따뜻한 봄날 같았지만, 후생後生을 대하여 도의道義를 담론할 적에는 의연毅然하여 감히 범접할 수가 없었다.

○ 공이 선생의 문하에 유학遊學할 적에, 선생이 공의 깨끗하고 빼어난 모습과 도량을 보고는 매우 아끼고 공경하였다.

■ 개암介菴 강익姜翼(1523-1567)

자는 중보仲輔, 호는 송암松菴이다. 또 호를 개암介菴이라고도 하며, 본관은 진양이다. 금재琴齋 강한姜漢의 손자로, 중종 계미(1523)년에 태어났다. 처음에는 당곡唐谷 정희보鄭希輔(1486-1547)를 좇아 배웠는데, 정희보가 공을 두고 '용이 날고 봉이 우는 격[龍飛鳳鳴]'이라고 칭송하였다. 구졸九拙 양희梁喜(1515-1580), 옥계 노진, 청련靑蓮 이후백李後白(1520-1578) 등의 제현과 도의로 사귀었으며, 왕래하고 절차탁마하면서 의리지학義理之學의 오의奧義를 깊이 탐구하였다. 집의 남쪽에 '숙야재夙夜齋'를 지어서 꿇어앉아 책을 읽으며, 몸가짐을 더욱 삼갔다. 또 '등구登龜'라는 골짜기의 자리가 아늑하고 주위가 막혀 있는 것을 좋아하여, 밭을 사서 집을 짓고 그곳에서 여생을 보낼 계획을 세우고, '양진養眞'이라 편액하였는데, 사방의 학자들이 모여들었다. 공은 맏형 강삼姜參과 함께 진사시에 합격하였고, 정묘(1567)년에 오건의 천거로 소격서 참봉昭格署參奉에 제수되었는데, 사은숙배謝恩肅拜하기 위하여 길 떠날 준비를 하다가 졸하였다. 처음 신계서원新溪書院에 향사되었으며, 뒤에 남계서원에 배향되었다.

○ 공은 선생의 풍모를 듣고 매우 흠모하였는데, 선생이 화림동을 노닐 때 공이 어질다는 소문을 듣고 방문하였다. 갑인(1554)년 공이 덕산에 들어가 선생을 배알하고 역학易學에 대해 강론하고 질문하며 몇 달을 머물고서 돌아갔다. 선생은 일찍이 공에 대하여 말할 적에는 "내가 평생토록 사람들에게 속은 일이 많았는데, 확실히 서로 믿으며 다시 의심할 것이 없다는 것을 보장할 수 있는 자는 오직 그대 한 사람뿐이다."라고 매번 말하였다.

■ 신암新庵 이준민李俊民(1524-1591)

자는 자수子修, 호는 신암新庵이다. 증판서贈判書 이공량의 아들이며, 선생의 생질이다. 중종 갑신(1524)년에 태어났다. 자품姿稟이 우뚝하게 빼어났으며, 기우器宇가 크고 넓었다. 문과에 급제하여 40년간 내외의 요직을 두루 역임하였다. 관위가 경상卿相에 이르렀을 때 조정의 의론이 나누어졌는데, 한결같이 당목黨目에 들지 않았다. 약천藥泉 남구만南九萬(1629-1711)과 중봉重峰 조헌趙憲(1544-1592)도 모두 뛰어나고 훌륭한 선비로 인정하였다. 성품이 또한 지극히 효성스러워서, 노인이 된 나이에도 수고로운 일에 종사함을 더욱 독실하게 하였다. 비록 찬바람 부는 추위나 혹독한 더위에도, 부모님 잠자리를 살피고 아침에 부모님께 문안드리는 일을 빠뜨리지 않았다. 공이 사간원에 있을 때, 멋대로 권력을 휘두른 부제학 이량李樑(1519-1563)의 죄를 탄핵하려고 하였는데, 이량이 그의 당파를 몰래 부추겨서 공을 영변 판관寧邊判官으로 내보냈다. 이로부터 15년간 외직에 머물렀다. 이량이 강계로 유배갔을 적에 마침 공이 그 고을 부사로 있었다. 공이 술을 가지고 찾아가 보고는 평상시와 같이 환대하자, 이량이 부끄럽고도 감격스러운 마음을 견디지 못하고는, 곁의 화병畵屛을 가리키며 공에게 시를 지어달라고 부탁하였다. 이에 공이 다음의 절구 한 수를 곧바로 적어주었다.

천 길 고목이 구름에 닿을 듯 우뚝 솟아 있고,　千尋古木連雲起
조그만 대숲은 빽빽하게 섬돌을 둘러 무성하네.　數畝叢篁繞砌深
깃든 새는 나는 새의 즐거움을 시샘하지 않고,　棲鳥不猜飛鳥樂
세한歲寒에도 마주 보며 각자 무심하구나.　歲寒相對各無心

여기에서 공의 바르고 관대한 마음을 볼 수 있다. 공이 졸하자 효익孝翼으로 시호가 내려졌으며, 임천서원臨川書院에 향사되었다.
　○ 공은 어려서부터 선생의 문하에 들었으며, 깊이 따르고 섬겼다. 선생이 「영모재기永慕齋記」를 지어 주었고, 또 다음의 시를 주었다.

온갖 근심에도 눈은 멀지 않았지만,[10]　百憂明未喪

세상만사에는 조금도 관심이 없다네.	萬事寸無關
생질은 천 리 밖에 나가,	姊姪一千里
열두 성상이 지나갔구나.	星霜十二還
궂은 장마 속의 삼월 초하루,	窮霪三月晦
외로운 꿈 오경에 더 차갑네.	孤夢五更寒
방장산이 만약 저버리지 않으면,	方丈如無負
편지 왕복이야 또한 어렵겠는가.	晉書亦獨難

■ 약포藥圃 정탁鄭琢(1526-1605)

자는 자정子精, 호는 약포藥圃, 본관은 청주淸州다. 중종 병술 (1526)년에 태어났다. 어려서부터 기이한 자질이 있었다. 의정議 政[11]을 지낸 이준경은 사람을 잘 보았는데, 공을 한 번 보고는 매우 훌륭한 인재로 여기며 "모습이 암용[雌龍]을 닮았으니 훗날 반드시 큰 귀인貴人이 될 것이다." 하였고, 서울에 있을 때 관상 을 보는 자가 공을 보고, "그대는 참으로 인자한 사람이다. 분명 만인의 목숨을 구제할 것이다." 하였다. 임자(1552)년 사마시에 합격하였으며, 무오(1558)년 문과에 급제하였다. 좌의정에 이르렀 으며, 서원부원군西原府院君에 봉해졌다. 일찍이 정언으로 있을 때 윤원형尹元衡 등이 권력을 전횡하여 국가를 망친 죄를 논핵하 였는데, 옛날 강직한 신하의 풍모가 있다고 하였다. 임진(1592)년

---

10) 눈은 멀지 않았지만 : 공자의 제자 자하子夏가 아들을 잃고 슬피 울어 눈이 멀었다. 남명이 아들을 잃은 이후로도 여러 가지 근심을 많이 겪었 지마는 아직 눈이 멀지는 않았다는 뜻이다.

11) 의정議政 : 의정부에 딸려 있던 정1품의 영의정·좌의정·우의정 등 3의정 을 아울러 가리키는 말로, 이준경은 3의정을 모두 역임하였다.

에 왕이 서쪽으로 피신해야 한다는 의론을 가장 먼저 내었고, 북쪽으로 가서 구원을 요청하였는데, 대개 중흥中興의 공은 실로 공에게서 말미암은 것이다. 죽은 뒤 영의정에 추증되었으며, 시호는 정간貞簡이다. 예천醴泉의 정도서원正道書院에 향사되었다.

○ 신유(1561)년 공이 선생을 뵙고 수학하였는데, 추장推獎과 허여許與를 깊이 입었다. 집으로 돌아갈 때 선생이 소 한 마리를 주면서 타고 가게 하였는데, 공이 그 뜻을 깨닫지 못하였다. 그러자 선생이 "그대는 말이 너무 급하니, 천천히 말함으로써 앞날을 기약하는 것만 못할 것이네." 하였다. 선생이 임금의 부름을 받고 상경했을 때 공이 강가에까지 나와 맞이하였으며, 제자의 예를 두텁게 지켰다.

- 수우당守愚堂 **최영경崔永慶**(1529-1590)

자는 효원孝元, 호는 수우당守愚堂, 본관은 화순和順이다. 중종 기축(1529)년에 태어났다. 태어나서부터 기이한 자질을 지녔었다. 『사기史記』를 읽다 맥수가麥秀歌[12]에 이르러서는 목이 메어 소리를 내지 못하였고, 조금 자라서는 입에서 상스런 말이 없어졌다. 어머니의 병이 위독하자, 팔을 찔러 낸 피를 약에다 섞어 드렸는데 소생하였다. 상을 당하여서는 3년 동안 여묘를 살았는데, 호랑이가 산돼지를 물고 와 조석朝夕의 상식上食에 이바지하게 하였다. 제삿날이 되어서는 노루가 동산 안으로 들어왔다. 이는 대

---

12) 맥수가麥秀歌 : 기자箕子가 멸망한 그의 조국 은殷나라의 도읍지를 지나면서 읊었다는 노래이다.

개 정성스런 효성이 신을 감동케 한 것이다. 유일로 여러 번 부름을 받아 지평持平에 이르렀으나 모두 부임하지 않았다. 소재 노수신이 일찍이 편지를 보내어서 "공의 고집불통의 병폐가 클 것입니다." 하자, 공이 "출사의 해로움도 작지 않을 것입니다." 라고 답하였다. 성품은 엄정하고 악을 미워함에 조금도 용서치 않았다. 만약 시세에 붙어 아부하는 사람이 있으면 진흙탕에서 뒹구는 돼지처럼 보았는데, 이 때문에 당시 미움을 샀던 적이 많았다. 일찍이 진주 도동道洞의 죽림 속에 집을 짓고, 국화 몇 떨기, 매화나무 몇 그루, 연蓮 몇 줄기, 학鶴 한 마리를 두었다. 기축옥사가 일어나자 당인黨人이 '길 삼봉吉三峯'의 설을 날조하였고, 또 '최 삼봉'이라 바꾸어 일컬었으며, 만장동萬場洞에서 역적과 만났다고 하는 등 반드시 해치기를 도모하였다. 진주의 옥에 갇혀 있을 때에 금오랑金吾郎[13]이 칼을 벗기고자 하였는데, 공이 "임금님의 명령이니 벗어서는 안 된다." 하니, 뜰에 가득한 이졸吏卒들이 모두 눈물을 흘렸다. 또 왕성의 옥에 갇혀있을 적에는 날마다 대궐을 향하여 앉았으며, 일찍이 이를 조금도 바꾼 적이 없었다. 하루는 안색이 갑자기 나빠지자, 옆에 있던 사람들이 모두 놀랐다. 공이 서서히 일어나서 크게 '정正' 자 한 글자를 쓰고, 박사길朴士吉[14]을 돌아보며 "공은 이 글자를 알아보겠는가." 하고는 얼마 있다가 졸하였다. 김우옹과 홍여순이 힘을 다해 공의 억울함을 풀었다. 대사헌에 추증되었으며, 덕천서원에 배향되

---

13) 금오랑金吾郎 : 의금부도사義禁府都事의 별칭別稱이다.
14) 박사길朴士吉(1549-?) : 자는 경언慶彦, 본관은 무안이며 낙안에 거주하였다. 1589년 생원에 입격하였다.

었다.

○ 공은 서울에 있을 때부터 선생의 높은 풍모를 듣고선, 죽순을 폐백으로 준비하여 덕천으로 와서 배알하였다. 선생이 한 번 보고서는 세상에 뛰어난 인물로 인정하였다.

■ 죽각竹閣 이광우李光友(1529-1619)

자는 화보和甫이며, 호는 죽각竹閣이다. 청향당 이원의 조카로, 중종 기축(1529)년에 태어났다. 행의行誼가 도타웠으며, 학문이 순정純正하여 세상 사람들이 '석덕군자碩德君子'라 일컬었다. 겸재 하홍도가 일찍이 "공은 비록 난리에 달아나 숨거나, 늙고 병든 와중에도 성誠·경敬을 위주로 하는 학문을 그만두지 않았다. 어버이 상에 시묘살이하고 죽을 마시며 상기喪期를 마쳤다. 처가 사람 가운데 요직에 있는 사람이 좋은 관직을 주려고 했으나, 공은 힘껏 사양하였으며, 평생 도의로써 스스로 면려하였다." 하였다. 숙종 임오(1702)년 도천서원道川書院에 배향되었으며, 정조 무신(1788)년 배산서원培山書院에 향사되었고, 임자(1792)년 덕연서원德淵書院에 향사되었다.

○ 공은 약관에 종형從兄인 송당松堂 이광곤李光坤(1528-?)과 함께 선생을 배알하고 가르침을 청하였다. 뜻이 성실하고 독실하여 부지런히 노력하고 게으르지 않았다. 선생이 일찍이『중용』의 성誠·경敬·성性·도道 등에 대해 공에게 질문하여 설명하게 하였는데, 공이 자세하고 명확하게 분별하여 대답하였다. 선생이 기뻐하며 "그대의 견해가 이미 이러한 경지에 올랐는지 생각 못

했네." 하였다. 선생이 등창을 앓을 때 공은 밤낮으로 간호하였다. 몇 달 뒤 선생이 세상을 떠나자, 공은 동문의 여러 사람과 예법에 따라 상을 지냈다. 또 장사를 지낼 때에도 찾아갔으며, 심상心喪 삼년을 하였다. 병자(1576)년 최영경·하항 등과 덕천서원을 창건하였다. 이로부터 왕래하며 선생의 사당에 지알祗謁하고, 선생을 그리워하는 마음을 담았다. 신축(1601)년 모촌茅村 이정李瀞(1541-1613), 창주滄洲 하징河憕(1563-1624) 등의 제현과 덕천서원을 중수하였다.

■ 각재覺齋 하항河沆(1538-1590)

자는 호원浩源, 호는 각재覺齋, 본관은 진양이다. 중종 무술(1538)년에 태어났다. 정묘(1567)년 생원에 입격하였다. 지조가 굳고 청수淸粹하며, 재주가 뛰어나게 훌륭하였다. 두 번 참봉에 제수되었으나 나아가지 않았다. 기축(1589)년 많은 선비가 화를 입었다. 공은 소를 준비하여 대궐 문에서 엎드려 부르짖으며, 수우당의 원통함을 신원하려고 하였는데, 이루지 못하자 죽을 때까지 한으로 여겼다. 중년中年에 대각촌大覺村으로 옮겨가 살았으며, 그로 말미암아 호를 삼았다. 만년에는 다시 돌아와 옛터를 수리하고 그 집을 내복재來復齋라 제액하였다. 대각서원大覺書院에 향사되었다.

○ 공은 약관에 산천재에서 선생을 배알하였으며, 매우 공경하게 제자의 예의를 갖추었다. 선생은 공의 재주 있음과 학문에 뜻을 둔 점을 사랑하였으며, 『소학』·『근사록』 등의 책을 읽기를

권하였다. 이로부터 오로지 위기지학만을 숭상하여 매일 강구講究하기를 일삼았다. 몸소 실천함이 독실하였고, 언행에 법도가 있었는데, 선생이 훌륭한 인재로 소중하게 여겼다. 진주에서 학문에 뜻을 둔 선비들이 나아갈 방향을 조금 알게 된 것은 대개 공이 앞장서서 인도했기 때문이다. 선생이 돌아가시자, 심상을 마친 뒤 덕천서원의 원장이 되었으며, 자못 당시의 사표가 되었다. 『산해연원록山海淵源錄』을 찬술하였으나 병화兵火로 소실되었다.

■ 옥동玉洞 문익성文益成(1526-1584)

자는 숙재叔栽, 호는 옥동玉洞이며, 본관은 남평南平이다. 진사 문옹文翁의 아들로, 중종 병술(1526)년에 태어났다. 타고난 자질이 순정純正하며, 기상이 온화하고 깨끗했다. 가정에서의 가르침을 잊지 않았고, 학문을 좋아하여 게으르지 않았다. 오건, 최영경, 김우옹, 정구, 하항 등의 제현과 이택麗澤[15]의 벗이 되었다. 어려서부터 글을 잘 지었다. 기유(1549)년 사마시에 합격하였으며, 신유(1561)년 문과에 급제하였다. 병인(1566)년 다시 발영시拔英試에 발탁되었다. 관직을 역임하여 지평持平·헌납獻納에 이르렀으며, 외직으로 나가 고을 원이 되어서는 모두 잘 다스린 공적이 있었다. 합천陜川의 도연서원道淵書院에 향사되었다.

---

15) 이택麗澤 : 나란히 있는 두 못의 물이 물기[水分]를 유지하는 데 서로 도움이 되듯이, 학문을 강구하고 덕을 닦아가기에 서로가 도움을 주는 것을 말한다.

○ 공은 두 형 문익형文益亨·문익명文益明과 함께 산해정에서 함께 수학하였으며, 선생이 힘써 배운다고 인정하였다.

■ 황암篁嵒 박제인朴齊仁(1536-1618)

자는 사중思仲, 호는 황암篁嵒 또는 정묵재靜默齋, 본관은 경주다. 홍문관 저작을 지낸 박앙朴盎의 6세손으로, 중종 병신(1536)에 태어났다. 선조 갑오(1594)년 천거되어 태릉 참봉泰陵參奉에 제수되었다. 또 왕자사부王子師傅에 제수되었으나 모두 취임하지 않았다. 임인(1602)년 겨울 또 소명을 받고 왕자사부가 되었다. 임금이 왕자를 가르칠 때 어떤 책을 우선으로 배워야 하는지 묻자, 대답하기를 "먼저 『대학』을 읽어 규모規模를 정한다는 선현의 설이 있습니다." 하였다. 임금이 훌륭하게 여기고 왕자에게 이르기를 "밝은 선생을 얻었으니 노력하여라." 하였다. 좌랑, 현감, 판관 등의 관직을 두루 역임하였다. 현종 신축(1661)년 도림서원道林書院에 향사되었으며, 헌종 병오(1846)년 옮겨져 평림서원平川書院에 봉안되었다.

○ 기미(1559)년 예물을 준비하여 선생을 찾아뵙고, 급문한 제현과 경의經義를 토론하였다. 선생이 "파릉巴陵[16]의 고상한 선비 박모는 난형난제難兄難弟다." 하였다. 임진(1592)년 병화兵火에 덕천서원이 불에 타자, 강우지역의 제현이 중건에 대한 논의를 일으켰으며, 공은 멀리서 다음의 시를 지어 보내었다.

---

16) 파릉巴陵 : 함안咸安의 옛 이름이다.

잿더미 담아 나르고 무너진 벽돌 정리하여,	畚灰輦燼整頹甎
동우棟宇 새로 일으키니 옛모습 완연하네.	棟宇重新尙宛然
혼백은 양양하게 오르내리는 듯하며,	精爽洋洋如陟降
제기는 가지런해 엄전하고 경건하네.	豆籩秩秩儼恭虔
푸른 빛 천왕봉은 예전 모습이며,	天王蒼翠昔顔面
맑은 못물은 예전에 솟던 샘이네.	潭水澄虛舊活泉
오직 바라노니, 천년토록 항상 바뀌지 아니하며,	惟願千秋恒勿替
깨끗하고 공경히 제물 올려 예에 허물이 없기를.	潔尊肥俎禮無愆

■ 일신당日新堂 이천경李天慶(1538-1610)

자는 상보祥甫, 호는 일신당日新堂, 본관은 합천이다. 중종 무술(1538)년에 태어났다. 성품이 지극히 효성스러웠으며, 열 살에 부친상을 당하여서는 성인成人처럼 집상執喪하였다. 모친을 섬기되 정성과 공경을 극진히 하였다. 모친상을 당하여서는 상복을 벗기도 전에 임진왜란을 겪었는데, 위패를 안고 제기祭器를 짊어지고 반드시 챙겨서 다녔다. 아침저녁으로 상식上食을 올렸는데, 혼란스럽고 궁핍하여도 하루도 빠뜨리지 않았다. 상기喪期중에는 꿩이 나무에 걸려서 잡히거나 소가 다리에서 다리를 꺾이는[17] 기이한 일이 벌어져서 제수祭需로 사용할 음식을 얻게 되니, 사람들이 모두 효성에 감복하였다. 북군北郡의 영평현永平縣에 거처하게 되었는데, 거주민들이 공의 행의行誼를 보고서 많은

---

17) 소가 … 꺾이는 : 제사에 사용할 고기를 구하지 못하고 있을 때 마침 어떤 사람이 소를 끌고 가다가 소가 다리에서 떨어져서 다리가 부러졌다. 이에 소 주인이 못 움직이게 된 소를 처분하자 이천경이 그 고기를 사서 제사에 사용했다고 한다. 이 이야기는 『일신당집日新堂集』「연보年譜」에 기록되어 있다.

교화를 입었다. 만년에는 고향의 한적한 산속에 정사精舍를 짓고, 일신당日新堂이라 편액하였다. 인조 연간 참판에 추증되었으며, 단성丹城의 청곡서원淸谷書院과 영평永平의 임유서원淋流書院에 향사되었다.

○ 공은 일찍부터 선생의 문하에서 가르침을 받았으며, 과거 공부를 그만두고 임천林泉에서 절개를 굳게 지키며 만년을 보냈다.

■ 영모암永慕庵 정구鄭構

자는 긍보肯甫, 호는 영모암永慕庵이며, 본관은 경주다. 이조참의 정차공鄭次恭의 현손으로, 중종 임오(1522)년에 태어났다. 효성으로 음성 현감陰城縣監에 제수되었으나 취임하지 않았다. 다시 산음 현감山陰縣監에 제수되어서는 어버이를 봉양하기 위해 취임하였다. 어버이가 죽었을 때에는 여드레 동안 한 잔의 물도 입에 대지 않았고, 이척易戚[18]을 모두 극진히 하였으며, 슬픔으로 몸을 상함이 매우 심하였다. 처음 공이 어버이를 봉양할 때에 사나운 호랑이가 노루를 잡아주었으며, 여묘를 살 때에는 신비한 승려가 모시와 솥을 주니, 조정과 민간에서 그 소문을 듣고 기이하게 여겼다. 국상을 당해서는 방상삼년方喪三年[19]을 지냈다. 집에

---

18) 이척易戚 : 형식적으로나 내용적으로 모두 훌륭하게 상례를 치르는 것을 말한다. 『논어論語』「팔일八佾」에 "상례는 형식적으로 잘하기보다는 차라리 슬퍼하는 마음이 가득해야 한다.[喪與其易也 寧戚]"고 하였다.
19) 방상삼년方喪三年 : 임금의 상에 부모의 상사喪事와 마찬가지로 거상居喪하는 것을 말한다.

어필御筆을 소장하고 있었는데, 감상할 적에는 반드시 분향하고 네 번 절하였다. 『단구지丹邱誌』에 이러한 내용이 보인다.

○ 공은 일찍부터 급문하여 수학하였으며, 상을 당했을 때에는 선생이 편지를 보내 지나친 효성으로 몸을 상하지 않도록 당부하였다.

■ 동곡桐谷 이조李晁(1530-1580)

자는 경승景升, 호는 동곡桐谷, 본관은 성주다. 중종 경인(1530)년에 태어났다. 성품은 순수하고 겸허하며 기백이 있었다. 일찍 고아가 되었으나 스스로 분발하여 공부하였다. 선조 정묘(1567)년 문과에 급제하였다. 외직으로 나가서는 동래 호송관東萊護送官이 되었는데, 왜倭국의 사신이 그의 청렴함에 감복하여, '6월의 맑은 얼음' 같다고 칭찬하였다. 진주와 경주의 교수教授로 있을 때에는 학제學制를 엄격하게 세워 사풍士風을 권장하였다. 내직으로 사헌부 감찰司憲府監察이 되어서는 권귀權貴의 비위를 거스르게 되어 벼슬을 내놓고 돌아왔다. 그 뒤로 현감縣監, 전랑銓郎에 제수되었으나 모두 취임하지 않았다. 숙종 기사(1689)년 두릉서원杜陵書院에 향사되었다.

○ 공은 어려서부터 선생의 문하에서 수학하였으며, 함양하는 공부에 마음을 쏟았다. 일용의 이륜과 일에 응하고 사물을 대하는 것에서부터 천덕天德과 왕도王道에 이르기까지, 자세히 연구하고 궁구하였으며, 역학에 더욱 조예가 있었다. 선생의 문하에 들어와서 계발된 것이 많았다.

■ 진주 목사晉州牧使 구변具忭

자는 시중時中, 본관은 능주綾州이다. 중종 기축(1529)년에 태어났다. 임자(1552)년 진사시에 합격하였으며, 무오(1558)년 문과에 급제하여, 봉사시정奉事寺正·한원翰苑·전랑銓郞 등을 역임하였다.

○ 병인(1566)년 선생이 명종의 부름을 받고 상경하였을 때, 온 조정의 관리들이 서봉瑞鳳과 경성景星처럼 보고선 다투어 찾아와 배알하며, 학문을 여쭈고 질문하였다. 공 또한 그 때 예물을 가지고 찾아뵙고 학문에 대해 물었으며, 성심誠心으로 존모하였다. 선생이 돌아가신지 4년 뒤인 병자(1576)년 사림士林이 덕천서원을 지으려고 하였는데, 당시 공은 진주 목사晉州牧使로 고을을 다스리고 있었다. 최영경·하항·무송撫松 손천우孫天祐(1533-1594)·조계潮溪 유종지柳宗智(1546-1589)·영무성寧無成 하응도河應圖(1540-1610) 등의 여러 사람과 함께 마음을 모아 창건하였으며, 녹봉祿俸을 덜어서 일을 주관하는 등 온 힘을 다하였다. 선생의 묘소에 제사 지낸 제묘문祭墓文에 "임금이 학서鶴書[20]로 재촉해서 부르니 우뚝한 천왕봉 벗어나 길을 나섰지요. 이끼 낀 물가에 왕림하심에 좇아서 가르침을 얻었지요. 다시 왕경王京에서 배알하고 조용히 대화를 나누었으며, 은근히 가르치고 깨우쳐서 막힌 눈과 귀를 열어주었지요.[鶴書催召 路出孤峰 枉顧苔磯 得趨下風 復拜王京 接話從容 指諭懃懃 開示盲聾]"하였다.

---

20) 학서鶴書 : 한漢 나라 때 선비를 초빙하는 편지를 마치 학의 머리처럼 쓰는 전자체篆字體를 이용한 까닭에 그 편지 명칭을 학두서鶴頭書라 하였다.

■ 송당松堂 이광곤李光坤

자는 후중厚仲이며 호는 송당松堂이다. 청향당 이원의 아들로,
중종 무자(1528)년에 태어났다. 공은 선을 좋아하고 악을 미워함
이 천성에서 나왔다. 어버이 상을 당해서는 여묘살이를 하며 죽
을 마셨으며 예를 넘어서 몹시 슬퍼하였다. 오건·최영경·정구·하
항 등의 제현과 매우 두터이 사귀었다. 임진년과 정유년에 왜란
이 일어났을 때에는 평안도 정평定平에 들어가 살았는데, 북쪽의
풍속이 사리에 몹시 어두운 것을 보고선, 비록 난리통에 떠나와
사는 중이었지만 반드시 학문으로 깨우치고 예로써 가르쳤다.
뒤에 고을 사람들이 비백산鼻白山 아래에 사당을 세우고 제사를
지냈다.

○ 공은 일찍 급문하여 가르침을 청하였으며, 사문師門의 지결
旨訣을 마음에 새겨서 잊지 않았다.

■ 원당源塘 권문임權文任(1528-1580)

자는 흥숙興叔이며, 호는 원당源塘이다. 안분당 권규의 아들로
중종 무자(1528)년에 태어났다. 명종 갑자(1564)년 진사시에 합격
하였고, 선조 병자(1576)년 문과에 급제하였다. 관직은 검열檢閱에
이르렀다. 헌종 갑진(1844)년 문산서원文山書院에 배향되었다.

○ 명종 병오(1546)년 부친의 명으로 선생에게 나아가 배웠다.
을축(1565)년 오건·양성헌養性軒 도희령都希齡(1539-1566) 등의 제현
과 함께 선생을 모시고 지곡사智谷寺·단속사斷俗寺 등의 사찰을
유람하였다. 임신(1572)년 선생이 돌아가시자, 공은 제문을 지어

"기운은 광악光嶽[21]을 타고났으며, 정자와 주자의 학문을 계승하셨네.[氣分光嶽 學承程朱]" 하였다. 성재性齋 허전許傳(1797-1886)이 지은 공의 묘갈에 "독실하게 효도와 우애를 행하였으며, 경과 의를 힘껏 실천하였네.[篤行孝友 力踐敬義]" 하였다.

■ 입재立齋 노흠盧欽(1527-1602)

자는 공신公信, 호는 입재立齋, 본관은 광주光州다. 중종 정해(1527)년에 태어났다. 갑자(1564)년 생원시에 합격하였다. 천거로 참봉에 제수되었으며, 관직은 찰방察訪에 이르렀다.

○ 선생은 일찍이 "공신은 경과 의를 배우고 궁구하여 도를 들음이 매우 일렀다."라고 하였으며, 또 "그대는 물을 거슬러 올라가는 배를 보지 못했는가? 잠시라도 방심하면 10장丈이나 밀려 내려간다네. 부디 힘써 정진하게." 하였다.

■ 탁계濯溪 전치원全致遠(1527-1596)

자는 사의士毅, 호는 탁계濯溪며, 본관은 완산完山이다. 종사랑從仕郎을 지낸 전인全絪의 아들로, 중종 정해(1527)년에 태어났다. 8세에 부친상을 당하여서는 예로써 복상服喪하였다. 장성해서는 진사시에 합격하였다. 임진왜란에 임금의 행차가 서쪽으로 파천하자, 공은 향병鄕兵을 모집하여 적을 토벌하였는데, 여러 사람

---

21) 광악光嶽 : 삼광三光과 오악五嶽을 말한다. 삼광은 해·달·별 곧 삼신三辰을 말하며, 오악은 중국의 다섯 영산으로 곧 태산泰山·화산華山·형산衡山·항산恒山·숭산崇山이다.

과 함께 창의하여 낙동강에서 길을 차단하여 왜적이 함부로 건너지 못하게 하였다. 계사(1593)년 공훈으로 사근도 찰방沙斤道察訪에 제수되었다. 초계草溪의 연곡서원淵谷書院에 향사되었다.

○ 공은 예물을 준비하여 선생의 문하에 찾아와 배알 하였는데, 선생이 훌륭한 인재로 소중하게 여겼다. 선생의 묘비문墓碑文은 대곡 성운이 지었는데, 공이 그 글씨를 썼다.

■ 남계藍溪 임희무林希茂(1527-1577)

자는 언실彦實, 호는 남계藍溪, 본관은 나주羅州다. 중종 정해(1527)년에 태어났다. 천품이 매우 고상하였으며, 재주와 식견이 탁월하였다. 명종 무오(1558)년 별시문과別試文科에 급제하여 괴원槐院[22]에 들어갔으며, 학유學諭·정자正字에 제수되었다. 지평持平·장령掌令을 염임하였으며, 좌·우승지左右承旨를 지냈다. 그리고 금산錦山·순창淳昌·밀양密陽·울산蔚山·능주綾州 다섯 고을의 수령을 역임하였다. 공은 시세가 나날이 잘못되어 가고 있음을 알았으며, 또 어버이의 노환으로 관직을 그만두고 돌아가기를 요청하였다. 덕계 오건, 청련 이후백, 개암 강익, 구졸재 양희 등과 도의로 사귀었다.

○ 공은 이종형인 옥계 노진과 함께 선생의 문하에서 수학하였다. 기유(1549)년 선생을 모시고 감악산甘岳山을 노닐었는데, 선생이 '「욕천浴川」'이라는 시를 지었다. 병인(1566)년 봄에 또 선생을 모시고 안음安陰의 3동洞[23]을 유람하며 시를 읊고 돌아왔다.

22) 괴원槐院 : 승문원承文院의 다른 명칭이다.

선생이 다음의 시를 보내었다.

푸른 봉우리 우뚝 솟아 있고 물은 쪽빛인데,	碧峯高揷水如藍
많이 보고 많이 간직해도 탐욕함은 아니라네.	多取多藏不是貪
이 잡으면서[24] 어찌 꼭 세상사 이야기하겠나?	捫蝨何須談世事
산 이야기 물 이야기만 해도 이야기가 많은데.	談山談水亦多談

공이 선생을 애도하며 지은 제문에 "변변치 못한 소자는 간곡한 가르침 여러 번 받았으며, 공경히 들었던 마지막 말씀이 아직도 귓가에 가득합니다.[小子無狀 累承諄諄 敬奉末言 尙今盈耳]"하였다.

■ 예곡禮谷 곽율郭赳(1531-1593)

자는 태정泰靜, 호는 예곡禮谷, 본관은 현풍玄風이다. 중종 신묘(1531)년에 태어났다. 무오(1558)년 사마시에 합격하였다. 명종 연간에 서울과 지방의 많은 선비들이 요사한 중 보우普雨(1509-1565)의 죄를 성토하였는데, 공을 추대하여 소수疏首로 삼았다. 임신(1572)년 겨울 성균관에서의 천거로 조지서 별제造紙署別提에 처음 제수되었다. 계유(1573)년 어버이를 편하게 봉양하기 위해서 임소任所를 바꾸어 김천 찰방金泉察訪이 되었다. 을유(1585)년 또

---

23) 안음安陰의 3동洞 : 금원산 동북편 계곡의 원학동猿鶴洞, 기백산 서남편 장수長水 계곡의 심진동尋眞洞, 황석산 서쪽 계곡의 화림동花林洞 등 안음 지역에서 절경을 이루고 있는 곳이다.
24) 이 잡으면서 : 예법의 구속을 당하거나 다른 사람의 눈치를 보지 않고 거리낌 없이 살아간다는 뜻이다.

송라 찰방松羅察訪에 제수되었으며, 병술(1586)년 조정에서 학행으로 천거하여 사포서 별제司圃署別提에 제수하여, 송라에서 서울로 부임하였다. 얼마 뒤에 홍산 현감鴻山縣監에 제수되었으며, 이 해에 군자감 판관軍資監判官으로 승진하였다. 고을 사람들이 비석을 세워 덕을 노래하였는데, 겨우 몇 달을 보내고 나서 예천 군수醴泉郡守에 제수되었다. 뒤에 창의하여 왜적을 토벌하였으며, 예빈시 부정禮賓寺副正으로 특진 되었다. 창녕의 관산서원冠山書院과 현풍의 도동서원道東書院 별사別祠에 향사되었다.

○ 공은 일찍이 선생을 배알하였다. 선생은 간곡하게 가르쳐 주었으며, 질문을 살펴서 자세히 말해주어 의심이 남지 않도록 하였다. 깨우치고 계발된 바가 있었다.

■ 대소헌大笑軒 조종도趙宗道(1537-1597)

자는 백유伯由, 호는 대소헌大笑軒, 본관은 함안咸安이다. 중종 정유(1537)년에 태어났다. 무오(1558)년 생원시에 합격하였다. 유일로 다섯 고을의 수령을 두루 역임하여 치적이 있었다. 임진(1592)년 창의하였으며, 정유(1597)년 함양 군수咸陽郡守가 되었다. 안의의 황석산성黃石山城 전투에서 순절하였다. 이조판서로 증직되었으며, 시호는 충의忠毅다. 임금이 정려와 복호復戶[25)]를 내리도록 명하였다. 거듭 사제賜祭를 입었으며, 임금이 전조銓曹에 특별히 명하여 자손을 두루 등용하게 하였다. 『삼강행실록三綱行實

---

25) 복호復戶 : 어떤 특정한 대상자에게 요역과 전세田稅 이외의 잡부금을 면제하던 시켜 주는 것을 말한다.

錄』과 『해동명신록海東名臣錄』에 이러한 일이 기록되어 있다. 함안의 덕암서원德巖書院, 안의의 황암서원黃巖書院, 진주의 경림서원慶林書院 등에 향사되었다.

○ 기미(1559)년 공은 외구外舅인 신암 이준민을 따라가 예물을 갖추어 선생을 배알하였다.

■ 운당雲塘 이염李琰(1537-1587)

자는 옥오玉吾, 호는 운당雲塘 또는 안계安溪며, 본관은 철성鐵城이다. 부사직副司直을 지낸 이자李磁의 아들이며, 청파靑坡 이륙李陸(1438-1498)의 현손玄孫이다. 재기才器와 도량이 웅대하였으며, 용모가 수려하였다. 어려서 『소학』에 힘을 쏟았으며, 『대학』에 더욱 공을 들여 공부하였는데, 성의장誠意章의 '불기不欺'와 '근독謹獨'으로 일용의 공부로 삼았다. 최영경·하항 등의 제현과 도의로 사귀었으며 의리를 탐구하였다. 또 옥피리를 불며 서로 화답한 적이 있다. 이후에 천거로 남부 참봉南部參奉에 제수되었으나 취임하지 않았다. 조동槽洞에 살면서 임연정臨淵亭을 지었으며, 매일 그곳에서 시를 읊으며 지냈다. 50세에 졸하였다. 병이 위독할 때에 최영경·유종지·하응도 등이 찾아와 문병하였는데, 공이 "제가 먼저 죽는 것을 슬퍼하지 마십시오. 몇 년 뒤에는 제가 먼저 간 것을 부러워 할 것입니다." 하였다. 기축(1589)년 사화가 일어났을 때에 최영경과 유종지는 모두 화를 입었는데, 사람들이 공의 선견지명에 탄복하였다. 정강서원에 향사되었다.

○ 선생의 문하에서 가르침을 받았다.

■ 영무성寧無成 하응도河應圖(1540-1610)

자는 원룡元龍, 호는 영무성寧無成, 본관은 진양이다. 중종 경자(1540)년에 태어났다. 계유(1573)년에 진사시에 합격하였다. 기개와 도량이 드넓었으며, 작은 절조에 구속되지 않았다. 천거로 소촌 찰방김村察訪에 제수되었다. 계사(1593)년 진주성이 함락되고 고을은 죄다 뿔뿔이 흩어져 남아있는 것이 없었는데, 체찰사體察使 이원익李元翼(1547-1634)이 조정에 청원하여 공을 판관判官에 제수하였다. 그 뒤로 능성綾城과 예산禮山 두 고을에 제수되었으며, 모두 선정의 치적이 있었다. 대각서원大覺書院에 향사되었다.

○ 공은 일찍이 선생의 문하에 들어가 나아갈 바를 알았다. 선생이 퇴계의 부음을 듣고 몹시 슬퍼하며 "이 사람이 죽었다고 하니 나 또한 세상에 오래 머물지 못하겠구나."라고 하고는 『사상례절요士喪禮節要』1책을 기록해서 주며 "내가 죽거든 이에 의거하여 상례를 치러라." 하였다. 선생이 돌아가시고 4년 뒤인 병자(1576)년 공이 최영경·하항 등 제현과 덕천서원을 창건할 적에, 자신의 땅 수백 묘畝를 서원 터로 기증하였다.

■ 성암省庵 김효원金孝元(1542-1590)

자는 인백仁伯, 호는 성암省庵, 본관은 선산善山이다. 중종 임인(1542)년에 태어났다. 갑자(1564)년 사마시에 합격하였으며, 을축(1565)년 문과에 장원으로 급제하였다. 관직은 부사에 이르렀다.

○ 선생이 공에게 답한 다음의 편지가 있다.

"공은 타고난 성품이 온화하고 선량하니, 물 뿌리고 비질하고 응대應對하는 것은 어려서부터 익숙한 일입니다. 이제 『대학』을 가지고 공부하며 틈틈이 『성리대전性理大全』을 한두 해 탐구하십시오. 항상 『대학』 한 집에만 출입하게 되면, 연燕나라에 가고 초楚나라에 가더라도 본가本家로 돌아와 머물게 될 것입니다. 성인이 되고 현인이 되는 것도 모두 이것에서 벗어나지 않습니다. 천길 절벽처럼 우뚝하게 서서 머리가 쪼개지고 사지四肢가 분해되더라도 시속에 따라 변하지 않은 뒤에야 길이吉人이 될 수 있을 것입니다."

선생이 돌아가시자 공이 다음의 시로써 애도하였다.

예전 어느 밤 날을 추억해 보면,	追惟昔年夜
우둔함에도 밝은 빛 곁에 가까이 두셨지요.	愚魯近光輝
이끌고 잡아주어 미혹에서 벗어나게 했으며,	誘掖回迷走
가득 채워서 실질을 보고 귀의하게 하셨네.	充盈見實歸

■ 설봉雪峰 박찬朴澯(1538-1581)

자는 경청景淸, 호는 설봉雪峰, 본관은 밀양이다. 중종 무술(1538)년에 태어났다. 천성이 엄숙하고 굳세며, 재기와 도량이 뛰어나고 엄정하였다. 17세에 부친상을 당해서는 예를 넘어서 몹시 슬퍼하였다. 20세에 학문에 종사하였다. 향시鄕試에는 여러 차례 합격하였지만 끝내 급제하지는 못하였다. 집에 거처할 적에는 내외 구분의 엄정하기가 마치 조정朝廷에 있는 것 같이 하였다. 종일 정좌하여 옛 성현의 서적을 두루 섭렵하였으며, 집안일로 마음을 빼앗기지 않았다. 몸을 단속하고 처신을 바르게 하였으며, 반드시 옛 성현을 법도로 삼았다. 산수를 아주 즐기는 성격으로 입암立嵒의 천석泉石을 매우 좋아하였다. 띠를 베어 여막을 짓고 학문을 닦는 곳으로 삼았다.

○ 공은 선생의 문하에 출입하고부터 문득 명리名利에 뜻을 끊었다. 정구·김우옹과 함께 서로 왕래하며 강마講磨하였다. 선생을 애도하며 지은 제문의 일부분에 "소자小子가 불민하여 어리석고 무식하였지요. 늦게나마 다행히 문하에서 안석과 지팡이26)를 잡을 수 있었지요. 그래서 선생의 크고 정대한 말을 얻어 들어 기질을 변화시킨 것이 많았습니다.[小子不敏 狂愚踈昧 晚幸得操几杖於門廡之下 獲聞先生宏偉正大之論 有以變化其氣質者多]" 하였다.

■ 선원仙院 권세륜權世倫(1542-1581)

자는 경이景彝, 호는 선원仙院이며 본관은 안동이다. 화원군花原君 권중달權仲達의 후손으로 중종 임인(1542)년에 태어났다. 경오(1570)년 사마시에 합격하였다. 천성이 참되고 순박하였으며, 지조가 바르고 확고하였다. 덕계 오건과 가까이 지내며 강마하였고, 마음을 다잡아 힘써 공부하였다. 어버이 상을 당해서는 묘소 곁에 여막을 짓고 살았다. 삼 년간 읍혈泣血하는 동안 몸이

---

26) 안석과 지팡이 : 『예기禮記』 「곡례曲禮」에 "어른에게 어떤 일을 문의할 적에는 반드시 안석과 지팡이를 쥐고서 따라간다.[謀於長者 必操几杖以從之]"라는 말이 보인다.

상하여 뼈만 남게 되었다. 결국 이 때문에 숨졌다. 고을 사람들이 모두 애석하게 여겼다. 운창雲牕 이시분李時馪(1588-1663)이 특별히 그 일을 기록하여 『단구지丹邱誌』에 실었다.

○ 공은 선생의 문하를 출입하며 위기지학에 대해 얻어들었다.

■ 영모정永慕亭 하진보河晋寶(1530-1585)

자는 선재善哉, 본관은 진주다. 중종 경인(1530)년에 태어났다. 을묘(1555)년 과거에 급제하여 승문원 정자가 되었으며, 예문관藝文館·승정원承政院·춘방春坊·병조兵曹·사헌부司憲府 등에서 관직을 두루 역임하였다. 외직으로 고을 수령을 역임한 것이 다섯 번이었다. 일찍이 성주 목사가 되었을 때 창고에 저장된 수십만 곡斛27)의 곡식이 장차 문드러져 먹을 수 없게 되었다. 이에 공은 백성들에게 곡식을 빌려주고 빌려준 곡식의 반만 거두어 들였다. 온 고을 사람들이 공의 덕을 입었고, 국가의 예산 또한 부족하지 않게 되었다.

○ 공이 일찍이 사헌부에 있을 때에 권력을 전횡하여 국가를 망친 윤원형의 죄를 논핵하였는데, 선생이 편지를 보내어 칭찬하였다. 또 일찍이 김해 부사金海府使로 있을 때에 고을 사람들과 선생의 위패를 모시는 신산서원新山書院을 산해정의 옛터에 창건하였다.28)

---

27) 곡斛 : 1곡은 10말의 용량이다.
28) 하진보(1530-1585)는 명종(재위, 1545-1567) 때 김해부사를 역임하였고, 신산서원은 선조 무자(1588)년에 처음으로 건립되었으니, 하진보가 신산서원 창건에 관여하였다는 기록은 와전이다.

■ 송암松庵 이로李魯(1544-1598)

자는 여유汝唯, 호는 송암松庵, 본관은 철성이다. 중종 갑진
(1544)년에 태어났다. 자못 영특하고 남달리 빼어났으며, 강개한
성품으로 지조와 절개가 있었다. 경신(1560)년 유헌游軒 정황丁熿
(1512-1560)이 거제에서 귀양살이 하고 있다는 소식을 듣고선 찾
아가 배웠다. 갑자(1564)년 진사시에 합격하였으며, 선조 기사
(1569)년 을사사화 때의 충신을 신원伸寃하고 간신奸臣을 변척辨斥
하기를 바라는 내용의 소를 올렸다. 갑신(1584)년 봉선전 참봉奉
先殿參奉에 제수되었다. 경인(1590)년 문과에 급제하여, 최영경의
원통함을 소를 올려 호소하였다. 신묘(1591)년 직장直長으로서 비
의比擬하여 일본에 답하는 편지를 지었는데, 말이 엄정하며 도리
가 정당하였다. 봉사封事를 올려서 시사時事를 절실히 논의하였
다. 임진(1592)년 서울에 있었는데, 하루하루 위급하다는 변방의
보고를 듣고서 조종도와 함께 상국相國 서애西厓 유성룡柳成龍
(1542-1607)을 찾아가 "남쪽으로 내려가서 창의하겠다."고 하였다.
그리고 길에서 격문을 띄워 여러 고을에 알렸으며, 또 소모관召
募官으로서 여러 군현郡縣을 순행하며 의병을 일으키고, 군량을
모아 군에 보급하였다. 뒤에 초유사招諭使 김성일金誠一(1538-1593)
의 표창으로 인해 전적典籍에 제수되었다. 여러 차례 옮겨져서
비안 현감比安縣監에 제수되어서는 치적이 있었다. 정유(1597)년
정언에 제수되었으며, 얼마 뒤 이원익이 도체찰사都體察使가 되
어서는 공을 참여관參與官으로 삼았는데, 공이 작전을 세운바가
많았다. 1년 남짓 학질을 앓다가 김산金山에서 졸하였다. 영조

을유(1765)년 예조 참의로 증직되었으며, 순조 임신(1812)년 이조 참판으로 증직되었고, 정축(1817)년 이조판서로 증직되었다. 고종 신미(1871)년 정의貞義로 시호가 내려졌으며, 낙산서원洛山書院에 향사되었다.

○ 계해(1563)년 공은 두 명의 동생과 함께 덕산으로 찾아가 선생을 배알하고 스승으로 섬겼다. 선생이 보고서는 훌륭하게 여기고 간절하고 지극하게 가르쳤다. 선생이 돌아가시자 공은 제문을 지어 제사지냈다.

■ 매와梅窩 노순盧錞

자는 자협子協, 호는 매와梅窩, 본관은 신창新昌이다. 명종 신해(1551)년에 태어났다. 임진(1592)년 의병을 일으켰으며 공적이 있다.

○ 공은 경의지설敬義之說을 선생에게 듣고서 마음으로 기뻐하고 진심으로 따랐다. 선생이 일찍이 공의 거처 인근을 지나갈 때, 공이 사람을 보내어서 치재致齊 중이기 때문에 받들어 모시지 못한다는 뜻으로 사례하였다. 선생은 "자협이 성인聖人께서 삼간 바29)를 배웠구나!" 하고 칭찬하였다.

■ 성극당省克堂 김홍미金弘微(1557-1605)

자는 창원昌遠, 호는 성극당省克堂, 본관은 상산商山이다. 명종

---

29) 성인聖人께서 삼간 바 : 『논어』「술이」에 "공자께서 삼가신 바는 재계함과 전쟁과 질병이었다[子之所愼 齊戰疾]."라는 말이 보인다.

정사(1557)년에 태어났다. 문과에 급제하여 청현직淸顯職을 두루 역임하였으며 부제학에 이르렀다.

○ 선생이 돌아가시자 공은 제문을 지어 "하늘이 현인을 낳으심에 또한 자주 있지 않는 법인데 선생은 때가 되어서 나오신 것이네. 굳세고 크며 곧고 반듯하여 천길 벽이 우뚝 서 있는 듯하네. 지조는 초월하시며 조예는 호연하시네. 공자와 맹자의 여서餘緒를 논하였으며, 이는 신이 내려와 임하신 듯 마음에 맞았지요. 떨치고 일어나 지조를 지키니 백세의 사표가 되었으며, 문장文章으로 드러내자 빛이 만장萬丈에 닿네. 평생 품은 큰 뜻은 요순시대堯舜時代와 같은 세상을 만드는 것이었으나, 세상의 험난함은 맹문孟門·태항太行30)과도 같았지요.[天之生賢 盖亦不數 曰惟先生 應期而出 剛大直方 千仞壁立 超乎其操 浩然有詣 孔孟緒論 神格心契 奮爲志操 百世爲師 發爲文章 萬丈光輝 平生大志 籌世虞唐 世路崎嶇 孟門太行]"라고 하였고, 또 "나의 천박하고 졸렬함 생각하면, 운 좋게 훌륭한 가르침 받았지요. 때로는 보잘 것 없는 관직에 매이기도 했고 또한 조정의 일로 인해, 병들어 계실 적에 몸소 문병하지도 못 했고 장례 때 상엿줄을 잡지도 못하였지요. 생각이 이에 미치자 길이 마음 아파 목이 멥니다.[顧惟薄劣 謬承善誘 或係微官 且緣麋鹽 病不躬問 葬不執紼 言念及此 長痛哽塞]"하였다.

■ 운강雲岡 조원趙瑗(1544-1595)

자는 백옥伯玉, 호는 운강雲岡이며 본관은 임천林川이다. 관직

---

30) 맹문孟門과 태항太行 : 맹문산과 태항산으로 높고 험난한 산을 뜻한다.

은 승지에 이르렀다.

○ 공은 일찍이 선생을 모셨는데, 선생은 단정한 선비로 허여하였다. 선생을 위해 지은 제문에 "조석으로 조심하고 근면하여 바라보면 의젓하니 사람들이 감히 경외敬畏하지 않을 수 없었으며, 정례情禮를 극진히 하였으며 세미한 곳까지 조리가 분명하니 사람들이 감히 사랑하지 않을 수가 없었지요. 소자가 선생을 배알하였을 적에 간곡히 가르쳐 주셨으며, 오묘한 이치를 설명해 주셨지요. 나아갈 방향을 일러준 것은 일찍이 거경居敬과 궁리窮理를 벗어나지 않았지요.[日乾夕惕 望之儼然 人不敢不畏 曲盡情禮 條暢細微 人不敢不愛 小子獲拜皐比 教誨諄諄 說與要妙 指授向方者 曾不出乎居敬窮理]"하였다.

- 모촌茅村 이정李瀞(1541-1613)

자는 여함汝涵, 호는 모촌茅村이며, 본관은 재령載寧이다. 성품은 총명하고 민첩하였으며, 일을 처리하는 수단이 있었다. 임진왜란에 의병을 일으켰으며 여러 번 큰 공을 세웠다. 관직은 목사에 이르렀으며, 대각서원에 향사되었다.

○ 공은 약관에 동생 이숙李瀟과 함께 선생에게 나아가 배웠다. 뒤에 덕천서원이 병화로 소실되고 유지遺址가 황폐해지자, 공은 진극경陳克敬(1546-1617)·하징과 함께 도모하여 중건하였다. 그래서 묘당廟堂과 재사齋舍가 모두 예전의 규모를 갖추게 되었다.

■ 부사浮查 성여신成汝信(1546-1632)

자는 공실公實, 호는 부사浮查, 본관은 창녕昌寧이다. 우윤右尹 성두년成斗年의 아들로 명종 병오(1546)년에 태어났다. 어려서부터 남달리 영리하였다. 14세에 삼경三經과 외전外傳을 다 읽었고, 능히 시詩·부賦·논論·책策 등의 문장을 지을 줄 알았으며, 필법 또한 당시에 유명하였다. 18세에 「운학부雲鶴賦」를 지어서 방백方伯이 순찰할 때 실시한 시험에 1등을 하였는데, 방백이 무릎을 치며 감탄하였다. 기유(1609)년 생원시에 합격하였다. 일찍이 세상을 경영하고 구제하려는 뜻이 있었으며, 스스로 후직后稷과 설卨[31]과 같은 인물로 견주었다. 계축(1613)년 동당시東堂試에 장원을 하였으나, 세상의 도리가 혼란함을 보고선 다시 회강會講을 하지 않고 돌아와서는, 부사정浮查亭을 지어 학문을 닦는 곳으로 삼았으며, 「침상단편枕上斷編」18조를 지었다. 양몽재養蒙齋와 지학재志學齋를 건립하여 자제子弟를 모아 가르쳤으며, 「동유찬東儒贊」을 지어 성현을 그리워하는 마음을 붙였다. 정유재란에 여러 고을이 와해瓦解되었는데, 둘째 아들 성용成鏞과 화왕산성에 있는 망우당忘憂堂 곽재우郭再祐(1552-1617)의 진영으로 찾아가서 군사상의 일을 도모하였다. 『창의동고록倡義同苦錄』에 이 사실이 기록되어 있다. 왜란이 끝난 뒤 학교가 모두 폐지되었는데, 향약鄕約을 세우고 후학을 장려하여 끊어진 학문을 강명講明하였다.

---

31) 후직后稷과 설卨 : 순舜 임금의 어진 신하인 후직后稷과 설契을 말한다. 순임금을 잘 보필하여 천하를 태평하게 하였다. '설契'은 '설卨'과 동자同字이다.

이에 유풍儒風이 크게 일어나게 되었다. 만년에 동계桐溪 정온鄭蘊(1569-1641), 설학雪壑 이대기李大期(1551-1628), 지봉芝峰 이종영李宗榮(1551-1606) 등과 계서鷄黍의 약속[32]을 마련하여 옛 사람의 진솔眞率한 모임을 본받았으며, 그 뒤에 몇몇 동지들과 함께『진양지晉陽誌』를 편찬하였다. 진주의 임천서원臨川書院, 창녕의 물계서원, 정평의 비백사鼻白祠에 향사되었다.

○ 선조 무진(1568)년 동배同輩들과 단속사斷俗寺에서 책을 읽었는데, 승려 휴정休靜이 지은 『삼가귀감三家龜鑑』에 삼가 가운데 유가를 제일 끝에 둔 것을 보고는 공이 분하게 여기고, 승려들에게 명하여 불상을 부수고 책판을 불태우게 하였다. 그로 말미암아 덕산으로 찾아가 선생을 배알하였다. 선생은 "후배들이 적당하기에만 노력한다면 진취성을 볼 수 없다." 하였는데, 대개 광견狂狷[33]으로 인정한 것이다. 그리고 공은 『상서尙書』를 배웠

---

32) 계서鷄黍의 약속 : 먼 곳에 사는 벗을 찾아가겠다는 약속이다. 계서는 닭고기와 기장밥이다. 한漢나라 범식范式은 산양山陽 금현金縣 사람이고, 장소張邵는 여남汝南 사람인데, 평소 태학太學에서 함께 공부하면서 우정이 매우 두터웠다. 두 사람이 이별할 때 범식이 장소에게 "2년 뒤 돌아올 때 그대의 집에 들르겠다."라고 하였다. 꼭 2년째가 되는 날인 9월 15일에 장소가 닭을 잡고 기장밥을 짓고 범식을 기다리자 그 부모가 웃으며 "산양은 여기서 천 리나 멀리 떨어진 곳인데, 그가 어찌 꼭 올 수 있겠느냐."하였다. 이에 장소가 "범식은 신의 있는 선비이니, 약속 기한을 어기지 않을 것입니다."하였는데, 그 말이 채 끝나기도 전에 범식이 당도하였다 한다.

33) 광견狂狷 : 광狂은 보통 사람들이 하지 못하는 일을 적극적으로 과감히 행동하는 인물을 말하며, 견狷은 일반적으로 해도 좋다고 생각하는 것을 하지 않고 고집을 부리는 인물을 말한다. 이들은 모두 중도에 맞지 않지만 확실한 주체성을 가졌다는 점에서는 보통 사람들보다는 뛰어나다.

는데, 선생이 의리를 강론함이 명확한 것을 보고 크게 칭찬하며 "이미 독실한 지경에 이르렀구나." 하였다. 신축(1601)년 제현과 덕천서원을 중건하였으며, 선생의 위판位版에 글씨를 썼다. 매년 춘추春秋 향사享祀에 반드시 참석하여 "술잔을 올리고 부복俯伏 하니 마치 선생의 가르침을 듣는 듯하다." 하였으니, 그 사모하 는 정성이 이와 같았다. 또 선생이 정한 혼례와 상례를 손수 적 어서 반드시 강학하고 실행하였다.

- ■ 조계潮溪 유종지柳宗智(1546-1589)

자는 명중明仲, 호는 조계潮溪, 본관은 문화文化다. 명종 병오 (1546)년에 태어났다. 기질이 맑고 고결하였으며, 가슴속이 깨끗 하여 속세의 기운이 한 점도 없었다. 당시 사람들이 추상秋霜 같 은 기절과 제월霽月 같은 흉금을 지녔다고 하였다. 어려서부터 학문을 좋아하였으며, 문예文藝가 일찍 이루어졌다. 학행으로 참 봉에 두 번 제수되었으나 취임하지 않았다. 최영경과 뜻이 통하 고 도가 맞았으며, 매번 천리天理와 인욕人欲, 공公과 사私, 사邪 와 정正의 구분에 대해 논의하였다. 의론議論이 정직하였으며, 시 비是非가 명백하였다. 성품은 또한 굳세고 지조가 있었으며, 악 을 미워함은 끓는 물이 손에 닿은 듯이 여겼는데, 이러한 이유로 좋아하지 않는 자가 많았다. 기축역옥己丑逆獄이 일어나자, 당인

『논어』「자로子路」에 다음과 같은 내용이 실려 있다. "공자가 '중도中道 를 행하는 사람과 함께할 수 없다면 반드시 광자나 견자와 함께 하겠다. 광자는 나아가서 손에 넣고, 견자는 하지 않는 일이 있다'라고 말하였 다.[子曰 不得中行而與之 必也狂狷乎 狂者進取 狷者有所不爲也]"

黨人이 기회를 틈타 무함誣陷을 하고, 자기와 뜻을 달리하는 자는 반드시 다 없앤 뒤에야 그만두었는데, 당시의 어진 이가 그 화를 입은 경우가 많았다. 공은 끝내 왕옥王獄에서 매를 맞아 죽었는데, 선비들이 모두 애석하게 여겼다. 20년 뒤 영남의 유생과 성균관의 제생이 상소하여 억울함을 풀어주었으며, 대각서원에 향사되었다.

○ 계해(1563)년 공은 선생을 산천재에서 배알하고 경의의 지결旨訣을 배웠다. 선생이 훌륭한 인재로 소중하게 여겼다. 선생이 일찍이 강원 감사江原監司에게 보낸 편지에 "지금 문하생 중에 유종지라는 사람이 있는데, 학문을 좋아하여 게을리하지 않습니다. 그런데 명산을 찾아가서 흉금을 넓히고자 풍악산楓岳山[34]을 향하여 떠납니다." 하였다. 또 유해룡柳海龍에게 답한 편지에 "강 너머에 유 명중이라는 사람이 있는데 사람됨이 근후謹厚하니, 그대가 찾아가 그를 따라 배우는 것이 어떻겠습니까?" 하였다. 선생은 일찍이 『사상례절요士喪禮節要』 한 책을 손수 베껴서 공에게 주면서 "내가 죽으면 이것으로 상을 치러주게나." 하였다. 신미(1571)년 겨울 선생이 병을 앓고 있었는데, 공이 병시중 들기를 조금도 게을리하지 않았다. 다음 해 임신(1572)년 선생이 세상을 떠나자, 상을 치르는 모든 절차를 유명遺命대로 하였으며, 심상心喪 삼 년을 지냈다. 선조 병자(1576)년 공은 최영경·하항·하응도·손천우·이정 등과 함께 합의하여 덕천서원을 창건

---

34) 풍악산楓岳山 : 금강산을 가리킨다. 금강산은 계절에 따라 이름을 달리하는데, 봄에는 금강산金剛山, 여름에는 봉래산蓬萊山, 가을에는 풍악산, 겨울에는 개골산皆骨山이라 한다.

하였다.

■ 설학雪壑 이대기李大期(1551~1628)

자는 임중任重, 호는 설학雪壑, 본관은 전의全義이며, 명종 신해
(1551)년 태어났다. 관직은 형조 정랑刑曹正郎에 이르렀다. 기축
(1589)년 소를 올려 최영경의 억울함을 호소하였다. 임진(1592)년
창의하여 김성일·곽재우 등의 제현과 고통을 함께하였다. 갑인
(1614)년 정온을 신구伸救하였는데, 추궁을 당하여 백령도白翎島로
유배되었으며, 인조 계해(1623)년 유배에서 풀려나 고향으로 돌아
왔다. 광해군 을묘(1615)년 초계향안草溪鄉案과 향규鄉規를 수정하
였다. 문집과 『소문록謏聞錄』이 남아있으며, 연곡사淵谷祠와 청계
서원에 향사되었다.

■ 망우당忘憂堂 곽재우郭再祐(1552~1617)

자는 계수季綏, 호는 망우당忘憂堂이며, 본관은 현풍이다. 감사
를 지낸 곽월郭越의 아들로, 명종 임자(1552)년에 태어났다. 선생
의 외손서外孫婿다. 기우器宇가 크고 넓었으며, 여러 가지 일에
두루 식견이 있었다. 일찍이 문학에 종사하였으며, 무예에도 조
예가 깊었다. 선조 임진(1592)년 창의하여 왜적을 토벌하였다. 처
자를 물리치고 벗에게 맡겨두었으며, 가산을 털어 장사壯士를 모
집하였다. 신번新反의 곡식에 의거하고[35] 초계草溪의 병기를 가

---

35) 신번新反의 … 의거하고 : 당시 의령과 초계 두 읍이 패전하여 관아가
　　이미 비어 있었고, 곽재우의 군사는 있었지만 양곡이 없었다. 결국 무단

저와서, 호령을 내림에 우레가 치고 바람이 이는 듯이 시행되었다. 스스로 '천강홍의장군天降紅衣將軍'이라 일컬었는데, 이기지 못하는 전투가 없었으며, 군의 사기를 크게 떨쳤다. 관직은 한성 좌윤漢城左尹·함경 감사咸鏡監司에 이르렀으며, 선무일등공신宣武一等功臣[36]에 녹훈錄勳 되었다. 돌아가시던 날 뇌우雷雨가 크게 쏟아졌으며, 자색의 기운이 하늘로 뻗쳤는데, 비록 깊은 산골짜기에서도 우레가 치고 소란스러웠다. 병조판서로 증직되었으며, 시호는 충익忠翼이다. 예연서원禮淵書院에 향사되었다.

○ 정묘(1567)년 공은 처음 산천재로 찾아가 수학하였으며, 『논어』를 배웠다.

■ 무송撫松 손천우孫天祐(1533-1594)

자는 군필君弼, 호는 무송撫松이며, 본관은 밀양이다. 모습이 단아하며 천성이 근후勤厚하였다. 어머니를 지극한 효성으로 모셔서 사람들을 감동시킨 일이 많았다. 제사를 지낼 때에는 한결같은 정성으로 지냈으며, 몸가짐은 한 점의 하자도 없었다. 대각서원에 향사되었다.

○ 공은 일찍부터 선생의 풍모를 듣고선, 예물을 준비하여 덕

으로 신번현新反縣의 관고官庫에 있던 양곡을 풀어서 군사들을 먹였는데, 합천 군수 전현룡田見龍은 곽재우를 도적으로 몰아 그를 체포하게 하였다. 곽재우의 군대에 응모했던 자들은 이 소식을 듣고 다들 흩어져 가버릴 지경이었는데, 김성일이 글을 보내어 죄가 없음을 밝히자 곽재우 군대의 사기가 다시 진작되었다고 한다. 『난중잡록亂中雜錄』 「임진상壬辰上」에 이러한 기록이 있다.

36) 선무일등공신宣武一等功臣 : 선무원종일등공신宣武原從一等功臣의 잘못이다.

산으로 찾아가 가르침을 청하였다. 선생은 공이 원대한 뜻을 지닌 것을 보고『소학』·『근사록』·성리서性理書 등의 책을 읽도록 권하였다. 선조 신미(1571)년 선생이 퇴계의 부음을 듣고 몹시 슬퍼하며 "이 사람이 죽었다고 하니 나 또한 세상에 오래 머물지 못하겠구나." 하고는『사상례절요士喪禮節要』1책을 기록해서 공과 하응도·유종지 등에게 주며 "내가 죽거든 이 책에 따라 상을 지내주게." 하였다. 임신(1572)년 선생의 병이 위독하다는 것을 듣고, 이광우·하응도·유종지·이정·이제신·임희무·박찬과 함께 와서 병세를 살폈다. 선생은 또 공과 몇몇 사람을 불러서 상을 지내는 절차를 당부하였다. 장사 때 공은 제문을 지어 제사하였다. 선조 병자(1576)년 최영경·하항·유종지·하응도 등과 진주 목사 구변具忭 및 도내의 선비들이 함께 도모하여 서원을 창건하였다.

■ 청강淸江 이제신李濟臣(1536-1583)

자는 몽응夢應, 호는 청강淸江이며, 본관은 전의全義다. 5세에 책을 읽을 줄 알았으며, 종종 사람들을 깜짝 놀라게 하는 말을 하였다. 8세에 할아버지의 상을 당해서는 슬퍼함이 예의에 맞았으며, 조금 자라서는 우뚝하게 자립하였다. 관직은 참판에 이르렀다.

○ 공은 선생을 찾아와 배알하였는데, 선생은 원대한 인물이 될 것으로 기대하였다. 공은 일찍이 진주 목사가 되어서는 제문을 지어 선생을 제사하였는데, "어려서 선생의 수부手符를 받았

는데, 경의와 뇌천雷天[37])이라네.”라고 한 말이 있다.

■ 백곡柏谷 진극경陳克敬(1546-1617)

자는 경직景直, 호는 백곡柏谷이며, 본관은 여양驪陽이다. 사람됨이 강직하며, 의로운 일을 보면 반드시 용감히 행하였다. 선을 좋아하고 악을 미워함은 타고난 천성으로, 사람들이 강개한 선비라고 일컬었다. 유집遺集이 있으며, 정강서원에 향사되었다.

○ 선조 무진(1568)년 공이 원근의 사우士友들과 단속사에서 책을 읽었다. 또 산천재로 찾아가 선생을 배알하였으며, 이로부터 문하에 출입하였다. 임진왜란 뒤에 이정·하징 등의 제현과 덕천서원을 중건하였으며, 인하여 덕천서원의 원장이 되었다.

■ 신계新溪 하천주河天澍(1540-?)

자는 해숙解叔이며, 호는 신계新溪다. 기절과 도량이 있었으며, 겉은 온화하고 속은 강직하였다. 부모를 섬기에 맛있는 음식으로 봉양하며, 겨울에는 따뜻하게 해드리고 여름에는 시원하도록 모시는 일을 조금도 소홀히 하지 않았다. 사풍士風이 더럽혀짐을 안타까워하여, 매번 맑은 것은 들추어내고 탁한 것은 걸러내려는 뜻이 있었다. 불행히도 세상을 일찍 떠났는데, 선비들이 애석해하였다. 정강서원에 향사되었다.

---

37) 뇌천雷天 : 역경易經의 뇌천 대장大壯 괘를 말한다. 『주역본의周易本義』에서는 “우레가 하늘에 있으므로 대장이다. 군자는 이를 본받아 예가 아니면 하지 않는다.[雷在天上, 大壯, 君子以非禮弗履]”라고 하였는데, 사물四勿의 의미를 나타낸 것이다.

○ 공은 처음 선생을 배알하고 『근사록』을 배웠다. 또 정구鄭
逑의 문하에서도 종유하였는데, 정구는 훌륭한 인재로 소중하게
여겼다.

■ 정재靜齋 신공필愼公弼

자는 사훈士勳, 호는 정재靜齋이며, 본관은 거창이다. 선조 연
간에 참봉을 지냈다. 성품은 우뚝하고 비범하였으며, 외물에 마
음이 동요되지 않았다. 임진왜란에 함흥咸興으로 피난을 갔으며,
졸하여서는 송도서원松島書院에 향사되었다.

○ 공은 예물을 갖추어 선생을 배알하고 가르침을 청하였다.
선생이 한 번보고 "이 사람은 천품이 맑고 높으며 지식이 두루
밝으니, 비록 일찍이 시와 예를 배운 사람이라도 거의 미치지 못
할 것이다. 이른바 '집안에 명사名士가 있으면서, 삼십 년간 알지
못했다.'[38]고 한 경우니, 어찌 서로 만남이 이리도 늦었는가?"
하였다.

■ 경안령慶安令 이요李瑤(1537-?)

자는 수부守夫다. 종실宗室로 경안령慶安令이다. 산수벽山水癖
이 있어 대부분의 명승지名勝地에 족적足跡이 두루 미치었다.

○ 공은 선생을 좇아서 성리학을 배웠으며, 사람들이 호걸지

---

38) '집안에 … 알지 못했다.' : 『진서晉書』 「왕담열전王湛列傳」에 나오는 이야
기이다. 왕담의 조카 제濟는 왕담을 보잘것없는 사람으로 여겼는데, 어
느 날 『주역』에 대해 자세히 설명하는 왕담을 보고선 "집안에 명사名士
가 있으면서, 삼십 년간 알지 못했다." 하였다.

사豪傑之士로 일컬었다. 선생이 공에게 답한 편지에 "공께서는 배운 바를 변치 마시길 바랍니다. 종가에서 공과 같이 걸출한 사람이 몇이나 있겠습니까? 다만 걱정되는 바는 한혈마汗血馬[39]가 길을 가다가 중도에서 그만두지 않을까 하는 점입니다." 하였다.

■ 고담孤潭 이순인李純仁(1533-1592)

자는 백생伯生, 호는 고담孤潭, 본관은 전의全義다. 중종 계사(1533)년에 태어났다. 청요직淸要職을 두루 역임하였으며, 관직은 도승지都承旨에 이르렀다. 이조참판에 증직되었다.

○ 공은 일찍이 선생의 문하에 찾아가 배알하였는데, 먼 길을 마다하지 않고 도를 얻어듣는 것을 기뻐하였다. 선생이 돌아가시자 공은 다음의 시로 애도하였다.

소자邵子[40]처럼 징소를 사양하였고,	邵子辭徵日
문공文公[41]처럼 돈괘遯卦를 만났지요.[42]	文公遇遯辰

---

39) 한혈마汗血馬 : 피 같은 땀을 흘리며 하루에 천릿길을 간다는 명마名馬를 가리키는데, 여기서는 경안령을 두고 하는 말이다.
40) 소자邵子 : 소옹邵雍(1011-1077)을 말한다. 자는 요부堯夫, 호는 안락선생安樂先生, 시호는 강절康節이다. 송나라 인종仁宗 가우 연간嘉祐年間(1056-1063)에는 장작감 주부將作監主簿로 제수되었으나 사양하고 일생을 낙양洛陽에 숨어 살았다.
41) 문공文公 : 주희朱熹의 시호가 문文이므로 문공文公이라고 일컫는다.
42) 돈괘遯卦를 만났지요. : 돈遯은 물러나서 숨는다는 뜻이다. 『주자행장朱子行狀』에 "선생이 만언萬言의 상소문을 초안했으나 주장한 말이 너무나 통절痛切하였다. 문인들이 충고하여 점占으로 결정하기로 했는데, '돈괘에서 동인괘同人卦로 옮겨 간다.'는 점괘를 얻자, 선생이 올리려던 원고

오직 경의를 공부하는 길로 삼았으며,	工程惟敬義
마음속에 세상 경륜할 뜻을 품었지요.	方寸具經綸
악을 미워함은 굳센 마음속에 있었으며,	嫉惡剛腸在
시대를 걱정해 늙어서도 자주 눈물 흘렸지요.	憂時老涕頻
태평하게 다스려짐은 하늘이 원하지 않으니,	平治天未欲
동국의 우리 백성들은 복도 없네요.	無祿此東民

■ 이희생李喜生(?-1584)

자는 경윤景胤이며, 진사를 지냈다.

○ 공은 노진과 함께 선생을 섬겼다. 뛰어난 재주를 지녔으며, 문장을 짓는데 능숙하였다.

■ 수오당守吾堂 오한吳僩(1546-1589)

자는 의숙毅叔이며, 호는 수오당守吾堂이다. 병오(1546)년에 태어났다. 덕계 오건의 종제從弟다.

○ 공은 선생의 문하에 들어온 뒤로 논의가 더욱 정밀하였으며, 지조와 품행을 더욱 부지런히 닦았다. 오로지 실학實學에만 마음을 기울였으며, 설문청薛文淸[43]의 『독서록讀書錄』을 손에서 놓지 않았다.

를 불사르고 돈옹遯翁이라 자호自號하였다."라는 글이 보인다. 통절한 내용의 상소문을 지었음을 뜻한다.

[43] 설문청薛文淸 : 문청은 명나라 이학가理學家인 설선薛瑄(1389-1464)의 시호이다. 그의 저서인 『독서록』은 독서록 11권, 속록 12권 등 모두 23권으로 구성되어 있는데, 그가 터득한 것을 수시로 기록하여 자주 볼 수 있게 한 것으로, 그 내용은 대부분 이기理氣와 성리性理에 관한 것이다.

■ 이암頤庵 송인宋寅(1517-1584)

자는 명중明仲, 호는 이암頤庵·둔부鈍夫로, 중종의 부마駙馬다. 문장에 능하였으며 글씨를 잘 썼다. 어진 이를 높이고 선비를 좋아하여 당시 명망 있는 사람들이 모두 아끼고 중하게 여겼다.

○ 선생은 단아한 선비로 대우하였으며, 왕가의 호객豪客으로 보지 않았다. 병인(1566)년 선생이 명종의 부름을 받고 나아갔을 때 거듭 탕춘대蕩春臺[44]를 찾았는데, 공은 장막을 장의문藏義門 안에 설치하고, 지나가는 선생을 맞이하려고 하였다. 선생은 "백면白面의 도위都尉[45]가 감히 황발黃髮의 노인을 부르는가?"라고 말하고는 끝내 들어가 만나보지 않았다고 한다.

■ 환성재喚醒齋 하락河洛(1530-1592)

○ 『남명선생편년』과 『동국문헌록』에 보인다.

자는 도원道源, 호는 환성재喚醒齋, 본관은 진양이다. 중종 경인(1530)년에 태어났다. 무진(1568)년 진사시에 합격하였다. 생원시에 두 번 장원으로 합격하였으며, 그 뒤에 천거되어 왕자사부가 되었다. 계미(1583)년 사암思庵 박순朴淳(1523- 1589), 율곡 이이, 우계牛溪 성혼成渾(1535-1598)을 신구伸救하는 소를 올려, 임금의 후한 비답批答을 받았다. 임진왜란이 일어나자, 아들 생원 하경휘河鏡輝(?-1592)와 가동家僮을 이끌고 상주성尙州城으로 나아가다

---

44) 탕춘대蕩春臺 : 연산군 10(1504)년에 서울 장의문藏義門 밖에 지은 건물로, 연산군이 이곳에서 자주 연회를 베풀었다고 한다.
45) 도위都尉 : 임금의 사위에게 주던 칭호이다.

적을 만나 죽었다. 하경휘는 몸으로 칼을 막으며 아버지와 함께 죽었다. 공은 좌승지左承旨로 증직되었으며, 도동서원에 향사되었다.

○ 공은 예물을 갖추어 선생의 문하에 찾아와 배알하였다. 『심경』과 『근사록』을 읽었으며, 역易과 예禮에 대해 강학하였다. 효·제·충·신孝悌忠信으로 날줄로 삼았으며, 격·치·성·정格致誠正으로 씨줄로 삼았다. 일찍이 "학·문·사·변學問思辨의 가르침은 신명과 같이 공경하였으며, 경직·의방敬直義方의 가르침은 해와 별처럼 밝다." 하였다.

■ 송암松菴 김면金沔(1541-1593)

자는 지해志海, 호는 송암松菴, 본관은 고령高靈이다. 중종 신축(1541)년에 태어났다. 기국과 도량이 뛰어나고 엄정하며, 강개한 성품으로 큰 절개를 지니고 있었다. 선조 초년에 효행孝行과 청렴淸廉함으로 천거되어 참봉에 제수되었으나 취임하지 않았으며, 얼마 뒤 유일로 육품 관직에 올랐다. 임진왜란이 일어나자 눈물을 흘리면서 분기하여, 향병을 이끌고서 왜적을 토벌하여 군의 사기를 크게 떨쳤다. 선조가 글을 내려 표창하였으며, 얼마 뒤 우도 병사右道兵使에 제수되었으며, 심지어는 '왕업을 회복하는 일은 그대가 아니면 누가 하겠는가?'라는 임금의 말씀이 있었다. 군영에서 병으로 졸하였다. 이조판서로 증직되었으며, 도암사道岩祠에 향사되었다.

○ 공은 약관에 선생을 좇아 배우고 경의지설敬義之說을 얻어

들었으며, 『이정전서二程全書』를 읽는 것을 특히 좋아하였다. 정구鄭逑와 우의가 좋았으며, 강론을 게을리하지 않았다. 많은 학자들이 공을 따랐다.

■ 양성헌養性軒 도희령都希齡(1539-1566)

○ 『남명선생편년』에 보인다.

자는 자수子壽, 호는 양성헌養性軒이며, 본관은 성주星州다. 생원 도득린都得麟의 아들로 중종 기해(1539)년에 태어났다. 경신(1560)년 전책殿策[46]이 뽑혀 문과에 급제하였으며, 조야에서 인재를 얻었다고 축하하였다. 을축(1565)년 정자正字에서 홍문관 저작弘文舘著作으로 옮겨졌으며, 얼마 뒤 봉상시 봉사奉常寺奉事에 제수되었다. 당시 문정왕후가 승하하고, 요사한 승려 보우가 궁궐을 출입하여 조정을 선동하고 어지럽혔으며, 권력을 잡은 간신奸臣이 정사를 농간하였다. 태학太學과 삼사三司에서 보우의 죄를 성토할 때에, 무인武人 이감李鑑이 공을 찾아와 소를 지어주기를 부탁하였다. 당시 정탁·기대승과 같은 훌륭한 인물들과 매일 서로 왕래하며 시사를 논하였다. 공은 처음 벼슬길에 힘을 쏟았지만 즐거워한 것은 아니었다. 9월에 오건과 함께 사직하고 고향으로 돌아왔다. 문집이 있다.

○ 공은 처음 당곡唐谷 정희보鄭希輔(1488-1547)를 스승으로 섬겼는데, 뒤에 예물을 갖추어 선생을 배알하고 경의의 가르침을

---

46) 전책殿策 : 조선 시대 과거 시험의 최종 단계인 전시殿試에서 시험보는 대책對策을 말한다.

얻어들었다. 그로 말미암아 아름다운 산수를 두루 유람하게 되었는데, 선생과 함께 지곡사와 단속사를 유람한 것이 바로 그것이다. 공은 며칠간 선생을 모시고 도와 예에 대해 강론하였다. 봉성鳳城 북쪽 감악산甘岳山 아래에 포연鋪淵이 있는데, 선생이 그곳에서 시를 읊고 목욕하였으며, 「욕천浴川」이란 시 한 수를 남겼다. 공이 곧바로 그 시에 차운한 다음의 시가 있다.

포연의 맑은 곳에 해가 바로 비추는데,　　　鋪淵淨處日當午
거슬러 진원으로 올라가니 흥이 끝없네.　　　溯得眞源興未休
세속의 마음 씻어낸 것이 얼마나 될까?　　　滌濯塵心知幾許
천 년 전 기수沂水[47]에서 목욕한 풍류를 즐기네.　　　浴沂千載擅風流

■ 죽유竹牖 오운吳澐(1540-1617)

○ 『남명선생편년』에 보인다.

자는 대원大源, 호는 죽유竹牖다. 중종 경자(1540)년에 태어났다. 신유(1561)년 생원시에 합격하였으며, 관직은 부윤府尹에 이르렀다. 임진(1592)년 김성일·곽재우와 함께 왜적을 토벌하였으며, 공을 세워 포계褒啓에 거듭 이름이 올랐다. 만년에는 벼슬에서 물러났으며, 나아가 뜻을 펼치려는 생각이 없었다. 저술로 『동사찬

---

47) 기수沂水 : 기수는 노魯나라 도성 남쪽에 있는 물 이름이다. 『논어』 「선진先進」편에 공자孔子의 제자 증점曾點이 자신의 뜻을 말하라는 공자의 명에 비파를 뜯으면서, "늦은 봄날 봄옷이 이루어지거든 어른 대여섯 사람, 동자 예닐곱 사람과 함께 기수에서 목욕하고 무우에서 바람 쐬고 시 읊으면서 돌아오겠습니다."고 하였는데, 공자는 증점의 대답을 고상한 풍류로 여겼다.

요동사찬요東史纂要』8권과 문집 3권이 세상에 간행되었다. 영주榮州의 한 천서원寒泉書院에 향사되었다.

○ 무오(1558)년 공은 산해정에서 선생을 배알하였다.

■ 월담月潭 최황崔滉(1529-1603)

○ 『남명선생편년』과 『백사집白沙集』에 보인다.

자는 언명彦明, 호는 월담月潭, 본관은 해주海州다. 중종 기축(1529)년에 태어났다. 날 때부터 질병이 많아 15세가 되도록 배우지 못하였다. 어느 날 문득 외구外舅 한수韓脩에게 스스로 부탁하기를 "책 한 권을 얻어서 스승을 좇아 섬기고 싶습니다." 하였다. 한공은 그 뜻을 기특하게 여기고 『소학』을 주었는데, 곧장 이중호李仲虎(1512-1554)의 문하에 찾아갔다. 배우는 것은 하루에 한 줄을 넘기지 않았으나 밤을 새우며 게을리하지 않았다. 이렇게 석 달이 지나자 문의文義가 순식간에 늘었다. 무오(1558)년 진사시에 합격하였으며, 병인(1566)년 문과에 급제하였다. 관직은 좌찬성左贊成에 이르렀다. 영의정에 증직되었으며, 해성군海城君에 봉해졌다.

○ 공은 선생이 소명을 받고 상경했을 때, 예물을 갖추어 배알하고 가르침을 청하였으며, 선생은 훌륭한 인재로 여겼다.

■ 유대수兪大修(1546-1586)

○ 『남명선생편년』에 보인다.

자는 사영士永, 본관은 한양漢陽이다. 명종 병오(1546)년에 태어났다. 목사를 지냈다.

○ 공은 일찍이 덕천으로 찾아와 선생을 배알하였다. 선생은 한번 보고 칭찬하고 인정하며, 의리에 대해 설명해 주었다. 공은 깊이 감복하고 잊지 않았으며, 작별할 때에는 눈물을 흘리기까지 하였다. 선생이 돌아가시자 제문을 지어 제사지냈다. 다음은 제문의 일부분이다.

"선생은 도가 크고 덕이 높아, 행의는 온세상에 알려졌으며 재주와 지혜는 온갖 변화에 두루 미쳤습니다. 기상은 우뚝하여 천길 절벽이 우뚝 서 있는 듯하였으며, 가슴속은 깨끗하여 얼음 병에 담은 가을 달빛보다 더 밝았습니다. 효도하고 우애하는 행실은 평소 가정에서 드러났으며, 성리性理에 대한 논의는 입에서 끊이지 않았습니다. 만나본 사람들은 감동하여 사모하였고, 들은 사람들은 흥기興起하였습니다. 비록 산림에 은둔하여 평생토록 곤궁하였으나, 하루라도 천하와 국가에 대해 근심 하지 않은 때가 없었습니다. 아! 선생은 삼대三代 시대[48] 이상의 인물이옵니다."

■ 매촌梅村 정복현鄭復顯(1521-1591)

○ 『남명선생편년』에 보인다.
자는 수초遂初, 호는 매촌梅村, 본관은 서산瑞山이다. 중종 신사

---

48) 삼대三代 시대 : 삼대는 하夏·상商·주周를 말한다. 삼대의 시대는 성제聖帝·명왕明王이 하늘의 뜻을 이어받아 표준을 세웠으며, 정치와 교육의 도를 극진히 하여 교화가 시행되고 풍속이 아름다웠다고 한다.

(1521)년에 태어났다. 서산군瑞山君 정인경鄭仁卿(1241-1305)의 후손이다. 공은 뇌계濡溪 가에 집을 짓고 제광당霽光堂이라 편액하였다. 또 회계會稽[49]의 아름다운 산수를 좋아하여 정사精舍 수 칸을 지어서 소요자적逍遙自適하였다. 부모의 상을 당해서는 모두 3년 동안 여묘를 살았다. 상제를 마치고 마천馬川에 운학정雲鶴亭을 지어서, 개암 강익 및 도탄桃灘 변사정邊士貞(1529-1596)과 함께 『심경』과 성리서를 매일 강론하였다. 저술로 『심학전서心學傳書』·『역리연설易理演說』·『훈몽편訓蒙篇』이 있는데, 모두 병화에 소실되었다. 정조 정유(1777)년 거창의 영빈서원灜濱書院에 향사되었다.

○ 임술(1562)년 공은 선생을 덕천에서 배알하고 문하에 머물며 『시경詩經』과 『서경書經』을 강론하고 질문하였다. 선생이 기뻐하며 "그대는 나를 흥기시켜서 더불어 성장하게 하는 사람이라 할 만하다." 하였다. 몇 달을 머물고서 돌아왔는데, 그 뒤로 오건과 경호鏡湖 가에서 선생에게 문후問候하였으며, 이때 창수唱酬한 시가 있다.

■ 서암棲岩 정지린鄭之獜(1520-1600)

○ 『남명선생편년』에 보인다.

자는 인서獜瑞이며, 호는 서암棲岩이다. 서간西磵 정운鄭雲의 아들로, 중종 경진(1520)년에 태어났다. 자품이 고명하며, 재기才器와 도량이 호방豪放하고 시원하였다. 일찍이 과거 공부에 종사

49) 회계會稽 : 산청山淸을 회계라 불렀다.

하였다. 다섯 번 문과 초시에서 1등을 차지하였으며, 향시에서 일곱 번 뽑혔으나 회시에서는 모두 낙방하였다. 기묘사화가 일어나자 결국 벼슬하려는 뜻을 접었으며,[50] 임천林泉에 자취를 감추고 임천거사林泉處士로 자호自號하였다. 모년某年에 선략장군충순위宣略將軍忠順衞에 제수되었다.

○ 공은 일찍이 선생에게서 수학하였는데, 몇 년이 지나지 않아서 문사文辭가 크게 진보하였다. 선생이 크게 기특해 하며 "이처럼 영민하니 정씨 집안의 복이 아마도 끊이지 않겠구나." 하였다. 선생이 돌아가시자, 공은 선생에 대한 상복을 지어 입고 상을 마쳤다. 선생의 기일에는 반드시 재계하고 소복을 입었는데, 이를 평생 그만두지 않았다.

■ 송암松嵒 박제현朴齊賢(1521~1575)

○『남명선생편년』에 보인다.

자는 맹사孟思, 호는 송암松嵒이며, 본관은 경주慶州다. 홍문관 저작 박앙朴盎의 6세손으로, 중종 신사(1521)년에 태어났다. 유일로 천거되어 선공감 가감역繕工監假監役을 지냈으며, 평천서원坪川書院에 배향되었다.

○ 공은 동생 박제인과 덕산에 가서 선생을 배알하였다. 의심스러운 내용을 강론하고 질문하였으며, 사문師門에서 많은 칭찬을 들었다. 임신(1572)년 상을 지내는 중에 선생의 부고를 접하였

---

50) 기묘사화는 정지린이 태어나기 전의 일이다. 여기서의 '기묘사화'는 '을 사사화'의 잘못으로 보인다.

는데, 자리를 만들어 곡하고 심상心喪의 복제를 행하였다. 선생이 살았던 토동兎洞의 옛 집을 찾아가 다음의 시를 지었다.

두어 길 높이의 송단松壇에	松壇高數仞
부자夫子의 기풍이 남아있네	夫子有餘風
이제는 언제나 선생을 모시고	何日函筵下
민자건閔子騫과 증점曾點의 금슬을 타겠나.	閔琴點瑟同

- 역양嶧陽 정유명鄭惟明(1539-1596)

○ 『남명선생편년』에 보인다.

자는 극윤克允, 호는 역양嶧陽이며 본관은 팔계八溪다. 진사로서 이조참판에 증직되었다.

○ 계해(1563)년 선생이 남계서원灆溪書院으로 가서 일두一蠹 정여창鄭汝昌(1450-1504) 선생의 사우祠宇에 배알하였다. 공은 이때 강익·정복현·임희무 등의 제현과 함께 선생을 찾아가 배알하고 모여서 강론하였다. 병인(1566)년 선생이 제생과 함께 지곡사에서 모였는데, 공도 강익·김우옹·정복현·도희령·임희무·사암徙庵 노관盧祼(1522-1574) 등의 제현과 찾아간 며칠 동안 강론하였다.

- 서계西溪 양홍주梁弘澍(1550-1610)

○ 『동국문헌록』에 보인다.

자는 대림大霖이며, 호는 서계西溪다.

- 사계沙溪 방응현房應賢(1524-1589) 일명一名은 응주應周이다.

○ 『동국문헌록』에 보인다.

자는 준부俊夫, 호는 사계沙溪, 본관은 남양이다. 중종 갑신(1524)년에 태어났다. 천성이 순수하였다. 6세에 어버이 상을 당해서는 상례를 집행하는 것이 성인成人과 같았다. 일찍 과거공부를 그만두었으며, 힘써 배우고 지조를 지켰다. 유천서원楡川書院에 향사되었다.

○ 공은 선생을 배알하고부터 오로지 향상向上의 공부에 뜻을 쏟았다. 우러러 생각하고 굽어 책을 읽으며, 밤낮을 이어 부지런히 의리를 강구하였다. 일찍이 "명교名敎 가운데 절로 즐거운 곳이 있다."라고 말하였다. 선생이 공의 모정茅亭에 적은 시에 "흰 옷 입고[51] 늘 나물 먹는다고 싫어하지 말게나. 소반에 비친 두류산[52] 먹어도 다함이 없다네.[莫嫌衣白長咬菜　盤面頭流食不窮]" 하였다.

■ 쌍봉雙峰 김신옥金信玉(1534-1598)

○ 『동국문헌록』에 보인다.

자는 공서公瑞, 호는 쌍봉雙峰이다.

■ 양응룡梁應龍

○ 『진양지』에 보인다.

자는 사운士雲이다. 성품이 맑고 빼어나며, 망령되게 교유하지

---

51) 흰 옷 입고 : 벼슬하지 않는다는 뜻이다.
52) 두류산 : 방응현이 사는 곳이 지리산 북쪽에 있었다.

않았다. 선생의 문하를 출입하였다.

- 김려金勵

○ 『진양지』에 보인다.

자는 여지勵之다. 성품이 질박하고 의욕적이며, 다른 사람의 불선함을 보면 자신이 더러워질 듯이 하였다. 선생의 문하를 출입하였다.

- 팔계八溪 이욱李郁(1556-1593)

○ 능허凌虛 박민朴敏(1566-1630)의 「사우록師友錄」에 보인다.

자는 문재文哉며, 본관은 여흥驪興이다. 총명하였으며 문장을 잘 지었고, 일찍 생원시에 합격하였다. 임진왜란이 일어나자 의병장으로 진양성에 들어갔으며, 성이 함락되자 순절하였다. 호조좌랑戶曹佐郎으로 증직되었으며, 창열사彰烈祠에 향사되었다.

○ 공은 일찍부터 선생의 문하에서 유학하였다. 천인성명天人性命에 대한 말을 듣고, 결국 뜻을 굳건히 세워서 강개하게 스스로 노력하였으며, 평생토록 마음 깊이 새겨 잊지 않았다.

문인속록門人續錄

- 사암思菴 박순朴淳(1523-1589)

　자는 화숙和叔, 호는 사암思菴, 본관은 충주忠州다. 중종 계미(1523)년에 태어났다. 계축(1553)년 문과에 급제하였으며, 영의정에 이르렀다. 시호는 문충文忠이다.

　○ 공은 만년에 선생의 문하에 들어와 경의지학敬義之學을 들었다. 선생이 소명을 받고 상경했을 때에 공은 여러 날 밤을 곁에서 모시며, 의문 나는 것을 강론하고 질문하였으며, 선생이 돌아올 때에는 한강에 나와서 전별餞別하였다. 선생이 돌아가시자 다음의 애사哀詞 한 곡을 지었다.

분수를 지키니 마음은 길이 편안하였으며,	守分心長逸
시대를 바로잡았으나 도는 펼치지 못했네.	匡時道未陳
하늘과 땅이 정기正氣를 거두어가니,	乾坤收正氣
땅속의 흙이 고인高人을 덮어버리네.	泉壤閉高人

- 노저鷺渚 이양원李陽元(1526-1592)

　자는 백춘伯春, 호는 노저鷺渚, 본관은 전주全州다. 중종 병술

(1526)년에 태어났다. 명종 병진(1556)년 문과에 급제하였으며, 영의정에 이르렀다. 시호는 문헌文憲이다.

○ 공은 일찍이 산해정에 찾아와 선생을 배알하였으며, 도를 논하고 글을 강하였다. 또 공은 선생이 차고 있던 경의검敬義劍을 가리키며 "이 검이 무겁지 않습니까?"라고 말하였는데, 선생은 "저는 상공의 허리에 찬 금대金帶가 무거워 보입니다." 하였다. 그러자 공이 사과하면서 "재주는 얕은데 임무가 무거우니 감당하지 못할까 염려됩니다." 하였다.

■ 아계鵝溪 이산해李山海(1539-1609)

자는 여수汝受, 호는 아계鵝溪다. 토정 이지함의 조카로, 중종 기해(1539)년에 태어났다. 신유(1561)년 문과에 급제하였으며, 영의정에 이르렀다.

○ 공이 선생을 애도한 시에 "도를 지닌 인물 사라지니 우리는 어디에 의탁하나, 하늘은 높아 물어봐도 듣지를 않네.[道喪吾何托 天高問莫聆]" 하였다.

■ 월정月汀 윤근수尹根壽(1537-1616)

자는 자고子固, 호는 월정月汀, 본관은 해평海平이다. 중종 정유(1537)년에 태어났다. 총명하고 영리하였으며, 10세에 『효경孝經』과 사서四書를 다 배웠고, 역대의 사적史跡에도 밝았다. 부수찬副修撰으로 있을 때 조광조를 신설伸雪하였으며, 정해(1587)년 진하사進賀使로 연경燕京에 가서 조회하였는데, 예부 상서禮部尙書 우신행于愼行이 공이 지은 글을 보고 크게 놀라며 "제후국에도 인재가 있구나!" 하였다. 해평군海平君에 봉해졌으며, 시호는 문정文貞이다.

○ 공이 경상 감사慶尙監司로 있을 때, 여러 선비와 함께 덕천서원과 신산서원을 창건하였다.[53] 또 선생을 애도한 만시가 있다.

- 문암文庵 정인기鄭仁耆(1544-1617)

자는 덕유德裕, 호는 문암文庵, 본관은 서산이다. 중종 갑진(1544)년에 태어났다. 임인(1602)년 유일로 사재감 첨정司宰監僉正에 제수되었으나 사양하고 나아가지 않았다. 광해군이 즉위하여 인륜이 무너지자 문을 닫고 자취를 감추었다. 이이첨의 무리가 공의 명성을 듣고 편지로 초청하였는데, 공은 시로써 거절하기를 "소나무와 잣나무는 본래 한결같게 곧으니, 복숭아나 자두 같은 모습되기 어렵네.[松栢本固直 難爲桃李顔]" 하였다. 완석정浣石亭 이언영李彦英(1568-1639), 산남山南 이순李淳(1530-1606)과 도의로 사귀었으며, 운계서원雲溪書院에 향사되었다.

○ 공은 어려서 학문에 뜻을 두고 선생을 배알하였으며, 선생이 독실하게 공부한다고 인정하였다.

- 죽연竹淵 박윤朴潤(1517-1572)

자는 덕부德夫, 호는 죽연竹淵, 본관은 고령이다. 중종 정축

---

53) 윤근수가 경상감사로 있으면서 덕천서원의 창건을 지원하였으나, 신산서원을 창건했다는 것은 와전이다.

(1517)년에 태어났다. 효성과 우애는 선천적으로 타고났다. 모친이 병을 앓았는데 똥을 맛보고는 비통하게 울었으며, 상을 당하여서는 삼 년 동안 여묘살이를 하였다. 몇 칸의 정사를 지어 '죽연竹淵'이라고 편액하고, 세 형제가 매일 그 위에서 노닐며 시를 읊었으며, 이희안·배신이 찾아와 도학을 강론하였다. 선조 연간에 효행으로 정려가 내려졌으며, 『삼강행실록』에 그 일이 기록되어 있다. 고령의 문연서원에 향사되었다.

○ 공은 일찍이 뇌룡정雷龍亭에 찾아와 선생을 배알하고 스승으로 섬겼다. 그 뒤에 선생이 죽연정에 찾아가 노닐며 다음의 시를 지었다.

왕사王謝[54]의 풍류는 영남에서 손꼽히고,	王謝風流數嶺南
그대의 여러 아들은 그대보다 낫다네.	多君諸子出於藍
그윽한 대를 특히 사랑하여 편액으로 삼았으니,	獨憐幽竹扁爲號
그 덕이 원래부터 변함이 없는 것이라네.	其德元來不二三

수연睟宴에 차운한[55] 다음의 시가 있다.

가야산伽倻山 물이 멀리 백 리를 흘러오니,	倻水遙從百里流
낙동강 신神이 너와 더불어 깊고 그윽하네.	洛神還與女深幽
들쭉날쭉 어지러운 깃은 은어 같은 그물이요,	參差亂羽銀魚罥

---

54) 왕사王謝: 진晉나라 때는 왕씨와 사씨가 이름난 귀족이었는데, 이들 가운데는 풍류 있는 사람이 많았다.
55) 수연睟宴에 차운한 : 수연은 환갑을 맞이하여 벌이는 잔치이다. 박윤은 1517년 생으로 박윤의 환갑 때는 남명은 이미 세상을 떠났다.

높고 낮게 나는 실은 아지랑이 하늘거림이네.　高下飛絲野馬遊
허연 머리에 이끼 깊어 세월이 많이 흘렀고,　鶴髮苔深多歲月
가시나무56) 꽃향기 나니 나이 아직 젊다네.　荊花香發小春秋
늙어 자연 속에서 사노라니 이익에 깨끗하여,　老來泉石廉於利
소식이나 황정견 같이 열흘을 머물지 못하네.57)　未作蘇黃十日留

■ 지봉芝峰 이종영李宗榮(1551-1606)

자는 희인希仁, 호는 지봉芝峰, 본관은 경주다. 중종 신사(1521)
년에 태어났다.58) 신묘(1591)년 생원에 입격하였다. 임인(1602)년
소를 올려 최영경의 원통함을 신구伸救하였다. 을사(1605)년 원종
공신原從功臣에 녹훈되었으며, 효성으로 정려가 내려졌다. 헌종
정미(1847)년 도계서원陶溪書院에 향사되었으며, 문집이 있다.

○어린 나이에 급문하였다.

■ 학곡鶴谷 최원崔源(1510-1563)

자는 도종道宗, 호는 학곡鶴谷, 본관은 양천陽川이다. 중종 경오
(1510)년에 태어났다. 성품이 지극히 효성스러웠으며, 어버이의
병환에 똥을 맛보아 병세를 진단하였다. 어버이가 돌아가시고
삼 년간 여묘살이를 했는데, 호랑이가 여묘 바깥에서 지켜주었

---

56) 가시나무: 자식을 가리킨다.
57) 소식蘇軾은 북송北宋의 문학가다. 자는 자첨子瞻, 호는 동파東坡. 벼슬은
　한림학사翰林學士에 이르렀다. 저서로는『동파전집東坡全集』이 있다. 황정
　견黃庭堅도 북송의 문학가다. 자는 노직魯直, 호는 산곡山谷. 저서로는『산
　곡집山谷集』이 있다. 소식과 황정견이 남의 환갑에 참석하여 열흘 동안
　머문 일이 있었던 듯하다.
58) 신묘년 사마방목에 의하면 이종영의 생년은 명종 신해(1551)년이다.

다. 이학理學에 정통하여 세상 사람들이 추앙하고 따랐다.

○ 공은 선생의 문하에 유학하여, 급문한 제현과 도의를 강마하였다.

■ 낙낙당樂樂堂 박택朴澤(1521-1566)

자는 공부恭夫이며, 호는 낙낙당樂樂堂이다. 박윤의 동생으로, 중종 신사(1521)년에 태어났다. 다른 사람들보다 빼어나게 총명하였으며, 행의가 순수하게 갖추어져 있었다. 역학에 조예가 깊었다. 배신이 행장을 지었으며, 문집이 있다. 고령의 문연서원에 향사되었다.

○ 공은 일찍이 예물을 준비하여 선생을 배알하였다. 선생은 공이 지은 「극기잠克己箴」을 보고 감탄을 금치 못하며, "공부恭夫의 성일誠一한 공부를 여기에서 볼 수 있다." 하였다.

■ 호봉嵩峰 전유룡田有龍(1576-?)

자는 현경見卿이며, 호는 호봉嵩峰이다. 죽헌竹軒 전담田潭의 아들로 중종 병자(1516)년에 태어났다.[59] 성품은 청렴하고 강직하며 고결하였고, 명리를 구하지 않았다. 또 담력과 지략이 있었는데, 장인丈人 죽각 이광우(1529-1619)가 공을 매우 기특하게 여겼다. 임진왜란이 일어나자 홍의장군 곽재우를 따라 화왕산성에서 왜적을 토벌하였다. 또 난고蘭皐 남경훈南慶薰(1572-1612)과 강

---

59) 전유룡이 도구 이제신(1510-1582)의 외손이므로, 병자년은 중종 병자(1516)년이 아니라 선조 병자(1576)년으로 보아야 할 것이다.

을 따라서 왜적을 방어하여 여러 고을이 편안함을 얻었다. 난이
평정되고 난 뒤에 군에서 세운 공으로 사헌부 감찰司憲府監察에
제수되었다. 이러한 일들이 『의령지宜寧誌』「충훈편忠勳篇」과 『임
진창의록壬辰倡義錄』에 기재되어 있다.

○ 공은 어려서 외할아버지인 도구 이제신을 좇아서 배웠다.
또 선생의 문하에 출입하며, 자주 장려와 칭찬을 들었다.

■ 추강楸岡 이창李昌(1519-1592)

자는 창지昌之, 호는 추강楸岡, 본관은 성주星州다. 중종 기묘
(1519)년에 태어났다. 명종 병오(1546)년 진사시에 합격하였으며,
기유(1549)년 증광시增廣試 문과에 장원으로 급제하였다. 외직으
로 삼척 부사三陟府使가 되었을 적에, 임금이 공을 신덕왕후神德
王后[60]의 외후손이라 하여 정릉貞陵[61]을 찾아가 살피게 명하였
는데, 두 차례 제문을 지어 제사지냈다. 관직은 선공감정繕工監正
에 이르렀으며, 군자감정軍資監正을 역임하였다.

○ 신유(1561)년 공은 동생 이조와 예물을 준비하여 선생을 배
알하고 가르침을 청하였다.

■ 포연鋪淵 신문빈愼文彬

자는 □□, 호는 포연鋪淵, 본관은 거창이다. 중종 기묘(1519)년

---

60) 신덕왕후神德王后 : 조선 태조 이성계의 계비로 이성계와의 사이에 방번
    芳蕃·방석芳碩의 두 왕자와 경순공주慶順公主를 낳았다.
61) 신덕왕후의 무덤이다.

에 태어났다. 관직은 상호군 지중추부사上護軍知中樞府事에 이르렀다. 임진왜란이 일어났을 때, 늙고 병들어 의거義擧에 참여하지는 못했지만, 병량兵糧과 장정壯丁을 김성일의 막부幕府에 보내어서 응원하였다.

○ 명종 기유(1549)년 8월 선생이 감악산을 노닐며 포연을 구경할 때에 공은 귀사촌龜獅村에 있었다. 포연이 귀사촌 가에 위치하여, 선생을 예로써 맞이하고 배웅하게 되었다. 선생은 공을 한 번 보고는 아끼며 많은 가르침을 주었다. 공 또한 깊은 사랑에 감동하여 마음으로 깊이 공경하고 따랐으며, 또한 학문에 대해 묻고 배웠다.

■ 매곡梅谷 강서姜瑞(1510-1540)

자는 숙규叔圭, 호는 매곡梅谷이며, 본관은 진양晋陽이다. 강우의 동생으로, 중종 경오(1510)년에 태어났다. 정유(1537)년 진사시에 합격하였다. 부친의 상을 당해서는 지나치게 슬퍼하여 몸을 상해 죽었다. 중종 갑진(1544)년 정려가 내려졌다.

○ 공은 일찍 선생의 문하에서 유학하였다. 공이 죽었을 때 선생이 만사를 지어 애도하였으며, 또 묘표를 지었다. 선생의 문집에 이 글이 실려 있다.

■ 한천寒泉 이담李曇(1524-1600)

자는 담지曇之, 호는 한천寒泉, 본관은 성주다. 중종 갑신(1524)년에 태어났다. 음직蔭職으로 충의위 옥포만호忠義衛玉浦萬戶를 지냈다.

○ 갑자(1564)년 공은 동생 이조와 덕산으로 찾아가서 상실橡室에서 선생을 배알하였다. 이로부터 왕래하며 가르침을 받았다.

■ 만헌晩軒 허팽령許彭齡(1528-1584)

자는 천로天老, 호는 만헌晩軒, 본관은 김해金海다. 중종 무자(1528)년에 태어났다. 정절공貞節公 허기許麒의 5세손이다. 뛰어난 재능을 안으로 감추고 산림에 은거하였다. 천거로 의릉 참봉懿陵參奉에 제수되었으나, 취임하지 않았다.

○ 공은 어릴 때 활쏘기와 말 타기를 일삼았는데, 뇌룡정에서 선생을 배알하고 경의지결敬義之訣을 들었다. 돌아가서 사람들에게 "우리 유가의 수많은 일이 여기[敬義]에 있지 저기[弓馬]에 있지 않다."고 하였다. 결국 예전에 일삼던 것을 버리고, 왕래하며 스승으로 섬기고 가르침을 받았다. 공의 학문은 더욱 넓어졌으며 행의는 더욱 닦여졌다. 사는 집을 '만헌晩軒'이라고 편액하였는데, 도를 들은 것이 늦었다는 뜻이다. 그 뒤로 여러 선비와 회산晦山 아래에서 선생을 모신 서원을 창건하였다.[62] 매달 초하루에 나아가 절하고 분향焚香하였는데, 늙어서도 게을리하지 않았다. 독실하게 믿으며 학문을 좋아함이 이와 같았다.

---

62) 회산晦山 아래에서 … 서원을 창건하였다. : 합천 삼가三嘉 회현晦峴의 회산서원晦山書院으로, 뒤에 왜적에 훼손되어 향천香川으로 옮겨 세웠는데, 1609년에 용암서원龍巖書院으로 사액되었다.

- 죽정竹亭 권문현權文顯(1524-1575)

자는 명숙明叔이며, 호는 죽정竹亭이다. 안분당 권규의 아들로, 중종 갑신(1524)년에 태어났다. 일찍부터 과거 공부를 하여 거듭 응시하였으나 합격하지 못하였다. 자신의 슬픔을 자만시自挽詩로 남겼다.

○ 공은 선생의 문하에서 수학하였다. 이원·성재惺齋 금난수琴蘭秀(1530-1604) 등의 제현과 뇌룡정에서의 강좌에 참석하여 이기理氣를 논하였으며, 그로 말미암아 시를 주고받았다. 선생이 돌아가시자, 동생 권문임과 함께 제문을 지어 제사지냈다.

- 하위보河魏寶(1527-1591)

자는 미재美哉다. 목사 하우치河禹治의 손자로, 중종 정해(1527)년에 태어났다. 자품이 순수하고, 학문이 정밀하고 넓었다. 무오(1558)년 생원시에 합격하였으며, 초시初試에 여러 번 합격하였다. 수년 동안 성균관에서 지냈는데, 성균관의 여러 유생이 모두 공의 덕과 도량을 경모敬慕하였다. 공은 사간司諫 하진보河晉寶, 생원 하국보河國寶 등의 동생들과 학문에 매진하여 부지런히 수양하였다. 최영경·하항 등과 도의로 사귀었으며, 임천林泉에서 덕을 기르며, 한 지역의 학자들을 가르쳤다. 아들이 11명이었는데 세상에 이름을 남긴 이가 많았다. 거듭 증직되어 이조 판서吏曹判書와 진평군晉平君에 이르렀다.

■ 관원灌園 박계현朴啓賢(1524-1580)

자는 군옥君玉, 호는 관원灌園, 본관은 밀양이다. 중종 갑신(1524)년에 태어났다. 문과에 급제하여 병조 판서兵曹判書에 이르렀다.

○ 공이 선생을 애도한 시에 "오로지 여러 선비의 슬픔이 되니, 감히 나 혼자 슬프다 못하네.[一爲多士痛 不敢哭吾哀]" 하였다.

■ 권문언權文彦(1530-1592)

자는 준숙俊叔이다. 권문임의 동생으로, 중종 경인(1530)년에 태어났다. 기개와 도량이 크고 빼어났으며, 효성과 우애로 칭송되었다. 병조 참의兵曹參議에 증직되었다.

○ 공은 여러 형을 따라 선생의 문하를 왕래하였으며, 경의지학敬義之學을 얻어듣고, 깊이 감복하여 섬겼다.

■ 대황재大惶齋 배기수裵祺壽

자는 진익晉益, 호는 대황재大惶齋며, 본관은 분성盆城이다. 임당林塘 배신침裵愼忱의 아들로, 중종 임진(1532)년에 태어났다. 일찍부터 가정의 가르침을 받았으며, 경사經史에 널리 통하였다. 또 병서兵書에 익숙하였으며, 지략이 출중하였다. 임진왜란이 일어나자 의병을 일으켰으며, 조카 배의중裵義重·배무중裵武重과 가동家僮을 이끌고 몸을 떨치고 나섰다. 장사壯士 임성춘林聖春이 또한 우치牛峙에서의 전투에 따라나서길 원하였는데, 의로운 명성을 점차 떨치게 되었다. 죽고 나서 사복시 정司僕寺正으로 증직되었다.

○ 공은 약관에 덕산에서 선생을 배알하였다. 성리性理에 대한 논의를 듣고선 마음에 꽉 찬 듯 터득한 것이 있었으며, 더욱더 학문에 뜻을 두었다. 대개 선생을 좇은 이후로 학업이 독실하지 못할 것을 염려하여, 재실齋室에 '대황大惶(크게 두려워하다)'이라 편액하였다.

■ 정백거鄭白渠

자는 홍택弘澤이며, 정백빙의 아우다. 관직은 서빙고 별좌西氷庫別座에 이르렀다.

○ 공은 일찍이 형 정백빙을 따라 덕산을 왕래하였으며, 그로 인해 산천재에서 가르침을 받았다. 또 아들 정리겸鄭履謙을 선생에게 보내어 배우게 하였는데, 선생이 칭찬하며 "이 아이에게 있어서 문장을 짓는 것은 여사餘事니, 공명을 얻기가 어렵지 않을 것이다." 하였다.

■ 서계西溪 김담수金聃壽(1535-1603)

자는 태수台叟, 호는 서계西溪, 본관은 의성義城이다. 중종 을미(1535)년에 태어났다. 타고난 자질이 온화하고 순수하였으며, 실천함이 독실하였다. 한강 정구, 동강 김우옹, 덕계 오건, 금계錦溪 황준량黃俊良(1517-1563) 등의 제현과 시서詩書를 강론하였으며, 사귐이 가장 두터웠다. 갑자(1564)년 사마시에 합격하였으며, 신묘(1591)년 유일로 천거되어 선공감역繕工監役에 제수되었다. 거듭

된 징소에도 취임하지 않았다. 선조가 '황계처사黃溪處士'라 호를 내리고, 황매黃梅 한 그루를 보내주었다. 성주의 청천서원晴川書院에 배향되었다.

○ 공은 일찍이 선생을 섬기고 가르침을 받았으며, 선생은 공의 마음가짐이 깨끗하며 학술이 고명하다고 자주 칭찬하였다.

■ 천민당天民堂 최여경崔餘慶

자는 제원悌元, 호는 천민당天民堂이다. 수우당 최영경의 아우다. 8세에 부친상을 당해서는 소식蔬食하며 삼년상을 지냈다. 모친의 병이 심해지자 밤낮으로 정성스레 기도하였는데, 신이 감격하여 자라와 물고기를 내려주는 기이한 일이 일어났다. 행의行誼가 드러나 알려져 신녕 현감新寧縣監에 제수되었으나, 사양하고 나아가지 않았다. 백사白沙 이항복李恒福(1556-1618)이 편지를 보내 강요하여 어쩔 수 없이 소명에 나아갔으나, 곧바로 사직하고 돌아왔다. 조계 유종지, 부사 성여신 등의 제현과 도의로 사귀었다. 기축옥사에 형 최영경과 함께 옥중에서 죽었다. 선조 신묘(1591)년 신설伸雪되어, 호조 참의戶曹參議에 증직되었다.

○ 공은 선생을 존경함이 지극하였다. 일찍이 제자의 예를 올리지 못한 것을 지극한 한으로 여겼다.

■ 죽곡竹谷 이장영李長榮(1521-1589)

자는 수경壽卿이며, 관직은 군수를 지냈다.

○ 공이 선생을 제사지낸 글에 "보잘 것 없는 나는 높은 산과

같은 선생을 우러렀네. 서론緖論 자주 접하였으며, 귓가엔 아직
도 선생의 말씀이 남아있네." 하였다.

■ 평천坪川 변옥희卞玉希(1539-1593)

자는 득초得楚, 호는 평천坪川, 본관은 초계草溪다. 중종 기해
(1539)년에 태어났다. 임진왜란이 일어나자 의병을 일으켰으며,
미타령彌陀嶺에서 순절하였다.

■ 백암白岩 김대명金大鳴(1536-1603)

자는 성원聲遠, 호는 백암白岩, 본관은 울산蔚山이다. 중종 병신
(1536)년에 태어났다. 재주와 학식이 절륜絶倫하였다. 무오(1558)년
사마시에 합격하였고, 선조 경오(1570)년 문과에 장원으로 급제하
여 전적典籍을 지냈으며, 네 고을의 수령을 역임하였다. 일찍이
예조 정랑禮曹正郞으로 서장관書狀官이 되어서는 천자에게 조회
하고 임금의 뜻을 아뢰었는데, 신종 황제神宗皇帝가 옥용연玉龍硯
과 묵화墨畵 8폭을 하사하고 장려하였다. 당시 당파의 의론이 분
분해지자, 관직을 버리고 돌아와 두류산에 들어가 여생을 보내
려고 계획하였다. 임진(1592)년 초유사 김성일이 일어나기를 권하
여 소모장召募將으로 삼았으며, 마산馬山·김해 등지에서 왜적들
을 격퇴했다. 죽은 뒤 대각서원에 향사되었다.

○ 공은 여러 곳에서의 벼슬살이로 비록 선생에게 예물을 갖
추어 뵙고 가르침을 청하지는 못했으나, 일찍이 깊은 권애眷愛를
입었으며, 많은 장려와 칭찬을 들었다.

■ 권유權愉

자는 □□이며, 현감을 지냈다.

○ 공은 일찍이 "선생이 해중海中에서[63] 유헌 정황을 방문하여 종일 강론하였는데, 당시 나는 머리를 땋은 어린 아이로 곁에서 선생을 모셨다. 선생의 도를 비록 알 수는 없었지만 선생의 가르침을 들은 것은 있었다." 하였다.

■ 월담月潭 정사현鄭師賢(1508-1555), 초명은 사현思玄이다.

자는 희고希古, 호는 월담月潭이며, 본관은 진양이다. 공은 하늘을 감격시키는 효성과 실천하는 학문이 있었다. 한강 정구, 귀암 이정 등의 제현과 도의로 사귀었다. 중종 시절 참봉에 제수되었으나, 취임하지 않았다. 영연서원靈淵書院에 향사되었다.

○ 공은 선생의 매부다. 선생이 청렴하며 고결하다고 칭찬하였으며, 일찍이 그의 정사精舍에 가서 다음의 시를 지었다.

녹라지綠蘿池[64] 못물 표면에 빗방울 흔적 생기니,

綠蘿池面雨生痕

먼 묏부리 안개에 잠기고 가까운 산은 어둑어둑하네.

遠峀烟沉近峀昏

백 년 된 노송은 나지막하게 못물을 누르고 있으며,

松老百年低壓水

삼대를 겪은 나무는 비스듬하게 대문을 가리고 있네.

---

63) 해중海中에서 : 정황이 귀양살이 하는 거제도를 말한다.
64) 녹라지: 중국 호남성湖南省 녹라산綠蘿山 밑에 있는 못 이름.

가야伽倻[65]는 옛 나라라 산에는 무덤이 연이었고,

樹經三世倚侵門

伽倻古國山連塚

월기月磯[66]는 황량한 마을이라 망했다가 존재하네.

月磯荒村亡且存

여린 풀은 파릇파릇 봄빛을 띠었는데,

小草班班春帶色

해마다 한 번씩 혼을 녹이는구나.

一年消却一番魂

공이 죽자 선생이 묘갈문을 지었다.

■ 졸암拙庵 유영순柳永詢(1552-1632)

자는 순지詢之다. 중종 기묘(1519)년에 태어났다.[67] 관찰사觀察使를 지냈다.[68]

○ 공은 선생에게 비록 급문하여 가르침을 청하지는 못했으나 문인의 반열에 있다고 자처하였다. 경상도 감사가 되어서는 글을 지어 와 선생의 사당에서 제사지냈다.

---

65) 가야伽倻 : 고령高靈을 가리킨다. 정사현鄭思玄이 고령에 살았다.
66) 월기月磯 : 월기는 '月器' 혹은 '月基'로 표기하는데 모두 달의 찼다가 기우는 것을 염두에 둔 표현이다. 월기 마을은 마을 호수가 15호 이상이면 망한다는 말에 따라 항상 15호 미만의 조그마한 형태로 존재한다고 한다. 달이 보름을 넘어서면 기울듯이 마을 또한 같은 원리라는 것이다.
67) 『문과방목』과 『사마방목』에 공히 명종 임자(1552)년에 태어난 것으로 되어 있다.
68) 경상도 관찰사로 재임한 1605년 9월부터 1607년 3월 사이에 『남명집』 간행을 후원하였다.

■ 권문저權文著(1526-?)

자는 찬숙粲叔이다. 안분당 권규의 아들이다. 공은 동곡 이조, 죽각 이광우, 영모암 정구鄭構와 벗으로 친하게 지냈다. 유일로 화릉 참봉和陵參奉에 제수되었으나 취임하지 않았으며, 집에서 삶을 마쳤다.

○ 공은 처음에는 가정에서 가르침을 받았다. 또 선생의 문하를 출입하며 경의지학敬義之學에 잠심潛心하였다.

■ 관재觀齋 강돈姜燉(1540-1589)

자는 덕휘德輝, 호는 관재觀齋, 본관은 진양이다. 중종 경자(1540)년에 태어났다. 대사간을 지낸 강렬姜烈의 5세손이다. 어려서 총명함이 남달랐으며, 장성하여서는 학업이 크게 이루어졌다. 선조 병술(1586)년 처음 벼슬하여 제용감 참봉濟用監參奉에 보임되었다. 얼마 뒤 옮겨져 직장에 제수되었으나, 질병으로 사직하고 물러나 혼자서 학문을 닦았다. 저술로『죽림지竹林志』한 권이 있다.『의령지』에 이러한 일이 기록되어 있다.

○ 갑인(1554)년 공은 동생 강희姜熺(1542-1593)와 함께 급문하여 가르침을 받았다.

■ 동계東溪 정대방鄭大方

자는 경도景道, 호는 동계東溪, 본관은 경주다. 명종 을축(1565)년에 태어났다. 영민함이 남달랐으며, 강개慷慨한 성품으로 지조와 절개가 있었다. 선조 신축(1601)년 생원시에 합격하였다. 임진왜란이 일어나자 의병을 일으켰다. 원당源堂 권제權濟(1548-1612), 간이簡易 최립崔岦(1539-1612), 지산芝山 조호익曺好益(1545-1609), 우복愚伏 정경세鄭經世(1563-1633) 등 31인이 달성達城의 팔공산八公山 상암上庵에서 회맹會盟하고, 각자 운을 불러 연구聯句를 지었다.

○ 공은 삼종형三從兄 영모암 정구를 따라 선생의 문하에서 함께 가르침을 받았다.

■ 이재頤齋 강희姜熹(1542-1593)

자는 덕장德章이며, 호는 이재頤齋이다. 강돈姜燉의 동생으로, 중종 임인(1542)년에 태어났다. 총명하고 민첩함이 남달랐으며, 약관에 문사文詞가 크게 진보하였다. 임진왜란이 일어나자 영남嶺南의 여러 진영鎭營이 풍문만 듣고 달아나 무너졌는데, 공은 건장한 가동家僮 30여 명을 데리고 곽재우의 진영에 달려가 합류하였다. 공은 적진으로 돌진하여 죽는 것을 마치 집으로 돌아가는 것처럼 여겼다. 율진栗津에서 전전轉戰하다 화살이 떨어지고 힘이 다하였지만, 맨손으로 적을 후려치기까지 하였다. 죽인 왜적이 매우 많았으나 몸 수십 곳을 창에 맞고 군중에서 졸하였다. 왜란이 평정되고 나서 곽재우가 장계로 이 일을 알려 이조 참의吏曹參議에 증직되었다. 『의령지』에 이러한 일이 기록되어 있다.

○ 공은 일찍이 맏형 관재 강돈과 덕산으로 찾아가 선생을 뵙고 함께 가르침을 받았다. 문하의 여러 사람들이 공을 외우畏友로 생각하였다.

■ 검계俭溪 이길李佶

자는 여한汝閒, 호는 검계俭溪며, 본관은 성산星山이다.[69] 정무
공靖武公 이호성李好誠(1397-1467)의 현손으로 중종 무술(1538)년에
태어났다. 영특함이 남달랐으며, 조금 자라서는 형 황곡篁谷 이
칭李偁(1535-1600)에게 배우기를 청하였다. 『중용』을 만 번 읽고는
깊은 뜻을 하나로 녹였다. 다른 경서와 사서에 미쳐서는 칼에 쪼
개지는 대나무같이 쉽게 이해하였으며, 문장의 격식이 고상하고
예스러웠다. 부모의 상을 당해서는 몹시 슬퍼하였으며 여묘살이
를 하였다. 의령과 진주의 제현과 기로계耆老契를 만들었으며, 호
음胡陰과 정수鼎水[70] 사이에서 『여씨향약呂氏鄉約』을 강학하였
다. 만년에 공학산拱鶴山 아래에 집을 짓고 '독촌서실獨村書室'이
라 편액하였는데, 소문을 듣고 찾아온 학자들이 많았다. 저술로
『예설집요禮說輯要』와 『경사의해經史疑解』가 있으며, 함안의 세
덕사世德祠에 향사되었다.

○ 공은 내구內舅인 임훈·임운 형제를 모시고, 안음安陰 삼동三
洞의 모임에서 선생을 배알하였다. 선생은 공손하고 단아하며 법
도가 있다고 공을 칭찬하였다.

■ 월정月汀 배명원裵明遠(1542-1593)

자는 군회君晦, 호는 월정月汀, 본관은 분성盆城이다. 중종 임인

---

69) 성산星山이다. : 성산은 성주星州의 옛이름이다. 이길은 광평군廣平君 이능
    李能의 후손으로 지금은 본관을 광평廣平이라 한다.
70) 정수鼎水 : 경남 함안咸安과 의령宜寧 사이에 있는 정진鼎津 나루의 물
    이다.

(1542)년에 태어났다. 성품이 굳세고 곧았으며, 과거 공부를 일삼지 않고 의리를 강론하고 탐구하였다. 기축(1589)년 동지 제현과 최영경을 신원하는 소를 올렸다. 임진왜란이 일어나자 동생 배형원裵亨遠(1552-?)과 의병을 일으켜 곽재우의 진영을 응원하였다. 당시 성주 일부가 왜적에게 격파되어 남아있는 인가가 거의 없었는데, 공에 의해서 안정된 생활을 하게 되었다. 초유사 김성일이 공의 용병술을 훌륭하게 여기고 조정에 아뢰었는데, 특례로 성주 목사星州牧使와 상주尙州 진영의 병마첨절제사兵馬僉節制使에 제수되었다. 계사(1593)년 진영에서 졸하였으며, 명곡서원明谷書院에 향사되었다.

○ 선조 임신(1572)년 공은 동생 배형원과 선생을 찾아가 배알하였다.

- 만수당萬樹堂 박인량朴寅亮(1546-1638)

자는 여건汝乾, 호는 만수당萬樹堂이며, 본관은 밀양이다. 효성과 우애가 깊고, 공손하고 검소하였으며, 박학하고 문장이 뛰어나 세상 사람들에게 귀하게 받들어졌다. 임진왜란이 일어나자 공은 포의布衣로 떨치고 일어나 의병을 일으켰으며, 곽재우와 화왕산성에서 함께 고생하였다. 선무원종공신에 녹훈되었으며, 수직壽職으로 동지중추부사同知中樞府事에 올랐다.

○ 신유(1561)년 겨울 공은 내형內兄인 정구鄭構와 덕산에서 선생을 배알하고, 『주자가례朱子家禮』를 배웠다.

■ 월와月窩 진극원陳克元(1534-1595)

자는 경여敬汝, 호는 월와月窩, 본관은 여양驪陽이다. 참봉 진선
陳宣의 아들로, 중종 갑오(1534)년에 태어났다. 어려서부터 총명함
이 남달랐다. 임자(1552)년 사마시에 합격하였으며, 갑인(1554)년
이조 정랑吏曹正郎으로 소명을 받았으나 나아가지 않았다. 부모
의 상을 당해서는 모두 삼년상을 지냈다. 임진왜란이 일어나자
같은 고을의 사우士友들과 창의하여 의병을 모집하였다. 만년에
는 월곡月谷에 정사를 짓고 학문을 닦는 곳으로 삼았으며, 결국
세상을 멀리하려는 뜻을 굳혔다. 죽고 나서 이조 참판으로 증직
되었다. 문집이 있다.

○ 을묘(1555)년 공은 재종제再從弟 진극인陳克仁과 선생을 찾
아가 배알하였다. 그 뒤로 왕래하며 가르침을 청하였는데, 해마
다 찾아뵙지 않은 적이 없었다.

■ 박이현朴而絢(1544-1592)

자는 여수汝粹이며, 본관은 순천順天이다. 참봉 박대영朴大榮의
아들로, 중종 갑진(1544)년에 태어났다. 타고난 자질이 호방하고
얽매이지 않았으며, 지혜와 사려가 크고 깊었다. 독서하고 수양
하며, 벼슬길에 뜻을 끊었다. 당대의 석학들과 서로 도와가며 학
문을 닦았다. 일찍이 동령東嶺의 아래에 집 몇 칸을 지어 '창애서
실蒼厓書室'이라 편액하였다. 임진왜란으로 임금님이 서쪽으로
몽진하자, 공은 고령으로 달려가 족제族弟 용담龍潭 박이장朴而章
(1547-1622)과 함께 김면의 진영으로 나아가 의병 모집에 지원하

여 협력해서 도왔다. 그로 말미암아 향병鄕兵을 불러 모아 가천
伽川에서 주둔하며, 적의 기세를 여러 번 꺾었다. 이 때 제봉霽峰
고경명高敬命(1533-1592)이 금산에서 의병을 일으켰는데, 공이 적
을 쫓아 무주茂州에 이르자 서로 돕는 형세가 되었다. 이해 겨울
회군하여 군대를 지휘하고 전투를 독려하였다. 당시 날씨가 눈
이 쌓여 얼어붙을 정도로 추웠다. 군졸들은 추위로 지쳐 쓰러졌
으며 끝내 중과부적衆寡不敵이었다. 또 공이 타고 있던 말이 진흙
에 빠져서 넘어져 결국 적에게 붙잡히게 되었다. 창칼이 어지러
이 공을 베었으나 공은 적을 욕하며 굴복하지 않고 죽었다. 도신
道臣이 장계를 올려 선조가 크게 포장襃獎 하였으며, 병조 참의兵
曹參議에 증직되었다. 인조 갑자(1624)년 가증되었으며, 정려가 내
려졌다. 영조 무신(1728)년 '의민毅愍'으로 시호가 내려졌으며, 덕
봉德峰의 충렬사忠烈祠에 향사되었다. 또 순천順天의 세덕사世德
祠에 종향되었으며, 『순충실기殉忠實紀』가 간행되었다.

○ 선생은 일찍이 사월沙月에서 김희삼을 방문하였는데, 가는
길이 가천伽川을 경유하게 되어 있었다. 공이 선생을 맞이하여
집으로 안내하였으며, 책상 옆에서 모시고 앉아 글의 뜻을 질문
하고 논의하였다. 선생이 매우 기특해하고 아꼈으며, 기대하고
면려함이 얕지 않았다. 그 뒤로 오건과 종유하고 강마하였으며,
경의의 지결을 얻어듣고서는 마음속으로 깊이 인식하며 잠시도
잊지 않았다.

■ 만송晩松 강렴姜濂(1544-1606)

자는 연락沿洛, 호는 만송晩松이며, 본관은 진주다. 은열공 강민첨姜民瞻의 후손으로, 중종 갑진(1544)년에 태어났다. 독실하게 배우고 의로운 일 하기를 좋아하였으며, 아무런 욕심이 없는 듯 스스로 그 뜻을 즐겼다. 저술로『효경연의孝經衍義』・『사례요해四禮要解』・『아동연원록我東淵源錄』이 있었으나 병화에 소실되었다. 실기가 있다.

○ 공은 약관에 예물을 준비하여 선생을 산천재에서 배알하고, 경의・명성明誠의 지결을 얻어들었다. 오월당梧月堂 이유함李惟諴(1557-1609)이 공을 애도하며 지은 만시에 "일찍이 경의로 길을 돌렸으며, 착실하게 명성明誠의 공부를 해나갔네.[敬義早回軔明誠實下工]" 하였다. 임신(1572)년 공은 여묘살이를 하던 중 선생의 부음을 들었는데, 자리를 만들어 곡하고 오랫동안 가르침을 받지 못한 것을 한으로 여겼다. 하항과 종유하며 선생의 학문을 익숙하게 들었으며, 사문師門의 언행록言行錄에 대해 토론하고 확정한 것이 많았다. 병자(1576)년 덕천서원 창건에 공도 함께 참여하여 힘과 마음을 다하였다.

■ 귀계龜溪 정인상鄭麟祥

자는 인백仁伯, 호는 귀계龜溪, 본관은 진양이다. 중종 갑진(1544)년에 태어났다. 선조 경인(1590)년 관직이 훈도訓導에 이르렀다. 일찍이 성여신・진극경 등의 제현과 퇴계의『고경중마방』・『성학십도聖學十圖』를 토론하며 읽었는데, 깊은 뜻을 개발하고 현묘한 이치를 명확히 분석하여 모든 이가 칭찬하고 감탄해 마지 않았다.

○ 기미(1559)년 공은 예물을 준비하여 선생을 배알하였으며, 선생이 다음의 글을 적어서 공에게 주었다. '愛身如玉 持心如水 玉缺難圓 水覆難收[옥과 같이 몸을 아끼며, 물과 같이 마음을 잡아라. 옥은 깨지면 둥글어지기 어려우며, 물은 쏟으면 담기가 어렵다.]' 진극경이 하응도에게 보낸 편지에 "남명의 문하 가운데, 숨어서 드러나지 않았으나 묘리를 깊이 터득한 사람은 정군 인백이 바로 그 사람입니다." 하였다.

■ 최정崔涏

자는 □□, 본관은 전주다. 증형조판서贈刑曹判書 최득경崔得逕의 현손이다. 문행文行이 있었으며, 당시 사람들에게 소중하게 여겨졌다. 음양·천문·지리에 두루 능통하였으며, 지극히 정묘精妙한 경지에 이르렀다. 죽고 나서 아들 최기변崔琦抃과 최기준崔琦準은 왜적을 평정하기 위한 회맹會盟에 참여하였으며, 국가에서 은전恩典을 내려 호조 참판戶曹參判으로 증직되었다.

○ 공은 선생의 문하에서 가르침을 받았으며, 덕천서원의 터를 공이 가려서 정했다고 세상에 전해지고 있다.

■ 하종악河宗岳

자는 군려君礪, 본관은 진양이다. 현감 하풍河灃의 아들이다. 성균관 진사다.

○ 공은 선생의 질서姪婿로, 어려서 선생의 문하에 나아가 배웠다. 영민하고 배우기를 좋아하여 선생이 매우 아끼고 기특해하였으며, 다음의 시를 주었다.

자굴산闍窟山 줄기를 충분히 구경하고서,	剩得闍山骨子來
깊은 곳에서 조수 돌아 흐르는 것 보았네.	却於冥處看潮迴
그대 청려장青藜杖으로 방문함을 위로코자,	勞君暫許青藜問
신선이 다니는 길을 그대 위해 한 번 열겠네.	鰲上河關爲一開

공은 불행히도 일찍 세상을 떠났는데 선생이 아파하고 애도해 마지않았으며, 이정에게 답한 편지에 "군려의 집안일이 하루아침에 영락하여 이 지경에 이르렀으니, 매우 가슴이 아픕니다." 하였다.

■ 의당義堂 오현吳俔

자는 형숙馨淑, 호는 의당義堂이다. 오건의 종제從弟다. 오건을 따라서 선생을 배알하였으며, 선생에게서 많은 장려와 인정을 받았다.

■ 악록嶽麓 허성許筬(1548-1612)

자는 공언功彦이며, 호는 악록嶽麓이다. 초당草堂 허엽許曄의 아들로, 명종 무신(1548)년에 태어났다. 관직은 이조 판서에 이르렀다.

공이 선생을 애도한 다음의 시가 있다.

어느 날 밤 요성妖星이 소미성을 침범하니,	一夜妖星犯小微
문득 남국南國의 옥이 광채를 잃어 버렸네.	忽傳南國玉沉輝
산림에서 매번 시대를 슬퍼하는 탄식을 하고,	山林每有傷時嘆
사업은 길이 덕의 은택을 받지 못하게 했네.	事業長爲杜德機
요금瑤琴은 다시 오묘한 이치에 간여하지 못하며,	不復瑤琴參妙訣
부질없이 넉넉한 차가운 달빛은 사립문을 비추네.	空餘寒月照柴扉
생추生蒭71) 못 올려 현자 생각하는 뜻 저버리니,	生蒭辜負思賢意
맑은 눈물 하염없이 다시 옷을 가득 적시는도다.	淸淚無端更滿衣

■ 하곡荷谷 허봉許篈(1551-1588)

자는 미숙美叔이며, 호는 하곡荷谷이다. 허엽의 아들로 명종 신해(1551)년에 태어났다. 문과에 급제하여 대사성大司成에 이르렀다. 총명함이 남달라 10세에 시문에 대한 성취가 이미 있었으며, 약관에 호당湖堂72)에 들어갔다. 갑술(1574)년 서장관으로 연경에 가서 조회하였다. 중국 조정의 사대부들과 주희·육구연陸九淵 학문의 사정邪正에 대해 논변하였는데, 중국 조정의 누구도 공을 굴복시키지 못하였다. 저술로『이산잡술伊山雜述』과 태극太極·존양存養·독서讀書 등에 대한 문답서가 있다.

　○ 선생이 돌아가시고 공이 다음의 시로써 애도하였다.

---

71) 생추生蒭 : 벤 지 얼마 안 된 싱싱한 꼴 한 묶음을 뜻한다.『시경詩經』소아小雅 백구白駒에 "생추 일속을 바치노니, 그 사람 옥 같도다.[生蒭一束 其人如玉]"라고 한 것에서 온 말로, 현인賢人을 떠나지 못하게 하기 위해 그가 타고 온 망아지에게 꼴을 먹인다는 뜻으로 소박한 예물을 뜻한다.
72) 호당湖堂 : 독서당讀書堂의 별칭으로, 허봉은 여기서 사가독서賜暇讀書를 하였다.

일찍이 퇴계 선생 잃은 슬픔 안았는데,	曾抱陶山慟
징사 남명 선생이 또 우리를 떠나시네.	徵君又我違
단충丹衷은 나라를 걱정하는 생각이며,	丹衷憂國意
백발이 되도록 연잎으로 옷을[73] 지었네.	白首製荷衣
사람들은 교악喬嶽으로 우러러 받들었으며,	人望推喬嶽
하늘이 보인 징조로는 소미성이 떨어졌다네.	天星落小微
양계자羊季子처럼[74] 상심하고,	傷心羊季淚
다시 영남을 향하여 눈물 뿌리네.	復向嶺南揮

■ 수암守庵 강무姜斌

자는 중규仲圭, 호는 수암守庵이다. 모암 강우의 아우다. 어려서부터 학문에 힘써 명성이 자자하였으며, 사우士友들에게 귀하게 받들어졌다.

○공은 일찍이 선생의 문하에서 유학하였으며, 선생은 공을 일컬어 "온유하고 문아文雅한 행실이 있으며, 어려서부터의 가르침이 장성해서도 미쳤다."고 하였다.

---

73) 연잎으로 옷을 : 옛날 은자隱者들이 연잎으로 옷을 지어 입었다고 한다. 여기서는 남명이 벼슬하지 않은 것을 말한다.
74) 양계자羊季子가 울었던 것처럼 : 양계자는 중국 남북조시대 진晉 나라의 문인인 양담羊曇이다. 사안謝安의 생질로, 시문詩文에 능하였다. 사안의 사랑을 받다가 그가 죽자 서주西州의 길을 차마 지나가지 못하였는데, 어느 날 술에 취해 자신도 모르게 서주의 성문에 이르자 슬퍼하며 통곡하고 떠나갔다고 한다. 보통 자신을 아껴 주던 인물이 죽은 뒤 그를 극도로 그리워하고 슬퍼함을 표현할 때 양담의 고사를 인용한다.

■ 송강松岡 하항河恒

자는 자상子常이며, 호는 송강松岡이다. 증판서贈判書 하위보의 아들로, 명종 병오(1546)년에 태어났다. 성품은 침착하고 너그럽고, 뜻을 독실하게 가지고 학문에 힘썼으며, 효도와 우애로 알려졌다. 송강松江 가에 정사를 짓고 학문을 닦는 곳으로 삼았으며, 아무런 욕심이 없는 듯 옛 현인을 닮기를 스스로 기약하였다. 불행히도 세상을 일찍 떠났다. 사옹원 봉사司饔院奉事로 증직되었으며, 청계서원에 향사되었다.

○ 선조 무진(1568)년 공은 부사 성여신, 백곡 진극경 등의 제현과 단속사에서 글을 읽었다. 절의 승려 휴정休靜이 지은 『삼가귀감三家龜鑑』에서 불교를 책머리에 놓고 유가를 제일 끝에 두고 있는 것을 보고는, 곧 그 책을 불사르고 불상을 부쉈다. 그리고 일제히 산천재로 가서 선생을 배알하였다. 이 사건에 대해 말이 나오자 공은 지나친 행동에 대해 사과하였는데, 선생이 "후배들이 적당하기만을 노력한다면 훗날에 어찌 나아감이 있겠는가? 부자夫子께서 광자狂者와 견자狷者를 취한 것도 이러한 뜻이다." 하였다. 그로 말미암아 옛 사람의 위기지학爲己之學에 대해 들었으며, 물러나 더욱 그 학문을 독실하게 하였다.

■ 임리재臨履齋 박열朴悅

자는 여안汝安, 호는 임리재臨履齋며, 본관은 밀양이다. 명종조에 현량賢良으로 참봉에 제수되었으나 취임하지 않았다. 산림에서 노닐며 옛 성현의 글을 힘써 읽었다. 역학에 더욱 조예가 깊었는데, 소장消長과 진퇴進退의 이치를 깊이 탐구하였으며, 세상에서 '주역 선생周易先生'으로 불려졌다. 이러한 일이 『여람輿覽』에 기록되어 있다.

○ 공은 고을의 자제子弟로서 일찍이 선생의 문하에 들어와 학문하는 큰 방법을 얻어들었다. 또 동문의 제자들과 서로 강마하였으며, 당시 공을 본 사람들은 예의를 지켜 공경하지 않음이 없었다.

■ 금월헌琴月軒 정인함鄭仁涵(1546-1613)

자는 덕혼德渾, 호는 금월헌琴月軒, 본관은 서산이다. 명종 병오(1546)년에 태어났다. 어려서부터 학문에 뜻을 두었으며, 실천함이 독실하였다. 선조 무자(1588)년 사마시에 합격하였다. 신축(1601)년 문과에 급제하여 예조정랑禮曹正郎이 되었으며, 외직으로 영덕盈德의 수령을 지냈다. 임진왜란이 일어나자 창의하였으며, 곽재우를 쫓아 화왕산성에서 왜적을 토벌하였다. 선조가 공의 충의忠義를 가상히 여겨 원종 일등공신原從一等功臣에 녹훈하였다. 중국 사신이 바다를 건너왔는데, 조정에서는 공을 천거하여 접반사接伴使75)로 삼았으며, 중국 사신은 공을 보고 예를 안다고 칭찬하였다. 혼조昏朝76)가 들어서고 인륜이 무너지는 일이

---

75) 접반사接伴使 : 외국 사신을 접대하던 임시직으로, 정삼품 이상에서 임명하였다.
76) 혼조昏朝 : 임금이 혼미昏迷하여 국사를 잘 다스리지 못한 조정을 말한다. 조선의 연산군燕山君이나 광해군光海君 때의 조정을 지칭한다. 여기서는 광해군 때를 말한다.

생기자, 물러나 은거하는 내용의 시를 지어 자신의 뜻을 드러내었다. 이 때문에 권세 있는 간신에게 미움을 받아 진양 제독晉陽提督으로 좌천되었는데, 일 년이 지나 졸하였다. 인조반정 이후 특별히 표창되어 이조 참판에 증직되었으며, 운계서원雲溪書院에 향사되었다.

○ 공은 선생을 찾아가 배알하고 가르침을 청하였다.

■ 모헌暮軒 하혼河渾(1548-1620)

자는 성원性源, 호는 모헌暮軒이며, 본관은 진양이다. 문효공文孝公 하연河演의 5세손으로, 명종 무신(1548)년에 태어났다. 성품은 담담하고 조용하였으며, 나아가 공명을 구하지 않았다. 김우옹·정구 등의 제현과 종유하여 강마하였으며, 신묘(1591)년 최영경의 억울함을 신구伸救하는 소를 올렸다. 또 정온이 삭적削籍되고 정거停擧되자 소를 올려 구원하려고 하였으나, 정온의 답장을 받고 그만두었다. 임진(1592)년 왜적이 침략하자 의병을 일으키는 데 참여하고 보좌하였다. 대암大庵 박성朴惺(1549-1606), 존재存齋 곽준郭䞭(1551-1597), 모계茅溪 문위文緯(1554-1631) 등의 인물들과 시기를 맞추고 계책을 결정하였다. 선조 임인(1602)년 거듭 세마洗馬와 사부師傅에 제수되었으며, 찰방察訪에 이르렀다. 마지못해 부임했지만 이듬해 관직을 버리고 돌아왔다. 죽고 나서 좌승지左承旨로 증직되었으며, 숙종 경인(1710)년 신천서원新川書院에 배향되었다.

○ 공은 약관에 선생의 문하를 출입하여 학문하는 큰 방법을

얻어들었다. 선생이 돌아가신 뒤 자주 덕천서원으로 찾아가 사당에 배알하였다. 공의 아들 하경중河景中과 조카 하경신河景新이 또한 재주와 학식이 있었는데, 선생의 도를 따라서 강학하였다. 이러한 일이 『청금안青衿案』에 기록되어 있다.

■ 원당源堂 권제權濟(1548-1612)

자는 치원致遠이며, 호는 원당源堂이다. 죽정 권문현의 아들로, 명종 무신(1548)년에 태어났다. 총명함이 남달랐으며 경전과 역사에 두루 능통하였고, 병서兵書까지 아우르고 있었다. 선조 신묘(1591)년 문과에 급제하였으며, 홍문관 박사弘文舘博士를 지냈다. 임진년과 정유년의 왜란에 곽재우·김면과 의병을 일으켰으며, 영양永陽 형강兄江 전투에서 거듭 큰 공을 세웠다. 무술(1598)년 외직으로 나아가 고부古阜를 다스렸는데, 고을의 백성이 모두 공의 덕을 칭송하여 비석을 세웠다. 이러한 일이 『용사응모록龍蛇應募錄』에 기록되어 있다.

○ 공은 약관에 예물을 준비하여 선생을 배알하고 가르침을 청하였다.

■ 청휘당晴暉堂 이승李承(1552-1598)

자는 선술善述, 호는 청휘당晴暉堂이며, 본관은 전주다. 효령대군孝寧大君 이보李補(1396-1486)의 후손으로, 명종 임자(1552)년에 태어났다. 정신이 영특하고 빼어났으며, 재기와 도량이 뛰어나고 엄정하였다. 성품 또한 지극히 효성스러웠으며, 어버이 상에 삼

년간 여묘살이를 하였다. 모친이 종기를 앓았는데, 공이 고름을 빨아내어서 종기가 나았다. 17세에 화적火賊이 집안에 들어와서 부모에게 칼날을 휘두르려고 하자, 공이 몸으로 막아서서 울부짖으며 자신을 대신 베라고 하였는데, 화적이 모두 풀어주었다. 임진왜란이 일어나자, 집안의 재산을 모두 털어 병기를 만들었고, 집안의 장정들을 모아 김면의 진영으로 나아가 순국하기로 마음을 먹었었다. 장원서 별제掌苑署別提로 증직되었으며, 신계서원에 향사되었다.

○ 신미(1571)년 공은 산천재에서 선생을 배알하고 의문 나는 것을 강론하고 질문하였으며, 많은 장려와 칭찬을 들었다.

■ 토천兎川 이현우李賢佑(1548-1623)

자는 진충盡忠, 호는 토천兎川, 본관은 인천仁川이다. 명종 무신(1548)년에 태어났다. 학문에 부지런히 노력하여 먹고 자는 것을 잊을 정도였다. 효제孝弟에 돈독하였으며, 자신을 다스리는 데 법도가 있었다. 임진왜란이 일어나자, 형 수헌睡軒 이현좌李賢佐 및 송재松齋 조계명曹繼明과 함께 향병을 모아 창의하였으며, 곽재우의 진영에 나아가 방략方略을 계획하고 도왔다.

○ 공은 선생의 내질內姪이다. 사는 곳이 인접해 있어서 어려서부터 선생을 모시고 배웠으며, 그 뒤로 또 덕산에서 배알하고, 왕래하며 가르침을 받았다. 선생은 도구 이제신에게 가서 배우라고 공에게 명하였으며, 공은 그 학문을 성취하였다. 공은 일찍이 한강 정구에게 편지를 보내어 "선생의 도는 퇴계와 훌륭함을

견줄 수 있으니 문묘에 배향할 만합니다."라고 하였다. 또 여러 고을의 선비들을 규합해서 한강 정구의 문인 이서李𥳑에게 의견을 전달하여 소를 짓고 한강에게 질정質正하도록 하였다. 그 소를 공이 가지고 상경하였다.

■ 정와靜窩 조수천曹受天

자는 고초古初, 호는 정와靜窩며, 본관은 창녕이다. 서벽헌捿碧軒 조경曹鏡의 아들로 명종 경술(1550)년에 태어났다. 영특함이 남달랐으며 어려서 가정의 가르침을 입었다. 과거 공부에 뜻을 접고 오로지 위기지학에 마음을 쏟았으며, 후학을 장려하고 발전하게 하는 것으로 자신의 임무로 삼았다. 덕양서원德陽書院에 향사되었다.

○ 공은 약관에 동생 조이천曹以天과 선생의 문하에서 가르침을 받았으며, 도기지론道器之論을 듣고 다음의 시를 지었다.

계승할 것은 선이고 완성할 것은 성이니,	繼底是善成底性
선생 덕택으로 미묘히 감춰진 뜻 밝히네.	賴有先生析妙秘
형이상은 형이하의 안에서 떠나지 않으니,	形上不離形下中
이제야 이 것이 결국 둘이 아님을 알겠네.	方知此物致無二

■ 매와梅窩 노둔盧鈍[77]

자는 자협子協, 호는 매와梅窩, 본관은 신창新昌이다. 명종 신해

---

77) 노둔盧鈍 : 앞에 나온 매와梅窩 노순盧錞과 동일 인물이다.

(1551)년에 태어났다. 임진왜란이 일어나자, 공은 만석의 비용을 곽재우가 주둔한 정진鼎津에 헌납하였다. 힘을 모아 함께 군사상의 일을 도모하였고, 군량을 운반하는 임무에 소홀함이 없었다. 임금이 그 충의忠義를 가상히 여겨 특별히 영변 도호부사寧邊都護府使로 제수하였으며, 영변의 상음서원霜陰書院과 삼가의 구연서원龜淵書院에 향사되었다.

○ 기사(1569)년 공은 예물을 준비하여 덕산에서 선생을 배알하였다. 선생이 돌아가시고 심상 삼 년을 지냈다.

■ 매헌梅軒 최여설崔汝契(1551-1611)

자는 순보舜輔, 호는 매헌梅軒이다. 학곡鶴谷 최원崔源의 아들로, 명종 신해(1551)년에 태어났다. 임진왜란이 일어나자 의병을 일으켰으며, 곽재우의 진영에 나아가 방략方略을 계획하고 도왔다. 선조조에 장사랑 훈도將仕郎訓導에 제수되었으며, 문연서원에 향사되었다.

○ 공은 부친의 명으로 선생을 찾아가 가르침을 받았다.

■ 정곡汀谷 배형원裵亨遠

자는 군길君吉이며, 호는 정곡汀谷이다. 월정 배명원의 동생으로, 명종 임자(1552)년에 태어났다. 어려서 학문에 뜻을 두었다. 기축(1589)년 동지 제현과 최영경의 억울함을 신구하는 소를 올렸다. 임진왜란이 일어나자 의병을 일으켰으며, 곽재우의 진영에 나아가 방략方略을 계획하고 도왔는데, 어렵고 험한 일을 마다하

지 않았다. 왜란이 평정된 후 은거하여 뜻을 고상하게 가졌으며,
유일로 김해 교수金海敎授에 제수되었다. 호조 정랑戶曹正郎에 증
직되었으며, 명곡서원에 향사되었다.

○ 임신(1572)년 공은 형 배명원과 함께 선생을 찾아가 병구완
을 하였다.

■강숙姜璹, 초명은 진瑨이다.

자는 계규季圭다. 모암 강우의 아우다. 부모를 섬김에 지극히
효성스러웠으며, 사장詞章과 필법筆法으로 세상에 이름이 났다.

○ 공은 집안의 형들과 선생의 문하에 출입하였으며, 예법에
대해 의문 나는 점을 강론하고 질문하였다.

■ 초료당鷦鷯堂 유덕룡柳德龍(1563-1644)

자는 시현時見, 호는 초료당鷦鷯堂이다. 명종 계해(1563)년에 태
어났다. 기질이 맑고 빼어났으며, 용모가 위엄이 있었다. 5세에
육갑을 외고 산술算術을 알았으며, 장성해서는 문망文望이 무성
하였다. 북암서원北巖書院에 향사되었다.

○ 선생은 공의 재예才藝를 보고 매우 기특해 하여 "가르칠 만
하다." 하고, 『소학』을 가르쳤다. 수년간 직접 가르침을 받았으
며, 학문이 더욱 독실해졌다. 선생이 칭찬하고 감탄해 마지않았
다. 선생이 병을 앓을 적에는 곁에서 모시고 자리를 지켰다. 선
생은 돌아가실 즈음에 하항을 돌아보며 "이 아이의 재기才器가
비상하니 잘 가르쳐서 우리 고을의 안자顔子가 되게 함이 옳을

것이네." 하였다. 선생이 돌아가시자 공은 하항의 문하에 나아가
제자의 예를 올렸으며, 하항은 공의 지행志行을 아껴 딸을 시집
보내었다.

- 봉곡鳳谷 조이천曺以天(1560-1638)

자는 순초順初, 호는 봉곡鳳谷이다. 정와 조수천의 동생으로,
명종 경신(1560)년에 태어났다. 자질이 빼어나고 총명하며, 성품
과 기도가 민첩하고 깨끗하였다. 어버이 상에 모두 삼 년간 여묘
살이를 하였는데, 그곳의 사람들이 지금까지도 효자산孝子山으로
부르고 있다. 삼년상을 마치고 시냇가에 작은 집을 지어 '계정溪
亭'이라 편액하고, 학문을 닦는 곳으로 삼았다. 저술로 『사례절
해四禮節解』·『계정집溪亭集』·『계서록鷄黍錄』이 있으며, 덕양서원
에 향사되었다.

○ 공은 성동成童이 되기 전에 형 조수천과 함께 선생의 문하
에 나아가 가르침을 청하였다. 선생은 『소학』등의 책으로 가르
쳤으며, 공이 돌아갈 때 선생은 공의 부친에게 편지를 보내어
"이 아이의 재주와 성품이 단정하고 민첩하며 행동거지가 중후
하니, 훗날의 성취를 어찌 헤아릴 수 있겠습니까?"라고 축하하
였다.

- 월담月潭 정심鄭深

자는 청숙淸淑, 호는 월담月潭, 본관은 서산이다. 선조 경인
(1590)년에 태어났다. 총명하고 민첩하며 배우기를 좋아하였다.

정미(1607)년 생원시에 합격하였으며, 군자감 판관軍資監判官에 제수되었으나 당시 혼조가 들어서자 관직을 버리고 귀향하였다.

○ 무신(1608)년 예물을 준비하여 가르침을 청하였다.78)

■ 화헌和軒 이종욱李宗郁

자는 희문希文, 호는 화헌和軒이며, 본관은 경주다. 선조 임진(1592)년 군공을 세워 주부主簿에 제수되었으며, 선무원종공신에 녹훈되었다. 영창대군의 옥사가 일어나자 정동正洞에 강정江亭을 짓고 벼슬에서 물러났다. 그곳에 연군대戀君臺와 세심암洗心巖이 있다. 헌종 정미(1847)년 도계서원에 향사되었다.

○ 공은 재종형 지봉 이종영과 같은 시기에 급문하였다.

■ 매암梅庵 조식曹湜(1526-1572)

자는 유청幼淸, 호는 매암梅庵이며, 본관은 창녕이다. 처음에는 당곡 정희보의 문하에서 수학하였다. 서계西溪 가에 구인재求仁齋를 지어, 노진·김우옹·강익·도희령 등의 제현과 왕래하고 서로 도와가며 학문을 닦았다. 또 필법이 뛰어났다.

○ 신유(1561)년 공은 덕산으로 찾아가 선생을 배알하고 주서朱書를 배웠다.

---

78) 무신(1608)년에 … 가르침을 청하였다. : 남명은 1572년에 죽었는데, 1608년에 가르침을 받았다고 하였으니 잘못이다. 사숙인으로 분류해 넣어야 할 것이다.

■ 경모재敬慕齋 조의민曹義民(1545-1605)

자는 자방子方, 호는 경모재敬慕齋다. 인종 을사(1545)년에 태어났다. 선생의 조카다. 관직은 현감에 이르렀다. 임진왜란에 세 아들을 거느리고 창의하였으며, 곽재우와 화왕산성에서 함께 고생하였으며, 많은 군공軍功을 세웠다.

■ 조차석曹次石(1552-1616)

자는 일회一會다. 명종 임자(1552)년 생으로, 선생의 아들이다. 음직으로 예안禮安·신창新昌·의령宜寧 등의 수령을 지냈다. 서리들이 두려워하고, 백성들을 편하게 해 주는 정치를 시행하여 칭송이 자자하였다. 임기가 끝나자, 백성들이 장계를 올려 더 머물게 해줄 것을 청하며 '수령이 오심은 왜 이리 늦었으며, 수령이 돌아감은 왜 이리 급한가요?' 하였다.

■ 모정慕亭 조차마曹次磨(1557-1639)

자는 이회二會, 호는 모정慕亭이다. 선생의 아들로 명종 정사(1557)년에 태어났다. 타고난 자질이 매우 높았으며, 외모가 빼어났다. 8, 9세 때부터 이미 훌륭하다는 소문이 크게 일었다. 장성해서는 음직으로 벼슬하여 거듭 낭관郎官을 역임하였다. 외직으로 칠원의 수령으로 보임되었으며, 일을 맡아서는 공정하고 깨끗하였다. 실기實紀가 있다.

○ 공은 만년에 선생의 묘소 근처에 집 한 채를 지어 '모정慕亭'이라 편액하였다. 선생의 유문遺文이 임진년과 정유년의 큰

병화를 겪어 뿔뿔이 흩어져 남은 것이 없었으며, 서원도 여러 모로 예전의 모습을 갖추지 못하였는데, 공이 정성을 다하여 모두 회복하게 하였다. 『학기유편學記類編』이 종이 더미 속에 있는데도 급문한 제현이 수정하지 못하고 있었는데, 공이 직접 수정하고 베껴서 편목編目을 대략 갖춰 동계 정온에게 발문을 부탁하였다.

사숙인私淑人

■ 동계桐溪 정온鄭蘊(1569-1641)

자는 휘원輝遠이며, 호는 동계桐溪다. 역양 정유명의 아들로 선조 기사(1569)년에 태어났다. 병오(1606)년 진사시에 합격하였으며, 경술(1610)년 문과별시에 급제하여 정언이 되었다. 당시 인목 대비仁穆大妃와 광해군의 사이가 좋지 않았는데, 공이 그 불가함을 힘껏 간언하자, 사람들이 '봉황이 조양산朝陽山에서 울었다'[1] 하였다. 외직으로 경성 판관鏡城判官에 보임되었으며, 외직에서 돌아왔을 때 영창 대군은 이미 죽어있었다. 소를 올려 정항鄭沆을 참수하기를 청하고, 또 윤인尹訒·정조鄭造 등의 지극한 죄를 말하였다. 이에 광해군은 크게 노하여 제주濟州의 대정大靜에 위리안치圍籬安置시켰다. 10년 뒤 계해(1623)년 인조가 왕위에 오르

---

1) '봉황이 조양산朝陽山에서 울었다' : 과감하게 직간直諫한 이선감李善感에 견준다는 말이다. 당唐나라 한원韓瑗과 저수량褚遂良이 무고誣告를 입어 억울하게 죽었으나, 두려워서 아무도 말하는 이가 없었다. 그 후 고종高宗이 봉천궁奉天宮으로 거동하였을 때 이선감이 처음으로 상소하여 극언하니, 당시 사람들이 "봉황이 조양산에서 울었다."고 하였다. 조양산은 봉황이 깃드는 곳이다.

게 되자 헌납으로 소환되었다. 병자호란丙子胡亂에 나라의 형편이 위태로웠는데, 최명길崔鳴吉(1586-1647)이 강화를 힘써 주장하고 다음날 성을 나서려고 하자, 공이 노하여 "나라가 망할지언정 오랑캐에게 항복하는 것은 나는 실로 수치스럽게 여긴다." 하고 패도佩刀를 뽑아 배를 찔렀다. 임금이 듣고 매우 놀라 어의御醫를 보내어 치료하게 하였다. 편여篼輿에 실려 향리鄕里로 돌아와서는 덕유산德裕山 모리某里에 들어가 살았다. 산을 일구고 조를 심어 스스로 생계를 마련하였으며, 다시는 새 책력을 보지 않았다.[2] 관직은 이조 참판吏曹參判에 이르렀으며, 영의정으로 증직되었다. 시호는 문간文簡이며 안의安義의 용문서원龍門書院에 향사되었고, 거창의 도산서원道山書院과 함양의 남계서원에 배향되었다.

○ 공은 선생을 사숙한 사람으로 평생토록 경앙景仰하여 직접 가르침을 받은 것과 다름이 없었다. 자주 덕천서원에 가서 사당에 배알하였다. 일찍이 "선생은 벽이 우뚝하게 서 있는 듯한 기상을 타고났으며, 고명한 식견을 이루었다."라고 하였으며, 또 "경의敬義의 학문을 전공하여 이미 성현聖賢의 경지에 도달하였다." 하였다. 또 "선생으로 하여금 당시에 도를 행하게 하였더라면, 그 굉장한 강령과 대단한 활용이 어찌 쇠퇴한 세상의 풍속을 만회하고 요순堯舜의 덕화德化를 펴는 데에 부족함이 있었겠는가." 하였다.

---

2) 다시는 새 책력을 보지 않았다. : 이때 국가에서 황명皇明의 정삭正朔을 사용하지 않았기 때문에 해가 바뀌더라도 책력을 보지 않았다고 한다.

■ 부용당芙蓉堂 성안의成安義(1561-1629)

자는 정보精甫, 호는 부용당芙蓉堂이며, 본관은 창녕이다. 참봉 성궤成績의 아들로 명종 신유(1561)년에 태어났다. 어려서부터 영특하였다. 5세에 『사략史略』를 읽었는데, 공자가 조두俎豆를 진설하는 대목에 이르러서 어떤 사람이 "공자는 어떤 사람인가?"라고 묻자, "큰 성인입니다."라고 답하였고, "조두는 뭐하는 물건이냐?"라고 묻자 "제사에 사용하는 그릇입니다."라고 답하였다. 다시 "큰 성인이면서 제례祭禮를 익히니, 사람에게 제례는 중대합니다."라고 답하고 가르침을 청하였다. 8세에 한강 정구가 마침 집에 들렀는데, 공이 정구의 부채에 다음의 글을 적었다.

어떤 손님 성주서 오셨는데,	有客星州來
이 분이 한강 옹이라 하네.	云是寒岡翁
천부의 성을 잃지 않는다면,	不失天賦性
누군들 한강 옹이 아니겠나.	孰非寒岡翁

한강은 무릎을 치며 칭찬하고 감탄하였다. 그 뒤 한강의 문하에서 유학하며 많은 장려와 칭찬을 들었다. 한강이 창녕 현감昌寧縣監으로 있을 때 연화봉蓮花峯 아래에 서재를 창건하여 '부용芙蓉' 두 글자로 명명하고, 공에게 교편을 잡도록 하였는데, 훌륭한 선비가 많이 배출되었다. 선조조에 문과에 급제하여 여러 고을의 수령을 역임하였으며, 모두 잘 다스린 공적이 있었다. 혼조를 만나 영주에 은거하였는데, 학생을 장려하고 이끌어 준 공이 많았다. 인조반정 이후 사간원 헌납과 사헌부 지평의 벼슬이 내

려졌으며, 승지에 제수되었다. 『청백록淸白錄』과 『호당록湖堂錄』에 기록되었으며, 선무원종공신宣武原從功臣으로 이조 참판에 증직되었다. 아들 계서공溪西公 성이성成以性(1595-1664)이 영국공신寧國功臣에 녹훈되어 이조 판서로 증직되었으며, 물계서원과 연암서원燕巖書院에 향사되었다.

■ 송정松亭 하수일河受一(1553-1612)

자는 태역太易, 호는 송정松亭, 본관은 진양이다. 명종 계축(1553)년에 태어났다. 선조 기축(1589)년 사마시에 합격하였으며, 신묘(1591)년 문과에 급제하였다. 전적·형조정랑·이조정랑을 역임하였으며, 외직으로 영산현감靈山縣監·상주제독尙州提督·경상도사慶尙都事를 지냈다. 만년에는 나아가 벼슬하기를 구하지 않았으며, 당의黨議에 참여하지 않았다. 수곡정사水谷精舍를 지어 오로지 제생을 가르치는데 전념하고 이를 자신의 임무로 삼았다. 대각서원에 향사되었다.

○ 공은 일찍이 제생에게 다음과 같은 말을 하였다.

"우리 각재 숙부는 남명 선생에게서 직접 가르침을 받았으며, 그 도를 전하였다. 일찍이 말씀하시길 '손 가운데 밝은 달이 당우로부터 전했도다.'라고 하였다. 나 같은 불초不肖가 그 학문에 젖어들고 사숙私淑하여 종신토록 잊지 못하는데, 너희는 내 문하에 왔으니 또한 깊이 여등如㽈의 힘[3]을 이루어야 할 것이다."

─────────────

3) 여등如㽈의 힘: 고되고 어려움을 견뎌내는 힘을 말한다. 『국어國語』주어하周語下의 "선善을 따르기는 산을 오르는 것과 같다[從善如登山]."에서

■ 사호思湖 오장吳長(1565-1617)

자는 익승翼承, 호는 사호思湖, 본관은 함양이다. 덕계 오건의
아들로 명종 을축(1565)년에 태어났다. 진사시에 합격하였으며,
문과에 급제하여 정언이 되었다. 천성이 굳세고 정직하여, 논의
하는 사이에도 굽히려고 하지 않았으며, 사람들이 '덕계는 아들
을 두었구나.' 하였다. 당시 곧은 논의로 요직에 있는 사람의 의
견을 거슬려 퇴출을 당하였다. 갑인(1614)년 동계 정온이 영창대
군을 살해한 정항의 죄를 힘써 주장하였다. 광해군이 크게 노하
여 붙잡아 옥에 가두었는데, 화를 장차 헤아릴 수 없었다. 공은
부사 성여신, 진사 이회일李會一, 참봉 이각李殼과 의령에서 모여
정온을 신원하고자 하였는데, 고집스러운 사람에 저지되어 소를
올리지 못하였다. 그 소장은 곧 공이 지은 것으로, 이것으로 말
미암아 화가 일어나 토산으로 유배되어 졸하였다. 당시의 여론
이 이일을 애석해 하였다. 좌승지로 증직되었으며 문집이 있다.

■ 능허凌虛 박민朴敏(1566-1630)

자는 행원行遠, 호는 능허凌虛, 본관은 태안泰安이다. 군수 박안
방朴安邦의 아들로, 명종 병인(1566)년에 태어났다. 정묘(1627)년
진사시에 합격하였으며, 한강 정구를 스승으로 섬겼다. 정묘호란
丁卯胡亂에 영우의병장嶺右義兵將으로 원종훈原從勳에 녹훈되었
다. 광해군 임술(1622)년 부사 성여신, 창주 하징 등과 함께『진양
지晉陽誌』를 편찬하였다. 풍속이 타락하며 학문을 버리고 오로지

나온 말이다.

과거 공부만을 숭상하는 것을 병통으로 여겨, 성여신과 약속하여 함께 정산서재鼎山書齋에서 고을의 자제들을 모아 『대학』·『주자가례』 등의 책들을 강학하였다. 이 때 겸재 하홍도, 조은釣隱 한몽삼韓夢參(1589-1662)도 와서 참여하였다. 석담石潭 이윤우李潤雨(1569-1634)은 그 소식을 듣고 "박 행원은 비록 도를 품고도 때를 만나지 못해 암혈巖穴에서 늙어가지만, 후학을 장려하고 사문을 진작시키는 것으로 자신의 임무로 삼으니, 그의 몸이 비록 곤궁하나 그의 도는 형통하다." 하였다. 성여신은 일찍이 사람들에게 "남명 선생을 사숙한 여러 사람 가운데 침잠하여 온전히 익히고 영매英邁함이 으뜸인 사람은 오직 행원만이 그러하다." 하였다. 을유(1585)년 성여신과 함께 재주와 학문으로 천거되었다. 무자(1708)년 손자 박창윤朴昌潤(1658-1721)의 벼슬로 좌승지에 증직되었다. 정강서원에 향사되었다.

■ 작계鵲溪 성경침成景琛

자는 중진仲珍, 호는 작계鵲溪, 본관은 창녕이다. 사간司諫 성준成遵의 아들로, 중종 계묘(1543)년에 태어났다. 관계가 선교랑宣敎郎이었다. 성리性理를 배우고 탐구하였으며 명리를 구하지 않았다. 한강 정구와 동갑이면서 스승으로 섬겼다. 『용화동범록龍華同泛錄』이 있는데 당시 성대한 일로 일컬어지고 있으며, 장현광·곽재우 등의 제현과 도의로 사귀었다. 유집이 있다.

■ 남계南溪 정승윤鄭承尹(1541-1610)

자는 임중任中, 호는 남계南溪, 본관은 진양이다. 교도敎導 정관鄭寬의 아들로, 중종 신축(1541)년에 태어났다. 경오(1570)년 진사시에 합격하였다. 조행操行이 매우 높았으며, 효성과 우애가 지극히 돈독했다. 상을 지낼 때에는 한결같이 예법을 따라 죽을 마시고 몹시 슬퍼하였는데, 그 모습을 본 사람들이 탄복하였다. 처음에는 재산이 제법 넉넉하여 형제와 조카들 중 가난한 이들에게 나눠주었다. 끼니를 자주 거르는 지경에 이르러서도 그 지조를 바꾸지 않았다. 성여신이 공을 애도하며 지은 만시에 "청빈함은 원헌原憲[4]의 지조며, 뛰어남은 포조鮑照[5]의 재주네[淸貧原憲介俊逸鮑照才]"라고 한 구절이 있다. 면우俛宇 곽종석郭鍾錫(1846-1919)이 묘갈명을 지었으며, 청계서원에 향사되었다.

■ 오월당梧月堂 이유함李惟諴(1557-1609)

자는 여실汝實이며, 호는 오월당梧月堂이다. 동곡 이조의 아들로 명종 정사(1557)년에 태어났다. 어려서 가정의 가르침을 받았으며, 문망이 세상에 드러났다. 선조 기축(1589)년 생원시에 합격하였으며, 신묘(1591)년 문과에 장원으로 급제하였다. 관직은 정랑에 이르렀다. 최영경의 문하에서 유학하여 위기지학을 얻어들었다. 임진년 모계 문위, 망우당 곽재우, 사호 오장과 함께 왜적

---

4) 원헌原憲 : 공자의 제자로 청빈한 삶을 살았다고 한다.
5) 포조鮑照 : 남조 송南朝宋의 시인으로 문장이 뛰어났으며, 당대의 문인 중에서도 사영운謝靈運·안연지顔延之와 병칭竝稱되었다. 시문집인 『포참군집鮑參軍集』이 전해진다.

을 토벌하였다. 무술(1598)년 경상 도사慶尙都事로 있다가 영주 군수榮州郡守에 제수되었다.

■ 사봉沙峯 김천택金天澤(1555-1595)

자는 대형大亨, 호는 사봉沙峯, 본관은 의성이다. 명종 을묘(1555)년에 태어났다. 한강 정구의 문하에서 유학하며 학문하는 요체를 얻어들었다. 사봉沙峯 아래에 집을 짓고 그곳에서 강학하였다. 임진왜란에 임금님이 서쪽으로 몽진하자 의병을 일으켰으며, 망우당 곽재우를 좇아 화왕산성을 수비하였다. 을미(1595)년 화왕산성에서 졸하였다. 임종시 아들에게 편지를 보내어 "어버이가 살아계심에도 봉양을 다하지 못하였으며, 왜적을 토벌하였지만 아직 평정되지 않았다." 하였다. 덕천서원德泉書院에 향사되었다. 이러한 일이 『창의록倡義錄』과 『화왕동고록火旺同苦錄』에 실려 있다.

■ 수긍재守肯齋 하천일河天一(1558-1597)

자는 태화太和, 호는 수긍재守肯齋다. 송정 하수일의 동생으로 명종 무오(1558)년에 태어났다. 종숙부 각재의 문하에서 수학하였다. 선조 기묘(1579)년 생원시에 합격하였으며, 천거되어 찰방에 제수되었다. 시문이 고묘高妙하며, 역학에 조예가 깊었다. 유집이 있다.

- 매월당梅月堂 이하생李賀生(1553-1619)

자는 극윤克胤, 호는 매월당梅月堂이며, 본관은 성주이다. 홍안
부원군興安府院君 이제李濟의 5세손으로, 명종 계축(1553)년에 태
어났다. 오건과 최영경 두 현인의 문하에서 유학하여 산해山海의
지결6)을 얻어들었다. 성품이 지극히 효성스러웠으며, 기이한 행
적이 많았다. 이러한 일이 『단구지』에 기록되어 있다. 숙종 경진
(1700)년 고을의 선비들이 공을 학행으로 도천서원에 배향하려
하였으나, 마침 나라에서 금지하는 일이 생겨서 이루지 못하였
다.

- 태촌台村 하공효河公孝(1559-1637)

자는 희순希順, 호는 태촌台村이며, 본관은 진양이다. 대사간
하결河潔의 후손으로, 명종 기미(1559)년에 태어났다. 임진왜란이
일어난 뒤로 교궁校宮이 훼손되고 부서졌는데, 공이 힘을 다해
증수增修하였다. 덕천서원 또한 불에 타버렸는데, 신축(1601)년에
사람들과 모의하고 중수하여 원우院宇와 신주神廚가 차례대로 갖
추어졌다. 기유(1609)년 강당의 공사를 시작하여 동재東齋와 주고
廚庫도 이어서 하였는데, 당시 공과 봉강鳳岡 조겸趙珠(1569-1652)
이 임사任司로 있으며 이 일에 힘을 쏟았다.

---

6) 산해山海의 지결 : 산해는 남명이 거처하던 산해정에서 따온 것으로, 산
   해의 지결은 곧 남명이 남긴 가르침을 말한다.

■ 대하재大瑕齋 김경근金景謹(1559-1597)

자는 이신而信, 호는 대하재大瑕齋, 본관은 상산이다. 명종 기
미(1559)년에 태어났다. 타고난 자질이 영특하였으며, 강직하여
기개와 절조가 있었다. 각재 하항을 좇아서 유학하여 산해의 가
르침을 얻었다. 학문이 크고 넓어 세상 사람들이 소중하게 여겼
다. 임진(1592)년 충익공忠翼公 곽재우와 창의하여 왜적을 토벌하
였는데, 도움을 주고 계책을 세움이 많았다. 정유(1597)년 삼가 토
동에서 왜적을 만났는데, 왜적을 욕하며 굴복하지 않고 죽었다.
사헌부 감찰司憲府監察로 증직되었으며, 실기가 있다.

■ 모산茅山 최기필崔琦弼(1562-1593)

자는 규중圭仲이며, 호는 모산茅山이다. 증 참판贈參判 최정의
아들로, 명종 임술(1562)년에 태어났다. 어려서부터 강개한 성품
으로 지조와 절개가 있었다. 글을 읽다『맹자』의 '위세나 무력에
굴복하지 않는다[威武不屈]'는 말에 이르러서는 무릎을 치고 감
탄하며 "대장부의 행사는 마땅히 이와 같아야 한다." 하였다. 일
찍이 수오당 오한, 송정 하수일, 창주 하징, 사호 오장과 도의로
사귀었다. 고을 서쪽의 백운동白雲洞에 나아가 정사 몇 칸을 지
어 경서와 사서를 읽으며 스스로 즐겼다.『진양지』에는 다음과
같이 기록하였다.

행의로 조정에 알려져 참봉에 제수되었으며, 사옹원 봉사司饔院奉事를
지냈다. 임진왜란에 집안의 장정 60여 명을 이끌고 창의하여 진주성으

로 들어가, 혈전血戰을 통해 성을 수비하였다. 병사兵使 최경회崔慶會(1532-1593)가 조정에 장계를 올려 특별히 진주 판관晉州判官에 제수되었다. 성이 함락되던 날 창의사倡義使 김천일金千鎰(1537-1593), 의병장義兵將 고종후高從厚(1554-1593), 병사 최경회와 함께 같은 날 순국하였으며, 거느리던 노비들도 모두 물에 뛰어들어 자결하였다. 당시 공은 32세였다. 조정에서 그 절의를 가상히 여겨 병조 참의兵曹參議로 증직하였으며, 창열사에 배향하였다.

■ 병은病隱 도경효都敬孝(1556-1622)

자는 일원一源이며, 호는 병은病隱이다. 양성헌 도희령(1539-1566)의 아들로, 명종 병인(1566)년에 태어났다. 어려서부터 총명함이 남달랐으며, 8세에 능히 시를 지었다. 장성하여서는 자신이 어머니 뱃속에 있을 때 아버지를 잃은 것을 통탄하며 삼 년을 추복追服하였다. 가정에서 가르침을 받았다. 또 옥계 노진과 덕계 오건을 스승으로 섬겨 학문하는 큰 방법을 얻어들었는데, 동학들이 한걸음 양보하였다. 선조 임진(1592)년 곽재우가 의령에서 의병을 일으키자, 공은 집안의 장정들을 이끌고 고을의 용사를 모아, 곽재우의 진영에 나아가 도왔으며, 많은 적을 섬멸하였다. 사람됨이 고결하고 호방하였으며, 과거시험에 응시할 때부터 공경公卿들을 뵙기를 청한 적이 없었다. 군공軍功을 세움에 미처서도 그 노고를 자랑하여 말하지 않았다. 왕암汪巖의 산수 속으로 돌아가 지내며, 이흘·오장 등의 제현과 도의를 강마하였다. 경자(1600)년 조정에서 군적강軍籍講을 시행하였는데, 시관試官이 곧 도사都事 정홍로鄭弘爐였다. 성품이 교활하고 사림을 얕잡아 보았는데, 공이 시험장에 들어가 시가를 지어 넌지시 경계하니, 정홍노가 용모를 고치고 사과하였다. 이로 말미암아 여러 고을의 폐단이 없었다. 『단구지』에 "구포九苞[7]의 깃, 금빛 사자의 털과 같은 훌륭한 솜씨가 모두 도공都公에게 있다." 하였다. 신축(1601) 년 유일로 영릉 참봉英陵參奉에 제수되었으나 취임하지 않았다. 왕암의 천석 사이에서 여생을 마쳤으며, 문집이 있다.

■ 최흥호崔興虎

자는 문중文仲이며, 본관은 전주다. 의민공義敏公 최균崔均의 아들로, 명종 신유(1561)년에 태어났다. 선조 임진(1592)년 아우 찰 방 최진호崔振虎와 아버지를 좇아서 창의하여 국란에 나아갔으 며, 거듭된 전투에서 승리하였다. 송와松窩 강칭姜倜이 편지를 보 내어 "그대의 형제는 어버이에게 효도하고, 임금에게 충성한다 고 할 수 있겠습니다."라고 칭찬하였다. 왜란이 평정된 뒤 여러 선비가 덕천서원을 중건하였는데, 공이 여러 해 동안 직무를 맡 고서, 마음을 쏟아 경영하고 계획하여 옛 모습을 회복하였다.

■ 청천晴川 권심權深(1548-1614)

자는 사장士長이며, 호는 청천晴川이다. 안분당 권규의 손자로, 명종 무신(1548)년에 태어났다. 종숙부 권문임에게서 수학하였다. 어려서 뛰어난 재능이 있었으며, 명성이 매우 높았다. 임진왜란 이 일어나자 종형 권제權濟와 창의하였으며, 곽재우를 좇아 화왕

---

7) 구포九苞 : 원래는 봉황이 지닌 아홉 가지 특징을 뜻하는데, 여기서는 봉 황을 대칭하는 말로 쓰였다.

산성을 수비하였다. 왜란이 평정된 뒤 공으로 산음 훈도山陰訓導에 제수되었다. 그 뒤로 수청동水淸洞으로 돌아가 지냈으며, 그곳에서 졸하였다.

■ 창남昌南 성호成顥

자는 덕화德化, 호는 창남昌南이다. 진사 성수문成守文의 아들로, 명종 을축(1565)년에 태어났다. 태어나면서부터 특이한 자질이 있었으며, 재기가 남달랐다. 일찍이 집안의 어른 부사 성여신의 문하에서 유학하여 산해의 지결을 얻어듣고 평생토록 마음 깊이 새겨 잊지 않았다. 선조 을유(1585)년 진사시에 합격하였으며, 기축(1589)년 문과에 급제하였다. 경인(1590)년 문화 현감文化縣監에 제수되었는데, 다스림이 깨끗하였고 송사가 간결하였다. 고을 사람들이 비석을 세워 덕을 칭송하였다.

■ 권홍權洚(1564-1628)

자는 치경致馨이다. 원당 권문임의 아들로, 명종 갑자(1564)년에 태어났다. 가학을 잘 이어받았으며, 효행이 뛰어났다. 부친의 병이 심해지자 손가락을 잘라 피를 입에 떨어뜨려 소생하게 하였다. 친구 한대립韓大立이 가난하여 시험을 볼 수가 없었는데, 타고 있던 말을 내주어 진사시에 합격하게 하였다. 효행으로 금정도 찰방金井道察訪에 제수되었다.

■ 정재靜齋 김운익金雲翼

자는 사거士擧, 호는 정재靜齋다. 명종 임술(1562)년에 태어났다. 백암 김대명의 아들이다. 관직은 강릉 참봉康陵參奉을 지냈다. 재기가 탁월하였으며, 가정에서 가르침을 받았다. 문사文詞와 필법으로 세상에 이름이 났다. 『진양지』에 보인다.

■ 매헌梅軒 정대영鄭大英

자는 극화克和, 호는 매헌梅軒, 본관은 경주다. 명종 을축(1565)년에 태어났다. 관직은 부호군副護軍을 지냈다. 임진왜란이 일어났을 때 28세였는데, 종제 정대방鄭大方과 의병을 일으켰다. 곽재우의 진영에 나아가 함께 화왕산성을 수비하였으며, 방어하는 데 있어서 많은 공을 세웠다. 만년에 배우기를 좋아하였으며, 세상 사람들에게 귀중하게 받들어졌다.

■ 단암丹巖 한대립韓大立, 일명은 대립大岦이다.

자는 탁이卓爾, 호는 단암丹巖, 본관은 면천沔川이다. 명종 기미(1559)년에 태어났다. 7세에 훈도를 지낸 부친으로부터 수학하였으며, 문장과 학문이 일찍 이루어졌다. 15세에 오건의 문하에 찾아가 배알하고, 스승으로 섬기고자 하였지만, 다음 해에 오건이 죽었다. 또 일신당 이천경의 문하에 나아가 산해의 지결을 얻어 들었다. 기유(1609)년 남쪽 고을의 사우들과 함께 덕천서원에서 모여 강을 하였다. 정사(1617)년 진사시에 합격하였다.[8]

■ 동곡桐谷 조경윤曺慶潤(1548-1607)

자는 여길汝吉, 호는 동곡桐谷이며, 본관은 창녕이다. 충익공忠翊公 조문택曺文澤의 후손으로, 명종 무신(1548)년에 태어났다. 각재 하항의 문하에서 수학하였다. 각재는 일찍이 "조 아무개의 첫째와 둘째는 문장과 학행이 세상에서 으뜸이 될 만하다. 청렴하며 검소하고, 간결하고 중후함은 또한 사람들이 미치지 못한다."라고 칭찬하였다.

■ 동산桐山 조경홍曺慶洪, 일명은 경홍慶泓이다.

자는 사길士吉이며, 호는 동산桐山이다. 동곡 조경윤의 동생으로, 명종 갑인(1554)년에 태어났다. 맏형과 같은 문하에서 수학하였다. 9세에 능히 시를 지어 마음을 다스리는 요체를 말하였다. 약관에 이미 훌륭한 명성이 있었다. 군자감 정軍資監正에 제수되었으나 취임하지 않았다. 당론黨論에는 털끝만큼도 얽매임이 없었으며 마음과 뜻이 공평하였고, 세상의 밖에 홀로 서서 초탈한 듯하였다. 매헌 최여설, 송정 하수일, 초료당 유덕룡과는 막역한 벗이었다.

■ 어은漁隱 양사원梁士元

자는 원지源之, 호는 어은漁隱이며, 본관은 남원이다. 대사간 양사귀梁思貴의 6세손이다. 명종조에 문과에 급제하여 이조 좌랑

8) 사마방목에는 광해군 10년 무오(1618) 증광시에서 진사 2등 11위로 입격한 것으로 되어 있다.

을 지냈다. 성품은 우뚝하고 비범하였으며, 궁술과 기마술에 재주가 있었다. 임진왜란이 일어나자 동생 양사정梁士貞, 원당 권제, 충의위忠義衛 이유눌李惟訥, 향교 유생 김경근 등과 창의하여, 곽재우의 진영으로 나아갔다. 함께 모의하고 왜적을 토벌하였으며, 나라를 보호한 공이 컸다.

■ 우졸재愚拙齋 박건갑朴乾甲(1558-?)

자는 응무應茂, 호는 우졸재愚拙齋, 본관은 밀양이다. 중종 갑오(1534)년에 태어났다. 무오(1558)년 생원시에 합격하였다.[9] 임진왜란이 일어나자, 곽재우와 창의하고 연맹하여 화왕산성에 나아갔다. 마음을 모아 왜적을 토벌하여, 왜적이 감히 침범하지 못하였다. 이러한 일이 『읍지邑誌』에 실려 있다.

○ 공은 일신당 이천경, 부사 성여신, 노파 이흘, 판관判官 허홍기許洪器와 왕래하며 종유하였으며, 경의·명성明誠의 지결을 얻어듣고 깊이 감복하여 잊지 않았다.

■ 묵성재默成齋 박곤갑朴坤甲(1561-?)

자는 응신應辛, 호는 묵성재默成齋 또는 서암西巖이다. 우졸재 박건갑의 동생으로, 중종 경자(1540)년에 태어났다.[10] 임진왜란이 일어나자 맏형 박건갑과 함께 창의하여 곽재우의 진영으로 나아

---

9) 선조 을사(1605)년에 생원으로 입격하였는데, 『사마방목』에 무오(1558)년에 태어난 것으로 기록되어 있다. 무오년에 태어났기 때문에 자가 응무應戊며, 그 아우는 신유(1561)년에 태어났기 때문에 응신應辛이다.
10) 신유(1561)년에 태어났기 때문에 자가 응신應辛이다.

갔으며, 왜적을 토벌하여 공을 세웠다. 『화왕동고록』이 있으며, 이 일이 『읍지』에 기록되어 있다. 공은 만년에 일신당 이천경·부사 성여신 등의 제현과 막역한 사귐을 하였으며, 덕천과 뇌룡정 사이의 인물들과 종유하며 경의의 서론을 얻어들었다.

■ 만은晚隱 배자겸裵自謙

자는 손지遜之, 호는 만은晚隱이며, 본관은 분성이다. 노은老隱 배하裵夏의 후손으로, 중종 병술(1526)년에 태어났다. 어버이의 명으로 거듭 과거에 응시하였으나 합격하지 못하였다. 종숙부 배신침, 옥계 노진, 덕계 오건 등의 제현과 종유하였으며, 성리지학性理之學을 더욱 탐구하여 우뚝하게 성취가 있었다. 부친상을 당해서는 삼 년간 여묘살이를 하였다. 명종조에 효성으로 천거되어 강릉 참봉康陵參奉에 제수되었다. 이러한 일이 『산청지山淸誌』에 실려 있다.

■ 돈재遯齋 배익겸裵益謙

자는 이퇴而退, 호는 돈재遯齋, 본관은 분성이다. 무열공武烈公 배현경裵玄慶의 후손으로, 중종 기축(1529)년에 태어났다. 타고난 자질이 영민하였으며, 문사가 일찍 이루어졌다. 덕계 오건의 문하에서 유학하였으며, 저작 도희령 및 진사 송업宋業과 도의로 사귀었다. 명종 기미(1559)년 정사의 폐단을 진술하는 소를 올렸는데, 선생과 성수침을 열거하였다. 그 소의 내용 가운데 "임금께서 폐백을 갖추어 이 두 인물을 맞이해 곁에 두신다면 어찌 성학聖學에 도움이 없겠습니까." 하였다.

- **당암戇菴 강익문姜翼文(1568-1648)**

 자는 군우君遇, 호는 당암戇菴, 본관은 진양이다. 선조 무진
(1568)년에 태어났다. 한강 정구의 문하에서 유학하였다. 학문이
매우 독실하였으며, 몸가짐이 바르고 곧았다. 기축(1589)년 사마
시에 합격하였으며, 임진(1592)년 창의하여 국란에 나아갔다. 갑
진(1604)년 영남의 유생들과 소를 올려서 억울하게 사화를 입었
던 이들을 신원하였으며, 오현五賢[11]을 문묘에 배향하기를 청하
였다. 선조 병오(1606)년 문과에 급제하였으며, 광해군 신해(1611)
년 회재와 퇴계가 모함을 입은 것을 신원하였다. 계축(1613)년 문
익공文翼公 이덕형李德馨(1561-1613)을 신원하는 소를 올렸으며, 외
직으로 충원 현감忠原縣監에 보임되었다. 갑인(1614)년 흉악한 무
리의 모함을 입고 9년간 옥살이를 하였으며, 인조 계해(1623)년에
풀려났다. 임금이 직접 금첩錦帖에다 '만고첨앙萬古瞻仰' 네 자를
적어 표창하고 칭송하였다. 공조 참판工曹參判에서 예조 판서禮曹
判書로 승진하였으며, 정축(1637)년 화의和議가 이뤄졌다는 소식
을 듣고는 자손들에게 경계하며 "늙은 애비 때문에 모욕을 받아
서는 안 된다."라고 하였는데, 당시의 여론이 그 말을 훌륭하게
여겼다. 문집이 있으며, 명곡서원明谷書院에 향사되었다.

---

11) 오현五賢 : 다섯 명의 유현儒賢으로, 여기에서는 한훤당寒暄堂 김굉필金宏
弼, 일두一蠹 정여창鄭汝昌, 정암靜庵 조광조趙光祖, 회재晦齋 이언적李彦迪,
퇴계退溪 이황李滉을 가리킨다.

■ 동계東溪 권도權濤(1575-1644)

자는 정보靜甫, 호는 동계東溪, 본관은 안동이다. 승지 권세춘權世春의 아들로, 선조 을해(1575)년에 태어났다. 한강 정구와 여헌 장현광의 문하에서 수학하였다. 광해군 경술(1610)년 진사시에 합격하였으며, 계축(1613)년 문과에 급제하였다. 혼조 때 정치가 어지러워지자, 다시는 벼슬하려는 뜻이 없었다. 인조 계해(1623)년에 승정원 주서承政院注書에 제수되었으며, 관직은 사간원 대사간司諫院大司諫에 이르렀다. 30년간 벼슬을 지내는 동안 계청啓請하고, 논핵論劾한 일들이 매우 많았다. 또 원종대왕元宗大王[12]의 시호를 개정하는 일[13]을 논하면서 "전하의 어버이는 성덕과 큰 공로에 대하여 찾아볼 만한 자취가 없습니다."라고 한 말이 있다. 죽은 뒤에 진무원종훈振武原從勳과 정사원종훈靖社原從勳에 녹훈되었으며, 대총재大冢宰[14]로 증직되었다. 시호는 충강忠康이다. 처음 도천서원에 배향되었다가, 정조 무신(1788)년 완계서원浣溪書院으로 옮겨져 제향되었다.

■ 무민당无悶堂 박인朴絪(1583-1640)

자는 백화伯和, 호는 무민당无悶堂 또는 임헌臨軒이며, 본관은 고령이다. 고양부원군高陽府院君 박광순朴光純의 후손으로, 선조

---

12) 원종대왕元宗大王 : 선조의 5남이며 인조의 생부인 이부李琈다. 정원군定遠君에서 추존되었다.

13) 시호를 개정하는 일 : 당시 권도는 시호를 줄이자는 의견을 내세워 해남海南으로 유배가게 되었다.

14) 대총재大冢宰 : 이조 판서를 달리 이르던 말이다.

계미(1583)년에 태어났다. 처음 어버이 때문에 과거 공부를 일삼았다. 초시에 네 번 합격하였는데, 2등으로 합격한 것이 한 번이며, 복시에 나아가지 않은 것이 두 번이었다. 윤 화정尹和靖[15]이 어머니에게 말한 것을 가지고[16] 부친에게 편지로 알렸는데, 부친은 그 결정을 용감하다고 여기고서 억지로 그 뜻을 막지 않았다. 이로부터 정자와 주자의 여러 글에 힘을 크게 쏟았으며, 스스로 기약함이 매우 컸다. 인조조에 두 번 참봉에 제수되었으나 모두 취임하지 않았다. 조동釣洞에 정사를 지어 찾아오는 학도들을 거처하게 하였다. 일찍이 배우는 사람들에게 경계하여 "사람이면서 자신을 속이는 일은 곧 하늘을 속이는 것이다. 가라지는 좋은 곡식에서 생기며, 도적은 양민에서 나오며, 이단은 우리 유가에서 생겨난다." 하였다. 저술로 『무민당집无悶堂集』 5권이 있어 세상에 간행되었다. 용연서원龍淵書院에 향사되었다.

○ 공은 일찍이 『산해사우연원록』·『남명선생연보』 등의 서적을 편찬하였다. 또 『남명선생언행총록南冥先生言行總錄』을 편찬하였다.

---

15) 윤 화정尹和靖 : 화정和靖은 윤돈尹焞(1071-1142)의 호다. 자는 언명彦明·덕충德充이며, 정이程頤의 제자로, 평생 벼슬길에 나아가지 않았다.

16) 윤화정尹和靖이 어머니에게 말한 것을 가지고 : 윤돈은 스승 정이에게 벼슬하지 않고 학문의 본원을 탐구하겠다고 하였는데, 정이는 어머니가 계시니 물어보라고 하였다. 이에 윤돈은 어머니에게 이 일을 말하였는데, 어머니는 "나는 네가 잘 봉양하는 것을 알고 있는데, 녹봉으로 봉양하는지는 모른다." 하였다.

■ 모송재慕松齋 하인상河仁尙(1571-1635)

자는 임보任甫, 호는 모송재慕松齋다. 송강 하항의 아들로, 선조 신미(1571)년에 태어났다. 문학과 절의가 있으며, 일찍 성균관에 들어갔다. 영남 유생 수백 명을 이끌고 선생의 문묘종사를 청하는 소를 올렸다. 광해군이 인륜을 저버리는 일에 이르러서는, 흉악한 논의를 몹시 꾸짖고 결국 소매를 떨치고 고향으로 돌아와 끝내 천거에 응하지 않았다. 산림에서 지내길 고수하며 후학을 장려하였다. 태계台溪 하진河溍(1597-1658)이 일찍이 스승으로 섬겼다. 청계서원에 향사되었다.

■ 이계伊溪 신가申榿

자는 양중養仲, 호는 이계伊溪, 본관은 고령이다. 명종 병오(1546)년에 태어났다. 타고난 자질이 독실하며, 위의威儀에 빈틈이 없었다. 일찍이 최영경의 문하에서 유학하였으며, 최영경이 자주 칭찬하였다. 집안에서는 효도와 우애에 지극한 행실이 있었으며, 고을에서 처신할 적에는 강직하여 조금도 굽힘이 없었다. 그 엄격한 성품 때문에 꺼려함을 당했으며, 은거하여 글을 읽었다. 시율詩律에 밝았으며, 항상 자신을 감추고 드러내지 않았다.

■ 대암大庵 박성朴惺(1549-1606)

자는 덕응德凝, 호는 대암大庵, 본관은 밀양이다. 명종 기유(1549)년에 태어났다. 태어나서부터 기이한 자질이 있었다. 9세에 부친상을 당해서는 몹시 슬퍼하여 사람들을 감동시켰다. 일찍이 성균관에 들어갔으나, 과거 공부를 그만두고 오로지 성리학에 마음을 쏟았으며, 낙천 배신과 한강 정구를 좇아서 스승으로 섬겼다. 집에 거처할 적에 새벽이 되면 세수하고 빗질하여 사당에 배알하였고, 물러나서는 조용히 앉아 책을 읽었다. 임진왜란에 곽재우·김면이 의병을 일으켰다는 소식을 듣고는 찾아갔다. 조도사調度使로 자임하고 곡식을 모아 군대에 보급하였으며, 김성일과 이원익이 공을 불러 참모로 삼았는데 모두 인정하였다. 곁에서 방략을 세우며 많은 도움을 주었다.

- 옥봉玉峯 정대순鄭大淳

자는 희숙熙叔, 호는 옥봉玉峯, 본관은 연일이다. 명종 임자(1552)년에 태어났다. 성품이 근후謹厚하며 고인의 풍모가 있었다. 덕천서원이 임진왜란의 병화에 불탔는데, 공이 당시 덕천서원의 임사로 있으며 모촌 이정과 창주 하징 등의 여러 사람과 함께 모의하여 중건하였다.

- 모계茅溪 문위文緯(1554-1632)

자는 순보順甫, 호는 모계茅溪, 본관은 강성江城이다. 명종 갑인(1554)년에 태어났다. 9세에 능히 『상서尙書』를 통하였으며, 약관에 이미 도를 구하려는 뜻이 있었다. 한강 정구의 문하에서 유학하였으며, 강학하기를 게을리하지 않았다. 임진(1592)년 향병을 이끌고 송암 김면과 힘을 합쳐 왜적을 막았다. 얼마 뒤 모친상을 당하였고, 정유(1597)년 다시 부친상을 당하였다. 부모의 상이 모두 난리 중에 있었으나 한 가지 일이라도 그 정성을 다하지 않음이 없었다. 삼년상을 마치고 서실을 지어 생도들을 가르쳤다. 김우옹과 유성룡이 각각 천거하여서 교관에 제수되었으나, 광해군 때 정치가 혼란해지자 관직을 버리고 돌아왔다. 인조조에 고령현감에 제수되었으며, 용원서원龍源書院에 향사되었다.

■ 창주滄洲 하징河憕(1563-1624)

자는 자평子平이며, 호는 창주滄洲이다. 송강 하항의 동생으로, 명종 계해(1563)년에 태어났다. 태어나서부터 영특하였다. 9세에 모친상을 당하였는데, 빈소를 지킴이 성인成人과 같았다. 장성하여서는 자신을 단속함이 매우 엄격하였다. 글을 읽음에 깊은 뜻을 연구하였으며, 두루 익히기를 일삼지 않았다. 어버이를 섬김에 직접 불을 지펴 음식을 마련하였으며, 형제들의 춥고 배고픔을 자신의 일로 여기고, 처가의 많은 논밭을 여러 형제에게 나눠주었다. 조카 하지상河智尙(1586-1636)이 10세에 임진왜란을 만나 적에게 사로잡혔는데, 공이 안전하게 구출하였으며, 동생 하변河忭(1581-?)이 일본에 포로로 잡혀갔는데, 일본으로 건너가는 사신에게 지성으로 부탁하여 결국 동생이 돌아오게 되었다. 일찍 진사시에 합격하였으나, 과거공부를 그만두고 위기지학에 뜻을 쏟으며 성리서를 읽었다. 남명선생의 『학기유편』을 편집하고 인쇄하였으며, 왜란 뒤에 덕천서원을 중건하였는데 공의 힘이 컸다. 임천서원에 향사되었다.

■ 석담石潭 이윤우李潤雨(1569-1634)

자는 무백茂伯, 호는 석담石潭, 본관은 광주廣州다. 선조 기사
(1569)년에 태어났다. 한강 정구를 스승으로 섬겼으며, 학문하는
큰 방법을 얻어들었다. 문과에 급제하여 춘추관春秋館[17])에 있을
적에, 간사한 무리의 행위를 사실대로 기록했다가 한찬남韓纘男
(1560-1623)의 탄핵으로 물러나게 되었다. 인조 초에 발탁되어 홍
문관에 들어갔다. 당시 계운궁啓運宮[18])의 상이 있었는데, 임금이
후비后妃의 예로써 상을 지내려하였다. 공은 사간으로서 소를 올
려 간쟁하였는데, 임금이 노하여 사성으로 체직되었다. 얼마 뒤
외직으로 담양의 수령으로 나아가, 학교를 우선으로 하고 간사
함을 금하는 것으로 다스렸는데 고을이 잘 다스려졌다. 이조 참
의를 지내다 병을 핑계로 관직을 사양하고 돌아왔다. 졸한 뒤 참
판으로 증직되었으며, 회연서원檜淵書院에 배향되었다.

■ 봉강鳳岡 조겸趙璇(1569-1652)

자는 형연瑩然, 호는 봉강鳳岡이며, 본관은 임천이다. 지족당
조지서의 증손으로, 선조 기사(1569)년에 태어났다. 성품이 효성
스럽고 우애가 있었다. 10세에 부친의 병이 심하자, 손가락을 잘
라 피를 입에 떨어뜨려서 병을 낫게 하였다. 부친이 죽었을 때는
죽을 마시며 여묘살이를 하였다. 과거시험에 응시하였으나 여러

---

17) 춘추관春秋館 : 조선시대에 시정時政을 기록하는 일을 맡아보던 관청이다.
18) 계운궁啓運宮 : 인조의 생모生母인 연주부부인連珠府夫人 구씨具氏를 말
한다.

번 불합격하였다. 일찍이 성시省試[19]에 나아갔는데, 관리가 말을
뇌물로 바쳐 과거에 합격하기를 청하였다. 공이 꾸짖으며 물리
쳤다. 다음의 시[20]가 있다.

황금이 없으면서 장수를 누렸으니,	無金與延壽
끝내 밝은 임금께 부끄럽지 않겠네.	終不愧明君

수직壽職으로 호군護軍에 제수되었으며, 졸하여서는 참판으로
증직되었다.

■ 용호龍湖 박문영朴文楧(1570-1623)

자는 군수君秀, 호는 용호龍湖, 본관은 반남이다. 선조 경오
(1570)년에 태어났다. 어려서부터 어버이를 사랑하고 어른을 공경
하였으며, 의젓하여 성인成人과 같았다. 일찍 한강 정구를 스승
으로 섬겼으며, 정구는 훌륭한 인재로 소중하게 여겼다. 어버이
상에 삼 년간 여묘살이를 하였으며, 너무 슬퍼하여 거의 죽을 정
도에까지 이르렀다. 진사가 되어서는 산수간에 자취를 감추고
스스로 즐겼다. 사호 오장이 계축(1613)년에 올린 건의[21]로 귀양

---

19) 성시省試 : 향시鄕試에 합격한 이들이 예부성禮部省인 예조禮曹에서 치르
    는 시험을 말한다.
20) 하홍도가 조겸을 위해 지은 만시의 일부분으로, 『겸재집謙齋集』에 실려
    있다.
21) 계축(1613)년에 올린 건의 : 오장은 당시 정언으로 폐단을 극구 말하는
    소를 올렸는데, 임금이 인색하게 받아들임을 곧바로 거론하고 기휘忌諱
    하지 않아, 간쟁하는 신하의 체모를 잃었다는 비난이 있었다.

가서 죽었는데, 공이 사재私財를 내어서 반장返葬하였으며, 만년
에는 고을의 선비들과 서계서원을 창건하고 덕계 오건을 제사지
냈다. 졸하여서는 서계서원에 배향되었다.

- 등암藤庵 배상룡裵尚龍(1574-1655)

자는 자장子章, 호는 등암藤庵, 본관은 성주다. 선조 갑술(1574)
년에 태어났다. 재주와 학식이 남달랐다. 정구鄭逑의 문하에서
유학하였으며, 뜻을 돈독하게 하고 학문에 힘썼다. 집안이 가난
하여 힘써 일해서 노모老母를 봉양하였다. 동생 가르치기를 게을
리하지 않았는데, 잘못을 저지르면 눈물을 흘리며 종아리를 쳤
다. 은거하여 스스로 지조를 지켰으며, 무흘산武屹山의 천석泉石
을 따라서 여생을 마쳤다. 착한일 하는 것을 좋아하여 평생토록
그만두지 않았으며, 남의 잘못을 바로 잡아 줄 때에는 마치 수치
가 자신에게 있는 것처럼 여겼다. 집에 거처할 적에는 엄하면서
도 예가 있었으며, 중히 여긴 것은 관혼상제冠婚喪祭였다.

- 후천朽淺 황종해黃宗海(1579-1642)

자는 대진大進, 호는 후천朽淺, 본관은 장수長水다. 선조 기묘
(1579)년에 태어났다. 성품이 지극히 효성스러웠으며, 어버이 상
에 모두 삼 년간 여묘살이를 하였다. 정구鄭逑의 문하에서 유학
하며 학문하는 종지宗旨를 얻어들었다. 당시 광해군이 인륜을 저
버리고 영창대군을 죽이고, 인목대비를 유폐幽閉하였는데, 공이
길이 탄식하며 "인륜의 도가 끊어졌구나!" 하였다. 결국 과거공

부를 그만두고 글을 읽으며 뜻을 구하였다. 인조반정 이후에 참봉과 교관에 제수되었으나 취임하지 않았다. 집에 있을 때에는 반드시 엄정하였으며, 형제간에는 은혜와 사랑으로 대하였다. 원한과 노여움을 품지 말라는 것으로 항상 경계를 삼았다.

■ 간송澗松 조임도趙任道(1585-1664)

　자는 덕용德勇·치원致遠, 호는 간송澗松, 본관은 함안이다. 선조 을유(1585)년에 태어났다. 어려서 밝고 빼어나 평범하지 않았다. 처음 반천槃泉 김중청金中淸(1566-1629)에게서 수학하였으며, 그 뒤 여헌 장현광의 문하에서 유학하였다. 경전에 잠심하였으며, 자신을 다스림에 매우 엄격하였다. 부모를 섬김에 정성과 공경을 다하였으며, 상을 지낼 때에는 죽을 마시며 삼년상을 마쳤는데, 남들보다 지나친 행실이 있었다. 광해군 때에 간당姦黨들에게 미움을 받아, 칠원의 강가로 피신하였는데, 몸소 고기를 낚아 어버이를 봉양하였다. 인조반정 뒤에 참봉에 제수되었으나 취임하지 않았다. 그 뒤 어사御史가 장계를 올려 임금이 교지를 내려 표창하고 쌀과 콩을 내렸으나 소를 올려 사양하였다. 그로 말미암아 '치무십사조治務十四條'를 올렸는데, 임금이 가상히 여기고 감탄하였다. 졸하여서는 지평으로 증직되었으며, 송정서원松汀書院에 향사되었다.

　○ 공은 일찍이 『산해연원록』을 교정하는데 참여하였으며 발문을 지었다.

- 임곡林谷 임진부林眞怤(1586-1657)

자는 낙옹樂翁이며, 호는 임곡林谷이다. 첨모당 임운의 손자로, 선조 병술(1586)년에 태어났다. 어려서부터 빈틈이 없었으며 거인 巨人의 위의가 있었다. 입재 노흠과 노파 이흘에게서 수학하였으며, 학망學望이 크게 있었다. 광해군 때 진사시에 합격하였으나, 정치가 어지러운 것을 보고는 다시 나아가 벼슬하기를 구하지 않고 은거하여 지조를 지켰다. 인조반정 이후 대군사부大君師傅에 제수되었다. 어머니를 모심에 지극히 효성스러웠으며, 어머니가 훈계한 것은 평생토록 외어서 잊지 않았다. 항상 예를 좋아하였으며, 상례와 제례에 더욱 뜻을 쏟았는데, 정해놓은 『예략禮略』한 책이 있다. 고암서원古巖書院에 향사되었다.

- 조은釣隱 한몽삼韓夢參(1589-1662)

자는 자변子變, 호는 조은釣隱, 본관은 청주다. 선조 기축(1589)년에 태어났다. 자질과 성품이 영특하였으며, 10세에 문리가 크게 이루어졌다. 15세에 부친상을 당해서는 여묘살이를 하며 상을 마쳤다. 계축(1613)년 생원시에 합격하였다. 처음에는 황암 박제인을 좇아서 배웠으며, 그 뒤로 한강 정구와 여헌 장현광의 문하에서 유학하였다. 병자호란이 일어나자 의병을 일으켜 근왕勤王하였는데, 뭇사람들이 장군으로 추대하였다. 천거로 찰방과 교관에 제수되었으며, 임천서원에 향사되었다.

■ 지정池亭 권극행權克行

자는 토중土中이며, 호는 지정池亭이다. 청천 권심의 아들로, 선조 임신(1572)년에 태어났다. 임진왜란이 일어나자 부친은 곽재우의 진영으로 나아갔는데, 공이 모시고 따라갔다. 군의 작전을 세우는데 도왔으며, 낙동강을 넘어오는 적들을 방어하였다. 임자(1612)년 생원시에 합격하였으며, 갑인(1614)년 오장 등의 제현과 정온을 신구하였다. 만년에 지정池亭을 지어 한가하게 거처하며 수양하는 장소로 삼았다. 문집이 있다.

■ 낙재樂齋 유인춘柳絪春, 뒤에 경춘慶春으로 개명하였다.

자는 응화應華, 호는 낙재樂齋, 본관은 진주다. 선조 경오(1570)년에 태어났다. 순수하고 신중하였으며 학문을 좋아하였다. 어려서부터 어버이를 섬김에 그 도리를 힘써 다하였다. 약관에 송정하수일을 좇아서 배웠으며, 학문하는 큰 방법을 얻어들었다. 송정 하수일이 서문을 지어 칭찬하였는데, 대략 다음과 같다.

"그대의 선대는 무술을 업으로 삼았는데, 그대는 유독 궁마를 익히는 것에 빠져들지 않았다. 시서와 문장을 일삼는 것을 즐거워하였으니, 그대는 습성을 따라 변하지 않았다고 할 만하다."

■ 매죽헌梅竹軒 성박成鑮(1571-1618)

자는 이화而和이며, 호는 매죽헌梅竹軒이다. 부사 성여신의 아들로, 선조 신미(1571)년에 태어났다. 광해군 경술(1610)년 진사시에 합격하였다. 타고난 기질이 맑고 빼어났으며, 문사가 화려하였다. 성품은 지극히 효성스러웠으며, 노친을 봉양함에 반드시 맛있는 음식을 올렸으며, 집이 가난하다고 하여 혹시라도 부족하게 모신 적이 없었다. 벗을 대할 적에는 반드시 정성과 신의를 위주로 하였고, 의에 합당하지 않으면 하나라도 남에게서 주고받지 않았다. 공이 죽고 나서 원근의 사람들이 모두 착한 사람이 죽었다고 하였다. 유고가 있다.

■ 운포雲圃 이호李瑚(1576-1647)

자는 이중而重이다. 일신당 이천경의 아들로, 선조 병자(1576)년에 태어났다. 성품이 효성스럽고 우애가 있으며, 과감하여 작은 절차에 얽매이지 않았다. 안으로는 올바른 도리로 가르치는 교훈을 부친에게서 받았으며, 밖으로는 김우옹·정구·강대수·권도·학포學圃 정훤鄭暄(1588-1647) 등의 사람들과 종유하면서 스승으로 섬기거나 혹은 서로 절차탁마하였다. 비록 난리 중에 달아나 숨는 와중에 오히려 학문을 그만두지 않았는데, 그 학문을 좋아하는 정성이 이와 같았다. 동생 자포紫圃 이영李瑛과 우애가 매우 돈독하여 항상 침상을 붙여서 함께 베개를 베었는데, 사람들이 백강伯康과 군실君實을 보는 것처럼[22] 여겼다. 음직으로 군자

---

22) 백강은 사마단司馬旦의 자고, 군실은 사마광司馬光(1019-1086)의 자다. 백강은 군실의 형으로 형제간에 우애가 지극히 돈독했다. 백강의 나이가 80세가 되자, 군실은 형을 받들기를 엄한 아버지처럼 하고, 보살피기는 어린아이처럼 했는데, 매번 식사 후에 조금만 시간이 지나면 "배고프지 않습니까?" 하고 물었고, 또 날씨가 조금만 차면 형의 등을 어루만지며

감 직장軍資監直長에 제수되었으며, 수직으로 가선대부 동지중추부사에 올랐다.

■ 묵옹默翁 권집權潗(1569-1633)

자는 달보達甫, 호는 묵옹默翁이며, 본관은 안동이다. 태사太師 권행權幸의 후손으로 선조 기사(1569)년에 태어났다. 총명함이 비범하였으며, 효성을 타고났다. 학문은 경술經術에 근거를 두었으며, 의리와 시비를 판별함에 털끝만큼이라도 반드시 정밀하게 하였다. 문장은 우아하고 수려하며 매우 순수하였다. 일찍 정구鄭逑와 장현광의 문하에 들어갔으며, 자주 장려와 칭찬을 받았다. 신축(1601)년 진사시에 합격하였다. 혼조의 정치가 어지러워지자 벼슬에 나아갈 생각을 하지 않았으며 몸을 깨끗이 하여 퇴처退處하였다. 인조 갑자(1624)년 병조 좌랑兵曹佐郎에 제수되었으며, 정묘호란에 강도江都로 어가御駕를 호종하였으며, 도성으로 돌아와서는 장령掌令에 제수되었다. 거듭 옮겨져 필선弼善에 이르렀으며, 정성을 다해 세자를 가르쳤다. 과감하게 말하고 숨기지 않았는데, 이 때문에 조정에 오래 있지 못하였다. 신미(1631)년 영해 부사寧海府使로 보임되었으며, 이 때 전최殿最에서 가장 뛰어난 평가를 받았다. 계유(1633)년 관아에서 졸하였으며, 유집이 있다.

"옷은 얇지 않습니까?"하고 물었다고 한다.

■ 모성재慕省齋 성용成鏞(1576-1628)

자는 이문而聞이며, 호는 모성재慕省齋이다. 부사 성여신의 아들로, 선조 병자(1576)년에 태어났다. 타고난 자질이 어질고 후덕하였으며, 필법이 정묘하였다. 형제 다섯 명이 모두 문학과 행의가 있었다. 정유재란이 일어나자 부친을 모시고 곽재우의 진영에 나아가 군무軍務를 돕고 계획하였으며, 많은 공적을 세웠다. 어머니의 상을 당해서는 지나치게 슬퍼하여 병을 얻었는데, 담제禫祭를 지내지 못하고 졸하였다. 사람들이 모두 아파하고 슬퍼하였다. 유고가 있다.

■ 상암霜嵒 권준權濬(1578-1642)

자는 도보道甫, 호는 상암霜嵒이다. 묵옹 권집의 동생으로, 선조 무인(1578)년에 태어났다. 덕기德器가 매우 깊었으며, 안으로 성실한 마음을 쌓았다. 글을 읽음에 목탑木榻이 패이는 부지런함이[23] 있었으며, 읽지 않은 책이 없었다. 정구鄭逑를 스승으로 섬겨서 여러해 동안 직접 가르침을 받았으며, 자주 칭찬을 받았다. 광해군 계축(1613)년 생원시에 합격하였으며, 증광시增廣試에서 급제하였다. 시사가 날로 그릇됨을 보고선, 형 권집과 관직에서 물러나 향리로 돌아와 문을 닫고 숨어 지냈다. 인조반정 이후 비로소 소명에 응하여 필선에 제수되었고 정랑을 역임하였다. 관

---

23) 목탑木榻이 패도록 부지런함이 : 후한後漢 시대의 고사高士 관영管寧이 속세를 피하여 요동遼東에 우거하였는데, 50여 년 동안 하나의 목탑에서만 지내어서 무릎이 닿은 부분이 깊숙이 팼다고 한다.

직이 광주 목사光州牧使에 이르렀다. 고을 백성이 공의 덕에 감동하여 동비銅碑를 세워 덕을 칭송하였다. 광주 목사로 있을 때 청나라 사람이 침략하여 남한산성南漢山城을 포위했다는 소식을 듣고선, 비분강개하여 격문을 돌려 향병을 모집하고 창의하였다. 화의가 이루어지고 나서는 끝내 스스로 지조를 지켜 벼슬을 지내지 않았다. 유집이 있다.

- 동산東山 권극량權克亮(1584-1631)

자는 사임士任, 호는 동산東山이다. 선조 갑신(1584)년에 태어났다. 동계 권도의 조카이다. 타고난 자질이 효성스럽고 우애가 있었으며, 어버이 상에 삼 년간 여묘살이를 하였다. 정구·장현광의 문하에 출입하였으며, 학문이 정밀하고 깊었다. 광해군의 혼조에서 소를 올려 이이첨을 배척하고는, 결국 하동의 섬진강가에서 은거하였다. 인조반정 뒤 영릉 참봉에 제수되었으나, 꼼짝하지 않고 들어앉아 "동한東漢의 해와 달 속에서 양가죽 옷을 입은 엄자릉은 태연하였으니, 한 굽이 섬진강이면 나에게는 충분하다." 하였다. 또 "목숨을 건 맹세 깊어지니 비둘기와 해오라기 짝하고, 조각배는 뜻대로 창강을 떠다니네.[抵死盟深鳩鷺伴 扁舟隨意泛滄江]"라고 한 시구가 있다. 완계사浣溪祠에 종향되었으며, 문집이 있다.

- 완매당玩梅堂 손작孫綽

자는 유경裕卿, 호는 완매당玩梅堂, 본관은 밀양이다. 선조 정축(1577)년에 태어났다. 하항의 문하에서 수학하여 산해의 학문 지결을 들었다. 성여신·하징·정온 등과 도의로 서로 연마하였으며, 이른 나이에 사마시에 합격하였다. 병자(1636)년 대가大駕가 남한산성으로 행차했다는 소식을 듣고, 강개하여 다음의 시를 지었다.

장안長安에서 일만 군사 잃었다는 소식 듣고	聞道長安喪萬師
추연愀然히 검을 뽑아 차디찬 기둥 내리치네.	愀然拔釖擊寒楹
간담이 찢어질 듯하지만 다른 계책이 없으니,	肝膽欲裂殊無計
단지 평생토록 병법을 안 배운 것이 한이라네.	只恨平生不學兵

■ 유이영柳伊榮

자는 도무道茂다. 조계 유종지의 아들이다. 관직은 훈도에 이르렀다. 가정에서 가르침을 받았으며, 행의가 순수하게 갖춰졌다. 기축옥사가 일어나자, 부친 유종지는 당인의 무함을 입고 왕옥에서 고문을 받고 죽었다. 공이 신설伸雪하기도 전에 임진왜란을 만났는데, 포로로 이역異域으로 잡혀가 17년이 지난 뒤에 고국으로 돌아오게 되었다. 봉사奉事를 지낸 동생 유관영柳關榮과 글을 이어서 조정에 원통함을 호소하여 통쾌히 신설되었다.

○ 공은 덕천서원과 산천재를 왕래하면서 제자의 예를 올리지 못한 것을 지극한 한으로 여겼다.

■ 단지丹池 하협河悏(1583-1625)

자는 자기子幾다. 진평군 하위보의 아들로, 선조 계미(1583)년

에 태어났다. 병오(1606)년 진사시에 합격하였다. 타고난 자질이
예민하여 잘 깨우쳤으며, 재주와 지혜가 남달랐다. 혼조를 만나
벼슬길에 뜻을 끊고 단지丹池 가에서 강학하였다. 당시의 중망을
입었는데, 후인들이 공이 살던 곳의 이름을 따서 '단지 선생丹池
先生'이라 불렀다. 향산響山 이만도李晩燾(1842-1910)가 지은 행장
에서 "청수벽립淸修壁立의 기상은 입덕문入德門에서 사숙하여 얻
었음을 알 수 있다." 하였다. 당시 제현이 지은 만뢰挽誄에 "문장
은 동국의 으뜸이라 별도 움직이며, 유자로서 남명을 배워 도가
우뚝하였네[文章東壁星猶動　儒學南冥道是宗]."라고　하였으며,　또
"스승을 찾아 도덕을 물으며, 벗을 얻어 인의를 논하였네. 두류
산이 멀지 않으니, 우리의 도는 잠기지 않을 것이네. 일심으로
경앙한 것은 한 필의 말로 가을 보내고 다시 봄맞이함이네.[尋師
問道德 取友論義仁 頭流去不遠 吾道其不湮 一心所景仰 匹馬秋復春]" 하
였다.

■ 자포紫圃 이영李瑛(1585-1635)

자는 이회而晦, 호는 자포紫圃다. 일신당 이천경의 아들로, 선
조 을유(1585)년에 태어났다. 타고난 자질이 고매高邁하며, 재기才
氣가 크고 깊었다. 일찍이 정구鄭逑의 문하에서 유학하였으며, 학
문을 좋아하여 게으르지 않았다. 당시 교유한 이로는 강대수·권
도·정훤 등의 제현으로, 모두가 공을 귀중하게 대하였다.

■ 양존재養存齋 김응규金應奎(1581-1648)

자는 자장子章, 호는 양존재養存齋, 본관은 상산이다. 임천林泉 김경인金景認의 아들로, 선조 신사(1581)년에 태어났다. 문학에 종사하여 크게 명망이 있었다. 간송 조임도 및 관설觀雪 허후許厚(1588-1661)와 도의로 사귀었으며, 서로 좇아서 강마하였다.

■ 임월재林月齋 하준해河遵海

자는 백규伯逵, 본관은 진양이다. 선조 기축(1589)년에 태어났다. 문과에 급제하여 금정도 찰방金井道察訪을 지냈다. 일찍이 남명을 사숙한 제현과 종유하여 경의의 지결을 얻어듣고, 성심誠心으로 감복하고 잊지 않았다. 처음 벼슬하여 얼마 지나지 않아, 조정이 날로 그릇됨을 보고는 관직을 버리고 전원으로 돌아왔다. 월봉산月峰山 아래에 집을 지어서 '임월재林月齋'라 편액하고, 여러 종제從弟들과 문을 닫고 고요히 수행하며 삶을 마쳤다.

■ 순사와順俟窩 유수창柳壽昌

자는 이로而老, 호는 순사와順俟窩·반곡盤谷이며, 본관은 전주全州다. 직제학을 지낸 유극서柳克恕의 후손이다. 일찍이 경학에 뜻을 두고, 과거공부를 달가워하지 않았다. 광해군이 인륜을 끊는 일을 하자, 공은 맏형 유인창柳仁昌과 서울로부터 모친을 모시고, 남쪽 진주의 악양岳陽24)에 은거하여 삶을 마쳤다. 하홍도·

---

24) 진주의 악양岳陽 : 악양은 현재 경상남도 하동군에 속해 있지만, 당시에는 진주에 속해 있었다.

하진 등의 제현과 도의로 사귀었다.

■ 이산립李山立

자는 정용靜容이며, 본관은 함안이다. 매헌梅軒 이인형李仁亨
(1436-1497)의 5세손으로, 선조 임신(1572)년에 태어났다. 어려서부
터 재주와 지혜가 있었다. 동생 이옥립李玉立과 밤낮으로 책을
나란히 하여 글을 읽으며, 뜻을 돈독하게 하고 학문에 힘썼다.
세상에서 '쌍주雙珠'라고 일컬었다. 고성固城의 위계사葦溪祠에
향사되었다.

■ 이옥립李玉立

자는 수용粹容이다. 이산립의 동생으로, 선조 을해(1575)년에
태어났다. 음직으로 선무랑宣務郎에 제수되었으며, 집의로 증직
되었다. 형 이산립과 힘써 배우며 게을리하지 않았다. 세상에서
'쌍주'라고 일컬어졌다. 고성의 위계사에 향사되었다.

■ 삼송정三松亭 도성흠都聖欽(1574-1658)

자는 신재臣哉, 호는 삼송정三松亭이다. 병은 도경효의 아들로,
가정의 가르침을 이어받았다. 유림의 인망이 세상에 드러났으며,
관직은 군자감 정에 이르렀다. 죽곡竹谷 정흔鄭昕(1554-1644)의 문
하에서 가르침을 받았다. 다섯 명의 아들이 모두 문명文名이 있
었다.

■ 규헌葵軒 도성유都聖兪(1581~1657)

자는 인재隣哉, 호는 규헌葵軒이다. 병은 도경효의 아들로, 선조 신사(1581)년에 태어났다. 관직은 예빈시 별제禮賓寺別提에 이르렀다. 처음 가정에서 가르침을 받았으며, 또 죽곡 정흔을 좇아 스승으로 섬겼다. 역수易數에 조예가 깊었으며, 『황극경세서皇極經世書』에 나오는 '개국開國 이래로 그 연수를 미루어서 원元으로 회會를 헤아리며, 회로 운運을 헤아리며, 운으로 세世를 헤아린다.[25] 곤궁하면 변하고 변하면 생겨나니, 생겨나면 다함이 없다.'라고 한 글을 털 한 올까지 분석하고, 털끝까지 자세히 하여 환하게 의심이 없었다. 그 덕을 함양하여 효제의 도를 발휘하여, 뜻을 성실히 하고 몸을 수양하였다. 어버이에게 효도하고, 형제간에 우애하였으며, 은거하여 세상의 일을 경시하였다. 이러한 일이 운창 이시분의 『단성지丹城誌』에 자세히 기록되어 있다.

■ 재천정在川亭 성횡成鐄

자는 이광而廣이며, 호는 재천정在川亭이다. 부사 성여신의 아들로, 선조 무자(1588)년에 태어났다. 일찍 가학을 이어받았으며, 오로지 위기지학에 힘썼다. 글을 잘 지었으며, 문사가 맑고 빼어났다. 「병중술회부病中述懷賦」를 지어서 뜻을 드러내었다. 태계 하진과 학업을 닦았으며, 반구정伴鳩亭에서 창수하여 권질卷帙을

---

25) 원元으로 회會를 … 운으로 세世를 헤아린다. :『황극경세서皇極經世書』의 설로 1세世가 30년, 1운運이 3백 60년, 1회會가 1만 8백 년, 1원元이 12만 9천 6백 년이 되는 계산법이다.

이루었다. 어버이 상을 당해서는 매우 슬퍼하며 상제를 다하였다. 유집이 있다.

■ 매죽헌梅竹軒 이주李柱

자는 경우警宇, 호는 매죽헌梅竹軒, 본관은 인천이다. 선조 경인(1590)년에 태어났다. 성품이 효성스럽고 우애가 있었다. 예로써 상을 지냈으며 사우들과 부지런히 공부하였다. 자주 덕천서원에 출입하며 경의經義·명성明誠의 지결을 익혔다. 병자(1636)년 남한산성이 함락되던 날 강개하여 시를 지어서 뜻을 보이고, 산중에 집을 짓고 여생을 마치려고 계획하였다. 정온·박민 등이 모두 도의로 서로 인정하였다.

■ 수수자愁愁子 최기종崔起宗

자는 효보孝甫, 호는 수수자愁愁子, 본관은 경주다. 선조 경진(1580)년에 태어났다. 영특함이 남달랐으며, 공을 본 사람들은 다투어 칭찬하였다. 정구鄭逑의 문하에서 유학하였으며, 사문의 장려와 칭찬을 얻었다. 선조 을사(1605)년 생원시에 합격하였으며, 성균관에서 유학하였다. 몸가짐과 일 처리가 엄정하여 법도가 있었으며, 경전의 뜻을 변석辨釋함에 명백하고 적절하여, 성균관의 학생들이 모두 공경하고 따랐다. 박인·정원·하진·권도·권준·도경효 등의 사람들과 도의로 서로 연마하였으며, 시종 막역하게 지냈다. 유고가 있다.

■ 천재川齋 성순成錞(1590-1659)

자는 이진而振이며, 호는 천재川齋이다. 부사 성여신의 아들로, 선조 경인(1590)년에 태어났다. 재능과 기백이 남달랐으며, 어려서부터 집안의 가르침을 받아 자연스레 산해의 유풍을 배웠다. 의리義利와 득실을 구분하고, 인물의 사정邪正을 논의함에 확고하여 뽑히지 않는 지조가 있었다. 함께 종유한 사람들은 모두 당대의 명석名碩이었다. 유고가 있다.

■ 백천白川 강응황姜應璜(1559-1636)

자는 위서渭瑞, 호는 백천白川이다. 소요당逍遙堂 강문회姜文會(1433-1499)의 후손으로, 선조 신미(1571)년에 태어났다. 일찍이 정구鄭逑를 좇아 스승으로 섬겼으며, 많은 장려와 칭찬을 받았다. 임진왜란에 포의로 행재소에 달려가 문후를 올렸으며, 뒤에 유영경이 그 일을 경연에서 아뢰어 교관과 좌랑에 제수되었다. 뒤에 서애 유성룡의 천거로 예산 현감에 제수되었으나, 병으로 취임하지 않았다. 얼마 뒤 감찰에 제수되었으나, 몇 달만에 관직을 버리고 돌아와 취한정翠寒亭을 짓고 시주詩酒로 자오自娛하였다. 동계 권도, 운제雲堤 노형운盧亨運, 용호 박문영 등의 제현과 서로 좇아 강마하였다.

■ 회와悔窩 최몽룡崔夢龍(1579-1655)

자는 상윤祥胤이며, 호는 회와悔窩다. 매헌 최여설의 아들로, 선조 기묘(1579)년에 태어났다. 가정에서 수학하였으며, 끝내 성취를 얻었다. 죽은 뒤에 공조 참의工曹參議로 증직되었다.

■ 은암隱庵 이민李珉

자는 이준而俊이며, 호는 은암隱庵이다. 일신당 이천경의 아들로, 명종 을축(1565)년에 태어났다. 뜻을 독실하게 가지고 학문에 힘썼으며, 그 행실은 효도와 우애로 근본을 삼았다. 임진왜란이 일어나자 병란을 피하였는데, 어버이를 모시며 목주木主를 등에 짊어지고서 북쪽 함경도 영평군永平郡으로 갔다. 비록 떠돌며 달아나 숨는 와중에도 오히려 맛있는 음식을 빠뜨리지 않고 봉양하였으며, 더욱 부지런히 정성을 다해 봉양하였다. 왜란이 평정되고 나서 고향으로 돌아왔으며, 향도鄕道의 선비들이 효성으로 천거하여 예빈시 참봉禮賓寺參奉에 제수되었다.

■ 기옹畸翁 최몽귀崔夢龜

자는 서윤瑞胤, 호는 기옹畸翁이다. 선조 임오(1582)년에 태어났다. 매헌 최여설의 아들이다. 선생의 도를 오래도록 앙모하였으며, 산림에서 덕을 길렀다.

■ 심원당心遠堂 이육李堉(1572-1637)

자는 사후士厚, 호는 심원당心遠堂이다. 청휘당 이승의 아들로, 선조 임신(1572)년에 태어났다. 재능과 기국이 남달랐으며, 독실하게 배우고 예를 좋아하였다. 선대의 유훈을 따라 과거공부를 그만두고 오로지 위기지학에 마음을 쏟았다. 동생 이숙李塾·이학

李星·이경李坰과 정구鄭逑의 문하에서 유학하였다. 정구는 매번 덕천에서의 일에 직접 가지 못하게 될 때에는, 반드시 공을 보내어서 다녀오게 하였다. 남명선생의 문집 교정에 대한 일을 논의함이 매우 명확하였다. 죽은 뒤 신계서원에 배향되었다.

■ 연강재練江齋 문후文後(1574-1644)

자는 행선行先, 호는 연강재練江齋, 본관은 강성江城이다. 충선공 문익점의 후손으로, 선조 갑술(1574)년에 태어났다. 성품이 지극히 효성스러웠으며, 어버이 상에 여묘살이를 하고 상제를 마쳤다. 정구·문위를 스승으로 섬겼으며, 정온·오장·하홍도·조임도·임진부 등의 제현과 도의로 서로 연마하였다. 곤양의 금성金城에 정자를 짓고 '연강練江'이라 편액하였는데, 그로 말미암아 호로 삼았다. 갑진(1604)년 오현을 문묘에 배향하는 일로 소를 가지고 상경하였으며, 임금이 후한 비답批答을 내렸다. 죽은 뒤 군자감 정으로 증직되었으며, 문집이 있다.

■ 죽포竹圃 이현룡李見龍(1580-1654)

자는 성백誠伯, 호는 죽포竹圃, 본관은 성산이다. 선조 경진(1580)년에 태어났다. 한강 정구의 문하에서 수학하였다. 인조 정묘(1627)년 의병을 일으켰으며, 병자(1636)년 다시 창의하였다. 우복 정경세가 장계를 올려서 "고령의 의병장 이현룡은 백집사百執事의 임무를 맡길 만하니, 전조에서 자세히 살펴서 등용하기를 청합니다."라고 하여, 예빈시 참봉에 제수되었으며, 헌릉獻陵과 선릉宣陵의 참봉으로 옮겨졌다. 사정司正·별제別提·주부主簿를 역임하였으며, 영의정을 지낸 이경석李景奭(1595-1671)이 특별히 천거하여 대군사부가 되었다. 임오(1642)년 군위 현감軍威縣監에 제수되었는데, 유교의 교화를 크게 일으켰으며, 흥학선정비興學善政碑가 있다. 실기와 창의록이 있다.

■ 송정松亭 강문필姜文弼

자는 희로姬老, 본관은 진양이며, 호는 송정松亭이다. 선조조에 열두 번 초시에 합격하였으나, 끝내 복시에서 낙방하였다. 임진 왜란을 당하여 군적이 모두 없어지자, 시험을 실행하여 인원을 충당하였는데, 공은 불행히도 시험에 떨어져서 위사衛士로 창을 잡는 대오에 충원되었다. 궁궐에 들어가 보초를 서며 밤 달빛에 『시경』 빈풍豳風의 시를 외웠는데, 임금[선조宣祖]이 미행微行하다 듣고서 가상히 여겨 성명과 어려움을 물어보았다. 임금이 "최근 별시가 있다고 들었는데, 제일 먼저 시권試券을 올릴 수 있겠느냐?" 하였다. 삼일 뒤에 특별히 별과를 열었는데, 마침 기이한 병이 들어서 시권을 제출하지 못하였다. 임금이 직접 시권을 취하여 제일 먼저 올린 것을 보았는데 다른 사람이었다. 곧 공을 인견引見하고 시를 지어 시험을 보도록 하였는데, 다음의 시를 지었다.

아홉 번 연못에 들어갔으나 연은 열매를 맺지 못하고,
九入蓮池蓮未實
세 번 계수나무 궁전에 갔으나 꽃을 피우지는 못했네.

三登桂殿桂無花

기묘하게 어긋나서 끝내 평생의 뜻을 이루지 못하고,

蹉跎未遂平生志

백발로 공명을 찾는 양 오가五家의 병사 되어 있네.

白首功名統伍家

임금은 감탄하고 칭찬해 마지않았으며, 특별히 그 신분을 회복시켜주었다. 또 명령하여 입격한 인사는 군강軍講에 응하지 않도록 영원한 국법으로 삼게 했다. 특별히 함평 현감咸平縣監에 제수되었으나, 명에 응하지 않았다. 고향으로 돌아가 손수 소나무 두 그루를 심었는데, 세한지의歲寒之義[26]에 우의함이었다. 산해의 문인 개암 강익, 역양 정유명 등 여러 인물들과 도의로 사귀었으며, 선생의 경의지학에 깊이 감복하여 항상 얼굴을 대하고 직접 가르침을 받는 듯이 하였다. 문집이 있다.

■ 어적漁適 유중룡柳仲龍(1558~1635)

자는 여현汝見, 본관은 문화文化다. 명종 무오(1558)년에 태어났다. 덕계 오건을 스승으로 섬겼으며, 『중용』을 배우고 사람들에게 "천하의 이치가 모두 이 책에 있다."라고 말하였다. 영계濚溪

---

26) 세한지의歲寒之義 : '세한歲寒'은 『논어』「자한子罕」의 "날씨가 추운 겨울이 된 뒤에야, 송백이 뒤에 시든다는 것을 알게 된다[歲寒 然後知松柏之後彫也]."에서 나온 말로, 추운 겨울이 되면 모두 시들지만, 소나무와 잣나무만은 시들지 않는다. 그런데 이것은 날씨가 추운 겨울이 되어서야 비로소 알 수 있다. 사람도 이와 꼭 같이 참된 사람과 거짓된 사람은 위급하고 어려운 시절 되어서야 비로소 변별할 수가 있다는 말이다.

가에 어적정漁適亭을 짓고, '어적산인漁適散人'이라 자호하였다. 임오(1582)년 진사시에 합격하였다. 임진(1592)년 의병을 일으켜 김면의 진영에 나아가 마음을 같이하여 적을 막았으며, 정유(1597)년 왜적이 다시 난을 일으키자, 곽재우를 좇아 화왕산성에 들어가 함께 방략을 도모하였다. 경자(1600)년 문과에 급제하여 거듭 천거되어 장령에 이르렀다. 광해군이 인륜을 끊는 일이 생기자, 「탄세사嘆世詞」를 짓고 관직에서 물러나 돌아왔다. 계해(1623)년 인조가 왕위에 오르고, 경덕전慶德殿에 행차하여 모든 관리에게 중시 문과重試文科를 시행하도록 명하였는데, 공이 장원을 차지하여 특별히 홍문관 수찬에 제수되었으며, 얼마 뒤에 교리로 이직하였다. 사성이 되어서는 나이가 이미 70세였는데, 치사하고 고향으로 돌아와 여생을 마쳤다. 유집이 간행되었다.

■ 매촌梅村 문홍운文弘運(1577-1610)

자는 여간汝幹, 호는 매촌梅村이며, 본관은 남평이다. 성품이 걸출하고 굽히지 않으며, 우뚝하여 얽매임이 없었다. 진사가 되고나서는 과거공부를 그만두고 강호江湖에 자취를 감추었으며, 벼슬하여 녹을 구하기를 바라지 않았다. 사람들과 이름난 산천山川을 유람하기를 좋아하였으며, 문장은 생각이 맑고 세상을 초월한 듯, 한 점도 속세의 기운이 없었다. 하홍도와 종유하여, 산해의 지결을 얻어듣고 평생토록 마음에 간직하고 잊지 않았다. 유집이 있다.

사숙인私淑人

■ 겸재謙齋 하홍도河弘度(1593-1666)

자는 중원重遠, 호는 겸재謙齋, 본관은 진양이다. 대사간 하결
河潔의 후손으로, 선조 계사(1593)년에 태어났다. 도학과 문장이
일세에 으뜸이었으며, 세상 사람들이 '남명선생 이후 최고의 인
물'이라고 일컬었다. 어렸을 때에 왜적을 피해 호남 등의 지방으
로 갔었는데, 어떤 한 관상쟁이가 한참을 유심히 보더니 "이 아
이는 반드시 대인군자大人君子가 될 것입니다." 하였다. 열 두세
살에 이미 도를 구하는 뜻이 있었으며, 성리학에 잠심하였다. 정
묘호란에 의병을 일으켰으며, 인조·효종·현종의 조정에서 유일
로 여러 번 부름을 받았으나 나서지 않았다. 동생 낙와樂窩 하홍
달河弘達과 모한재慕寒齋를 짓고 도를 강론하는 장소로 삼았다.
고을 목사 성이성成以性이 백성 다스리는 법을 묻자, 공이 "옛날
진秦 나라는 가혹한 정치를 하였기 때문에 백성이 포악해졌고,
한漢 나라는 관대한 정치를 하여서 백성의 인심이 후하여졌습니
다. 어찌 백성들을 바꾸어서 교화시킨 것이겠습니까?" 하였다.
이때에 조정朝廷에서는 예제禮制로 다투는 사건이 있었는데, 임

금이 어사御使 남구만南九萬을 보내어 그 바른 예법을 들려줄 것을 청하였는데, 공이 또 "둘째를 세웠더라도 삼년상을 지내야 한다는 것은 『예기禮記』의 본경本經에 명시되어 있습니다. 더군다나 효종께서는 임금으로 즉위까지 하셨으니, 장손·지손과 적자·서자를 구분하여 따질 것이 있겠습니까?" 하였다. 남구만이 돌아가서 복명하니, 임금이 곡식을 하사하고 존중하는 예가 매우 두터웠다. 교지敎旨를 내려서 표장하였는데, 유지諭旨에 "지금 어사 남구만의 서계書啓를 보니, 너의 행의가 한 도에서 칭송되고 선비들이 추대하여 따르며, 선대의 조정에서부터 여러 번 표창을 받았다. 지금에 이르러서는 나이가 더욱 많으니, 장려하는 도를 시행함이 합당하다. 그러므로 옛날에 비단을 내리던 규정을 본받아 쌀과 콩을 넉넉하게 지급하여 조정에서 칭찬하고 장려하는 뜻을 보인 것이니 내려 준 것은 받도록 하라." 하였다. 선생은 글을 올려 사은하고 임금의 도리 아홉 가지를 진술하였으며, 임금은 후한 비답批答을 내렸다. 죽은 지 10년 뒤인 숙종 병진(1676)년에 사림이 종천서원宗川書院을 건립하여 제향하였으며, 모한재에서 석채례釋菜禮를 행하고 있다.

○ 공은 20세에 덕천서원에 들어가 남명선생의 『학기유편』을 교정하였다. 이로부터 해마다 덕천서원에 출입하지 않은 적이 없었다. 무릇 선생의 연보와 문집 그리고 사우연원록 등의 책을 정정하는데 참여하지 않음이 없었다. 또 남명선생의 제문을 지어 사당에 배알한 것이 한 번이며, 문집의 발문을 지은 것이 두 번이며, 선생의 문묘종사를 청하는 소에 후지後識를 쓴 것이 한

번이며, 사우연원록의 발문을 지은 것이 한 번이다. 한 곳의 원임을 지냈고 두 곳의 산장山長이 되었다. (일찍이 덕천서원과 용암서원의 산장을 지냈다.) 일찍이 춘추상향문春秋常享文을 고쳐 지었으며, 또 덕천서원의 유적儒籍을 수정하였다. 선생의 기일이 되어서는 심한 병이 아니면 반드시 찾아가 참배하였다. 경자(1660)년 선생의 손자 찰방 조진명曹晉明이 선생의 신도비神道碑를 고쳐 세우려고 공에게 글을 청하며 "지금 그대는 도덕과 문장으로 일세의 중망을 입고 있으며, 용문龍門에서 유향遺響을 이어 적수에서 현주玄珠를 얻었습니다.[1]"라고 하였는데, 공은 편지를 보내어 "아이가 천둥을 두려워하는 것과 같은 심정입니다."라고 답하였다.

■ 한사寒沙 강대수姜大遂(1591-1658), 초명은 대진大進이다.

자는 학안學顏이며, 호는 한사寒沙이다. 당암 강익문의 아들로, 선조 신묘(1591)년 태어났다. 한강 정구와 여헌 장현광의 문하에서 가르침을 받았으며, 일찍 성학聖學의 문로門路를 얻었다. 경술(1610)년 진사시에 합격하였으며, 임자(1612)년 증광시增廣試 을과乙科로 급제하였다. 계축(1613)년 소를 올려 영창대군의 전은을 간청하였다. 갑인(1614)년 정온을 구하려다 삼사三司의 탄핵을 받고 관직이 삭탈되었으며, 을묘(1615)년 회양淮陽에 유배되었다. 인

---

1) 용문龍門에서 … 얻었습니다. : 『장자莊子』「열어구列禦寇」에 '천금千金의 구슬이 저 깊은 바다 속 용이 사는 곳에 숨겨져 있다.' 하였으며, 『장자』「천지天地」에 '황제黃帝가 적수赤水에서 놀다가 현주玄珠를 잃었다.' 한 내용이 있는데, 여기서는 하홍도가 남명을 사숙하여서 그 도를 이었음을 비유한 말이다.

조 계해(1623)년 소명을 받고 삼사와 춘추관에서 관직을 역임하였으며, 경연 참찬經筵參贊, 좌우 승지左右承旨,[2] 참의參議(두 번 역임), 부윤, 홍문관 부제학弘文館副提學 등의 관직을 역임하였다. 병자(1636)년 화의를 배척하는 소를 올렸으며, 의병을 일으켜 국란에 나아갔다. 마을에 석천정사石泉精舍를 지어서 후생들을 거처하게 하였다. 무술(1658)년에 졸하였으며, 부고를 듣고 임금이 부제賻祭를 내렸다. 영국원종공신寧國原從功臣에 녹훈되었으며, 도연서원에 향사되었다.

■ 경암敬庵 오여벌吳汝橃(1579-1635)

자는 경허景虛이며, 호는 경암敬庵이다. 죽유 오운의 아들로, 선조 기묘(1579)년에 태어났다. 한강 정구의 문하에서 수학하였으며, 사학史學에 조예가 깊었다. 일찍이 우리나라와 중국의 『역대기년사총론歷代紀事總論』을 지었다. 신축(1601)년 문과에 급제하였으며, 관직은 교리에 이르렀다. 다섯 고을에 외직으로 나가서 다스렸으며, 모두 잘 다스린 명성과 공적이 있었다. 영주의 남계사南溪祠에 향사되었다.

■ 태계台溪 하진河溍(1597-1658)

자는 진백晉伯이며, 호는 태계台溪다. 태촌 하공효의 아들로,

---

2) 좌우 승지左右承旨 : 원문에는 좌우 승지를 네 차례 지냈다고 되어 있으나, 『한사집寒沙集』 「가장家狀」에 의하면, 동부승지 2회, 우부승지 1회, 좌부승지 1회, 우승지 2회로 기록되어 있다.

선조 정유(1597)년에 태어났다. 인조 갑자(1624)년 진사시에 합격하였으며, 문과에 급제하여 여러 청현직을 역임하였다. 사헌부 집의에 이르러 영록瀛錄3)에 뽑혔다. 병자호란에 향병을 모집하여 국란에 나아갔으나, 상주에 이르러서 부친상을 당하여 결행하지 못하였다. 사간원에 있을 때 소를 올려서 김자점金自點(1588-1651)이 권력을 전횡하여 국가를 망친 죄를 지적하였는데, 곧은 소리가 조정을 흔들었으며, 사람들이 봉황이 조양산에서 운 것처럼 여겼다. 일찍이 대성臺省4)에 있을 때 어떤 사람이 그의 안장을 훔쳐갔는데, 종자가 의심되는 점을 들어 치죄하기를 청하였는데, 공이 웃으며 "내가 잃은 것은 작지만, 저 사람이 입은 악명은 크구나."라고 말하고 따지지 않았다. 얼마 뒤 안장을 훔친 자가 그 안장을 돌려놓았는데, 그 충애忠愛로 사람을 감동시킴이 이와 같았다. 종천서원에 향사되었다.

○ 임진(1652)년 공은 덕천서원의 산장이 되었으며, 하홍도와 의논하여 선생의 문집을 교정하였다.

- 죽당竹塘 최탁崔濯(1598-1645)

자는 극수克修, 호는 죽당竹塘이며, 본관은 전주다. 군수를 지

---

3) 영록瀛錄 : 홍문록弘文錄을 말한다. 문과의 방목榜目이 나붙으면 홍문관의 박사 이하의 홍문관원이 뽑힐 만한 사람의 명단을 만든다. 홍문관 부제학副提學 이하 여러 사람이 모여 마음에 있는 사람의 이름 위에 권점圈點: 비밀기표를 찍는데, 이 기록을 홍문록이라 하였다.

4) 대성臺省 : 조선 시대에, 대관臺官과 간관諫官을 아울러 이르던 말이다. 대관은 조선 시대에 둔, 사헌부의 대사헌 이하 지평까지의 벼슬까지를 이른다.

낸 최기변의 아들로, 선조 무술(1598)년에 태어났다. 어렸을 때 기풍과 거동이 늠름하여 마치 거인巨人과 같았다. 경오(1630)년 문과에 급제하였으며, 인조 병자(1636)년 광양 현감光陽縣監에 제수되었다. 그 해 겨울 오랑캐가 난을 일으키자 화의를 배척하는 소를 올렸다. 계미(1643)년 소현세자昭顯世子(1612-1645)와 봉림대군鳳林大君(1619-1659)이 볼모로 심양瀋陽에 있었는데, 공이 익찬翊贊으로서 따라가 진언하기를 "구천句踐[5]이 오나라에 보복한 것은 실로 상담嘗膽[6]에서 말미암았으나, 범려范蠡[7]가 참모가 되지 않았다면 어떻게 회계會稽에서의 치욕을 갚았겠습니까?"라고 하자, 봉림대군이 "인재는 다른 시대에서 빌지 못하는 것이나, 어찌 수천리 동토東土에서 단 한 명의 범려 같은 이가 없겠는가?" 하였다. 공은 화가 맹영광孟永光에게 회계산도會稽山圖를 그리게 하여 그 그림을 바쳤다. 을유(1645)년 조정에서 억지로 거제 현감巨濟縣監에 제수하였으나, 취임하지 않았다. 당시 명나라의 운이 이미 다하자 공은 다음의 시를 지었다.

---

5) 구천句踐 : 중국 춘추 시대 월越나라 왕이다. 오吳나라 왕 합려와 싸워 이겼으나, 합려의 아들 부차夫差에게 대패하여 회계산會稽山에서 항복하였다. 그 뒤 범려의 도움으로 오나라를 멸망시켰다.

6) 상담嘗膽 : 쓸개의 쓴 맛을 본다는 뜻으로, 원수怨讐를 갚기 위해서 온갖 괴로움을 참고 견딤을 이르는 말이다. 구천은 오나라에 패한 뒤로 항상 곁에다 쓸개를 두고, 앉으나 서나 그 쓴맛을 보며 회계의 치욕을 상기했다. 20년이 흐르고 나서 월나라 왕 구천은 오왕 부차를 굴복시키고 마침내 회계의 굴욕을 씻었다.

7) 범려范蠡 : 춘추 시대 월나라의 재상으로, 자는 소백少伯이다. 회계會稽에서 패한 구천을 도와 오나라 왕 부차를 멸망시켰다. 후에 산동山東의 도陶에 가서 도주공陶朱公이라고 자칭하고 큰 부富를 쌓았다.

대명은 어디로 가버렸나?	大明何處去
천지가 왕의 봄[8]이 아니네.	天地非王春
강포한 오랑캐[9] 아직 죽이지 못하니,	强胡猶未殺
호죽虎竹[10] 차고 있음이 부끄럽도다.	虎竹愧斯身

속리산 속으로 은거하여 여생을 마칠 계획을 하였는데, 당시 국가의 기밀한 일로 급히 연경에 사신으로 갔다가 졸하였다. 이에 앞서 공은 하홍도·하홍달 형제와 오랫동안 사이좋게 종유하였으며, 산해 선생의 경의의 지결을 얻어듣고 평생토록 마음 깊이 새겨 잊지 않았다. 일찍이 하홍달에게 "내가 죽으면 그대가 내 신주의 글씨를 써 주게. 반드시 병자년 이전의 직함을 적는 것이 옳을 것이네." 하였다. 하홍달은 듣고서 의롭게 여겼는데, 뒤에 그 말과 같이 하였다. 좌승지로 증직되었으며, 인계서원仁溪書院에 향사되었다.

■ 모헌慕軒 정이심鄭以諶(1590-1656)

자는 신화愼和, 본관인 진양이다. 선조 경인(1590)년에 태어났다. 어버이를 섬김에 지극히 효성스러웠다. 부모의 상을 당하여서는 삼 년 동안 여묘살이를 하였는데, 사나운 호랑이가 여막 밖에서 지켜주는 일이 있었다. 남한산성이 함락되자 비분강개하여 문을 닫고 은거하였는데, 정온이 그 집을 '모헌慕軒'이라고 편액

---

8) 왕의 봄 : 명나라의 봄을 말한다.
9) 강포한 오랑캐 : 청나라를 가리킨다.
10) 호죽虎竹 : 호죽은 동호부銅虎符와 죽사부竹使符를 줄인 말로, 한나라 때 지방관의 인부印符다. 즉 지방관을 맡음을 뜻한다.

하였다. 하홍도·박인·조겸 등의 제현과 도의로 사귀었으며, 하홍도가 공을 애도하며 다음의 만시를 지었다.

삼산三山에서부터 사립문을 방문했을 때에는   柴門歷訪自三山
형형한 눈빛과 날랜 몸으로 안장에 뛰어올랐지.   矍鑠輕身上据鞍
겨우 몇 년 지나서 문득 멀리 떠나가 버리니,   纔及數年便長逝
소식 들음에 뼈가 시리고 다시 간장이 꺾이네.   聽來酸骨更摧肝

청계서원에 향사되었다.

○ 공은 일생동안 선생에게 제자의 예를 올리지 못한 것을 지극한 한으로 여겼다. 초하룻날이면 제현과 덕천서원에 모여서, 선생이 남긴 글을 강론하고 연구하여 아침저녁으로 부지런히 힘썼으며, 죽을 때까지 선생의 덕을 우러렀다.

■ 강재彊齋 성호정成好正(1589-1639)

자는 상부尙夫, 호는 강재彊齋다. 작계 성경침의 아들로, 선조 기축(1589)년에 태어났다. 갑자(1624)년 진사시에 합격하였다. 어려서부터 총명함이 남달랐으며, 공을 본 사람들은 의마지재倚馬之才[11]라고 일컬었다. 처음에는 황암 박제인을 스승으로 섬겼으며, 또 부친의 명으로 한강 정구의 문하에서 수업하였다. 정구는 자주 칭찬하며 "작계는 아들을 두었구나." 하였다. 갑인(1614)년 유생 이유열李惟說이 정온을 신구할 때에, 공은 이이영李而楧과

---

11) 의마지재倚馬之才 : 말에 의지하여 기다리는 동안에 긴 문장을 지어내는 글재주라는 뜻으로, 글을 빨리 잘 짓는 재주를 이르는 말이다.

의춘宜春[12])에서의 회합에서 주맹主盟이 되었다. 여러 소장疏章이 모두 공의 손에서 나왔는데, 충직忠直하며 격렬하고 간절하여 화가 일어날 듯하였으나, 공은 두려워하지 않았다. 여러 선비가 이이첨을 참수해야 한다고 청원할 적에, 공은 수긍하였으며 응하지 않는 자를 보면 곧바로 큰 소리로 배척하였다. 한평생 일을 행한 것이 정대하였으며, 털 한 오라기만큼도 구차한 면모가 없었다. 하홍도·조임도 등의 제현이 모두 호걸지사豪傑之士로 인정하였다.

■ 춘당春堂 하경河憬

자는 경부敬夫다. 진평군 하위보의 아들이다. 일찍이 가정의 학문을 이었으며, 선생의 유풍을 익숙하게 들었다. 은거하여 지조를 지켰으며, 유행儒行으로 참봉에 천거되었으나 취임하지 않았다. 불행히 일찍 세상을 떠나 사람들 모두가 애석해하였다.

■ 단주丹洲 하변河忭(1581-?)

자는 자하子賀, 호는 단주丹洲다. 진평군 하위보의 아들이다. 풍채가 훌륭하였으며, 문장을 잘 지었다. 선조 정유(1597)년 왜적에게 붙잡혀 일본으로 갔다. 일본 사람이 공을 보고선 재주와 학식이 있음을 알고, 굴복시키려고 화복禍福으로 으르고 달래었다. 공은 절개를 지키며 굴복하지 않았는데, 곤욕이 매우 심하였다. 21년간 구류되었으나 절개를 온전히 하여 돌아왔다. 당시 제현

12) 의춘宜春 : 의령의 옛 이름이다.

이 시로써 화답하기를 소중랑蘇中郞[13]과 같은 인물로 견주었다. 마침 혼조가 인륜을 저버리는 일을 보고선 세로世路에 마음을 접고 임천林泉을 소요하였다. 형 창주 하징, 죽헌 하성 그리고 진사 막내 하협과는 침상을 붙여서 지낼 정도로 형제간에 사이가 좋았다. 또 부사 성여신, 봉강 조겸, 노파 이흘, 백암 김대명, 겸재 하홍도, 태계 하진, 상암 권준 등의 제현과 서로 좇아서 강마하며 여생을 마쳤다. 유고가 있다.

■ 성성재惺惺齋 성황成鎤(1595-1665)

자는 이화而和, 호는 성성재惺惺齋다. 부사 성여신의 아들로, 선조 을미(1595)년에 태어났다. 어려서부터 재기와 도량이 있었다. 부친이 사고私稿에 '성성재'라고 적었는데, 그로 말미암아 잠箴을 짓고 스스로 성찰하게 하였다. 대개 일찍부터 선생의 금령지결金鈴之訣[14]에 탄복하여 이것을 공에게 전한 것이다. 공은 부친의 가르침을 마음에 간직하고 잊지 않으며, 평생토록 공부하는 근본으로 삼았다. 성품은 담담하고 조용하였으며 스스로 지조를 지켰다. 벼슬길에 뜻을 끊었으며, 만년에 후학을 장려하여

---

13) 소중랑蘇中郞 : 한漢의 소무蘇武를 말한다. 중랑장으로 흉노에 사신으로 갔다가 유폐되어, 눈과 전모旃毛를 씹으며 연명했고, 북해北海로 옮겨지고 나서는 들쥐와 풀 열매로 연명하다가 19년 만에 돌아왔다.

14) 선생의 금령지결金鈴之訣 : 남명은 두 개의 작은 쇠방울을 그의 옷고름에 매달고 다녔는데, 그 방울의 이름을 '성성자惺惺子'로 명명했다. 성성惺惺은 혼미하지 않고 깨어 있다는 말인데 성성자의 소리를 들으며 자신을 돌아보고 삼가며 경계하라는 의미가 있다. 금령지결은 곧 성성자를 이용하여 항상 성성한 정신을 유지하려 했던 남명의 수양방법이다.

많은 성취가 있었다. 하홍도·조임도·하진 등의 제현과 사귐이 매우 깊었으며, 또 제현과 덕천서원을 출입하며 선생의 도를 강명하였다. 유고가 있다.

■ 양화당釀和堂 성한영成瀚永(1592-1640)

자는 혼연渾然이며, 호는 양화당釀和堂 또는 균오篘塢다. 진사를 지낸 성박의 아들로, 선조 임진(1592)년에 태어났다. 성품이 온아溫雅하며, 기개와 도량이 조촐하고 담박하였다. 가정의 가르침을 받아 경의를 학문하는 요체로 삼았으며, 사무사思無邪·무불경無不敬으로 자신을 다스리는 방편으로 삼았다. 하홍도·하진·조임도 등의 제현과 학문을 강구하고 닦았으며, 자못 성취가 있었다. 유고가 있다.

■ 성와惺窩 김봉익金鳳翼

자는 덕거德擧, 호는 성와惺窩다. 선조 경오(1570)년에 태어났으며, 백암 김대명의 아들이다. 독실하게 배우고 행실에 힘썼으며, 지조와 절개가 확실하여 향당鄕黨의 본보기가 되었다. 유일로 천거되어 참봉에 제수되었다. 여러 선비가 덕천서원을 창건할 때에 공이 참여하여 힘과 마음을 다하였다.

■ 낙와樂窩 하홍달河弘達(1603-1651)

자는 치원致遠이며, 호는 낙와樂窩다. 겸재 하홍도의 동생으로, 선조 계묘(1603)년에 태어났다. 어려서부터 늠름하고 비범하였다.

8세에 맏형 하홍도를 좇아 『소학』을 배웠으며, 10세에 '조竈'자로 시를 짓도록 명하였는데, 곧장 응대하며 "부엌에서는 불을 편안히 여기선 안 되니 게으르면 꺼진다네.[竈莫安火怠則滅]"라고 하자 형이 매우 기특하게 여겼다. 장성하여서는 영웅호걸 같은 기개가 있었으며, 활쏘기와 기마는 익히지 않았는데도 능숙하였다. 감식안鑑識眼이 매우 밝았는데, 사람들의 곤궁·영달과 장수·단명을 말하여 번번이 징험하였다. 문장을 지음에 간결하고 명확하였으며, 약관에 높은 성적으로 향시에 합격하였다. 글씨 또한 웅건雄健하여 여러 사람이 보배로 취급하였다. 맏형과 경승재敬勝齋와 모한재를 지어 매일 학자들과 주공·공자의 도를 강설하였으며, 아래로는 염락濂洛15)에까지 미쳤는데, 그 자락함이 무한하였다. 하홍도는 일찍이 "내 동생과 지내니 서로 도와 유익하게하는 점이 매우 많으며, 중요한 일을 담당하는 능력은 내가 미칠수 있는 바가 아니다." 하였다. 박민이 하홍도에게 편지를 보내어서 "치원은 타고난 자질이 호방하고 강건하며, 뜻이 고상하고독실하여 그 성취를 헤아릴 수 없습니다." 하였다. 방백方伯이 행의로 조정에 알렸으며, 백헌白軒 이경석李景奭이 또한 유행儒行으로 천거하였다. 전조銓曹에서 막 유직儒職에 두려고 하였으나 갑자기 죽었다. 향년 49세였다. 사우들이 고을에 찾아와서 조문하였으며, 상복을 입은 사람이 수십 명이었다. 그 뒤 영조조에 좌승지겸 경연 참찬관左承旨兼經筵參贊官으로 증직되었다. 유고가

---

15) 염락濂洛 : 염濂은 염계濂溪로 송학宋學의 비조鼻祖인 주돈이周敦頤가 거주하던 곳이며, 낙洛은 낙양洛陽으로 정호程顥·정이程頤가 거주하던 곳이다. 염락은 곧 이들의 학문을 지칭한다.

있다.

○ 공은 선생에 대해 매우 경앙하였으며, 덕천서원의 강회는
어느 때고 참석하지 않은 적이 없었다. 하징이 덕천서원의 산장
으로 있을 때 편지를 보내 맞이하여, 공의 형제와 함께 선생의
『학기유편』을 교감하였다.

■ 돈재遯齋 김복문金復文(1590-1629)

자는 극빈克彬, 호는 돈재遯齋, 본관은 상산이다. 선조 경인
(1590)년에 태어났다. 어려서부터 힘써 배우며 게으르지 않아 견
문이 날로 넓어졌다. 일찍이 문 문산文文山[16]의 시를 읽고 감회
가 있어 다음의 시를 지었다.

한밤에 폭풍 몰아쳐 천주天柱가 꺾이고[17],	黑風夜撼天柱折
만리에 걸쳐 먼지 날리니 세상이 위급하네.	萬里飛塵九溟渴
손으로 붙잡고 싶으나 양쪽 겨드랑이 끊겨,	手欲扶之兩腋絶
옷깃 가득 피로 물들고 눈물만 뚝뚝 흘리네.	有淚琅琅滿襟血
조정을 핍박해 창칼을 눈발처럼 늘어세워도,	燕庭釖鋋森如雪
머리는 자를 수 있겠지만 무릎은 굽히지 못하네.	膝不可下頭可截

16) 문 문산文文山 : 문산文山은 문천상文天祥(1236-1282)의 호며, 자는 송서宋瑞
다. 13세기 중국 남송의 정치가며 시인으로, 남송이 원나라에 항복하자
저항하다 체포되었고 쿠빌라이칸이 그의 재능을 아껴 몽고에 전향할 것
을 권유하였지만 거절하고 죽음을 택했다. 저술로는 옥중의 작품 「정기
가正氣歌」가 유명하며, 문집으로는 『문산전집』이 있다.
17) 천주天柱가 꺾이고 : 천주는 하늘이 무너지지 않도록 괴고 있다는 상상
의 기둥으로, '천주가 꺾였다'함은 나라의 운명이 기울어진 것을 비유한
표현이다.

만고의 강상綱常이 해와 달처럼 밝게 되었으니,	萬古綱常懸日月
한평생 세상살이 깃털처럼 가볍다네.	百年身世輕毫髮
글은 영원토록 남아서 빛을 발하여서,	遺編千載光氣發
한 글자에 한줄기 눈물 흘리며 창자가 찢어지려하네.	一字一涕腸欲裂
옥 술병 부셔져 다하고 격렬히 노래하며,	玉壺碎盡歌激烈
골짜기 가득 소나무 소리에 목메는 시름 돋우네.	滿壑松聲助幽咽

당시 어떤 사람이 "이 시는 강개하고 심금을 울리니, 문문산의 「정기가正氣歌」와 시대는 다르지만 곡조를 같이한다." 하였다. 공은 원당 권제의 사위가 되었으며, 효성과 공경을 돈독하게 행하였다. 권제가 공을 칭찬하기를 "사위 김군은 옛날의 민자건과 견주어도 부끄럽지 않다." 하였다.

- **추담秋潭 정외鄭頠(1599~1657)**

자는 자의子儀, 호는 추담秋潭이다. 본관은 연일이다. 포은圃隱 정몽주鄭夢周(1337~1392)의 후손으로, 선조 기해(1599)년에 태어났다. 공은 타고난 자질이 출중하였으며, 부지런히 배워 여러 방면에 능통하였다. 그 학술은 본체를 밝혀 실제에 적용하는 것을 요점으로 삼았다. 괴이한 것을 좋아하지 않았으며, 겸손하고 자신을 단속하여 착한 선비를 좋아하였고, 공의 풍모를 들은 사람은 함께 사귀기를 즐거워하였다. 범 문정范文正[18]의 고사를 좋아하

---

18) 범 문정范文正 : 문정文正은 범중엄范仲淹(989~1052)의 시호며, 자는 희문希文이다. 중국 북송北宋 때 개혁정치를 펼쳤던 인물 중 한 명이다. 그는 벼슬자리에서 영달榮達을 추구하지 않았으며, 백성을 중시하는 민본民本의 입장에 서서 끊임없는 개혁 정치를 펼쳤다. 어려서 부친을 여의고 어머니

여 의장義庄[19]을 세우려 하였으나 이루지 못하였다. 또 사람을 보내어 해안에서 경작하게 하였는데, 가을에 풍년이 들어 수백 곡斛의 곡식을 얻었으며, 궁핍한 백성에게 곡식을 모두 나누어주고 자신은 그 이익을 챙기지 않았다. 조정에서 재행才行이 있는 선비를 선발하였는데, 목사가 공을 천거한 것이 한 번이 아니었는데도 은전을 입지 못하였다. 당시의 여론이 이 일을 안타까워하였다. 일찍이 하홍도와 종유하여 산해의 가르침을 얻었다. 문집이 있다.

■ 성와性窩 성호진成好晉

자는 순지詢之, 호는 성와性窩다. 강재 성호정의 동생으로, 선조 무술(1598)년에 태어났다. 어려서부터 지극한 효성이 있었다. 홀어머니를 섬겼는데, 동소남이 맛있는 음식을 마련해 드린 것[20]과 왕상王祥이 참새를 구한 것[21]처럼, 어머니에게 드릴 음식을

가 개가하는 상황을 맞았던 그는 집을 떠나 절에서 힘겹게 공부하였는데, 가난했던 그는 죽을 끓여 식히고 나서 네 조각으로 나눠 차가운 죽두 덩어리로 하루의 끼니를 때웠다. 이른바 죽을 나눈다는 뜻의 '획죽劃粥'이라는 고사를 남겼다.

19) 의장義庄 : 가난한 사람을 돕기 위한 농장으로, 범중엄이 의장을 설치하는 제도를 만들었다.

20) 동소남董邵南이 맛 있는 음식을 마련해 드린 것 : 당나라 때 안풍현에 살던 동소남이 부모를 위해 직접 부엌에 들어가 맛있는 음식을 장만하였다고 함. 『소학』「선행」편, 한유 동생행董生行, '入廚具甘旨'

21) 왕상王祥이 참새를 구한 것 : 왕상은 효성이 지극한 인물로 유명한데, 계모를 위해서 꾀꼬리를 구하려 하자 수십 마리의 참새가 장막 속으로 날아 들어왔다고 한다.

구하면 반드시 갖춰졌다. 처음에는 맏형 강재 성호정에게 가르침을 받았으며, 장성해서는 능허 박민의 문하에 나아가 배웠다. 바른 학문의 길을 걸어 성명性命의 본원을 완미하고 이기理氣의 분별을 탐구하였다. 일찍이 말하기를 "성性이라는 것은 하늘이 나에게 부여해 준 것이며, 사람들이 본래부터 가진 것이다. 넓혀서 채워나간다면 온갖 선함이 모두 이것을 말미암는다." 하였다. 이로 말미암아 그 서실의 이름을 삼고 스스로 성찰하였다. 벗을 사귐에 반드시 진실하고 올바른 이를 사귀었는데, 하홍도·하홍달 형제와 조임도·하진 등의 제현이 모두 함께 학문을 닦던 벗이었다. 맏형이 죽자 평생토록 슬퍼하였으며, 다시는 세상사에 뜻을 두지 않았다. 깊이 은둔하여 자신을 드러내지 않고 여생을 마쳤다.

■ 송촌松村 손석윤孫錫胤(1591-?)

자는 여선汝善, 호는 송촌松村이며, 본관은 밀양이다. 어려서부터 빼어난 재주가 있었으며, 문장이 넉넉하였다. 광해군 을묘(1615)년 진사시에 합격하였다. 일찍이 하홍도를 좇아 유학하여 직방直方의 지결을 얻어들었으며, 또 박인·하진·정훤 등의 제현과 도의로 서로 연마하였다. 남한산성이 포위되자 하진과 함께 의병을 일으켰는데, 상주에 이르러 화의가 이미 이루어졌다는 소식을 듣고서, 통곡하며 돌아와 임천林泉에서 여생을 마쳤다.

- 초정草亭 하직河溭

자는 청백淸白, 호는 초정草亭이며, 태계 하진의 아우다. 부사 성여신을 좇아 배웠으며, 재주와 학식이 일찍 드러나 당시 크게 인망이 있었다. 명나라가 망하자 두 형과 은거하며 회포를 서술하여 풍천지사風泉之思22)를 드러내었다.

- 경호鏡湖 강대연姜大延(1606-1655)

자는 학평學平이며, 호는 경호鏡湖다. 당암 강익문의 아들로, 선조 병오(1606)년에 태어났다. 음직으로 선무랑宣務郞 참봉參奉이 되었다. 타고난 자질이 도에 가까웠으며, 7세에 역리易理를 깨닫고 다음의 시를 지었다.

주역의 획이 있기 전에 이치가 먼저 있었으니, 易畫之前易理先
때에 따라 변화하여 바뀜이 자연스런 천리라네. 隨時變易自然天
누가 알겠는가? 만물이 소멸하고 생장하는 곳이 誰知萬像消長處
모두 하나인 중中을 향하여 조화가 펼쳐짐을. 渾向一中造化宣

사호思湖 오장吳長에게서 가르침을 받았으며 학술이 순정하였고, 조정을 경륜할 만한 재주를 지녔다. 병자(1636)년 이후 세상에 뜻을 두지 않으며, 문을 닫고 스스로 깨끗하게 지조를 지켰다. 저술로 『역림변해易林辨解』·『中庸衍義중용연의』와 시문집 4권이

---

22) 풍천지사風泉之思 : 주周 나라 왕실이 쇠미해짐을 탄식한 『시경』 회풍檜風의 비풍匪風과 조풍曹風의 하천下泉 시를 슬픈 마음으로 생각한다는 뜻으로, 여기서는 명나라를 그리워하는 뜻을 비유한 것이다.

있다.

■ 불온당不慍堂 성창원成昌遠(1601-1680)

자는 자이自邇, 호는 불온당不慍堂이며, 본관은 창녕이다. 정절공貞節公 성사제成思齊의 후손으로, 선조 신축(1601)년에 태어났다. 타고난 자질이 지극히 효성스러웠으며, 어버이를 섬김에 하나같이 『효경』을 근본으로 삼았다. 한강 정구의 문하에서 가르침을 받았으며, 성리학을 깊이 탐구하였다. 계유(1633)년 부친상을 당하여 삼 년간 여묘살이를 하였으며, 피눈물을 흘리며 상제를 마쳤다. 그 뒤 모친상을 당해서도 그렇게 하였다. 세상의 도리가 혼란함을 보고 자취를 감추고 은거하였다. 창녕현의 북쪽 도야동道也洞에 정자를 짓고 후학을 장려하였는데, 성취한 자가 많다. 유고가 있다.

■ 돈계遯溪 전영국田榮國

자는 익보翊甫, 호는 돈계遯溪다. 호봉蒿峯 전유룡田有龍의 아들로, 선조 갑오(1594)년에 태어났다. 학문을 좋아하고 몸을 닦아 향방鄕邦에서 드러났다. 겸재 하홍도, 둔암遁庵 허목許穆, 태계 하진 등의 제현과 우애가 더욱 깊었다. 인조 임오(1642)년 덕천서원 선생의 사당에 배알하였다.

■ 우천愚川 권극유權克有(1608-1674), 초명은 극림克臨이다.

자는 숙정叔正이며, 호는 우천愚川이다. 상암 권준의 아들로,

선조 무신(1608)년에 태어났다. 타고난 자질이 높고 맑으며, 뜻을
세워 자신을 실천함에 겉과 속이 환하게 트여 기개와 절개가 있
었다. 글을 읽다가 옛 사람이 절개를 위해 목숨을 버리는 대목에
이르면, 문득 책을 덮고 크게 한숨을 쉬었다. 박학하며 문사에
능하였다. 어렸을 때 서울에서 유학하였는데, 당시의 학사대부學
士大夫들이 속을 털어놓고 정성을 다하지 않음이 없었으며, '중
거仲擧23)의 높은 의리와 원빈元賓24)의 문장'으로 미루어 높였다.
효종 임진(1652)년 생원시에 합격하였고, 을미(1655)년 선공감 참
봉繕工監參奉으로 조용調用되었으며, 만년에는 벼슬에 뜻을 끊어
문을 닫고 덕을 길렀다. 덕천서원의 원장을 지냈으며, 유집이
있다.

■ 아산牙山 성량成亮

자는 명중明仲, 호는 아산牙山이며, 본관은 창녕이다. 참봉 성
응곤成應坤의 아들이다. 일찍이 성여신의 문하에서 가르침을 받
아 학문하는 방법을 얻어들었다. 효제·충신·경의 등의 설을 평생
토록 마음 깊이 새겨서 잊지 않았다. 문사가 넉넉하였으며, 크게
명성과 덕망이 있었다. 경오(1630)년 진사시에 합격하였으며, 삼
례 찰방參禮察訪을 지냈다. 임기를 채우고 상경하여 제용감 봉사

---

23) 중거仲擧 : 중거는 후한 때 인물 진번陳蕃의 자이다. 진번은 윗사람에게
바른 소리를 잘하였다.
24) 원빈元賓 : 한유韓愈의 벗이었던 이관李觀의 자다. 문장을 지으면서 전인
의 글을 답습하지 않으면서 한유와 막상막하의 실력을 겨루었는데, 29
세에 타향에서 요절하자 한유가 묘지墓誌를 지어 슬퍼하였다.

濟用監奉事로 서울에서 죽었다.

■ 근재謹齋 권극중權克重(1598-1636)

자는 학고學固, 호는 근재謹齋다. 동계東溪 권도權濤(1575-1644)의
아들로, 선조 무술(1598)년에 태어났다. 부친의 명으로 정구·장현
광의 문하에 나아가 배웠으며, 또 오장·강대수 등의 제현과 종유
하였다. 인조 경오(1630)년 진사시에 합격하였다. 당시 부친이 서
울에서 벼슬살이 하였는데, 한 때의 훌륭한 재상이 찾아와 공이
지극한 효행이 있음을 축하하였다. 죽은 뒤 고을의 유림이 포장
褒狀을 올리려고 하였는데, 아버지 동계가 '애비가 생존해 있는
데, 자식의 정려를 세우는 것은 옳지 않다.'라고 하여 그만두게
하였다.

■ 이호李壕

자는 사고士固다. 운당 이염의 아들이다. 천성이 착한 것을 좋
아하고 나쁜 것을 미워하였다. 남의 착한 점을 보면 마치 자신이
지닌 듯이 하였으며, 남의 나쁜 점을 들으면 스스로 분을 그치지
못하였는데, 부친이 매번 중정中正의 도로써 경계하였다. 효성과
우애 있는 행실은 족히 집안의 명성을 능히 이었으나, 불행히도
요절하여 사람들이 애석해하였다. 『진양지』에 실려 있다.

■ 우매당友梅堂 이성李城

자는 충의忠義, 호는 우매당友梅堂이다. 운당 이염의 아들이다.

성품과 행실이 질박하고 두터웠으며, 학식이 넓고 깊었다. 부사 성여신의 문하에서 가르침을 받았다. 효성과 우애를 타고났으며, 어버이의 뜻을 잘 받들고 따랐다.『진양지』에 이 일이 실려 있다.

■ 돈재遯齋 정순달鄭順達

자는 극부克夫, 호는 돈재遯齋다. 영모암永慕菴 정구鄭構의 아들로, 선조 임인(1602)년에 태어났다. 가정에서 가르침을 받았으며, 은거하여 지조를 지켰다. 행의로 천거되어 강릉 참봉康陵參奉에 제수되었으나 부임하지 않았다.

■ 최익崔瀷

자는 극심克深이며, 모산 최기필의 아들이다. 임진년과 정유년의 난리에 가산이 탕진되어 거의 남은 것이 없었으나 능히 스스로 학문에 뜻을 두었다. 약관에 정구·정온 등의 제현과 종유하여 선생의 도를 강론하였다. 인조 갑신(1644)년 종국宗國의 슬픔[25])을 안고 '대명처사大明處士'라 자호하였다. 벼슬을 지내지 않으며 삶을 마쳤다.

■ 이암彝菴 권극태權克泰

자는 사안士安이며, 호는 이암彝菴이다. 안분당 권규의 증손이며, 찰방을 지낸 권홍의 아들이다. 선조 무술(1598)년에 태어났다.

---

25) 종국宗國의 슬픔 : 종주국인 명나라가 망한 슬픔을 말한다.

종숙부 원당 권제에게서 수학하였으며, 숙종 정묘(1687)년 행의로 이조 좌랑에 증직되었다.

■ 유청幼淸 김확金確(1615-1690)

자는 태정泰晶, 호는 유청幼淸, 본관은 상산이다. 선조 을미(1595)년에 태어났다. 풍류가 있는 인물로 향국鄕國에서 밝게 빛났다.

■ 정유우鄭有祐(1615-1664)

자는 길숙吉叔이며, 본관은 해주다. 농포農圃 정문부鄭文孚(1565-1624)의 손자로, 광해군 을묘(1615)년에 태어났다. 일찍이 하홍도를 스승으로 섬겼으며, 경의의 서론을 얻어들었다. 문학과 행의로 거듭 사문의 추대와 칭찬을 받았으나, 불행히도 세상을 일찍 떠났다. 하홍도가 만사를 짓고 매우 아파하였다. 뒤에 좌승지로 증직되었다.

■ 구이당具邇堂 하달영河達永(1611-1664)

자는 혼원混源이며, 호는 구이당具邇堂이다. 진사 하협의 아들로, 광해군 신해(1611)년에 태어났다. 자질이 맑고 밝으며, 언행이 독실하였다. 문사가 일찍 이루어졌으며, 유고가 있다. 하홍도가 공을 애도한 만시에 "만년에 함께 선생의 서론을 닦으려 하였더니, 저녁나절 바람이 어찌 빼어난 나무를 꺾어버리나[暮年意共修 師緖 一夕風何摧秀林]."라고 하였고, 찰방 권극경은 "산해 선생을

추모하고 흠모함은 선대의 뜻을 이었음이며, 연원록을 바로잡음
은 어리석은 후생을 깨닫게 함이네.[追欽山海承先旨 釐正淵源覺後
蒙]"라고 애도하였다.

공에게 아들이 있는데 이름은 하현河灦이다. 초명은 하탁河濯
이며, 자는 여해汝海다. 천성이 효성스럽고 공손하였으며, 집안
의 가르침을 가슴에 새겼다. 어버이의 자리를 살피고 문안을 드
린 나머지에는 반드시 바르게 앉아 글을 읽었으며, 독서를 마치
면 베껴 적었는데, 이를 일상의 규칙으로 삼았다. 효도로 알려져
고을에서 장계를 올렸는데, 끝내 정려를 받지 못하였다. 당시의
여론이 이 일을 안타까워하였다. 호는 만향당晩香堂이며, 유고가
있다.

■ 타석재他石齋 정계鄭枅(1610-1673)

자는 임중任重, 호는 타석재他石齋, 본관은 연일이다. 학포 정
훤의 아들로, 광해군 경술(1610)년에 태어났다. 일찍이 하홍도의
문하에서 유학하여 위기지학을 얻어들었다. 문학과 행의로 세상
에서 받들어졌다. 또 아들을 하홍도에게 보내어 배우게 하였으
며, 자못 성취가 있었다. 하홍도가 죽은 뒤 제향에 대한 의론
이 한참동안 결정되지 않았는데, 공이 개탄하며 다음의 시를
지었다.

나무에 서리 내리고26) 요사함 드러낸 지 몇 해이던가,

---

26) 나무에 서리 내리고 : 극심한 추위로 나무에 얼어붙은 얼음인데, 전쟁이

남쪽 하늘은 오래도록 소미성을 감추고 있네.

木稼呈妖問幾齡

南天長晦少微星

봄바람 같은 스승의 옛자리는 먼지에 묻히고,

春風舊座塵埋榻

가을 해 비치는 황량한 누대 뜰엔 풀이 가득.

秋日荒臺草滿庭

달무리는 두꺼비한테 먹혀도[27] 스스로 빛나며,

月暈蝦蟆猶自白

난초는 텅 빈 골짝에서 꺾여도 향기는 남는다네.

蘭摧空谷尙留馨

몹시 부끄럽구나! 장님처럼 길 더듬듯 하며 쇠약하고 병드니

多慚摛埴餘衰疾

백록동白鹿洞의 유규遺規[28]를 누가 주재하고 맹약하겠나?

白鹿遺規孰主盟

나 재앙이 일어날 조짐, 또는 현인군자가 죽을 조짐이다. 송나라 왕안석
王安石이 지은 한기韓琦의 만사에 "나무 고드름에 고관이 떨었다는 말 들
었는데, 산이 무너진 오늘 철인이 돌아갔네.[木稼曾聞達官怕 山頹今見哲人
萎]"라고 하였는데, 여기서는 하홍도의 죽음을 말한 것이다.

27) 두꺼비에게 먹혀도 : 『사기史記』귀책열전龜策列傳에 "태양은 덕이 되어
천하에 군림하지만 삼족오에게 곤욕을 당하고, 달은 형벌이 되어 태양
을 보좌하지만 두꺼비에게 먹힘을 당한다.[日爲德而君於天下 辱於三足之鳥
月爲刑而相佐 見食於蝦蟆]" 한 데서 온 말로, 전하여 월식月蝕을 뜻한다.

28) 백록동白鹿洞의 유규遺規 : 백록동 서원白鹿洞書院의 학규學規를 말한다. 백
록동에는 당唐 이래로 국학國學을 두었고 송초宋初에 서원을 두었다. 그
뒤에 황폐해진 것을 주자朱子가 복구하고 교학敎學의 요령을 만들어 게
시하였는데, 이것을 백록동 서원학규라 한다. 여기에는 오교五敎의 목目,
수신修身·접물接物·처사處事의 요要, 위학爲學의 서序에 관한 규모가 들어
있다.

■ 국헌菊軒 이정석李廷奭(1611-1671)

자는 공보公輔, 호는 국헌菊軒이다. 광해군 신해(1611)년에 태어났다. 죽각 이광우의 손자다. 총명함이 남달랐으며, 필법이 저절로 이루어졌는데, 종요鍾繇[29]와 왕희지王羲之[30]의 오묘함을 좇았다. 하홍도의 문하에서 제자의 예를 올렸으며, 스승의 가르침을 받아 배우고 익혔는데 오래될수록 더욱 돈독하였다. 하루는 하홍도가 『대학』의 요지를 물었는데, 공이 물 흐르듯이 변석辨釋하자 하홍도가 칭찬하고 감탄해 마지않았다. 사는 곳이 연못과 죽림의 경치가 빼어났는데, 그 사이에 집을 짓고 좌우에 책을 두었으며, 국화를 심어서 마당을 채웠다. 문집이 간행되었다.

■ 설창雪窓 하철河澈(1635-1704)

자는 백응伯應, 호는 설창雪窓 또는 안식거사安息居士다. 낙와 하홍달의 아들로, 인조 을해(1635)년에 태어났다. 백부인 하홍도에게서 수학하였으며, 문장과 덕행이 크게 한 지역의 사표가 되었다. 어려서부터 과거공부를 그만두고 오로지 성리학에 마음을 쏟았다. 조용한 집에 은거하여, 경서와 사서를 널리 구해서 보고

---

29) 종요鍾繇 : 자는 원상元常이며, 중국 삼국시대 위魏나라의 서예가다. 예서隸書·해서楷書·행서行書에 두루 뛰어났으며, 주요작품으로 선시표宣示表·묘전병사첩墓田丙舍帖·천계직표薦季直表 등이 있다.

30) 왕희지王羲之 : 자 일소逸少며, 우군장군右軍將軍의 벼슬을 하였으므로 세상 사람들이 왕우군이라고도 한다. 동진東晉의 서예가로 고금의 첫째가는 서성書聖으로 존경받고 있다. 주요작품으로 악의론樂毅論·황정경黃庭經·십칠첩十七帖 등이 있다.

미묘한 뜻을 탐색하였다. 음양·성문星文의 빠르고 더딤 그리고 산술·병가 등의 학문에 이르기까지 두루 배워 정미하고 투철하지 않음이 없었다. 필법은 신운神韻이 감돌고 웅건하여, 당시에 금석과 당우의 글씨를 부탁하는 사람들이 원근에서 몰려들었다. 당시 조정에서 북벌론[31]이 있었는데, 사람들은 공이 장수로서의 지략을 지닌 것을 알고 조정에 천거하려하였으나 공이 힘써 만류하였다. 만년에 입덕문入德門[32] 앞의 설창강雪窓江 가에 정자를 지었는데, 그로 말미암아 호로 삼았다. 정자 아래 바위를 '마경대磨鏡臺'라고 명명하였는데, 대개 '묵은 거울을 거듭 닦으려면 옛 방법이 필요한 법[古鏡重磨要古方]'[33]이라는 뜻을 취한 것이다. 감사 민창도閔昌道가 행의로 장계를 올렸으며, 여러 차례 천거되었다. 죽은 뒤 대사헌으로 증직되었으며, 사림에서 제향을 하려는 의론이 있었다. 위패를 봉안하려고 하였는데, 마침 나라에서 금지하는 일이 생겨 이루지 못하였다. 문집이 있다. ○공은 선생에 대해 평생토록 경앙하여 직접 가르침을 받은 것과 다름이 없었다. 매번 덕선서원에 일이 생기면 반드시 정성과 힘을 다

---

31) 당시 조정에서 북벌론 : 효종은 병자호란으로 청나라에서의 8년간 볼모 생활 중 그 설욕에 뜻을 두어, 즉위 후 은밀히 북벌계획을 수립하고, 군제의 개편, 군사훈련의 강화 등에 힘썼다. 그러나 북벌의 기회를 얻지 못하고, 청나라의 강요로 러시아 정벌에 출정하였다.

32) 입덕문入德門 : 덕산德山을 들어가는 입구에 입덕문入德門이 있는데, 지금 거기에는 '입덕문入德門'이라 새겨진 바위가 있다.

33) '묵은 거울을 … 필요한 법[古鏡重磨要古方]' : 주자朱子의 시 「送林熙之詩[임희지를 전송하는 시]」에 나오는 구절이다. 여기에서 '묵은 거울[古鏡]'은 마음을 비유한 말이고, '옛 방법[古方]'은 경敬 공부를 이른다.

하였다. 일찍이 덕천서원의 문미에 크게 '敬義堂(경의당)'과 '時靜門(시정문)' 여섯 글자를 직접 썼는데, 고종 신미(1871)년에 불타 버렸다.

■ 삼함재三緘齋 김명겸金命兼(1635-1689)

자는 경일景鎰이며, 호는 삼함재三緘齋다. 백암 김대명의 증손으로, 인조 을해(1635)년에 태어났다. 영특함이 출중하였으며, 기풍과 거동이 깨끗하였다. 상공 권대운權大運(1612-1699)이 '松亭新月(송정신월), 竹溪淸風(죽계청풍)' 여덟 자로 찬贊을 짓고, 전서篆書로 적어서 주었다. 일찍이 하홍도의 문하에서 가르침을 받았으며, 오로지 성리학에 마음을 쏟았다. 학문 속에서 넉넉하게 노닐며 덕성德性을 길렀으며, 오묘한 뜻을 연구하였다. 만년에 성취가 더욱 높았으며, 세상 사람들에게 귀중하게 받들어졌다. 문집이 있다.

■ 무위자无爲子 곽세건郭世楗(1618-1686)

자는 공가公可며, 호는 무위자无爲子다. 전적典籍 곽융郭瀜의 아들이며, 망우당 곽재우의 종손從孫이다. 광해군 무오(1618)년에 태어났다. 재주와 슬기가 매우 뛰어났으며, 기개와 도량이 고매하고 특출하였다. 어려서부터 이미 국량局量과 위의가 있었으며, 글을 읽을 적에는 능히 일곱 줄을 동시에 읽어 내렸다. 하홍도·허목을 스승으로 섬겼다. 학식이 깊고 넓으며 지의志義가 고명하여 자주 장려와 칭찬을 받았다. 병자호란이 일어나자, 칼을 쥐고 고개를 넘었는데, 강화가 이루어졌다는 소식을 듣고선 통곡하고 돌아왔다. 현종 갑인(1674)년 항소抗疏하여 예를 논하였는데, 임금이 충언忠言이며 지론至論이라 여겨 따뜻한 비답을 내려 장려하였다. 관직은 군수에 이르렀다. 문집이 있다.

■ 하해우河海宇(1623-1685)

자는 하경夏卿이다. 태계 하진의 아들로, 인조 계해(1623)년에 태어났다. 가정에서 가르침을 받았다. 학문을 쌓으며 행실을 닦았으며, 효도와 우애가 독실하였다.

■ 송호松湖 심자광沈自光(1592-1636)

자는 중옥仲玉, 호는 송호松湖, 본관은 청송이다. 선조 임진 (1592)년에 태어났다. 경신(1620)년 무과에 급제하였으며, 훈련원 첨정訓練院僉正을 지냈다. 무민당 박인 및 남명을 사숙한 제현과 오래도록 종유하여 경의·명성의 지결을 얻어들었다. 병자(1636)년 남한산성에서 순절하였다. 이러한 일이『남한일기南漢日記』와『대량여지大良輿誌』에 기록되어 있다. 영조조에 좌승지로 증직되었으며, 실기가 있다. 이계사伊溪祠에 향사되었다.

■ 월계月溪 심일삼沈日三

자는 성오省吾, 호는 월계月溪, 본관은 청송이다. 광해군 을묘 (1615)년에 태어났다. 처음 박인에게서 가르침을 받았으며, 또 하홍도의 문하에서 유학하였다. 문장과 행의로 세상에 알려졌다.

영조조에 효성으로 호조 좌랑에 증직되었다. 문집이 있으며, 명
곡서원과 이계사에 향사되었다.

- 정려鄭櫚

자는 지세持世다. 추담 정외의 아들로, 인조 정묘(1627)년에 태
어났다. 정유(1657)년 진사시에 합격하였으며, 하홍도의 문하에서
가르침을 받았다. 영매함이 으뜸이었으며, 학식이 깊고 넓었다.
일찍이 「신명사도神明舍圖」에 다음의 시를 적었다.

양자강楊子江 가의 묵은 물결 평온한데,	楊子江頭宿浪平
한밤중 맑은 기운에 잠에서 막 깨어나네.	夜來淸氣睡初醒
영대靈臺가 아득히 가을 하늘 밖으로 솟았는데	靈臺迥出秋天表
태일太一이 하늘에 있어서 상하가 밝게 빛나네.	太一當空下上明

하홍도는 공의 재기가 너무 뛰어난 것을 경계하였다.

- 괴재愧齋 배상호裵尙虎(1594-1632)

자는 계장季章, 호는 괴재愧齋, 본관은 성주다. 선조 갑오(1594)
년에 태어났다. 정신과 외모가 빼어났으며, 우뚝하게 당당한 모
습이었다. 효성과 우애는 선천적으로 타고났으며, 재주와 학식이
밝고 깊었다. 맏형 등암 배상룡을 따라 정구의 문하에서 수학하
였으며, 실천함이 독실하여 사문에서 귀중하게 받들어졌다. 인조
갑자(1624)년 진사시에 합격하였다. 성균관에서 지낼 적에 장의掌
儀를 세 번 지냈으며, 임금이 성균관에 행차하여 공에게 『주역』

겸괘謙卦를 강론하게 하였는데, 임금이 훌륭하다고 칭찬하며, 공에게 벼슬을 내리려고 하였는데, 공은 한사코 사양하였다. 임신 (1632)년에 졸하였으며, 향년 39세였다. 현종 갑술년[34] 좌승지로 증직되었으며, 도천서원에 향사되었다. 문집이 있다.

- ■ 성치영成治永(1616-1668)

자는 환연煥然, 천재川齋 성순成錞의 아들로, 광해군 병진(1616) 년에 태어났다. 현종 임인(1662)년 사마시에 합격하였다. 가학을 계승하여 시와 예를 배웠으며, 학문에 연원淵源이 있었다. 일찍이 성균관에서 유학하였으며 재기가 뛰어났는데, 벗들이 모두 미치지 못하였다.

- ■ 원호源湖 권건權鍵

자는 자소子昭, 호는 원호源湖다. 안분당 권규의 현손으로, 광해군 계축(1613)년에 태어났다. 재종숙 지정 권극행에게서 수학하였으며, 유행儒行으로 알려졌다. 숙종 임신(1692)년 수직으로 용양위 부호군龍驤衛副護軍에 올랐으며, 실기가 있다.

- ■ 우봉牛峯 홍기범洪箕範(1618-1699)

자는 사성師聖, 호는 우봉牛峯, 본관은 남양이다. 광해군 무오 (1618)년에 태어났다. 약관에 무민당 박인의 문하에서 수학하여

---

34) 현종 갑술년 : 현종 연간에는 갑술년이 없다.

경의의 서론을 이었으며, 한 지역에서 귀중하게 받들어졌다. 매당梅堂 장홍張銤(1622-1705)이 찬을 지어서 "효성이 두텁고 학문이 깊으며, 행동이 고상하며 정성이 깊네. 자취를 임천林泉에 감추고, 시내와 산에서 뜻을 기르네."라고 하였으며, 우계당愚溪堂 이학표李學標는 "기산箕山의 우뚝한 나무이며, 동강桐江의 맑게 흐르는 물이다." 하였다. 문집이 있다.

■ 괴정槐亭 김상급金尙鈒(1621-1686)

자는 우경瑀卿이며, 호는 괴정槐亭이다. 돈재 김복문의 아들로, 광해군 신유(1621)년에 태어났다. 은거하여 지조를 지켰으며, 문학을 돈독히 숭상하였다. 괴음槐陰의 남쪽에 집을 짓고, 매일 여러 벗과 그곳에서 시를 읊었다. 완매당 손작이 공의 식견과 기도가 고명한 것을 보고 딸을 시집보내고, "나는 곽 임종郭林宗35)과 같은 인물을 얻어서 사위로 삼았다." 하였다.

■ 모학재慕學齋 최경崔絅(1608-?)

자는 상지尙之, 호는 모학재慕學齋며, 본관은 경주다. 사장에 뛰어났으며, 경학을 좋아하였다. 인조 기묘(1639)년 생원시에 합격하였다. 성균관에 유학하여 관장이 되었으며, 8년 뒤에는 덕천서원의 산장이 되었다. 박인·하홍도·조임도 등의 제현과 함께 선

---

35) 곽임종郭林宗 : 임종은 곽태郭太(128-169)의 자다. 후한 말엽의 고사高士로, 학문과 덕망이 뛰어나 일세의 존경을 받았고, 향리에서 제자를 가르치며 외척과 환관이 전횡하는 세상에서도 절조를 굽히지 않았다.

생의 문집 및 『학기유편』을 논의하여 바로잡았으며, 무릇 덕천 서원에 관계되는 일은 힘을 다해서 도왔다.

■ 일헌一軒 하해관河海寬(1634-1686)

자는 한경漢卿이며, 호는 일헌一軒이다. 태계 하진의 아들로, 인조 갑술(1634)년에 태어났다. 공은 총명함이 남달랐으며, 효성과 우애가 매우 지극하였다. 어버이 상을 당해서는 삼 년간 여묘살이를 하는 동안 목 놓아 우는 것이 한결같았는데, 마을 사람들도 감격하여 울었다. 13세에 부친의 명으로 미수 허목에게 나아가 배웠으며, 허목이 '思無邪(사무사)·毋不敬(무불경)' 여섯 자를 써주면서 "성인이 되고 현인이 되는 방법이 여기에 달려 있다."라고 하였는데, 공은 마음 깊이 새겨 잊지 않았다. 관례冠禮를 올리고 하홍도의 문하에 출입하면서 산해의 지결을 얻어들었다. 고을 사람들이 공의 효성과 우애로 조정에 알리려고 하였는데, 공이 한사코 말려 그만두게 되었다. 유집이 있다.

■ 최진호崔振虎

자는 병숙炳叔이다. 최홍호의 동생으로, 선조 계유(1573)년에 태어났다. 문장에 능하였으며, 지략志略이 있었다. 임진(1592)년 아버지 최균을 배종陪從하여 의병을 일으켜서 난을 평정하였다. 난이 평정된 뒤 군공軍功으로 훈련원 봉사訓鍊院奉事에 제수되었다. 그 뒤 김천도 찰방金泉道察訪에 제수되었으나 부임하지 않았다. 당시 광해군의 정치가 혼란하자 벼슬에서 물러나 은거하였으며, 맏형을 따라서 덕천으로 들어가 제현과 도의를 강론하였다.

- **■ 석계石溪 하세희河世熙(1647-1686)**

자는 호여皥汝다. 송정 하수일의 현손으로, 인조 정해(1647)년
에 태어났다. 어려서부터 효성과 우애가 있었다. 13세에 부친상
을 당해서는 슬퍼하는 마음이 지극하였으며, 행동거지가 예에
들어맞았다. 주목州牧이 '孟宗泣筍(맹종읍순)'의 고사36)로 주제를
정하여 선비들을 시험하였는데, 공이 지은 시의 한 구절에서 "지
금 사람들 중에는 맹종孟宗과 같은 이 없으니, 누가 다시 맹종처
럼 겨울에 죽순 구하려 눈물 흘리겠나.[人無再孟宗 誰復泣冬筍]"라
고 하였다. 목사가 평가에 임해서 답안을 보고는 효자가 틀림없
다고 여기고, 일어나 절을 하였다. 일찍이 하홍도를 좇아서 배웠
으며, 마음을 다해서 학업을 닦았다. 예학에 더욱 밝았으며, 유
림의 중망重望이 있었다. 시냇가에 집을 지어 '石溪精舍'라 편액
하고, 그곳에서 글을 읽었다. 모친이 오래도록 병을 앓았는데,
한밤에도 옷의 띠를 풀지 않았으며, 음식을 드시는 모친의 안후
를 살피는 것을 법도로 삼았다. 그리고 목욕하고 하늘에 기도하
였다. 상을 당해서는 상례를 삼가 시행하였으며, 곡읍哭泣함에
목숨이 끊어질 지경에까지 이르렀다. 장례를 지낸 뒤 묘소 곁에
여막을 짓고 살았다. 깊은 산중이라 사나운 호랑이가 많았는데,

---

36) '孟宗泣筍(맹종읍순)'의 고사 : 맹종은 효성이 매우 깊은 인물인데, 어머니
의 병을 간호하던 맹종이 한겨울 죽순을 구하기 위해 찾아다니다가 눈
밭에서 눈물을 흘렸는데 그 자리에서 죽순이 솟았다는 고사가 있다.

새벽과 밤에 성묘를 할 적에 호랑이가 와서 지켜주었다. 삼년상을 마쳐서는 화려한 것을 반기지 않았으며, 매번 제삿날이 되면 죽을 마시며 슬퍼하였다. 죽은 뒤에 어사 이이만李以晚이 그 행실을 조정에 알려 숙종 경인(1710)년 정려를 내리도록 하였다.

■ 하달한河達漢(1624-1677)

자는 통원通源이다. 진사 하협의 아들이다. 효성과 우애는 선천적으로 타고났으며, 인자하고 효성스러우며 화락和樂하여 향당의 표준이 되었다. 일찍이 재예를 떨쳤으며, 경자(1660)년 진사시에 합격하였다. 만년에 용강정사龍岡精舍를 짓고 수양하는 장소로 삼았다. 덕스런 용모가 얼굴에 나타나 환하게 세속을 벗어난 기상이 있었다. 공을 본 사람들은 '선학仙鶴'이라고 일컫지 않는 이가 없었다. 일찍이 선생의 신도비神道碑에 관한 일로 회천懷川[37]에 가서 송시열宋時烈(1607-1689)에게 부탁하였다. 유고가 있다.

■ 경암敬菴 박로朴櫓

자는 제보濟甫, 호는 경암敬菴이다. 만수당 박인량의 아들이다. 가학을 계승하여 경의의 지결을 깊이 터득하였다. 임진왜란에 모친을 업고 피난하며 갖은 고난을 겪었다. 고을에서 효자로 칭송하였다.

---

37) 회천懷川 : 회천은 회덕懷德을 달리 일컬은 말인데, 이곳에서 송시열이 살았다.

■ 도암道菴 박미朴楣

자는 언임彦任, 호는 도암道菴이다. 경암 박로의 아우다. 어진 부친과 형에게서 올바른 도리로 가르치는 교훈을 익혔으며, 학문에 성취가 있었으나 끝내 세상에 등용되지 않았다. 식견이 있는 사람들이 그 일을 안타까워하였다. 『단구지』에 "공은 변화卞和가 발꿈치를 세 번 베였던 탄식[38]이 있었다." 하였다.

■ 임은林隱 유희직柳希稷, 뒤에 진창晉昌으로 개명하였다.

자는 순경順卿이며, 호는 임은林隱이다. 낙재樂齋 유인춘柳絪春의 손자로, 광해군 기유(1609)년에 태어났다. 타고난 자질이 탁월하고 비범하였으며, 문행文行을 함께 갖추었다. 일찍이 하홍도를 좇아서 배웠으며, 사우들에게 귀중하게 받들어졌다. 공이 죽은 뒤에 하홍도가 지은 뇌사誄詞에 "문득 멀리 떠나갔다는 소식 듣고선, 몸져 누워있는 중에 놀라서 일어났네. 오늘 밤 송별연 베푸니, 마치 장수漳水 가에 누워있는 것[39]과 같구나.[忽聞長逝音 臥

---

38) 변화卞和가 … 탄식 : 초楚나라에 변화卞和라는 사람이 일찍이 초산楚山에서 옥 덩이를 얻어 이것을 초나라 여왕厲王과 무왕武王 2대에 걸쳐 왕에게 바쳤으나, 그때마다 옥인玉人의 잘못된 판정에 의해 왕을 속였다는 죄목으로 양쪽 발꿈치를 다 베이었다. 뒷날 문왕文王이 즉위하자 변화가 또다시 옥 덩이를 안고 형산荊山의 아래에서 통곡하였는데, 왕이 사람을 시켜서 그 옥을 살펴보게 하였는데, 과연 아름다운 옥이었다고 한다. 이 고사는 재능 때문에 화를 입게 되는 것을 비유하는 말로도 쓰이는데, 여기서는 재능이 있지만 쓰이지 못했음을 비유한 말이다.

39) 장수漳水에 눕는 것 : 병에 걸려 적막한 생활을 하다가 죽는다는 뜻이다.

病而驚起 今夜祖席張 其如臥漳水]"하였다.

○ 공은 일찍이 덕천서원에 찾아와 선생의 사당에 배알하였으며, 늦게 태어나 선생을 뵙지 못한 것을 매우 안타까워하며, 우러르고 그리워해 마지않았다.

■ 한포재寒浦齋 양응화梁應鶴

자는 백종伯宗, 호는 한포재寒浦齋, 본관은 남원이다. 대사간 양사귀의 후손으로, 인조 임신(1632)년에 태어났다. 공은 일찍이 향시에 나갔었는데, 강관講官의 뜻을 거슬러 끝내 합격하지 못하였다. 장성하여서는 강개한 성품으로 담력과 지략이 있었으며, 궁술과 검술을 배우는 것도 개의치 않았다. 하홍도의 문하에 유학하여 경의經義·경승敬勝의 가르침을 얻었다. 한포寒浦 가에 몇 칸의 집을 짓고 그곳에서 여생을 마쳤다. 계해(1683)년 남부 참봉南部參奉에 제수되었으며, 설창 하철이 다음의 묘갈명을 지었다.

효를 바탕으로 정성스레 제사를 받들었으며,	孝爲質兮 奉先慤
성품이 예의를 좋아했고 학문은 넉넉하였네.	性好禮兮 優於學
관직이 높지 않았으나 뒤의 복은 넉넉하였다.	官不大兮 裕後祿

■ 하해수河海壽(1648-1695)

자는 성경成卿이다. 태계 하진의 조카로, 인조 무자(1648)년에 태어났다. 하홍도의 문하에 유학하였으며, 학행이 순수하고 익숙

한漢 나라 유정劉楨이 중병에 걸려 장수 가에서 병으로 누워 있으면서, 항상 이곳에서 죽으면 친구들을 보지 못할까 걱정했다고 한다.

하였다. 어려서 부친을 여의고, 모친을 지극한 효성으로 섬겼다.
비둘기가 집안으로 날아 들어오는 감응이 있었으며, 모친의 병
이 위급할 때에 손가락을 잘라 피를 입에 떨어뜨려 소생케 하였
다. 또 배를 어머니에게 구해 드리지 못하였다고 해서 평생토록
배를 먹지 않았다. 후에 사림들이 공의 효행을 드러낸 글이 있다.

■ 전우田霱

자는 시윤時潤이다. 돈계 전영국의 아들로, 인조 갑자(1624)년
에 태어났다. 성품은 엄정하고 굽히지 않았다. 사장에 뛰어났으
며, 서법에 능통하였다. 여러 번 향시에 합격하였으나, 끝내 복
시에서 떨어졌는데, 식견이 있는 사람들이 그 일을 안타까워하
였다. 현종 신해(1671)년 덕천서원에서 선생의 사당에 배알하였으
며, 이로부터 경의의 가르침에 깊이 감복하였다.

■ 죽봉竹峯 강휘정姜徽鼎(1634-1674)

자는 여구汝九, 호는 죽봉竹峯이다. 경호 강대연의 아들로, 인
조 갑술(1634)년에 태어났다. 병오(1666)년 진사시에 1등으로 합격
하였다. 일찍이 시와 예를 배웠으며, 가학을 잘 계승하였다. 항
상 마음을 속이지 않는 것으로써 마음을 세우는 근본으로 삼았
다. 일찍이 양진楊震의 사지금四知金 고사40)에 대해 시를 지었는

---

40) 양진楊震의 … 고사 : 『후한서後漢書』권54 「양진열전楊震列傳」에 나오는
고사다. 후한 때의 학자 양진이 일찍이 동래 태수東萊太守로 부임하던 도
중 창읍昌邑에 이르렀을 때, 앞서 양진에게서 무재茂才로 천거를 받았던
창읍령昌邑令 왕밀王密이 밤중에 양진을 찾아가서 황금 10근을 바치자,

데, 다음과 같다.

어찌 하늘과 귀신과 그대가 알기를 기다리나?	何待天神與子知
당시에 단지 내가 안다고 말하면 마땅할 것을.	當時只說我知宜
내 마음이 아는 곳이 가장 절실하고 가까우니,	我心知處爲親切
하나를 속이지 않아야 온갖 것 속이지 않는다.	一不欺時百不欺

부모의 상을 당해서는 묘소 곁에서 여막을 짓고 살았으며, 슬퍼하고 통곡하며 상제를 마쳤다. 약관에 하홍도의 문하에 유학하여 사문師門의 큰 칭찬을 받았다. 계헌戒軒 배일장裵一長, 송정松亭 민우閔遇, 소산小山 김석金碩, 후성侯誠 이철李哲, 안락와安樂窩 박후朴厚 등의 제공과 한 마음 한 뜻으로 사귀었다. 유집이 있다.

■ 소산小山 김석金碩(1627-1680)

자는 계정季晶, 호는 소산小山, 본관은 상산이다. 단구재丹邱齋 김후金後의 후손으로, 인조 정묘(1627)년에 태어났다. 현종 경자(1660)년에 생원시에 합격하였다. 성균관에 있을 때에 동도계첩同道禊帖을 만들었다. 당시 당론黨論이 일어나 시끄럽게 다투었는

양진이 말하기를 "그대의 친구인 나는 그대를 아는데, 그대는 나를 알지 못하는 것은 무슨 까닭인가?[故人知君 君不知故人 何也]"라고 하니, 왕밀이 말하기를 "밤이라 아무도 알 자가 없습니다.[暮夜無知者]"하자, 양진이 말하기를 "하늘이 알고, 귀신이 알고, 내가 알고, 자네가 아는데, 어찌 알자가 없다고 하는가.[天知 神知 我知 子知 何謂無知]"라고 말하고 황금을 물리쳤다.

데, 동인과 서인 쪽에서 서로 끌어들이려고 하자 참여하지 않고, 남쪽으로 돌아가기를 결심하였다. 선영先塋 곁에 정자를 짓고 '소산小山'이라 편액하였다. 안릉安陵 이상희李相羲가 정자의 기문을 지었는데, "내가 김공의 소산정에 올라와보니, 마치 완계浣溪의 강물 소리가 들리는 듯하며, 갑옷을 입고 동쪽으로 정벌하려 했던 육검남陸釰南[41]의 강개한 기상이 느껴지는 듯하다." 하였다. 갑신(1644)년 명나라가 망하자 몹시 슬퍼하고 분노하였으며, 벽에다 사정도邪正圖를 걸어두고 스스로 면려하였다. 사창社倉[42]의 절목節目을 정하고 선비와 병사를 기르는 규약을 두었으며, 만약 자신을 등용해 주면 거리낌 없이 함께 원수를 갚을 뜻[43]을 지녔었다. 지은 시문은 『시경』의 비풍匪風·하천下泉[44]과

---

41) 육검남陸釰南 : 검남은 육유陸游(1125-1210)의 호다. 자는 무관務觀이며, 또 다른 호는 방옹放翁이다. 중국 남송의 대표적 시인으로, 약 50년간 1만 수首에 달하는 시를 남겨 중국 시사 상詩史上 최다작의 시인으로 꼽으며, 금金나라에 대해 철저한 항전주의자로 일관하였다. 저서로는 『검남시고劍南詩稿』가 있다.

42) 사창社倉 : 빈민 구제를 위하여 지방 관청에서 곡식을 빌려주던 제도. 국가에서 운영하던 의창義倉이 백성의 수요를 감당하지 못하자 지방의 사社(지금의 면 단위에 비교됨)에서 주관하여 곡식을 대여하게 하였다.

43) 함께 … 뜻 : 『시경』 진풍秦風 무의無衣에 "어찌 옷이 없다 해서 자네와 도포를 같이 입겠는가? 왕이 군사를 일으키면 우리의 창과 모를 손질하여 자네와 같이 원수를 치리.[豈曰無衣 與子同袍 王于興師 修我戈矛 與子同仇]" 라는 표현을 빌어온 것으로, 합심하여 싸우겠다는 뜻이다.

44) 비풍匪風·하천下泉 : 비풍은 『시경』 회풍檜風의 편명인데, 이 시는 주周 나라의 왕업王業이 쇠망해 가는 것을 보고 어진 사람이 이를 탄식하여 부른 노래고, 하천은 『시경』 조풍曹風의 편명인데, 이 시 또한 주 나라 왕실이 쇠망해 감에 따라 조 나라 같은 작은 나라가 점점 살기가 어려워지므로 이를 한탄하여 노래한 것이다. 여기서는 이미 망한 명나라를 그리워

같은 내용이었으며, 문집이 있다.

■ 김세전金世傳(1642-1718)

자는 자정子精이다. 괴정槐鼎 김상급金尙鈒의 아들로, 인조 임오 (1642)년에 태어났다. 어려서부터 밝고 맑았으며, 단정하고 빼어 났다. 가학을 계승하여 익혔으며 사우들이 모두 귀중하게 받 들었다. 거듭 향안전형鄕案銓衡의 유사를 맡았다.『단구지』에 실 려 있다.

■ 외헌畏軒 유훤柳烜

자는 문회文晦, 호는 외헌畏軒이며, 본관은 전주이다. 직제학 유극서의 후손이다. 일찍이 하홍도의 문하에서 제자의 예를 올 렸다. 어버이 상을 당해서는 중문中門에 들어서지 않았으며, 거 상居喪을 잘한 것으로 칭송되었다.

■ 권혼權混(1552-?)

자는 치술致述이다. 안분당 권규의 손자이며, 원당 권제의 아 우다. 승의랑承議郞이다. 효성스럽고 우애가 있었으며, 학문에 힘 썼다. 어버이를 섬김에 그 도리를 다하였으며, 인조조에 공조 참 의로 증직되었다.

하는 뜻의 시를 말한다.

■ 하경렴河景濂

자는 경주景周다. 찰방 하준해의 종제다. 일찍이 하홍도의 문하에서 수업하였으며, 행의가 순정純正하였다. 문예가 일찍 이루어졌으며, 시부詩賦로 세상에 알려졌다. 사문의 추천과 장려를 자주 받았으나, 불행히도 요절하여 사람들이 모두 애석해하였다.

■ 안시진安時進(1600-?)

자는 언점彦漸, 본관은 광주다. 현종 경자(1660)년 생원시에 합격하였다. 부사 성여신의 문하에서 가르침을 받았다. 성여신이 병으로 누워 있을 적에 공이 곁에서 시중을 들며 학문하는 요점을 가르쳐주기를 청하였는데, 이에 성여신은 「침상단편」18편을 지어서 주었으며, 공은 마음 속에 간직하고 잊지 않았다. 또 하홍도의 문하에서 유학하며 의문 나는 것을 강론하고 질문하였다.

■ 양정재養正齋 하덕망河德望(1664-1743)

자는 첨경瞻卿이며, 호는 양정재養正齋 또는 광영정光影亭이다. 설창 하철의 아들로 현종 갑진(1664)년에 태어났다. 일찍이 학문에 종사하였으며, 성리에 관한 여러 책을 정밀하게 익히지 않음이 없었다. 문장이 전아典雅하고, 필법이 굳세고 힘이 있었으며, 아울러 육예六藝에 능통하였다. 모친의 병환이 위독하자, 손가락을 잘라 피를 입에 떨어뜨려서 거의 목숨이 끊어질 지경에서 살려내었으며, 모친은 80세까지 천수를 누렸다. 어버이가 죽자 과거공부를 그만두었다. 못을 파고 연을 심어서 그 곁에다 정자를 짓고 넉넉하게 스스로 즐거워하며, 모든 세간의 명리名利에 대해서는 욕심이 없었다. 감사 민응수閔應洙가 유일로 장계를 올려 조정에 알렸고, 어사 박문수와 지사 김재로金在魯가 공의 학문과 행의를 임금에게 직접 아뢰어, 임금이 곧장 남대南臺45)의 직책을 내려서 불렀으나, 당시 공은 이미 죽어 있었다. 임금이 그 소식을 듣고선 개탄하고 안타까워함을 금치 못하였다. 공을 장사지낼 때 사우들이 서로 조문하며 말하기를 "향선생鄕先生이 돌아가시다니, 우리 당은 어디에 의탁하고 따르나."라고 하였으며, 문하의 제자가 공을 위해 상복을 입은 이가 매우 많았다. 을축(1745)년 상신相臣이 또 직접 임금에게 직접 아뢰었으며, 이조에서 임금의 명을 받들어 사헌부 지평으로 증직되었다. 유집이 있다.

■ 하덕휴河德休(1670-1754) 초명은 덕유德裕이다.

자는 도경道卿이다. 설창 하철의 아들로, 현종 경술(1670)년에 태어났다. 일찍이 문인의 학업을 익혔으나, 체병滯病으로 인하여 무인의 학업을 일삼아, 숙종 임오(1702)년 무과에 급제하였다. 네 고을을 두루 역임하여 모두 잘 다스린 공적이 있었다. 흥양興陽의 읍재로 있을 때에 어사가 계를 올려서 "성품이 밝고 지혜로우며 문사가 넉넉하고 훌륭합니다. 그리고 백성을 다스리는 데

---

45) 남대南臺 : 학행이 높다고 인정되어 이조에서 사헌부의 장령掌令이나 지평持平의 관직에 추천된 자로, 추천할 때는 이조의 당상관堂上官 한 사람만이 추천하는 것이 아니고, 여러 사람이 합의하여 추천하였다.

에 부지런하며, 일을 처리하는 것이 민첩하여 물 흐르듯이 판결을 내립니다." 하였다. 일찍이 광양 군수로 있을 때에는 남쪽의 물정物情을 익히 알아서 형장刑杖을 쓰지 않았으며, 아전들이 모두 두려워하고 삼갔다. 칠곡漆谷과 지평砥平을 다스릴 적에는 마침 큰 흉년이 들었으며, 또 도적에 대한 경보가 있었는데도 한 사람도 굶어 죽는 이가 없었고, 한 지방이 모두 편안히 지냈다. 공은 부귀영달에 뜻을 삼지 않고 관직을 버리고 고향으로 돌아왔다. 맏형 하덕망과 한 집에 모여서 날마다 즐겁게 지내며 소요자적하였다. 사람들이 '연당蓮堂의 두 학'이라 일컬었다.

■ 제헌霽軒 정상리鄭祥履

자는 백수伯綏, 호는 제헌霽軒이다. 타석재 정계의 아들이다. 재능과 성품이 남다르게 뛰어났으며, 문예가 일찍 이루어졌다. 하홍도의 문하에서 가르침을 받았으며, 크게 아름다운 명성이 있었다. 어려서 병을 앓았으며, 임종할 때에는 혀가 굳어 말을 할 수가 없었는데, 붓을 가지고 벽에다 '부모의 뜻을 받들어 따르고, 8세의 아이는 과독課讀을 하게 하라.[承順兩親志 課讀八歲兒]'라 적고, 손을 들어서 동생 정경리鄭景履에게 보여주고 죽었다. 당시 나이가 27세였다.

■ 계당溪堂 손지순孫之順(1595-?)

자는 덕이德而, 호는 계당溪堂이며, 본관은 밀양이다. 감찰을 지낸 손경인孫景仁의 손자로, 효종 을미(1655)년에 태어났다. 숙종 계유(1693)년 진사시에 합격하였다.[46] 타고난 자질이 영민하였으며, 학문이 매우 깊었다. 겸재 하홍도를 좇아서 유학하여 선생의 도를 강론하였다. 만년에 아들 손보孫莆를 하홍도에게 보내어서 수학하게 하였다. 뜻을 독실하게 하고 학문을 좋아하여, 하홍도가 매우 기특해하고 아꼈으며 일찍이 "우리 당에 이런 사람이 있으니 후학을 개도開導해야 하는 근심은 다시는 더 없겠구나." 하였다.

■ 이은李垠

자는 이원而遠이며 본관은 성주다. □□년에 태어났다. 일찍이 종조부 동곡桐谷 이조李晁(1530-1580)의 문하에서 수학하였다. 문학과 행의로 세상에서 귀중하게 받들어졌으며, 광해군의 혼조를 만나서는 벼슬에 뜻을 끊었다. 갑인(1614)년 옥사가 일어나자 울분을 금치 못하였다. 종숙부 오재梧齋 이유열李惟說을 따라 의춘에서의 모임에 가서, 여러 사우와 함께 정온의 원통함을 소를 올려서 신구伸救하였다. 자주 덕천서원을 출입하였으며, 서원의 기록을 수정하였다. 이러한 일이 『단구지』에 기록되어 있다.

■ 한계寒溪 하대명河大明(1691-1761)

자는 진숙晉叔이며, 호는 한계寒溪다. 양정재 하덕망의 아들로, 숙종 신미(1691)년에 태어났다. 총명함이 남달랐으며, 문장이 전

---

46) 사마방목에 의하면 손지순은 선조 을미(1595)생이고, 인조 계유(1633)에 진사에 입격한 것으로 되어 있다.

아하였고, 또 필법으로 세상에 이름이 났다. 약관에 잇달아 향시
에 합격하였으며, 정문程文[47]의 육체六體[48]를 공부하지 않은 것
이 없었다. 예학을 밝게 익혀서 원근에서 찾아와 물었으며, 삼종
제三從弟 괴와愧窩 하대관河大觀과 '진양의 거벽巨擘으로는 하대
명·하대관이다.'라는 명성을 얻었다. 식산息山 이만부李萬敷(1664-
1732), 제산霽山 김성탁金聖鐸(1684-1747), 참의 이만육李萬育이 모두
서로 좇아서 강마하였다. 유고가 있다.

- 괴와愧窩 하대관河大觀(1698-1776)

자는 관부寬夫며, 호는 괴와愧窩다. 겸재 하홍도의 증손으로,
숙종 무인(1698)년에 태어났다. 뜻을 독실하게 하고 힘써 배워 행
의가 순수하게 갖춰졌으며, 고금에 두루 능통하고 미묘한 뜻을
연구하였다. 문사가 웅대하고 필적이 강건하여, 세상에서 이름을
떨쳤다. 식산 이만부, 제산 김성탁과 도의로 사귀었다. 일찍이
『진양속지晉陽續誌』를 수정하였으나 탈고하지는 못하였다. 저서
로 『괴와집愧窩集』 6권이 있다.

- 균헌筠軒 권성權鋮

자는 미경美卿, 호는 균헌筠軒이다. 원당 권문임의 증손이다.
숙종조에 진사시에 합격하였으며, 종조부 원당 권제의 문하에서
수학하였다. 문행으로 알려졌다.

---

47) 정문程文 : 과거 고시장에서 쓰이는 일정한 법식이 있는 글을 말한다.
48) 육체六體 : 시詩·부賦·표表·책策·의義·의疑 등의 문체를 말한다.

▪ 추수당秋水堂 김담수金聃壽

자는 태수台叟, 호는 추수당秋水堂, 본관은 경주다. 선조 경오(1570)년에 태어났다. 성품이 온순溫醇하고 고결하였다. 약관에 태계 하진, 봉악鳳岳 한몽일韓夢逸(1577-?), 진사 안시진 등의 제공과 성여신의 문하에 나아가, 뜻을 독실하게 하고 힘써 배웠으며, 벼슬에 뜻을 끊고 자취를 감추어서 지조를 지켰다.

▪ 강진국姜振國

자는 자유子由며, 본관은 진양이다. 성재 강응태의 현손으로, 광해군 무오(1618)년에 태어났다. 행실이 의로우며, 지조와 절개가 있었다. 세상에서 '백야동白也洞의 주인'이라고 일컬었다. 일찍이 당암 강익문의 문하에서 유학하였으며, 위기지학의 요체를 들었다.

▪ 묵재默齋 김돈金墪(1702-1770)

자는 백후伯厚며, 호는 묵재默齋다. 소산 김석의 손자로, 숙종 임오(1702)년에 태어났다. 영조 계유(1753)년 진사시에 합격하였으며, 덕행과 명망이 한 지역에서 으뜸이었다. 영조 갑신(1764)년 진사 박정신朴挺新과 함께 『산해사우연원록山海師友淵源錄』을 수정하였다. 유고가 있다.

▪ 어은漁隱 박정신朴挺新(1705-1769)

자는 영휴英休며, 호는 어은漁隱이다. 능허 박민의 현손으로,

숙종 을유(1705)년에 태어났다. 18세에 향시에 합격하였으며, 43세에 비로소 진사시에 합격하였는데, 이로 말미암아 과거공부를 그만두었다. 문을 닫고 숨어 지내며 거문고와 술로 자오하였다. 어은동漁隱洞에 집 한 채를 지었으며, 꽃과 대를 심어서 그 지취를 붙였다. 문사가 전아하고 넉넉하였으며, 언론이 엄정하였다. 당시 어떤 재상이 공의 명성을 듣고서, 일찍이 지나가다 살펴보고 조정에 천거하려 하였는데, 공이 힘써 사양하였다. 『산해사우연원록』이 이미 오래 전에 간행되었으며, 여기저기 잘못된 곳이 있었는데, 공이 진사 김돈과 약간의 수정을 하였다. 유고가 있다.

■ 송재松齋 조계명曹繼明(1568-1641)

자는 희백熙伯이며, 호는 송재松齋다. 경모재 조의민의 아들로, 선조 무진(1568)년에 태어났다. 어려서부터 강직하며 기개가 있었다. 임진(1592)년에 의병을 일으켜서 곽재우의 군대를 응원하였다. 또 악견산성岳堅山城을 수축하여서 화왕산성과 서로 표리表裡가 되게 하였으며, 거듭 큰 공을 세웠다. 체찰사 이원익이 포계襃啓를 올려 훈련원 부정訓鍊院副正에 제수되었다. 난이 평정된 뒤 다섯 고을에서 수령을 역임하였으며, 황해 병사黃海兵使가 되었으나 집이 비바람을 못 가릴 정도였다. 일찍이 풍각豊角의 고산孤山에다 집을 짓고 '송재松齋'라 편액하였으며, 다시는 벼슬에 뜻을 두지 않았다. 병자(1636)년 소를 올려 북쪽 오랑캐의 정벌을 청하였는데, 얼마 지나지 않아서 북란北亂이 과연 일어났다. 경자(1660)년에 세자가 심양으로부터 돌아오자, 공이 달려가 호종護

從하여 벽제역碧蹄驛에 이르렀다. 이로부터 관직에 제수되어도 취임하지 않고 삶을 마쳤다. 병조 참판에 증직되었으며, 은진恩津의 금곡서원金谷書院에 향사되었다.

■ 조진명曹晉明

자는 자소子昭다. 현감 조차석의 아들이다. 가정의 가르침을 받았으며, 칭송이 자자하였다. 음직으로 송라도 찰방을 지냈다. 겸재 하홍도, 존양재存養齋 송정렴宋挺濂, 학포 정훤 등의 제현과 서로 도움을 주며 학문을 닦았으며, 의문 나는 것을 강론하고 질문하였다. 하홍도가 공을 애도하여 다음의 만시를 지었다.

하늘이 두류산 보살펴 문장을 잃지 않게 하여,	天眷頭流未喪文
집안에서 2세를 전하니 바로 우리 그대였지요.	家傳二世是吾君
여경餘慶을 받아 은혜로운 정치를 베풀었으며,	胚胎餘慶施恩政
유풍儒風에 물들어 아름다운 명성 보전하였네.	擩染儒風保令聞

■ 조경명曹敬明

자는 자직子直이다. 모정 조차마의 아들이다. 인조 병자(1636)년에 의병을 일으켰으며, 군공軍功으로 병절교위秉節校尉에 제수되어 용양위 부사과龍驤衛副司果를 지냈다. 하홍도·정훤 등의 제현과 서로 우의가 좋았다. 큰 재주를 지니고서 발휘하지 못하고 죽었는데, 식견이 있는 사람들이 그 일을 한스러워하였다. 하홍도가 공을 애도하며 다음의 만시를 지었다.

대현大賢의 집안에 그대와 같은 인물 있으며,　　大賢之世有如君
지혜와 능력은 분란을 해결할 정도로 충분하네.　智及能多擬解紛
흰 칼날 시험해보지 못하고 몸은 관속에 드니,　未試霜鋒身就木
산기슭의 슬픈 바람 소리 차마 듣지 못하겠네.　悲風嶽麓不堪聞

■ 조준명曹俊明[49]

자는 자심子深이다. 선생의 손자다. 스무 살 안팎일 때부터 문사가 일찍 이루어졌으며, 광해군 정사(1617)년[50] 생원시에 합격하였다. 재행이 출중하였으며, 성균관의 인사들이 공경하고 소중히 여기지 않음이 없었다. 어느 한편의 사람이 졸렬한 글을 지어서 선생을 무함하자, 공이 그 글에 대해 반론하는 글을 지어서 해명하였다. 만년에는 개녕開寧으로 옮겨가 살며 여생을 마쳤다. 하홍도가 공을 애도하여 다음의 만시를 지었다.

남명 선생 후손으로 그대 같은 인물 있어,　　冥翁之後有如君
일찍이 연 밥을 따서 덕문德門에 심었네.[51]　早採蓮芳種德門
뱃속부터 가풍에 젖어 훌륭한 자질 타고나,　擩染肧胎生美質
총명과 재능으로 아름다운 문체 이루었네.　聰明才器就休文
떨기난초 연이어 시드니 천명을 믿기 어렵고,[52]　叢蘭連萎難諶命

---

49) 조준명曹俊明 : 사마방목에 의하면 성명이 조준명曹浚明이다. 지세포만호 조차정의 아들이다.
50) 정사(1617)년 : 사마방목에 의하면 광해군 10년 무오(1618)년에 생원 1등 3위로 입격한 것으로 되어 있다.
51) 연 밥 따서 덕문德門에 심었네. : '연밥을 딴다.'는 말은 사마시에 합격했다는 말이며, '덕문'은 덕망 높은 집안을 뜻하는 말이다.
52) 떨기난초 연이어 시드니 : 조준명의 아들 조진曹䝙은 부친보다 먼저 죽었는데, 부자가 연이어 죽은 것을 비유한 표현이다.

금슬은 슬프고 처량해 다시 원통하기만 하네.　　　琴瑟悲涼更作冤

부자父子 두 사람을 장차 제향하려 하니,　　　兩世二人將反几

화복禍福은 정해져 있다는 예전 말 믿네.　　　慶殃天定信前聞

■ 조진曹㬌

자는 회지晦之다. 생원 조준명의 아들이다. 인조 갑술(1634)년 생원시에 합격하였으며, 동생 조변曹昪과 함께 성균관에 유학하였다. 동생과 함께 재주와 명성이 있었으며, 또 함께 하홍도의 문하에서 수업하며, 자주 장려와 칭찬을 받았으나, 불행히도 요절하였다. 하홍도가 공을 애도하여 지은 다음의 만시가 있다.

'공자 같은 성인도 백어伯魚53)를 곡하였네.'54)

　　　　　　　　　孔聖猶曾哭伯魚

오천烏川55)의 이 구절은 무슨 뜻이었던가?

　　　　　　　　　烏川此句義何如

강성의 구름과 나무는 붉은 만장을 맞이하고,

　　　　　　　　　江城雲樹迎丹旐

산기슭 바람과 연기는 유거柳車56)를 보내네.

---

53) 백어伯魚 : 백어는 공자의 아들 공리孔鯉의 자다. 공리는 공자보다 먼저 죽었다.

54) 이 구절은 『포은집圃隱集』「곡이밀직종덕哭李密直種德」에 나오는데, 정몽주가 목은牧隱 이색李穡(1328-1396)의 아들이 죽은 것을 애도한 작품이다. 그 내용은 다음과 같다. "한산韓山 문벌에는 적선한 나머지라, 아들이 이른 죽음은 끝내 무엇인가. 예부터 이 이치는 참으로 알기 어려우니, 공자 같은 성인도 백어를 곡하였네.[自是韓山積善餘　賢郞欠壽竟何如　古來此理誠難詰　孔聖猶曾哭伯魚]"

55) 오천烏川 : 정몽주의 본관이 오천으로, 곧 정몽주를 가리킨다.

56) 유거柳車 : 상여喪輿를 말한다.

嶽麓風烟送柳車

강씨姜氏[57]는 공연히 동생과 함께 이불 덮고 자며,

姜氏空餘眠共被

왕손王孫[58]은 어째서 여문閭門에 기대어 슬퍼하나.

王孫何復慰憑閭

당시 목로牧老[59]는 응당 한이 없었겠지,

當年牧老應無憾

공자 같은 성인도 아들 백어를 곡하였으니.

孔聖猶曾哭伯魚

■ 조변曹昪(1613-?)

자는 양지揚之다. 생원 조준명의 아들이다. 인조 기묘(1639)년 생원시에 합격하였다. 하홍도가 공을 애도하여 다음의 만시를 지었다.

그대의 부친과 급문하여 정분이 깊었으며,	先世及門情分深
형제와 같은 마음으로 그대를 보았네.	視君猶是弟兄心
문득 멀리 떠났다는 소식에 얼마나 슬픈지,	忽聞長逝意何極
동쪽 해질녘 구름 바라보고 슬픔을 금하지 못하네.	東望暮雲悲不禁

---

57) 강씨姜氏 : 강씨는 강굉姜肱을 가리킨다. 강굉은 후한後漢 사람으로 자가 백회伯淮인데, 두 아우인 중해仲海·계강季江과 우애가 지극하였으며, 계모에 대한 효성도 지극하였다. 계모가 엄하게 대했지만, 강굉은 오히려 어버이를 잘못 섬긴 것을 자책하는 의미로, 결혼한 동생들과 같이 한 이불을 덮고 자면서 계모의 마음을 위로하였다. 이 고사를 빌어서 부친을 위로하는 자식들의 모습을 비유한 것이다.

58) 왕손王孫 : 왕손은 사람에 대한 존칭으로 사용되는데, 여기서는 조진의 부친 조준명을 가리킨다.

59) 목로牧老 : 목은牧隱 노옹老翁이라는 뜻으로 이색李穡을 가리킨다.

하홍도가 지은 만사 한 수가 더 있다.

■ 조안曹晏(1625-1666)

자는 유안幼安이다. 선무랑을 지낸 조극명曹克明의 아들이다.
효종 신묘(1651)년 생원시에 합격하였다. 일찍이 성균관에서 글을
읽었는데, 글 읽는 소리가 그치지 않았다. 관장이 글 읽는 소릴
듣고 묻기를 "이 소리는 틀림없이 조 생원일 것이다." 하였다.
공은 시사가 날로 그릇됨을 보고선, 다시는 세상에 뜻을 두지 않
았다. 부친을 모시고 영산靈山에 옮겨가 살았으며, 얼마 지나지
않아서 또 안계安溪에 집을 정하였는데, 그로 인해 하홍도의 문
하에서 가르침을 받았다.

남명 선생에 대한 제현의 논의

○ 대곡 성운은 선생 제문에서 다음과 같이 말하였다.

"공은 학문이 이루어져 진국이었으며, 덕이 쌓여 우뚝하였다."

또 선생 묘갈명에서 다음과 같이 말하였다.

"독실하게 배우고 힘써 행하였으며, 도를 닦아 덕에 나아갔다. 정밀하게 알고 널리 들어서 견줄 만한 이가 드물었다. 또한 전대의 현인과 짝이 될 만하고 내세 학자들의 종사宗師가 될 텐데도 혹자는 그것을 알지 못하고 달리 논함이 있었다. 굳이 지금의 사람들이 알아주기를 구하겠는가? 백세가 지나서 지혜로운 사람이 알기를 기다릴 뿐이다."

○ 옥계 노진은 선생 제문에서 다음과 같이 말하였다.

"옛 사람과 같이 뜻을 고상히 하였으며, 용감히 나아가 게을리하지 않았습니다. 도가 높았으나 미움을 받아 무리들의 비웃음을 면치 못하였으나, 공은 그 지조를 한결같이 하여 후회와 허물이 없었습니다. 끝내 이로 말미암아 귀추가 정해져 마음으로 흡족해하며 따랐지요."

○ 덕계 오건은 선생 제문에서 다음과 같이 언급하였다.

"해동에서 우뚝하게 서서 정신은 세상을 압도하였으며, 밝음은 귀신을 꿰뚫었고 용기는 항진行陣을 빼앗을 듯하였습니다. 장횡거張橫渠[1]의 웅장한 뜻을 두었고, 의를 보면 떨쳐 일어났으며, 태산같이 우뚝하고 가을 서리 같은 기상으로 투박偸薄한 풍속을 살펴서 막았습니다. 꿋꿋하게 서서 자리 잡고 각고의 노력으로 절개를 굳건히 하였습니다. 함양하고 성찰함은 경을 위주로 하였으며, 결단함은 의로써 하였습니다. 바람을 타고 벼락을 채찍질하며 저 먼 곳을 활보하였습니다. 성품은 강직하고 방정하며 엄하고 굳세어, 먹줄처럼 곧고 수준기水準器처럼 평평하였으며, 마음은 담담하게 비어 있고 밝아서 옥처럼 깨끗하고 얼음처럼 맑았습니다. 산처럼 양덕陽德을 쌓았으며, 우레처럼 만호萬戶를 열게 하였습니다. 눈으로 기미를 살피고, 마음으로 고금을 저울질하였습니다. 도를 즐기고 선을 좋아하며 따뜻한 봄날과 같은 모습이었습니다. 재능은 당세를 압도하고 뜻은 항상 사물을 사랑하였으며, 백성의 고난을 살피어 진실한 마음으로 불쌍히 여기고, 구제하려는 방법을 연구하고 계획하고는 사람들에게 통렬히 말하였습니다. 은거하였으나 세상을 잊지는 않았으니 어찌 홀로 자신만 깨끗이 하려는 것이었겠습니까? 선비들이 나아갈 바를 알게 하였으며, 백성은 그 덕에 감복하였으니, 참으로 우리의 스승이며 진실로 선각자셨네. 백세토록 빛날 큰 유자며, 삼조

---

1) 장횡거張橫渠 : 장재張載(1020-1077)을 말한다. 송나라의 사상가로 성리학의 기초를 닦았다. 자는 자후子厚며, 봉상미현鳳翔眉縣의 횡거진橫渠鎭 출신이었기 때문에 횡거 선생橫渠先生이라고 불린다.

남명 선생에 대한 제현의 논의

三朝의 징사徵士셨네."

○ 수우당 최영경은 덕산서원 춘추향사 축문에서 다음과 같이 말하였다.
"학문은 위기爲己에 힘썼으며, 공덕은 사설邪說을 물리친 것과 짝하셨네."

○ 동곡 이조는 선생 제문에서 다음과 같이 말하였다.
"안회와 같이 인을 어기지 않았으며, 맹자와 같이 호연지기를 길렀다. 당우唐虞에 뜻을 두었으며, 정자와 주자의 전통을 이으셨다."

○ 동강 김우옹은 선생 행장에서 다음과 같이 언급하였다.
"공부함에 친절하고 분명하여 요점을 저절로 확실히 할 수 있게 되었다."
또 선생 제문에서는 다음과 같이 언급하였다.
"출처의 도는 군자가 삼가야 하는 것, 선생은 굳건히 70여 년을 지키셨네."

○ 한강 정구는 선생 제문에서 다음과 같이 찬술하였다.
"선생은 천지의 순수하고 굳센 덕을 타고났으며, 산천의 맑고 아름다운 정기를 한몸에 받으셨습니다. 재주는 한 세상에 드높고 기개는 천 년을 압도할 만하였으며, 슬기는 천하의 변고를 통달하기에 충분하고 용맹은 삼군의 장수를 빼앗기에 넉넉하셨습니다. 우뚝 선 태산의 기상이 있으며, 높이 나는 봉황의 취향이 있었습니다. 산봉우리의 옥처럼 찬란히 빛나고 물 위에 어린 달빛처럼 해맑았습니다. 일찍이 문장을 익히고 수많은 서책을 두루 통달하였습니다. 우리가 해야 할 큰일은 본디 거기 있지 않다고 생각하고, 분연히 위기지학에 힘을 쏟으셔서, 은거하여 자신의 뜻을 이루기를 구하고 문을 닫고서 학문을 쌓았습니다. 충신을 근본으로 삼고 경의를 위주로 하였습니다. 세월이 오래 흐름에 따라 내면의 함축함이 깊어져서, 큰 근본이 일단 세워진 뒤에는 표출되고 운용하는 일들이, 어느 것 하나 이것이 움직여 내는 묘리가 아닌 것이 없었습니다. 그럼에도 오히려 선생은 감히 스스로 원만하여 말이 필요 없는 경지에 이미 도달했다고 여기지 않으셨으니, 선생은 도의에 대해 각고의 노력을 거친 뒤에 얻으신 분이라 할 수 있습니다. 평생 세상의 도덕과 풍조에 관한 관심이 언제나 뇌리에서 떠나지 않았는데, 시름하고 고통 받는 백성들의 참상과 기울고 위태로운 국가 대사의 형편에 대해서는 일찍이 한탄하며 침통해하지 않은 적이 없었습니다. 간혹 스스로 가슴속에 계획을 짜고 조처를 해 보기까지 하면서, 이를 위해서는 반드시 기강과 근본이 되는 문제부터 정돈해야 한다고 여기셨습니다. 이로 보면 애당초 천하의 일을 도외시 하지는 않았던 것이지요. 일생 동안 외지고 쓸쓸한 산골에서 만족해하였으니 또한 어찌 세상의 불행이 아니겠습니까? 세상에서 선생을 알아보는 자가 이미 드물었고, 스스로 안다고 하는 자도 산림에 은

거한 부류라고 말하는 데 불과할 따름이었으며, 모르는 자는 함부로 비방하여 전혀 기탄없이 불손한 언사를 가하는 일이 있기까지 하였습니다. 아, 선생의 높은 식견과 뚜렷한 절개와 엄정한 학문과 깊은 도량을 그들이 어찌 만에 하나라도 헤아릴 수 있을 것이며, 설사 그들이 모른다 하더라도 한량없이 넓은 선생의 덕이야 어찌 그로 인해 가감이 될 수 있겠습니까?"

○ 각재 하항은 선생의 제문에서 다음과 같이 언급하였다.
"이미 문장으로 넓히고 자신을 살펴서 단속하는 데로 나아갔으며, 오랫동안 참된 학문을 힘써 쌓아 자신을 이루고 남을 이루게 해 주었습니다."

○ 송암 이로는 선생 제문에서 다음과 같이 표현하였다.
"일찍이 참된 관문을 꿰뚫어 도의 오묘함을 깨달았으며, 정밀히 생각하고 각고의 노력으로 실제의 학문을 하고 실제 일을 행하였습니다. 마음의 미세한곳 까지 살펴서 조그마한 이치까지 헤아렸습니다. 화합하고 항구하며 곧고 반듯하였으며, 엄정하고 씩씩하며 굳세고 곧았습니다. 수양이 깊고 쌓음이 넉넉하였으며, 정신의 광휘로 내면이 살찌게 되었습니다. 그리하여 겉으로 드러나 행동이 천도에 부합되었습니다."

○ 원당 권문임은 선생 제문에서 다음과 같이 언급하였다.
"일찍부터 뿌리를 확립하고, 잠심하여 도를 닦았습니다. 안으로는 곧게 하며 밖으로는 반듯하게 함, 이것이 바로 덕의 한 단면이었습니다."

○ 조계 유종지는 선생 제문에서 다음과 같이 말했다.
"오랫동안 힘쓰고 정밀히 쌓아서 실천함에 깊이 나아갔으며, 근원이 이미 확립되어 흘러나온 것이 사특하지 않았지요."

○ 운강 조원은 선생 제문에서 다음과 같이 표현했다.
"빼어나고 시원하며 속세를 벗어난 듯, 한 점의 티끌도 묻지 않으니 선생은 타고난 성품이 고결하였습니다. 세밀한 뜻을 정밀하고 치밀하게 하였으며, 본말을 모두 궁구하여 내외를 관통하였으니 선생은 학문에 나아간 경지가 지극히 깊었습니다. 마음속에 간직한 것은 충신忠信과 독경篤敬으로, 상제上帝를 대한 듯이 아침저녁으로 조심하고 근면하였습니다. 겉으로 드러난 것으로는 정화精華가 얼굴에 수연粹然하였으며, 봄볕이 사물에 미친 듯이 곡진하고 조리가 분명하였습니다. 천 년 만에 다행히 나오셔서 만세의 사범師範을 세우셨습니다."

○ 사호 오장은 「덕산서원사우상량문德山書院祠宇上樑文」에서 다음과 같이 묘사하였다.
"오백 년에 한번 나올 인물은 문왕文王 같은 인물을 기다리지 않으며, 편벽진 우리 삼천리 강산은 멀리 기자箕子로부터 맥락脉絡를 이어왔네. 선생은 어려서부터 『서경』의 말과 『주역』의 의

미를 홀로 터득하여, 말학들이 문사文辭와 훈고訓詁사이에 많이 빠져 있음을 일깨워 주셨다네. 붙잡은 마음은 보존하셨고 탐색한 것은 정밀하셨네. 의리와 공사의 구분을 판가름한 남헌南軒2)이 맹자孟子보다 공이 있으며, 천덕天德과 왕도王道의 학문을 밝힌 이천伊川3)은 공자의 문인보다도 더욱 빛나듯이, 시대 상황에 따라 폐단을 구원함은 우리의 도가 곧 그러하니, 자신을 미루어 남을 이해한다면 가능한 일은 모두 끝마친 것이라네."

○ 용주龍洲 조경趙絅(1586-1669)은 선생 신도비명에서 다음과 같이 언급하였다.

"학문은 안자顏子를 준칙으로 삼았으며 뜻은 이윤伊尹을 표적으로 삼아서, 법도를 실천하고 인의仁義를 마음에 새겨서 차고다녔다. 선생의 도는 『역경』의 고蠱괘 상구上九4)의 처지로서 도덕을 유지維持하면서 때를 만나지 못해 고결하게 스스로를 지키는 경우다. 그러나 그 뜻은 임금과 백성을 염려하고 있었으므로, 대

---

2) 남헌南軒 : 장식張栻(1133-1180)의 호다. 자는 경부敬夫·흠부欽夫, 시호는 선宣이다. 부친에게서 가학을 계승하였으며, 호굉胡宏에게서 이정二程의 학문을 전수받았는데 정명도程明道의 학문에 더 가깝다는 평을 받았다. 주희·여조겸呂祖謙과 함께 '동남삼현東南三賢'으로 불리었다. 송나라 이종理宗 때 공묘孔廟에 종사되었다. 저술로 『논어해論語解』·『맹자해孟子解』·『시해詩解』·『서해書解』 등이 있다.
3) 이천伊川 : 이천은 정이程頤의 호이다.
4) 『역경』의 고蠱괘 상구上九 : 고괘의 상구는 현인과 군자가 세상을 만나지 못하여 고결함으로 스스로를 지켜서 세상의 일에 얽매이지 않음을 의미한다. 그 효사爻辭에 "왕후王侯를 섬기지 아니하고 자기 하는 일을 고상하게 여긴다.[不事王侯 高尙其事]"라고 되어 있다.

덕천사우연원록德川師友淵源錄

체로 입에서 나오는 말은 단지 처사의 큰소리 정도만은 아니었다. 옛날 양가죽 옷을 입고 있던 남자[5]는 임금과 함께 누워서 지냈지만 겉으로 한마디 말도 한나라 왕실을 도운 것이 없으며, 태원太原의 주당周黨[6]은 부복俯伏하기만 하고 배알拜謁하지는 않았다. 이들은 비록 훌륭한 고사高士로 당시에 이름이 났지만, 운대雲臺[7] 박사博士 범승范升[8]은 명성을 좇는다고 비난하였다. 선생은 이들과는 달랐다. 올린 봉사封事는 임금을 바로 잡는 일이며, 백성을 돕고 세상을 구제하는 방책이 아님이 없었다. 선생의 글은 천 년이 지난 뒤에 반드시 반도 못 읽어서 책을 덮고 눈물을 쏟을 사람이 있을 것이다."

○ 동계 정온은 『학기유편學記類編』 발문에서 다음과 같이 언급하였다.

"선생은 절벽 같은 우뚝한 기상을 타고나서 고명한 식견을 이루었다. 일찍 수십 년 전에 기미를 느끼고 산속에 깊이 숨어 있

---

5) 옛날 양가죽 옷을 입고 있던 남자 : 엄광嚴光을 가리킨다. 광무제光武帝는 엄광과 함께 배웠는데 황제가 되고 나서 그의 어짊을 생각하고 등용하려고 사람을 보내 수소문 하였는데, 얼마 후 제齊나라 땅에 어느 남자가 염소 가죽 옷을 입고 못가에서 낚시한다고 아뢰는 사람이 있었다.
6) 주당周黨 : 후한의 은사隱士다. 광무제와 친분이 있었지만 끝내 소명에 응하지 않고 초야에서 살았다.
7) 운대雲臺 : 운대는 후한 명제明帝 때 만들어 진 것으로, 전대前代 공신의 초상화를 그려서 걸어 놓고 추모한 공신각功臣閣의 이름인데, 조정을 가리키는 뜻으로 쓰인다.
8) 범승范升 : 후한 광무제 때의 박사博士다. 주당周黨이 군신의 예의를 지키지 않으며 명성을 얻으려 한다고 비난하였다.

남명 선생에 대한 제현의 논의

으면서 세상 사람이 알아주지 않아도 아랑곳하지 않았다. 경의敬
義의 학문을 전공하여 이미 성현聖賢의 경지에 도달하였다."

여기에는 또한 다음과 같은 표현도 있다.

"선생으로 하여금 당시에 도道를 행하게 하였더라면, 그 굉장
한 강령과 대단한 활용이 어찌 쇠퇴한 세상의 풍속을 만회하고
요순堯舜의 덕화德化를 이루어내는 데에 부족함이 있었겠는가."

○ 무민당 박인은 「산해사우연원록서山海師友淵源錄序」에서 다
음과 같이 말하였다.

"선생은 도학이 이미 끊어진 이후를 당하여서 사문斯文을 홍
기하는 것을 자신의 임무로 삼고 후학을 격려하여 성취가 있었
다. 우리의 도가 선생에게 힘입어 실추하지 않게 되었으며, 선비
의 학문이 선생으로 인하여 어긋나지 않게 되었다."

○ 겸재 하홍도는 「산해사우연원록발山海師友淵源錄跋」에서 다
음과 같이 말하였다.

"행동을 과감하게 함과 덕을 쌓은 훌륭함, 무너지는 강상을 붙
들고 물에 빠진 백성을 건져준 공, 격류 속의 지주砥柱[9]와 같은
기상을 지닌 이로는 우리 동국에 있어서 선생 한 사람뿐이다."

또 「제남명선생문집후題南冥先生文集後」에서는 다음과 같이 말

---

9) 지주砥柱 : 중국 삼협三峽의 지주산砥柱山을 말한다. 황하의 급류 속에 우
뚝 버티고 서서 거센 물결을 혼자 감당하고 있다는 지주중류砥柱中流의
고사에서 유래하여, 흔히 한 몸에 중책을 지고 난국을 수습하는 사람의
비유로 쓰인다.

덕천사우연원록德川師友淵源錄

하였다.

"선생은 사림士林이 죄 없이 도륙당할 때를 당해서, 도학의 중임을 책임지며 백성의 삶을 염려하여, 천하에 대해서 가한 것도 없고 가하지 않은 것도 없이 오직 의義만을 따랐다. 명종 같이 어진 이를 좋아하는 정성을 가지고 있는 사람으로서, 선생이 나라 사람들에게 받들어지고 경앙되고 있음을 이미 알았던 것이니, 그 때 만약 끝내 선생을 반드시 등용하는 데까지 이르게 했더라면, 『주역』건괘乾卦 구오九五[10]의 문화가 밝아지는 모습이 얼마 지나지 않아서 나타났을 것이다. 아. 하늘이 우리 동방을 평화롭게 다스리지 않으려 문득 반염攀髯[11]의 슬픔을 당하게 했다고 누가 일렀던가."

○ 우암 송시열은 선생 신도비명에서 다음과 같이 언급하였다.

"박실朴實을 추구하는 공부에 종사하였으며, 한결같이 진덕進德과 수업修業에 뜻을 두어 그 조예가 더욱 고명한 경지에 이르렀다. 엄정하고 씩씩하며 정대正大하였다. 장경莊敬한 마음을 항상 내부에 존양存養하였으며, 태만怠慢한 기색을 일체 겉으로 드러내지 않았다. 천 길 절벽이 우뚝 선 듯하고 해와 달과 맞서서

---

10) 『주역』건괘乾卦 구오九五에 "나는 용龍이 하늘에 있다.[飛龍在天]"고 하였는데, 이는 성인이 위에 오름을 비유하는 말이다.

11) 반염攀髯 : 반염은 특히 임금의 죽음을 슬퍼하는 뜻으로, 옛날 중국의 황제黃帝가 용龍을 타고 승천昇天할 때에 측근 신하 70여 명은 함께 타고 올라갔고, 나머지 신하들은 미처 타지 못하고 수염에 매달렸다가 수염이 빠져서 떨어졌다는 고사에서 온 말이다. 여기서는 인종의 죽음을 애도하는 뜻에서 사용한 표현이다.

그 빛을 다툴 만한 선생의 기상은 지금까지 사람으로 하여금 늠연히 경외하는 마음을 일게 한다. 학문에는 오로지 경의敬義를 요체要諦로 삼아서, 곁에 있는 온갖 사물에 명銘을 붙여 자경自警한 바가 모두 이 경이 아닌 것이 없다. 그러므로 자신의 사욕私欲를 퇴치하는 데는 단칼로 두 동강이를 내듯 하고, 일을 처리하는 데는 물이 만 길 절벽에서 쏟아지듯 하여, 절대로 우물쭈물하거나 구차한 예가 없었다. 심지어 손과 발을 보일 적12)에도 오히려 경의로써 배우는 이들에게 친절히 말하였으니, 이 어찌 한 숨결이 남아 있는 한까지 조금의 태만함도 불허한다는 예가 아니겠는가?"

○ 간송 조임도는 「남명선생연보발南冥先生年譜跋」에서 다음과 같이 말하였다.

"선생의 학문은 경의敬義에 힘을 쏟았으며, 평생토록 받아 사용한 것은 화和·항恒·직直·방方 네 글자뿐이었다. 그 타고난 자질은 굳세고 밝았으며, 공부의 과정은 엄밀하였으며, 잡아 실천함은 과감하고 확고하였으며, 기상은 우뚝하였다. 출처와 행의가 분명하게 깨끗하고 확실함은 우뚝하게 서 있는 듯하여 한 세상의 사람이 모두 보고 들었다."

이어서 또 말하였다.

---

12) 손과 발을 보일 적 : 사람의 임종 시를 뜻한다. 증자曾子가 임종 시에 제자들을 불러 놓고 "이불을 걷고 나의 손과 발에 상처가 있나 없나 보아라."라고 한 것에서 연유하였는데, 부모에게서 받은 몸을 온전히 보존하였다가 죽는 것을 효도하는 것으로 여기며 하는 말이다.

"홀로 터득한 빼어난 식견, 본체를 밝혀 실상에 적용하는 학문, 미미함을 보고 앞날을 미리 아는 명철함, 도를 지켜서 굽히지 않는 절개는 모두 수연히 한결같이 바른 데서 나온 것이어서 귀신에게 질정하여도 의혹이 없고, 백세가 지나도 의혹스러워하지 않을 것이다. 그러나 혹 이를 알아주는 자가 드물다."

○ 개암開巖 김대간金大諫우굉宇宏 은 다음의 만시를 지었다.

바다와 산의 정기 받고, 해와 별처럼 빛났으니,	海嶽之精日宿光
큰 유자로서 응당 임금을 보좌하기에 합당하네.	大儒端合佐皇王
누가 알겠나? 힘쓴 것이 오직 존양과 성찰이며,	誰知着力惟存省
가장 크게 공을 거둔 것이 바로 직방에 있음을.	最是收功在直方
기절氣節로 공을 칭송함은 오히려 가소로우며,	氣節稱公猶可笑
화려한 재주로 그 학문을 담론함도 안타깝다네.	才華論學只堪傷
몰라준들 무슨 손해며 알아준들 무슨 이익이랴!	不知何損知何益
멀리서 애사를 부치며 옷깃에 눈물 가득 적시네.	遙寄哀辭淚滿裳

○ 면우 곽종석은 「남명조선생묘지명南冥曺先生墓誌銘」에서 다음과 같이 말하였다.

"선생은 성현이 남긴 말 속에서 홀로 터득하였다. 뭇 성현이 정성스레 서로 주고받은 심법이 경의敬義 두 글자를 벗어나지 않음을 보고서, 마음을 보존하고 이치를 밝히는 데에 공력을 쏟았다. 그윽한 곳에서 홀로 거처하며 귀신을 숙정肅正시키고 천지에 참여하였으며, 미세한 것을 접하여서는 저울을 가지고 털끝만큼의 차이도 헤아리는 듯하였다. 무릇 일동일정一動一靜·일언일묵

一언一묵一言一默·일시일청一視一聽·일사일행一事一行이 경의를 따르고 실천함을 말미암지 않음이 없었으며, 천덕天德에 도달하여 자신의 사욕을 모두 사라지게 하는 데에 이르렀다. 하늘로부터 타고난 자질이 온화하게 녹아있고 가슴속이 깨끗하며 기상이 맑고 환하여, 일을 처리함에 저절로 법도 안에서 떠나지 않았다."

이어서 또 말하였다.

"대개 견해가 진실하다면 말하는 것이 절로 간략하고, 지식이 분명하다면 행하는 것이 절로 순수하다. 내가 일찍이 참람하게 논하되, 선생이 행실과 이름을 닦는 점은 무극옹無極翁13)과 닮았으며, 영특함이 세상에서 뛰어난 점은 소요부邵堯夫14)와 닮았으며, 정밀하게 생각하고 힘껏 실천하는 점은 장횡거와 닮았으며, 엄숙하고 정제整齊함은 이천자伊川子15)과 닮았으며, 저술을 숭상하지 않으며 고요히 살피고 묵묵히 알아서 깨끗하게 밝고 맑은 점은 연평씨延平氏16)와 닮았다. 경敬에 근거하고 의義를 정밀하

---

13) 무극옹無極翁 : 주돈이周敦頤를 가리킨다. 그가 태극도설太極圖說에서 "무극이면서 태극이다.[無極而太極]"라고 하였기 때문에 무극이 그의 별칭이 된 것이다.

14) 소요부邵堯夫 : 요부는 소옹邵雍의 자이다.

15) 이천자伊川子 : 이천은 정이程頤의 호이며, 자子는 존칭이다.

16) 연평씨延平氏 : 연평은 이동李侗(1093-1163)의 호이다. 자는 원중願中, 시호는 문정文靖이다. 남송 때 학자로, 나종언羅從彦에게 정자의 이학理學을 배워 이정二程의 삼전제자三傳弟子가 되었다. 평생 과거를 단념하고 은거하여 제자를 양성하였으며, 양시楊時·나종언과 함께 '남검삼선생南劍三先生'으로 불리었다. 그의 문하에서 주희·나박문羅博文·유가劉嘉 등이 배출됨으로써 이정의 학문이 주희에게 이어지는 교량 역할을 하였다. 저술로 주희가 편찬한 『이연평집李延平集』이 있다.

게 하여 태극과 동정의 이치에서 그것을 회통하고, 어둡거나 밝거나 크거나 작은 것을 하나로 관통하지 않음이 없는 점은, 참으로 자양紫陽[17]의 집안에 들어서기에 부끄럽지 않을 것이다. 그 마음과 이치가 젖어들고 행동과 앎이 하나가 되어서 한 생각도 구차하게 자신을 속이지 않으며, 한 가지 일이라도 모호하게 하여서 자신에게 유리하게 하지 않았다. 조용한 가운데 엄정하고 굳세며, 중용을 지켜서 치우침이 없었다. 동방에서 이러한 인물을 찾는다면, 비록 동방에서는 일찍이 없었던 걸출한 인물이라 함이 가할 것이다.”

○ 영재寧齋 이건창李建昌(1852-1898)은 「남명연보서南冥年譜序」에서 다음과 같이 말하였다.

“선생의 성대한 덕과 위대한 업적은 살아있을 때부터 온 나라에서 이미 종주로 받들어졌으나, 선생은 자취를 거두고 재주를 감추었다.”

또 다음과 같이 말하였다.

“세상에서 선생을 논하는 이들의 말이 같고 다름이 없을 수는 없겠지만, 선생을 으뜸으로 받들고 그 덕을 계술하는 이들은 대체로 그 우뚝하며 영웅호걸과 같은 기상은 발돋움하여도 따르지 못할 것 같다는 말을 많이 한다. 또 선생이 저술을 일삼지 않는 면만 보고서 어떤 이는 요약함에 너무 빠졌다고 하는데, 어찌 선생을 아는 자들이겠는가? 무릇 품부 받은 기질이 굳세고 온유함

---

17) 자양紫陽 : 주희의 호다.

이 있으며, 공부를 함에도 돌아가는 경우와 곧바로 나가는 경우가 있으며, 자취를 드러냄에 있어서도 현저하게 드러내는 경우도 있고 감추는 경우도 있다. 깊이 나아가 자득하여 마땅히 그쳐야 할 데 그치는 경우에 이르러서는, 고금의 성현들이 일찍이 한결같지 않았다."

이상은 남명 선생에 대한 제현의 논의다. 남김없이 모두 묶었으니, 노선생老先生의 학문하는 대요大要를 볼 수 있다. 그러므로 감히 한 곳에 모아 책의 끝에다 붙인다.

덕천사우연원록발德川師友淵源錄跋　김재수金在洙 지음

　　산해 부자山海夫子[1]가 돌아가시고 64년 뒤인 병자(1636)년에 무민당 박인이 몇몇 동지들과 『산해사우연원록』을 지었다. 129년[2] 뒤인 갑신(1764)년에 우리 5대조 묵옹 김돈이 어은 박정신과 함께 간략히 수정을 가하였는데, 지금 세상에 유행하는 것이 그 책이다. 그 뒤 194년이 흐른 지금 정유(1957)년 춘향春享을 지내는 날, 산남山南[3]의 여러 군자와 선비들이 성대하게 모였다. 모두 뜻을 같이하여 이르기를 "예전에 간행된 연원록은 미비합니다. 그 이름만 거론하고 그 실상은 빠뜨린 경우가 아니겠습니까? 근자에 부자의 후손 복암復庵 조원순曹垣淳(1850-1903)이 공자孔子·주자周子·정자程子·주자朱子 네 성현의 서설 한 통을 초록하였으니, 이것은 부자가 네 성현의 유상을 손수 그려서 평생 아침저녁으로 우러러 예배를 드리며 배우려고 했던 마음과 같은 것입니다. 대

---

1) 산해부자山海夫子 : 산해는 남명이 살던 산해정을 뜻하며, 부자는 덕행德行이 높아 모든 사람의 스승이 될 만한 사람의 높임말로, 산해부자는 곧 남명을 가리킨다.

2) 129년 : 원문에는 '一百八十九年'이라고 되어있다. 『산해사우연원록』이 편찬된 해가 기준이라면 129년이 되어야 연도가 맞으므로 수정하였다.

3) 산남山南 : 경상도의 옛 이름이다.

덕천사우연원록발德川師友淵源錄跋

개 공자가 이미 부지런히 힘쓰고, 이를 염계와 정자·주자가 이어 받았기 때문입니다. 공부의 흔적을 찾아 펼쳐보고 연역하여, 경敬과 의義를 스스로 가서 찾았던 것이니, 참으로 이것이야말로 '강건하고 독실하여 광채가 나며 날로 그 덕을 새롭게 하여, 마지막으로 산천재에서 옥을 떨쳐 마무리지은 것'이겠지요." 하였다. 이제 편집을 함에 네 성현을 상편에 두고 또 연원의 지류와 나머지는 이어서 사숙인으로 분류하였다. 이는 『이학통록理學通錄』[4]에서 남헌南軒과 고정考亭[5] 문하의 여러 사람 중, 증손과 현손의 항렬에 있으면서 그 문도가 된 사람을 열거하여 기록하는 것에서 그 법식을 취한 것이다. 중편은 곧 옛글[산해사우연원록]에 비해 혹은 번잡한 것을 삭제하여 요점을 취하기도 하여, 정밀하고 간소하도록 힘썼다. 후세 사람들은 이 점을 알아야 할 것이다. 이번 일에는 나의 벗 하우선河禹善(1894-1975) 군이 실로 집필을 주도하였으며, 나 또한 거기에 한두 가지 참여하여 들은 것이 있다.

단기 4293년 경자庚子(1960)년 가배절嘉排節에 후학 상주尙州 김재수金在洙(1878-?)는 삼가 기록한다.

---

4) 『이학통록理學通錄』: 이황이 주희를 비롯한 송·원·명의 주자학자들의 행장行狀·전기傳記·어록語錄 등을 서술한 책이다. 이황은 「이학통록서理學通錄序」에서 저술 목적을 그 사람을 이해하여 도학道學의 요지를 밝히는데 있다고 하였다. 구성은 문인제자門人諸子의 언행록을 8권까지 수록, 8권에는 장식張軾의 문인이 합재合載되었으며 9권에는 사숙제자私淑諸子를 수록하였다. 10권과 11권에는 각각 원의 제자諸子와 명의 제자를 기록하였으며 마지막 권은 외집外集이라 이름하여 송말의 제자를 수록하였다.

5) 고정考亭 : 주희의 호다. 주희는 만년에 고정에서 살며 강학하였다.

덕천사우연원록德川師友淵源錄

덕천사우연원록발德川師友淵源錄跋　　하우선河禹善 지음

　　우리 동방의 도학이 명종·선조 연간보다 융성했던 적이 없었다. 이 때 반드시 자양紫陽을 의지하여 돌아갈 곳으로 삼으면서, 선성先聖의 가르침을 크게 밝힌 이로는 남명 노선생을 들 수 있으니, 선생은 동방에서는 애초에 없었던 걸출한 인물이다. 그 학문은 경의를 위주로 하였으며, 충신을 근본으로 하였다. 오랫동안 참된 학문을 힘써 쌓아 여러 유자가 대성한 것을 모으는 데에 이르러서는 걸연傑然히 만세의 사표가 됨은 의심할 것이 없으니, 비록 옛날의 성현이라도 아마 이보다 낮지는 않을 것이다. 대개 그 실마리를 전함에 여러 현인의 자취를 잇고 치교治敎가 융성하고 흡족하여, 우리 동토東土가 능히 선왕의 의관을 입는 구규舊規를 보전하여 지키고, 예의와 문명을 가진 지역이 되게 한 것은 실로 선생이 일깨워 주었기 때문이다.

　　그러나 세상에서 선생을 아는 자가 드물다. 이것을 어찌 알지 못하는 자와 족히 말을 하겠는가? 삼가 선생의 문인록을 살펴보건대 예전에는 전하던 것이 없다가, 숭정崇禎 연간[1]에 비로소 무

---

1) 숭정崇禎 연간 : 숭정은 명나라 숭정제의 연호로 1628년에서 1644년 사

민당 선생이 홀로 찬술하여 후인들에게 환하게 보여주었으니, 사문에 끼친 공이 크다고 할 수 있다. 그러나 그 책을 보면 자못 어긋나고 잘못된 부분이 있으며, 권질이 간혹 지나치게 한만汗漫하면서도, 당시의 정신적으로 교유했던 이와 직접 가르침을 받은 현인을 그래도 다 뽑아 기록하지 못한 바가 있다. 그래서 훗날의 학자들이 반복해서 의아해 하지 않을 수 없었다. 이정釐正한 것이 오래되었다고 생각하여, 지난 정유(1957)년에 도道의 인사들이 덕천서원에 모여 유사를 정하고 장차 다시 고쳐서 편찬하려고 하였다. 그러면서 나에게 그 일을 주관하도록 위촉하였다.

나 스스로 돌아보면 임무를 감당할 수 없을 뿐만 아니라, 이미 선현이 손수 바로잡아 둔 것이기에 의리로 보아 감히 하지 못하는 바가 있다. 대개 무민당은 옛날과 시대가 멀지 않음에도 오히려 후인에게 흠을 지적당함을 면치 못하였거늘, 하물며 수백 년 뒤에 태어나서 멋대로 손을 대려고 하니 무민당보다 더 나은 것처럼 보이지 않겠는가? 이러한 이유 때문에 머뭇거리며 청탁을 미루고 붓을 잡고 주저한 지 여러 해가 되었다. 이제 도내 유림의 책망이 나날이 이르는데다 맡은 임무는 여전히 띠고 있기에, 곧 두세 명의 사우들과 더불어 제현의 유집과 무민당이 편찬한 책을 고찰하고 근거하여 그 핵심을 취하였으며, 다시 널리 찾아가려내고 분류하여서 원편과 속편 2책으로 정하였다. 네 성현을 책의 첫머리에 놓아서 선생이 선성先聖의 남긴 말 가운데서 홀로 터득하였음을 보였으며, 권말에는 사숙한 제현을 붙여서 장대히

─────

이의 기간이다. 1636년에 박인이 『산해사우연원록』을 편찬하였다.

덕천사우연원록 德川師友淵源錄

흐르는 동방도학의 연류沿流를 드러내었다. 그리고 모두 합쳐서 '덕천사우연원록'이라 제목을 붙였다.

비록 외람되고 참람함은 벌을 받음이 마땅하다는 것을 지극히 잘 알고 있지만, 일이 공중公衆에 달렸으므로 또한 이렇게 하지 않을 수 없었다. 훗날의 군자가 기꺼이 이해해 줄지는 알 수 없는 일이다. 편집이 장차 끝나갈 즈음에 함께 일한 여러 사람이 나에게 한마디 말을 책에 넣게 하였으나, 후생後生 만학晚學이 어찌 찬양의 말을 한 마디라도 할 수 있겠는가? 다만 끝을 맺는 글이 이 책에 없을 수가 없으니 이에 감히 사양하지 못한 것이다.

이 일에 있어서 중망重望을 입고 능히 대중을 진정鎭定한 이는 김재수 씨며, 남다른 안목을 갖추고 도와서 교감을 담당한 이는 권창현權昌鉉 군이다. 흔쾌히 협찬을 한 이는 도병규都秉圭 군과 조상하曹相夏 군, 정영석鄭永錫 군이다. 시종 변하지 않으며 맡은 일에 부지런히 애쓴 이는 성만수成萬秀 군과 조철섭曹哲燮 군이다.

경자(1960)년 7월 상한上澣에 후학 진산晉山 하우선河禹善이 삼가 적다.

덕천사우연원록발德川師友淵源錄跋

원문

• 凡例

一. 本錄係是德川院史儒門一典故也 自南冥老先生師友門人 至私淑諸賢 爲一統載錄 故總以目之曰 德川師友淵源錄

一. 老先生淵源錄 舊有无悶堂先生朴公絪所纂本 而河謙齋弘度趙磵松任道林林谷眞怤三先生 亦嘗參校焉 无悶謙齋磵松三賢 皆有跋文 英廟甲申 道人士 屬金上舍墪朴上舍挺新 略加修正 然仍舊板塗改而止 不及改刊焉 二公亦有跋文 蓋其爲書 依伊洛淵源錄例 各位下傳狀誌碣遺事等篇 俱收幷錄 故其用功太多 而卷帙有不能簡便 僉以爲是書 當在所略 今只錄其字號貫鄕官職贈諡院享等事 若有忠孝特節文學行誼之表著者 則書之 文字之有關於老先生者 則必加圈以書之 而皆以撮約爲主

一. 无悶本 只錄從遊若門人 而今則以四聖賢冠於編首 從遊次之 門人次之 私淑又次之

一. 本錄以无悶本爲標準 則今追錄者 編中加續錄二字以別之 若李晦齋李退溪兩先生 以特例載於從遊原編之首

一. 從遊若門人 或著見於老先生編年及東國文獻錄中 而不載於无悶本者 今載之於原編之末續編之上 懸註曰 見編年 見東國文獻錄 見他書者 亦用是例

一. 從遊及登門實蹟之有雜見於諸賢集中者 雖不載无悶本 一並採錄

一. 本錄中 諸賢皆以年齒爲叙錄之次第 而或不免有錯倒處 蓋載錄之差先
差後 恐不可以人物高下論 故略倣无悶本舊例 以書之

一. 老先生之門 有雖不執經問難 或深被眷愛 或景仰甚摯 自處無異門人
者 同載一編

一. 本錄中 兄弟並入者 其次序 當兄先弟後 而无悶本 若弟入 而兄不入
則不得已 弟載原編 兄載續編

一. 本錄中 祖孫父子兄弟叔姪並入者 必以某之孫某之子某之弟某之從子
書之 以明其家學淵源之所自 而貫鄕則不疊載焉 外此而有名父祖 則
或書或不書 蓋其本單有如是 而亦無害於事面故也

一. 无悶本 無目錄及凡例等書 今則卷首特載之 以便其考閱 且以見纂輯
家規例

一. 從遊若門人中 未入單者 各位下 隨所知註跋 而事蹟模糊 不能無詳略
之異

一. 私淑諸賢 限肅廟朝以上 而未入單者 不得已闕之

一. 老先生子姪孫曾 无悶本未曾收錄 而今追錄以附末端

一. 官榜及院祠所錄 或有可疑處 而有終不可考 則依本單書之 覽者當詳
之

一. 本錄中 我老先生以外 雖大賢 不稱先生 而稱公 使覽者知所區別焉

一. 本錄中 各位 首題目門人以下 皆書姓諱 從遊諸賢 則特書以別號 其
體貌 恐當如是也

一. 編末 附諸賢贊述一通 使世之學老先生 而無所尋究者 知所要領焉

一. 老先生淵源 各家散在八域 不能廣採 盡同于一編 則更俟後來君子 續
而成之

- 卷之四 門人 續錄

朴淳 李陽元 李山海 尹根壽 鄭仁耆 朴潤 李宗榮 崔源 朴澤 田有龍 李昌 愼文彬 姜瑞 李曇 許彭齡 權文顯 河魏寶 朴啓賢 權文彥 裵祺壽 鄭白渠 金聃壽 崔餘慶 李長榮 卞玉希 金大鳴 權愉 鄭師賢初名思玄 柳永詢 權文著 姜燉 鄭大方 姜熺 李佶 裵明遠 朴寅亮 陳克元 朴而絢 姜溓 鄭麟祥 崔涎 河宗岳 吳俔 許箴 許篈 姜琙 河恒 朴悅 鄭仁涵 河渾 權濟 李承 李賢佑 曹受天 盧鈍 崔汝契 裵亨遠 姜璹初名瑨 柳德龍 曹以天 鄭深 李宗郁 曹湜 曹義民 曹次石 曹次磨

- 卷之五 私淑

鄭蘊 成安義 河受一 吳長 朴敏 成景琛 鄭承尹 李惟諴 金天澤 河天一 李賀生 河公孝 金景謹 崔琦弼 都敬孝 崔興虎 權深 成顥 權洚 金雲翼 鄭大英 韓 大立一名大岦 曹慶潤 曹慶洪一名慶泓 梁士元 朴乾甲 朴坤甲 裵自謙 裵益謙 姜翼文 權濤 朴絪 河仁尙 申櫃 朴惺 鄭大淳 文緯 河憕 李潤雨 趙瑮 朴文楧 裵尙龍 黃宗海 趙任道 林眞怤 韓夢參 權克行 柳絪春後改慶春 成鑮 李瑚 權濼 成鏞 權濬 權克亮 孫綽 柳伊榮 河悏 李瑛 金應奎 河遵海 柳壽昌 李山立 李玉立 都聖欽 都聖兪 成鑛 李崔起宗 成錞 姜應璜 崔夢龍 李珉 崔夢龜 李堉 文後 李見龍 姜文弼 柳仲龍 文弘運

- 卷之六 私淑

河弘度 姜大遂初名大進 吳汝櫟 河溍 崔濯 鄭以諶 成好正 河憬 河忭 成錕 成瀚永 金鳳翼 河弘達 金復文 鄭頠 成好晉 孫錫胤 河溭 姜大延 成昌遠 田榮國 權克有初名克臨 成亮 權克重 李壕 李城 鄭順達 崔瀷 權克泰 金確 鄭有祐 河達永 鄭枅 李廷奭 河澈 金命兼 郭世楗 河海宇 沈自光 沈日三 鄭欐 裵尙虎 成治永 權鍵 洪箕範 金尙鋈 崔絅 河海寬 崔振虎 河世熙 河達漢 朴櫓 朴楣 柳希稷後改晉昌 梁應崋 河海壽 田霔 姜徽鼎

金碩　金世傳　柳烜　權混　河景濂　安時進　河德望　河德休　鄭祥履　孫之順
李垠　河大明　河大觀　權鍼　金聃壽　姜振國　金墊　朴挺新　曹繼明　曹晉明
曹敬明　曹俊明　曹曧　曹昇　曹晏　附諸賢贊述

- ## 德川師友淵源錄卷之一　道統源流

- ### 孔夫子

名丘　字仲尼　魯昌平鄕陬邑人　周靈王二十一年庚戌十月庚子生　周之十
月　卽今之八月　仕魯　爲大司寇　攝相事　魯哀公十六年壬戌卒　西漢元始辛
酉　追謚褒成宣尼公　東漢永元壬辰　封褒尊侯　後魏太和壬申　改謚文聖尼
父　後周大衆庚子　追封陬國公　隋贈先師尼父　唐貞觀戊子　升爲先聖　丁酉
尊爲宣父　乾封丙寅　又尊爲太師　天授庚寅　封隆道公　開元己卯　追謚文宣
王　宋大中祥符戊申　加謚玄文宣王　壬子改爲至聖文宣王　元大德丁未　加
封大成至聖文宣王　皇明洪武己酉　詔封爵仍舊　嘉靖庚寅去王號　只稱至聖
先師孔子　易塑爲主

- ### 濂溪周先生

名敦頤　字茂叔　號濂溪　道州營道人　宋眞宗天禧元年丁巳生　仕宋爲大
理寺丞　熙寧癸丑卒　贈宣奉大夫　謚元　淳祐辛丑　追封汝南伯　從祀孔子　元
至順乙亥　加封道國公

- ### 明道程先生

名顥　字伯淳　河南洛陽人　宋仁宗明道元年壬申生　嘉祐丁酉進士　承議
郎宗正寺丞　元豐乙丑卒　謚純　淳祐辛丑　追封河南伯　從祀孔子　元至順乙
亥　加封豫國公

- ### 晦庵朱先生

名熹　字仲晦　號晦庵　徽州婺源人　宋高宗建炎四年庚戌生　建炎戊辰進

士秘閣修撰宮觀 慶元庚申卒 諡文 寶慶丁亥 贈太師 追封信國公 紹定庚寅 改追封徽國公 淳祐辛丑 從祀孔子 元至正壬寅 改封齊國公

我南冥先生 嘗手摹四聖賢遺像 龕奉瞻禮 若親薰炙 故特載於編首○或有問於先生曰 先生孰與嚴子陵 曰 惡 子陵氣節 其可跂及與 然子陵與吾不同道 余未忘斯世者也 所願則學孔子也

- ## 從遊

■ 李晦齋

字復古 號晦齋 驪州人 中宗甲戌登第 官至贊成 贈領議政 諡文元 從祀孔子 ○晦齋嘗爲某官以遺逸薦先生 又爲本道監司 屢有書求見 先生答曰獨念古人歷仕四朝 僅四十六日 吾知相公解歸田里之日不久 當角巾相尋於安康里第 尙未晩也

■ 李退溪

名滉 字景浩 號退溪 眞寶人 燕山主辛酉生 中宗戊子進士登第 官至贊成 贈領議政 諡文純 從祀孔子 ○滉與南冥生竝世 而未與之相接 常切慕用之私 今起應召命 又見其合於君子隨時出處之義 嘗曰 景浩有佐王之學又曰 近日仕進者 於出處之節 蔑乎無聞 惟退溪庶幾於古人 兩先生 亦嘗幷以神交許之

■ 金三足堂

名大有 字天祐 號三足堂 金海人 成宗己亥生 濯纓馹孫從子 丁卯中庭試壯元 直赴進士第 時上方求行誼之士 鄉里推公第一 拜典牲署直長 是年登文科 拜成均典籍 屢遷爲正言 辭不就 除漆原縣監 居三月而化行 邑人視如神明 時群小用事 指爲僞學 盡收其官爵 乙[2]巳復授 未幾還收 顯宗乙巳 贈弘文館應教 後加贈判正 享紫溪院 ○乙巳 先生與郭警齋珣[3]

朴逍遙堂河淡 訪公于雲門山愚淵之上三足堂 講磨亹亹 後屢以詩什相和 公念先生貧窶 命其子歲遺之粟 先生不受 以詩謝曰 於光亦不受 此人劉道原 所以胡康候 至死貧不言

■ 成聽松

名守琛 字仲玉 號聽松 昌寧人 思肅公世純子 成宗癸丑生 趙靜庵門人 身長骨秀 儀形甚偉 性至孝 族黨皆稱孝兒 始受讀 便曉大義 家在白岳山麓 就松林中 築書室 扁曰 聽松 日處其中 誦大學論語 手寫太極圖 以玩索造化之原 自通書以下 程朱之書 悉類會抄錄 常置諸座右 以資觀玩 不以外物累其心 親喪 皆廬墓三年 中宗辛丑 以遺逸除厚陵參奉 不就 壬子特授六品階 初補內資寺主簿 旋改禮山縣監 謝恩而不之官 吏曹欲授近邑 冀其一就 啓換兔山 又換積城 適疾作 未能謝恩 庚申拜造紙署司紙 竟不起 明宗甲子卒 上命賜槨米菽 贈執義 肅廟朝 贈右議政 諡文貞 享勿溪坡山兩院 ○先生素與公交契特深 至老不衰 有往復詩書 退溪曰 聽松高邁 善其終始 誠末世難見之人

■ 朴逍遙堂

名河淡 字應千 號逍遙堂 密陽人 忠肅公翊玄孫 成宗己亥生 丙子中生員試 甲申除四山監役 乙酉拜司瞻寺奉事 不就 戊子除掌隸院司評 恩命屢下 謂世臣不敢效山野傀塞 行至中路 封疏乃還 享仙巖院 ○先生嘗見訪曰 三徵不起何也 對曰 己分不可不量 親老不可不奉 先生曰 榮養 亦孝一事 此古人所以奉檄而喜 對曰 浮沈宦海 貽親之憂 何足爲榮 先生寄公及金三足堂詩云 事與風雲變 江同歲月流 英雄今古意 都付一虛舟

2) 원문에는 '己'로 되어 있으나, '乙'의 오자이므로 수정하였다.
3) 원문에는 '恂'으로 되어 있으나, '珣'의 오자이므로 수정하였다.

■ 成參奉

名遇 字仲慮 典翰世俊子 昌寧人 好學有高節 以薦拜齊陵參奉 明廟丙
午 尹元衡論啓以公爲乙巳被禍 郭珣等餘黨 請拿鞫受刑 死於杖下 宣祖
朝伸冤 ○公與先生交契甚密 嘗手纂東國史略 先生作跋文 又與先生同遊
頭流山 及公之死 先生聞之 爲之鳴咽痛泣

■ 成大谷

名運 字健叔 號大谷 參奉遇弟 燕山主丁巳生 學問精博 爲世大儒 距家
數里 有溪壑可玩 築小室 其間 逍遙自適 中宗辛卯登上庠 以薦再除參奉
供職數日棄歸 自後屢有召命 皆上章謝恩 竟退 己卯疾篤 上命醫馳視 未
至卒 命賜祭賻 官庀葬事 享勿溪象賢兩院 ○公與先生 爲莫逆之交 其往
復詩書 至今人多傳誦 先生嘗曰 健叔如精金美玉 吾所不及云 先生沒 公
大加痛傷曰 斯人吾不敢與之爲友 仰之若喬嶽 敬之如嚴師 樑摧奄及 吾
將安傚 及葬也 作挽祭以哭之 又作碣銘 鄭寒岡以爲善形容大賢氣像 自
安東爲板刻送之德山

■ 李崇德齋

名潤慶 字重吉 號崇德齋 廣州人 燕山主戊午生 辛卯中進士 甲午登第
至判書 諡正獻 ○先生與公書有曰 因申子誠 問公起居 則今年 尹出百濟
是迫於百口 無以爲地 老境心事 益可想矣

■ 李東皐

名浚慶 字原吉 號東皐 崇德齋潤慶弟 燕山主己未生 壬午中司馬 辛卯
登第 至領議政 諡忠正 從享宣祖廟○先生自童年 與公契厚 聯檠幷讀書
于栖山 先生以公有領袖氣像許之 戊寅 又讀書于山寺 先生從之 先生之
承召入京也 公豫待於南門外 入私邸 歡喜而別 及公爲相 先生以書答公
曰 請公上竦如松 毋使下援如藤

■ 申松溪

名季誠 字子誠 號松溪 平山人 燕山主己未生 道學高明 爲世師表 與先生及李黃江爲道義交 世稱三高 以學行屢徵不起 享密陽禮林院 ○先生嘗曰 子誠外若潛退 內極剛果 白首不變 吾之畏友也 及沒 先生銘其墓曰 吾黨有人 申君爲最 齊莊於內 氷蘗其外 私淑諸人 松堂之門 雖家食吉 遺香則聞

■ 李一齋

名恒 字恒之 號一齋 星山人 燕山主己未生 丙寅以遺逸授司畜 至掌樂院正 病甚不赴 ○先生少日與公友善 丙寅同承召 會寓邸 謂公曰 李措大一朝做郡守 安知不爲禍階乎 公論退溪之學問 先生舉前日所業曰 公但論公之弓角而已 吾但論吾講經而已 何暇與論景浩學問之淺深耶

■ 林葛川

名薰 字仲成 號葛川 一號自怡堂 又號枯查翁 恩津人 燕山主庚申生 庚子生員 癸丑以薦四除參奉 甲子以孝命旌公兄弟之門 授縣監 至判決事 諡孝簡 享龍門院 ○先生嘗曰 仲成德器 合置都堂一隅 以鎭浮俗 公又嘗曰 南冥豈吾東方再生之人物乎

■ 宋圭庵

名麟壽 字眉叟 號圭庵 恩津人 燕山主己未生 辛巳登科 至大司憲 丁未被禍 諡文忠 ○公曰 先生脫然欲學聖人 便罷試舉 用力敬義 堅把得定 不以一時趣向爲進退

■ 李淸香堂

名源 字君浩 號淸香堂 陜川人 燕山主辛酉生 博學力行 爲世所推 晚年所居齋前 鑿池種蓮 因以淸香爲號 丙午薦授昆陽訓導 不就 享培山院 ○先生初見公 大喜曰 此吾四同之友也 弱冠 聞先生讀書山寺 往從之 先生

誦許魯齋語曰 志伊尹之志 學顏淵之學 出則有爲 處則有守 大丈夫當如此 於是公默然有契於中 頗知古人爲己之要 自覺其從前趣向非是 翌朝遂相揖而歸 自是究心實學 益加堅篤 先生嘗有詩曰 稽古由來得力多 退溪和公詩有曰 三人初度有誰知 先甲三年酉是期 邀阻頭流與培養 可無相憶遞傳詩

■ 郭警齋

名珣 字伯瑜 號警齋 玄風人 燕山主壬戌生 戊子登科 至記注官 乙巳被禍 享永川松谷院 ○先生曰 伯瑜好賢樂善 使遇可爲之時 必能爲國做事 其不素粲 明矣

■ 李黃江

名希顏 字愚翁 號黃江 陜川人 校理希閔弟 燕山主甲子生 朝廷擧遺逸之士 晦齋李文元公 時在吏判 薦公典獄署參奉 尋除掌樂院主簿 又除高靈縣監 未二年 辭去 明廟庚戌陞軍資監判官 未幾棄官歸 享淵谷院 後移建淸溪 ○公與先生及成聽松成大谷金三足堂申松溪成東洲諸賢爲道義交 公又與先生及松溪相爲高世人物 故世稱三高 又有德山陶山城山三山之稱 晚年築書室于黃芚江上 扁曰 黃江亭 以獎進後學爲己任 先生有詩云 山海亭中夢幾回 黃江老叟雪盈腮 半生金馬門三到不見君王面目來

■ 成東洲

名悌元 字子敬 號東洲 昌寧人 中廟丙寅生 早孤志學 受業于柳西峯藕之門 公稟卓犖不羣之資 懷濟世不器之志 遇事變恢恢 若竹破氷釋 爲文章浩浩然 水湧山出 淸修刻苦之操 幽獨戒愼之工 非偏邦小儒之可企及 己卯禍作 嘆曰黨錮之禍復起於世歟 因有遯世之志 朝廷以遺逸除報恩縣監 因俗爲治 撫字盡心 流亡四集 嘗投紱歸 老幼號泣遮路 邑人爲立生祠 享公州忠賢報恩象賢昌寧勿溪諸院 ○公在縣時 先生與李土亭徐花潭諸公遠路見訪 對床笑語 李東皐聞之曰 德星見于天矣 先生自京歸 入俗離山

271
원문

又訪公 臨別期以明年八月十五日會伽倻之海印寺 及期 大雨連仍 先生冒
雨而行 及至寺門 公已先到 方脫簑衣云

■ 金七峯

名希參 字師魯 號七峯 義城人 中宗丁卯生 辛酉司馬 庚子登第 至府使
陞通政 ○先生以詩哭公曰 頭白故人三百里 憶君何處見揚休

■ 丁游軒

名熿 字季晦 號游軒 昌原人 中宗壬申生 趙靜庵門人 登第至舍人 乙巳
仁廟賓天 文定后欲以渴葬 公抗疏不可 未幾因士禍罷職 丁卯流配昆陽
明年移置巨濟 宣廟初李栗谷上箚 伸冤復爵 肅廟加贈兩舘大提學 諡忠簡
享寧川院 ○先生訪公謫所 見其疏草 極陳時弊 止之 不果上 又與先生有
禮疑問答

■ 李龜岩

名楨 字剛而 號龜岩 東城人 參判湛子 中宗壬申生 年十七遊泮宮 文望
藉甚 丙申擢文科壯元 選入玉堂 官至副提學 享龜溪院 ○公嘗與先生道
契甚厚 先生旣卜築于德山山中 公亦点地其傍 擬結世外之侶 又幷作頭流
之遊 暮年有輔頰之騰 交誼頗不終焉 然猶然了無纖芥之嫌 及公之病篤也
先生亦恐其死而憂之

■ 盧蘇齋

名守愼 字寡悔 號蘇齋 光州人 中宗乙亥生 甲午巍科 官至領議政 公嘗
屢辭相位 上親詔諭曰 惟卿山川間氣 星斗文章 學得伊洛之脈 道爲儒林
之宗 黃閣十年 隱然嵩岳之功 九鼎之勢 又曰 昔在瘴海 沉淪于外 天其或
者 動心增益 出爲大用 逮余叨承 爰立台輔 是天以卿授予也 及歿 賜諡文
懿 從享五賢廟 ○先生歿 公以詩哭之曰 斯文再喪堪誰愬 春晚皇都哭病
盧

■ 李土亭

名之菡 字馨伯 號土亭 韓山人 晩出一宰 而卒于官 ○公著蔽陽 衣襤布
芒鞋徒步 踵門而求見先生 先生出迎敬之 公曰 先生何知非樵夫野人 而
迎接至此 先生曰 子之風骨 吾豈以吏曹判書卒 公又自言性耐飢寒 宿岩石 數日
不食 先生曰 稟氣如此 何不學仙 公曰 先生何輕人若是 先生笑而謝之

■ 盧玉溪

名禛 字子膺 號玉溪 豊川人 中宗戊寅生 丁酉進士 明宗丙午文科 釋褐
三十年 在朝不滿三年 學究性理 必溯洛建 每以親老不屑立朝 宣廟親筆
超拜嶺伯 御製歌詞刻于銀錚 而使之歸養 且下教曰 盧禛國之蓍龜 士之
宗師 不計年數 入於耆老社 戊寅以吏曹判書卒 李栗谷歎曰 正二品更無
其人 上慟惜輟朝三日 遺禮官致祭曰 稽古有得 不事章句 雍熙盛治 庶可
陶鑄 命旌門閭 謚曰 文孝 嶺湖俱賜院額 咸曰溏洲 南曰滄洲 ○公嘗與先
生遊花林洞 姜介菴翼偕焉 介菴有詩云 冥翁携玉溪 喚起及吾儕 又與先
生會智谷寺 遠近士子聞風雲集 屢日講論 後先生與河覺齋諸賢 訪公于咸
陽之玉溪 多所講論 公嘗曰 先生受天正氣 爲世人豪

■ 金判事

名禧年 字慶老 司馬以薦補官 流定平 蒙赦 授判事 ○先生愛其好賢而
許之 公哭先生詩曰 先識愚翁與子誠 長懷夫子擬山瞻 雷龍舍裡初迎笑
楮島江邊又劇談 薄劣敢當朋友許 依歸還幸弟師嚴 邇來不憖天何酷 無復
吾儒道在南

■ 崔溪堂○見編年

名興霖 字賢佐 號溪堂 ○丁巳先生訪成大谷于俗離山中 及歸 大谷送
至金華山金積精舍 舍卽公之別業也 會諸生 講王覇取舍之辨 及精一中和
之說 先生以詩贈之曰 踏破金華積源頭第一流 地高羣下隔 身遠片魂愁

鄭鄭君家子 招招我友舟 此懷模不得 來日正悠悠 後人立祠於金華 以祀
先生及諸賢

■ 崔 ○見東國文獻錄

名福男 字德胤

■ 洪耻齋 ○見東國文獻錄

名仁祐 字應吉 號耻齋 南陽人 中宗乙亥生 中司馬 未弱冠 慨然有求道
之志 鷄鳴盥櫛 整襟危坐 讀心近諸書 與同志講論不輟 年四十 丁父憂 因
毀不起 以子進勳 贈領議政 封府院君

■ 李琴軒

名長坤 字希剛 號琴軒 碧珍人 成宗甲午生 壬戌登第 至二相 ○公語其
爲咸鏡監司時 凶荒賑救甚多 先生徐答曰 活人誠多矣 公解其意 指天而
願死者 再三 盖己卯 公以兵判不能救趙靜庵一人 以活飢民爲自多 故先
生以此諷之 公亦自知而服其過

■ 朴瓶齋

名河澄 字聖千 號瓶齋 逍遙堂河淡弟 成宗癸卯生 中廟乙亥 拜司諫院
正言 ○公與先生及金三足堂李灘叟諸賢 爲道義交 先生嘗有詩曰 隱逸兄
前弟正言 雲山歸路未相論 高麗國後三徵蹟 忠肅家中五世孫 鳩浦西橋吾
送月 鰲山東谷孰堅門 城樓分手何時面 春到明年更把樽 出李孝淳所撰公
行狀中 先生問公曰 生民厥初無有不善 而分爲善惡者 何也 對曰 天地之
氣 本自有通塞盈縮之不同 故人之稟受亦自有清濁粹駁之不齊 善惡之分
安得不然 先生曰是 公之署以瓶齋者 實先生之所錫號也

■ 成無心翁

名日休 字子慶 號無心翁 昌寧人 校理安重子 成宗乙巳生 夙歲懷道 絶
意公車 韜跡江湖 所居有光風霽月臺 日嘯咏其上 晚築一亭 以無心扁之

題詩曰 鑿破蒼苔作小池 編茅爲屋竹爲籬 世間名利無心久 只許淸風明月
知 歿後 贈戶曹參判 以褒遺逸之典 龜岩李公題其墓曰 臂蒼秋山 網魚春
江 逍遙一世 不求榮利 ○公與先生講磨道義 輔益爲多 先生亦嘗稱許之

■ 朴茅庵

名希參 字魯卿 號茅菴 慶州人 弘文著作盎五世孫 成宗丙午生 行德陵
健元陵參奉 享平川院 ○公與先生 從遊日久 篤信無疑 命送二子齊賢齊
仁 受業于山天齋 作書以訓之曰 近日余往見南冥先生于南嶽之下 始覺吾
道在是也 盖先生之德容 稟得天地之間氣 而其學以敬義爲元符 一動一靜
無非直內而方外 今世之名碩 盡萃其門 道腴經馥 盎粹面背 古君子育英
之樂 於冥翁 見之矣

■ 文湖陰

名敬忠 字兼夫 號湖陰 南平人 成宗甲寅生 氣宇卓犖 學行純至 又有武
略 丙子 鄭文翼光弼 薦才行 上除仇寧萬戶 未幾 見己卯禍起 不復出世
築亭于月如山下 以道義自勉 ○先生嘗曰 兼夫之學問 先見朴松堂 以後
見其人焉 公曰 蒙不退 勉以自新之工 變化氣質之心 雖切於心 鳴鼓之斥
安知不及於此物耶 心焉惕惕 未嘗宿食間少弛 先生名公之亭曰 四美 又
有詩曰 潁水千年跡 舍川四美成 公能仁智樂 風月亦多情

■ 鄭西磡

名雲 字鵬路 號西磡 草溪人 先生之姊夫也 成宗癸丑生 自幼英敏 卓然
有高尙之志 在童卝時 博涉書史 名播遠近 判校曹公彥亨 見而奇之 以其
女妻之 年三十五 再捷東科 八魁鄕試 終不登第 筮仕至大靜縣監 ○公與
先生 切磋琢磨 先生每嘆服其才氣 勸讀性理之書 又手賜益州夫子墓碑文
曰 君能一見此 能誦否 公掩卷卽誦 無一字遺漏 先生撫掌嘆曰 王子安之
才 再生人間矣

■ 權安分堂

名逵 字子由 號安分堂 安東人 燕山主丙辰生 以先公命 治功令業 屢擧
不中 忽喟然曰 人之本分事業 在日用彝倫間 何必他求 明宗丙午 以遺逸
除參奉 不就 享文山院 ○先生居憂時 公嘗來吊焉 自後源源遊從 又與李
退溪爲道義交 仁廟乙巳冬 訪先生于山海亭 與之講討 歸語人曰 楗仲有
壁立萬仞底氣像 而涵養工夫 無非從敬義中出來 眞正學也 公之葬也 先
生臨穴哭之

■ 李安分堂

名公亮 字寅叔 號安分堂 全義人 燕山主庚申生 先生之姊夫也 才藝卓
越 樂善好義 一時名流 皆願納交 明宗朝薦授繕工監參奉 後以子俊民貴
贈吏曹判書 ○先生於公 甚加敬重 情誼又甚相孚 嘗與同作頭流之遊 又
爲作永慕堂記

■ 姜慕庵

名瑀 字伯圭 號慕庵 晉陽人 燕山主乙卯生 癸卯中進士 天性至孝 學問
精邃 母夫人疾 湯劑極誠 及丁憂 哀毀卒于喪 方伯以孝聞 英宗甲子命旌
閭 享忠孝祠 ○公與先生 結道義交 相從講磨

■ 尹月塢

名奎 字文老 號月塢 坡平人 燕山主庚申生 性孝友 事親志體兼養 事兄
愛敬兩臻 志又廉介 雖簞瓢屢空 非義不取與於人 酷愛佳山水 又好爲文
辭 以文章著 與李黃江裵洛川朴竹淵崔梅軒諸公 道義相磨 享高靈文淵院
○先生有詩曰 文老才名第一流 從前卜築更深幽 性耽泉石堪棲隱 身厭簪
紳不宦遊 魂夢欲尋迷半路 書筒難遞隔三秋 名場宿債今抛盡 老境光陰亦
不留

■ 姜牧使

名應斗 字極瑞 晉陽人 大司諫烈曾孫 燕山主辛酉生 性至孝 親喪廬墓 啜粥 家富好施 值凶荒 所救活甚多 以薦初補德源敎授 屢遷 至安州牧使 吏民立碑頌德 尋遷星州 以疾辭不赴 贈左承旨 ○公與先生同庚也 相逢 於明鏡臺 握手相歡 作同甲會 留數日而歸

■ 李安樂堂

名希顔 字師聖 號安樂堂 星州人 燕山主癸亥生 孤隱智伯后 淸修拔俗 專精爲己之學 辛卯以才行薦 陞司直 享德鄕祠 ○公嘗聞先生之風 往質 于山天齋 講論經史 留連彌旬 許以道義 因言見靑鶴洞事 先生乃戲之曰 此非鶴也 乃鸛也 子之今行 徒自勞耳 訪鶴而見鸛 訪隱而見吾 惡在其所 得乎 志氣相洽 有如此

■ 李大司諫

名霖 字仲望 大司諫 乙巳被禍 ○先生曰 仲望氷壺玉色 望之者 恚消忿 釋 知其爲忠信人也

■ 盧拙齋

名祥 字景受 號拙齋 豊川人 燕山主甲子生

■ 辛牧使

名嵓 字景立 靈山人 燕山主甲子生 戊寅進士 丙午登第 至牧使 ○先生 撰公墓表有曰 公事親孝 理民和 應事接物以誠 言行無虛僞 位不稱器 爲 人所惜

■ 成南湖

名日章 字子華 號南湖 昌寧人 校理安重子 才藝卓異 文名早闡 十中鄕 解 九捷東堂 竟屈南省 人皆惜之 與姜應奎尹寧姜應台諸公 齊名當世 ○

公之從孫浮查公 入德山 拜謁先生 先生喜曰 子慶氏於我 爲年長之友 子華氏於我 爲相執之友 而交契甚密 故常往來無間矣 今見君 如見故人云

■ 鄭松潭

名白氷 字弘伯 號松潭 草溪人 光儒侯倍傑后 爲人謹厚周愼 好學不倦 侍親疾 嘗糞以驗其差劇 及丁憂 啜粥三年 仁祖朝事聞 旌閭 ○公於先生 爲妹婿 故情誼密勿 推許甚至 其歿也 先生撰碣銘

■ 金陽村

名秀文 字成章 號陽村 高靈人 中宗丙寅生 容儀峻整 器局沉雄 丙申征野胡 復北進 明宗乙卯 牧濟州 討倭寇 褒諭加資 召爲漢城判尹 著制勝方略 行之國中 官至知中樞府事 ○公嘗爲金海府使 創涵虛亭 先生記之

■ 任竹厓

名說 字君遇 號竹厓 豊川人 中宗庚午生 三科 至判尹 ○公祭先生文有曰 顧余微末 宿仰超卓

■ 鄭林塘

名惟吉 字吉元 號林塘 東萊人 中宗乙亥生 官至左相 ○公哭先生詩曰 當年如見用 糠粃鑄羲軒

■ 許草堂

名曄 字太暉 號草堂 陽川人 中宗丁丑生 登第 至監司 謚文憲 ○先生歿 公以詩哭之曰 先生奄忽逝 後學更誰攀

■ 裵臨淵齋

名三益 字汝友 號臨淵齋 興海人 中宗甲午生 登第 至監司 莅職勤謹遇事能辦 奉使天朝 得褒奬皇勅及欽賜蟒龍衣以進 上嘉之 ○公嘗訪先生 以佔畢齋院宇事 問之

■ 姜六庵

名應奎 字士方 號六庵 牧使應斗仲弟 姿稟俊邁 行誼純備 以門蔭補祠官 未赴職而遯歸 起一小亭於居室之左 爲棲息之所 ○公訪先生於方丈山下 講論十餘日 先生之自京還山也 公命二孫陪往于德山 仍師事之

■ 李敬齋

名世柱 字屹叟 號敬齋 月城人 文孝公菊堂蒔后 燕山主戊午生 官至典涓寺直長 享山淸愚溪院 有實紀 ○公從遊於先生之門 以大學就質 先生稱嘆曰 吾以吳子强謂南州一人 今見李君 所謂十室有忠信者 信矣

■ 李孝廉齋

名擎柱 字石礎 號孝廉齋 敬齋世柱弟 燕山主庚申生 官至延豊縣監 享愚溪院 有文集 ○明宗辛酉 公訪先生于德山 宣朝壬申 聞先生訃 喟然歎曰 天喪斯文 吾道何托

● 卷之三 門人

■ 吳健

字子强 號德溪 咸陽人 中宗辛巳生 天性剛毅 執德不撓 學術純正 嘗爲弘文舘侍讀官 入侍經帷 講論精熟 時望蔚然 平生以勉進後學爲心 雖從仕匪懈之日 苟有來問者 指誨諄切 尤致意於家禮小學四書等書 謝仕在鄕家之日 學徒坌集 雖在寢疾 答問不倦 及門受業者 多有名世者 嘗爲吏部郎 用才不苟 如非其人 率多改遞 長官或見憚色 而亦不敢加怒焉 在騎省郎 苙下嚴明 吏不敢干 出入臺諫 讜論直截 不諱時忌 其立心行事 無異古人 官至吏曹正郎 享西溪院 ○公自山陰來謁請敎 先生甚敬重之 使溫習庸學心近等書 講究切至 自是往來侍側 考德而質疑者 殆無虛歲 祭先生文曰 爲學之方 識時之義 提耳警惰 誘掖諄至 先生之葬也 公在門人之首

立于東序

■ 鄭逑

字道可 號寒岡 西原人 中宗癸卯生 兒時手摹先聖畫像 日必瞻拜 及長
棄科擧業 專用力於爲己之學 其見於著述 莫非衛道尊聖繼往開來之具 若
心經發揮一書 則肅宗寶鑑有曰 天使出來 問東方心學祖宗 何以爲對 朝
議皆曰 鄭寒岡心經發揮 可爲東方心學祖宗 宣廟朝 金東岡宇顒李栗谷珥
以遺逸交薦 官至大司憲 戊申以後 羣壬用事 彝倫斁絶 退處山林 屢進疏
箚 懇乞全恩 庚申卒 李東岳安訥挽曰 新安星州舊號 故宅裡 易簀又庚申 以
鄭康成姓 爲朱仲晦身 朝廷不一日 教授幾千人 扶植綱常地 精忠質鬼神
孝宗丁酉 贈領議政 肅宗戊午 賜諡文穆 多士創議建院 星州檜淵 昌原檜
原 成川龍泉 昌寧冠山 漆谷泗陽 沃川三陽 皆揭虔之所也 又配大邱硏經
書院 退陶李先生廟 又從祀川谷書院 程朱二先生廟 木川建竹林書院 忠州建雲
谷書院 皆奉安朱子以先生從祀 ○丙寅 公始贄謁于德山 丁卯先生在山海
亭 公又來侍月餘 質問難疑 先生誨之不倦 異日 先生謂公曰 士君子大節
惟在出處 汝於出處 粗有見得 吾心許之 先生嘗寢疾 公往省之 先生執手
曰 積病沉痼之中 對君說話 怡若披玩王摩詰輞川圖也 壬申 先生卒 赴哭
會葬 克致如一之誠 祭文曰 先生禀天地純剛之德 鍾河嶽清淑之精 才高
一世 氣盖千古 智足以通天下之變 勇足以奪三軍之帥 有泰山壁立之像
有鳳凰高翔之趣 自我而觀之 宜其爲振東方未有之人豪

■ 金宇宏

字敬夫 號開巖 七峯希參子 壬辰進士 丙寅登第 官至副提學 享涑水祠
○公嘗言 先生深戒學者曰 爲學不出事親從兄 若不務此 是不於人事上求
天理 終無實得 又聞 此道理 全在日用處熟 動靜語默之間 存心省察 習於
其事 此乃實學問也 又聞 達道 於博學審問愼思明辨篤行五者 廢其一 非
學也 挽先生詩曰 海嶽之精日宿光 大儒端合佐皇王 誰知着力惟存省 最

是收功在直方 氣節稱公猶可笑 才華論學只堪傷 不知何損知何益 遙寄哀
辭[4]淚滿裳

■ 金宇顒

字肅夫 號東岡 開巖宇宏弟 先生之外孫壻也 中宗庚子生 戊午中司馬
丁卯擢文科 選入玉堂 其在成均館 嘗手抄學制七條 專以修明學敎興化育
材爲本 又上箚條陳七目 又箚論時務八條 又論陳人君爲學之要 作聖學六
箴以陳之 官至吏曹參判 贈吏曹判書 諡文貞 享星州晴川院會寧鰲山祠
○公初謁先生 深服事之 先生以所佩惺惺子遺之曰 此物淸響 解警省人
佩之覺甚佳 吾以重寶與汝 汝其堪保此否 公嘗請敎先生寫雷天二字以贈
之 先生謂公及寒岡曰 汝等於出處粗有見處 吾心

許也 士君子大節 惟在出處一事而已 公爲經筵官 嘗入侍 上問 李滉門
人立朝者 幾人 柳希春對曰 鄭惟一具鳳齡其人也 金宇顒 恐亦是也 公對
曰 臣所居稍遠 不及受業於其門 故徵士曹某臣之所事也 上因問曹某之學
問如何 對曰 躬行踐履之工甚篤 精神氣魄多有動悟人處 故遊其門者 多
有可任事之人 上曰某所敎者何事 對曰以求放心爲務 又以主敬爲求放心
之功 上曰 求放心主敬 皆切己工夫也 先生歿 公撰行狀

■ 李濟臣

字彥遇 號陶丘 鐵城人 中宗庚午生 自少有淸狂之節 見時事將有不靖
之漸 欲淊其名迹 爲淸河敎授 仍佯狂不赴擧 未久 乙巳之禍作 盖有先見
之明也 嘗服仁廟喪三年 爲桐林曲以見志 產業頗饒 而輕財好施 散盡不
惜 或至屢空 而曠然 不以爲意 其爲詩 率意應口 不致精思 而旣得之 人
多傳誦 壬午 無疾而逝 享鼎岡院○公從先生於方丈之下居焉 遇有水石淸
幽 輒移之 無定所 嘗登三嘉金城山 作詩有曰 岩下淸泉新雨水 石間枯竹
古僧栽 先生擊節嘆賞 先生之葬也 會士數百人 吳德溪在門人之首 崔守

---

4) 哀辭:『남명집』부록에는 '哀詞'로 되어 있다.

愚居其次 將題主鄭寒岡金東岡鄭仁弘以爲題主者 當素服 而寒岡尤力主
其議 餘皆宜從國制 着吉服 久未決 公以弊衣破笠 抗手歷位 而進曰 德溪
先生高弟 位望非輕 朝廷大事 尙此參決 宜定于一言 德溪遜辭之 公輒正
色曰 此足下所以得銓曹之地 德溪微哂之 守愚曰 是翁曡鑠

■ 林芸

字彦成 號瞻慕堂 葛川薰之弟 中宗丁丑生 丁卯以薦屢除參奉 享龍門
院 配蘫溪院 ○先生嘗謂公曰 子聰明過人 欲無所不通 只如此 却不是 夫
以堯舜之智 猶急先務 君子不以多能率人 吾儒事 自有內外輕重之別 朱
先生嘗以義理無窮 日月有限 遂棄書藝楚辭兵法等 專意此學 以至集諸儒
之大成 豈非後學之所當法也

■ 裵紳

字景餘 號洛川 星州人 參奉嗣宗子 中宗庚辰生 八歲作盖瓦詩曰 風磨
雨洗碧磷磷 庇得高檐問幾春 我願君王亦若此 鴻恩皆盖九州人 丙申中進
士 以舘薦屢除參奉及別座 昭敬初 與趙月川同被薦除敎官 其寓大寺洞
學徒坌集 至數百人 ○公自拜先生之門 多質問疑義 公曰 或問 先生孰與
嚴子陵 曰 惡 子陵氣節其可跂及與 子陵與吾不同道 余未忘斯世者也 所
願則學孔子也 先生答吳德溪及公書有曰 吾於景餘則勸之 進於子强則挽
而退 祿仕與行道 固有異也

■ 宋師頤

字敬叔 號新淵 礪山人[5] 中宗庚辰生 庚午中司馬 以薦授慶基殿參奉
未幾棄歸 卜居伽川新淵之上 因以爲號焉 環堵蕭然 不蔽風日 衣弊飯糗
人不能堪 而處之裕如 孝友之行 絶出等夷 溫醇樂易 愷悌和平 於聲色名
利 泊如也 歿後 諸生立祠 以俎豆之 ○公受學往來於先生之門 先生稱之

---

5) 礪山人 : 冶爐人의 잘못이다.

曰 宋敬叔眞烏金也 言其有實德隱行 而人不知也 崔守愚堂嚴毅正直 於
人小許可 而至於公 必以禮貌曰 我曹先生待公 亦愛敬云

■ 崔櫟

字大樹 完山人 中宗壬午生 幼而穎秀 開卷通大義 嘗愛讀近思錄性理
大全等書 初受業于徐花潭 花潭見其作詩嘆曰 此眞道體之吟也 乙巳之獄
以隣證被逮 得釋 仁廟初 議擢遺逸 士望多屬公 會上賓事寢 公嘗坐一室
左右圖書 置神仙爐 煮酒茶 燕居若和春 對後生 談論道義 毅然有不可犯
者 ○公遊先生之門 先生見其淸高超邁 兼有容量 甚敬愛之

■ 姜翼

字仲輔 號松菴 又號介菴 晉陽人 琴齋漢孫 中宗癸未生 初從唐谷鄭公
學 鄭公稱之 以龍飛鳳鳴 與梁九拙喜 盧玉溪禛 李靑蓮後白諸賢 爲道義
交 往來切磋 硏賾義理之奧 築夙夜齋於宅南 危坐讀書 飭躬愈勤 又愛登
龜之洞 宅幽勢阻 買田結茅 爲終老計 扁以養眞 四方學者坌集焉 公與伯
兄參同占進士試 丁卯以吳德溪薦除昭格署參奉 將理蕭行而卒 初享于新
溪 後配享藍溪院 ○公聞先生之風 傾心欣慕 先生遊花林洞 聞公之賢 歷
訪焉 甲寅 公入德川 謁先生 講質易學 數月而還 先生每語及公 嘗曰 吾
平生見欺於人 多矣 的然相信 而保無可疑者 惟吾子一人而已

■ 李俊民

字子修 號新庵 贈判書公亮子 先生之甥也 中宗甲申生 姿禀歧嶷 器宇
宏遠 登文科 歷敭中外四十餘年 位至卿相時 朝論歧貳 而一不及黨目 南
藥泉九萬 趙重峰憲 皆許以倜儻奇偉之士 性又至孝 年踰耆艾 而服勤猶
篤 雖冽寒酷暑 定省無闕 公在諫院時 將劾副提學李樑專擅不道之罪 樑
陰嗾其黨 出公爲寧邊判官 自此在外 凡十五年 及樑之竄江界也 公爲府
使 持酒往見 歡若平常 樑不勝愧感 指座右畫屛 請公題詩 公卽書一絶曰
千尋古木連雲起 數畝叢篁繞砌深 棲鳥不猜飛鳥樂 歲寒相對各無心 於此

可見公坦蕩之懷也 及卒 賜諡孝翼 享臨川院 ○公自少擩染於先生之門
深服事之 先生撰永慕齋記 又以詩贈之曰 百憂明未喪 萬事寸無關 姊姪
一千里 星霜十二還 窮霾三月晦 孤夢五更寒 方丈知⁶⁾無負 音書亦獨難

■ 鄭琢

字子精 號藥圃 淸州人 中宗丙戌生 幼有異質 李議政浚慶 善知人 一見
公 甚器之曰 貌猶雌龍 他日必大貴 在京師 有相者 見之曰 君眞仁人 當
濟萬命 壬子中司馬 戊午登第 至左議政 封西原府院君 嘗爲正言時 彈劾
尹元衡專權誤國之罪人 謂有古直臣風焉 壬辰 首發西幸之議 北赴請救
盖中興之功 實基於公 歿後 贈領議政 諡貞簡 享醴泉正道院 ○辛酉 公謁
先生受學 深被推許 及歸 先生贈一牛以騎去 公未解其意 先生曰 君辭氣
太敏 不如用遲鈍而致遠 先生赴召時 公出迎江上 甚執弟子之禮

■ 崔永慶

字孝元 號守愚堂 和順人 中宗己丑生 生有異質 讀史至麥秀歌 嗚咽不
成聲 稍長 口無俚近語 母夫人病 刺臂 血和藥以進 得甦 丁憂 廬墓三年
有虎將猪來 供朝夕奠 値先忌 有獐來入園中 盖誠孝所感也 以遺逸累徵
至持平 皆不起 盧蘇齋守愼 嘗致書曰 執之病 大矣 公答曰 通之害 亦不
少 性嚴正 疾惡不少假 見人趨附勢利 視如塗炭 以故見疾者多 嘗築室于
晋州道洞之竹林中 有菊若干叢 梅若干本 蓮數莖 鶴一隻 及己丑逆獄起
黨人捏造吉三峯之說 又變稱崔三峯 與逆賊會萬場洞 必欲謀害之 及被囚
晋陽 金吾郎爲公欲脫枷 公曰 君命也 不可脫 滿庭吏卒 皆垂涕 又逮繫王
獄 日必面闕坐 未嘗少變 一日神氣遽惡 旁人 皆驚怪 公徐起 大書一正字
顧謂朴士吉曰 公能識否 有頃而卒 金東岡宇顒與洪汝淳 極力伸其寃 贈
大司憲 配享德川院 ○公自京聞山海高風 執筍爲贄 來謁于德川 先生一
見 許以高世人物

6) 知 : 『南冥集』卷1「寄子修姪」에는 '如'로 되어 있다.

- 李光友

字和甫 號竹閣 淸香堂源從子 中宗己丑生 行誼敦茂 學問純正 世稱碩
德君子 河謙齋嘗曰 公雖在亂離奔竄之中 衰暮羸病之餘 不廢誠敬之學
親喪廬墓 啜粥服闋 有婦黨之在要路者 欲授以好官 公力辭之 平生以道
義自勉 肅宗壬午 配享道川院 正廟戊申 享培山院 壬子 享德淵院 ○公弱
冠 與從兄松堂光坤 納拜請敎於先生 志意誠篤 孳孳不倦 先生嘗問中庸
誠敬性道等說 公辨對詳明 先生喜曰 不圖汝之見解 已至此也 先生患疽
背 公日夜侍湯 數月先生下世 公與同門諸公 治喪以儀禮 及葬 又赴之 爲
心喪以終三年 丙子 與崔守愚河覺齋諸公 創德川書院 自後往來祗謁 以
寓羹墻之慕 辛丑 與李茅村河滄洲諸賢 重修德川書院

- 河沆

字浩源 號覺齋 晋陽人 中宗戊戌生 丁卯中生員 耿介淸粹 英才秀拔 再
除參奉 不就 己丑 多士被禍 公裁疏叫閽 欲伸守愚之寃 未果 終身恨之
中年 移居大覺村 因以爲號 晚復還 修舊基 題其堂曰 來復齋 享大覺院
○公弱冠 謁先生于山天齋 甚執弟子之禮 先生愛其有才 且志於學 遂勸
讀小學近思錄等書 自是專尙爲己之學 日事講究 踐履篤實 言行有規 先
生甚器重之 晋鄕志學之士 稍知趣向之方 蓋公爲之先導焉 先生歿 爲服
心喪後 爲德川院長 頗爲一時表率 撰山海淵源錄 失於燹

- 文益成

字叔栽 號玉洞 南平人 進士翁子 中宗丙戌生 天資純正 氣象溫粹 佩服
庭訓 好學不倦 與吳德溪 崔守愚金東岡鄭寒岡河覺齋諸賢 爲麗澤之友
自少能文辭 己酉中司馬 辛酉登第 丙寅 重擢拔英試 歷官 至持平獻納 出
宰州郡 皆有治績 享陜川道淵院 ○公與二兄益亨益明 同學於山海亭 先
生許以力學

■ 朴齊仁

字仲思 號篁嵒 又號靜默齋 慶州人 弘文著作盎六世孫 中宗丙申生 宣
祖甲午 薦授泰陵參奉 又除王子師傅 皆辭不赴 壬寅冬 又被召以王子師
傅 上問敎王子 當以何書爲先 對曰 先賢有先讀大學 以定規模之說 上嘉
之 謂王子曰 得明師勖旃 歷官佐郞縣監判官 顯廟辛丑 享道林院 憲廟丙
午 移奉于平川院 〇己未 贊謁先生 與及門諸賢 討論經義 先生曰 巴陵高
士朴某 難兄難弟 壬辰 兵燹 德川院宇見燬 江右諸賢 創議重建 公作詩遠
寄曰 畬灰輩燼整頹甀 棟宇重新尙宛然 精爽洋洋如陟降 豆籩秋秋儼恭虔
天王蒼翠昔顏面 潭水澄虛舊活泉 惟願千秋恒勿替 潔尊肥俎禮無愆

■ 李天慶

字祥甫 號日新堂 陝川人 中宗戊戌生 性至孝 十歲遭先考憂 執喪如成
人 事母極盡誠敬 及遭艱 服未除而遭壬辰亂 抱木主 負祭器 行必具 朝夕
上食 不以顚頓困乏 而一日或廢 値喪期 有雉罹木牛折橋之異 得以供需
人皆服其孝感 轉至北郡永平 居民見公行誼 有多化之 晚年 築精舍於故
山閑靜處 扁曰 日新堂 仁廟朝 贈參判 享丹城淸谷院永平淋流院 〇公早
薰襲於先生之門 廢擧子業 固守林泉 以終老焉

■ 鄭構

字肯甫 號永慕庵 慶州人 吏曹參議次恭玄孫 中宗壬午生 以孝薦除陰
城 不就 更除山陰縣監 因以榮養其親 及親歿 口不入勺水者 八日 易戚備
至 柴毁尤甚 始公養親時 猛虎納獐 居廬時 神衲饋荢鼎 朝野聞而異之 國
恤方喪三年 家藏御筆 有時奉玩 必焚香四拜 見丹邱誌 〇公早及門受學
居憂時 先生貽書 戒其傷孝

■ 李晁

字景升 號桐谷 星州人 中宗庚寅生 醇虛有氣量 早孤 能自奮爲學 宣

祖[7]丁卯 登文科 出爲東萊護送官 倭服其廉潔 有六月淸氷之稱 其在晋慶
二州敎授 嚴立學制 以勵士風 入爲司憲府監察 忤權貴 解官歸 後除縣監
銓郎 皆不就 肅廟己巳 享杜陵院 ○公少受學於先生之門 專心向裏 自日
用彛倫應事接物 以至天德王道 無不硏精體究 尤邃於易學 得師門啓發者
多

■ 具忭

字時中 綾州人 中宗己丑生 壬子中進士 戊午登文科 奉事寺正 歷翰苑
銓郎 ○丙寅 先生赴召入都下時 滿朝縉紳 如見瑞鳳景星 爭來拜謁 稟學
質疑 公亦同時贄謁問業 誠心尊慕 及先生歿後四年丙子 士林將營德川書
院 時公以州牧莅郡 與崔守愚河覺齋孫撫松柳潮溪河寧無成諸公 協心創
建 捐俸敦事 極其宣力焉 祭先生墓文有曰 鶴書催召 路出孤峰 枉顧苦磯
得趨下風 復拜王京 接話從容 指論懇懃 開示盲聾

■ 李光坤

字厚仲 號松堂 淸香堂源子 中廟戊子生 公好善嫉惡 出於天性 丁憂 廬
墓啜粥 哀毁踰禮 與吳德溪崔守愚鄭寒岡河覺齋諸賢 契分甚厚 逮壬丁之
亂 入平關之定平 見北俗貿甚 雖亂離流寓之中 必諭之以學 敎之以禮 後
郡人立祠鼻白山下 以俎豆之 ○公早及門請益 佩服師門旨訣

■ 權文任

字興叔 號源塘 安分堂逵子 中宗戊子生 明宗甲子 中進士 宣祖丙子 登
文科 官至檢閱 憲廟甲辰 配享文山院 ○明宗丙午 以先公命就學于先生
乙丑 與吳德溪都養性軒諸賢 陪先生 遊智谷斷俗諸寺刹 壬申 先生卒 公
操文以祭曰 氣分光嶽 學承程朱 性齋許文憲公 撰公碣曰 篤行孝友 力踐
敬義

---

7) 원문에는 '英宗'으로 되어 있으나, '宣祖'의 오자이므로 수정하였다.

■ 盧欽

字公信 號立齋 光州人 中宗丁亥生 甲子生員 以薦除參奉 至察訪 ○先生嘗曰 公信學究敬義 聞道甚早 又曰 君不見撑上水船乎 放寸則退下十丈 更須勖勵

■ 全致遠

字士毅 號濯溪 完山人 從仕郎緝子 中宗丁亥生 八歲 遭外艱 服喪以禮 旣長 中成均進士 壬辰亂 乘輿西幸 公募鄉兵討賊 與倡義諸公 遮絶洛江 賊不敢渡 癸巳 以功除沙斤道察訪 享草溪淵谷院 ○公贊謁先生之門 先生甚器重之 先生墓碑之文 成大谷所撰 而公書之

■ 林希茂

字彦實 號藍溪 羅州人 中宗丁亥生 天稟甚高 才識卓越 明宗戊午 登別試文科 入槐院 拜學諭正字 歷持平掌令 行左右承旨 歷錦山淳昌密陽蔚山綾州五邑守宰 公知時勢之日非 又以親老 休官乞歸 與吳德溪健李靑蓮後白姜介庵翼梁九拙喜爲道義交 ○公與姨兄盧玉溪禛 同受學於先生之門 己酉 陪先生 遊甘岳山 有浴川詩 丙寅春 又陪先生 遊安陰三洞 賦詩而歸 先生贈詩曰 碧峰高插水如藍 多取多藏不是貪 捫虱何須談世事 談山談水亦多談 公祭先生文有曰 小子無狀 累承諄諄 敬奉末言 尙今盈耳

■ 郭赳

字泰靜 號禮谷 玄風人 中宗辛卯生 戊午中司馬 明廟朝 京外多士 討妖僧普雨之罪 推公爲疏首 壬申冬 以舘薦 初授造紙署別提 癸酉 以便養換任金泉察訪 乙酉 又除松羅察訪 丙戌 朝廷以學行薦爲司圃別提 自松羅赴京 尋除鴻山縣監 是年 陞授軍資監判官 縣民立石頌德 纔閱月 除醴泉郡守 後以倡義討賊 超陞爲禮賓寺副正 享昌寧冠山院 玄風道東別祠 ○公嘗納拜先生 誨諭諄諄 叩竭無餘 有所警發

■ 趙宗道

字伯由 號大笑軒 咸安人 中宗丁酉生 戊午中生員 以遺逸歷典五邑 有治績 壬辰 倡義 丁酉 爲咸陽郡守 殉節于安義黃石山城 贈吏曹判書 諡忠毅 命旌閭復戶 累蒙賜祭 特命銓曹 調用子孫 事載三綱行實錄海東名臣錄 享咸安德岩安義黃岩晉州慶林諸院 ○己未 公隨其外舅李新庵俊民 贊謁于先生

■ 李琰

字玉吾 號雲塘 一號安溪 鐵城人 副司直磁子 靑坡陸玄孫 器度雄偉 容貌秀麗 早致力於小學 尤用工於大學 誠意章以不欺謹獨爲日用工夫 與崔守愚河覺齋諸賢爲道義交 剖析義理 又有玉笛相和 後以薦除南部參奉 不就 所居槽洞 築臨淵亭 日嘯咏其上 年五十一而卒 病篤 時守愚覺齋柳潮溪河寧無成諸公 來會問疾 公曰 無以我先逝爲痛 數年之後 當羨我先死 及己丑士禍作 守愚潮溪 皆被禍 人皆服其先見之明 享鼎岡院 ○及門受業

■ 河應圖

字元龍 號寧無成 晋陽人 中宗庚子生 癸酉中進士 氣宇軒豁 不拘小節 以薦除召村察訪 癸巳 城陷之後 本州蕩析無餘 體察使李元翼 請於朝 除公爲判官 後拜綾城禮山二縣 皆有政績 享大覺院 ○公早摳衣於先生之門 知所趨向 先生聞退陶訃傷悼曰 斯人云亡 吾亦不久於世 錄士喪禮節要一册 以授之曰 吾歿 以此治喪也 先生歿後四年丙子 公與崔守愚河覺齋諸賢 創建德川書院 以基址數百畝 屬于院

■ 金孝元

字仁伯 號省庵 善山人 中宗壬寅生 甲子司馬 乙丑登魁科 至府使 ○先生答公書有曰 公資器溫良 灑掃應對 幼穉習慣事也 於今直把大學者 傍

探性理大全一二年 常常出入於大學一家 雖使之燕之楚 畢竟歸宿本家 作聖作賢 都不出此 要須壁立千仞 頭分支解 不爲世俗所移 然後方可做成吉人 先生歿 公以詩哭之曰 追惟昔年夜 愚魯近光輝 誘掖回迷走 充盈見實歸

■ 朴潔

字景淸 號雪峰 密陽人 中宗戊戌生 天性嚴毅 器局峻整 年十七丁外艱 哀毁踰禮 年二十 從事學文 累擧鄕解 竟不中 居家內外斬斬 如朝廷 終日危坐 博涉古聖賢人書 不以家事經心 律身行己 必以古爲準 性癖山水 酷愛立岩泉石 誅茅結廬爲藏修之所 ○公自出入門下 便絶意名利 與鄭寒岡金東岡 相從講磨 祭先生文略曰 小子不敏 狂愚踈昧 晩幸得操几杖於門廡之下 獲聞先生宏偉正大之論 有以變化其氣質者多

■ 權世倫

字景彝 號仙院 安東人 花原君仲達后 中宗壬寅生 庚午中司馬 天資眞淳 操守貞固 與吳德溪相從講磨 刻意鑽勵 親喪廬于墓側 泣血三年 柴毁骨立 竟以是不起 鄕里咸痛惜之 李雲牕時馩 特書其事 載丹邱誌 ○公出入先生之門 得聞爲己之學

■ 河晋寶

字善哉 晋州人 中宗庚寅生 乙卯登第 爲承文院正字 翰苑銀臺春坊騎曹霜臺柏府 靡不歷敭 外知州府事者五 嘗牧星州 倉儲數十萬斛 陳腐不可食 公散二而收一 一州飮德 國計 亦不竭焉 ○公嘗在柏府時 論劾尹元衡專權誤國之罪 先生致書稱奬 公又嘗爲金海府使 與鄕人創立先生新山書院于山海亭舊址

■ 李魯

字汝唯 號松庵 鐵城人 中宗甲辰生 穎異秀拔 慷慨有志節 庚申 聞丁游

軒憒謫居巨濟 遂往學焉 甲子 中進士 宣廟己巳 上疏伸辨乙巳忠奸 甲申 除奉先殿參奉 庚寅 登第 疏訟崔守愚之冤 辛卯 以直長擬答日本書 辭嚴而理正 上封事 論切時事 壬辰 在京 聞邊報日急 與趙大笑軒宗道偕詣 西厓柳相國言 南下倡義 道發檄文 通諭列郡 又以召募官 行郡縣 起義旅 招粮繼軍 後招諭使金公褒聞 除典籍 屢轉至比安縣監 有治績 丁酉[8] 拜正言 尋遞李公元翼爲都體察使 公爲參與官 多所謀劃 患瘴歲餘 卒于金山 英廟乙酉 贈禮曹參議 純廟壬申 贈吏曹參判 丁丑 贈吏曹判書 高宗辛未 賜諡貞義 享洛山院 ○癸亥 公與二弟 入德山 拜先生 仍師事之 先生見而嘉之 教誨諄至 先生歿 公爲文以祭之

- 盧錞

字子協 號梅窩 新昌人 明[9]宗辛亥生 壬辰起義旅 有功 ○公得聞敬義之說 心悅誠服 先生嘗過之 公使人謝致齊之意 先生稱嘆曰 子協學聖人之所愼

- 金弘微

字昌遠 號省克堂 商山人 明[10]宗丁巳[11]生 登第 歷敭淸顯 至副提學 ○先生歿 公爲文以祭曰 天之生賢 盖亦不數 曰惟先生 應期而出 剛大直方 千仞壁立 超乎其操 浩然有詣 孔孟緒論 神格心契 奮爲志操 百世爲師 發爲文章 萬丈光輝 平生大志 鑄世虞唐 世路崎嶇 孟門太行 又曰 顧惟薄劣 謬承善誘 或係微官 且緣靡鹽 病不躬問 葬不執紼 言念及此 長痛哽塞

- 趙瑗

字伯玉 號雲岡 林川人 登第 至承旨 ○公嘗事先生 先生以佳士許之 祭

---

8) 원문에는 '丑'으로 되어 있으나, '酉'의 오자이므로 수정하였다.
9) 원문에는 '中'으로 되어 있으나, '明'의 오자이므로 수정하였다.
10) 원문에는 '中'으로 되어 있으나, '明'의 오자이므로 수정하였다.
11) 원문에는 '丁巳'가 빠져 있다.

先生文有曰 日乾夕惕 望之儼然 人不敢不畏 曲盡情禮 條暢細微 人不敢
不愛 小子獲拜皐比 教誨諄諄 說與要妙 指授向方者 曾不出乎居敬窮理

■ 李瀞

字汝涵 號茅村 載寧人 性明敏 有幹事手段 壬亂 倡起義旅 累立奇功
官至牧使 享大覺院 ○公弱冠 與弟瀟就學于先生 及後德川書院爲兵火所
燼 遺址蕪沒 公與陳斯文克敬河斯文憕 協謀重創 廟堂齋舍 一遵舊規

■ 成汝信

字公實 號浮查 昌寧人 右尹斗年子 明宗丙午生 自幼穎悟絶倫 年十四
盡讀三經外傳 能制詩賦 論策 筆法又名當世 十八 作雲鶴賦 魁方伯巡課
方伯擊節嘆賞 己酉中生員 甞有經濟之志 以稷臬自比 癸丑 魁東堂試 見
世道昏亂 不復會講而歸 築浮查亭 以爲藏修之所 作枕上斷編十八條 立
養蒙志學二齋 聚子弟敎之 作東儒贊 以寓慕 丁酉再亂 列郡瓦解 與次子
鏞赴火旺山郭忘憂陣 謀劃軍事 有倡義同苦錄 亂後 學校盡廢 爲修鄉約
獎進後生 講明絶學 於是儒風大振 晩與鄭桐溪李雪壑大期李芝峰宗榮
設鷄黍約 效古人眞率之會 後與二三同志 共撰州誌 享晋州臨川院昌寧勿
溪院定平鼻白祠 ○宣廟戊辰 與同儕讀書于斷俗寺 見僧休靜撰三家龜鑑
以儒置末 公憤然命僧徒毀佛火板 因入德山 謁先生 先生曰 後生輩 務爲
調適 則未見其進就 盖許以狂狷也 公因受尙書 先生見其講義明透 大加
稱獎曰 已造篤實地頭 辛丑 與諸賢重建德川書院 題先生位版 每春秋享
祀 必參曰 奠酌俯伏 如聞謦咳 其思慕之誠如此 又手書先生所定婚喪之
禮 必講行焉

■ 柳宗智

字明仲 號潮溪 文化人 明宗丙午生 氣質淸高 胸次灑落 無一點塵累氣
時人稱秋霜氣節 霽月胸衿 自少好學 文藝夙成 以學行再除參奉 不就 與
崔守愚志同道合 每論天理人欲公私邪正之辨 議論正直 是非明白 性又剛

介 嫉惡如探湯 由是不悅者多 及己丑逆獄起 黨人乘機構誣 凡異己者 必欲盡殺 乃已 一時賢流 多被其禍 公竟栲死王獄 士君子咸痛惜之 後二十年 嶺南儒生及舘學諸生 上章伸雪 享大覺院 ○癸亥 公謁先生于山天齋 受敬義之訣 先生甚器重之 嘗與江原監司書有曰 今有門生柳宗智 好學不倦 更欲豁胸名山探向楓岳 又答柳海龍書曰 江表有柳君明仲者 爲人謹厚 請君往從之 嘗手抄士喪禮節要一冊 付于公曰 吾歿 以此治喪 辛未冬 先生寢疾 公侍湯不少懈 翌年壬申 先生易簀 治喪凡節一遵遺命 心喪三年 宣祖丙子 公與崔守愚河覺齋河寧無成孫撫松李茅村諸公 合議創建德川書院

- **李大期**

字任重 號雪壑 全義人 明宗辛亥生 官至刑曹正郎 己丑 疏雪崔守愚之冤 壬辰倡義 與金鶴峰郭忘憂諸賢同苦 甲寅 伸救鄭桐溪 被責流白翎島 仁廟癸亥 蒙恩還鄉 光海乙卯 修正草溪鄉案及鄉規 有文集及謏聞錄 享淵谷祠淸溪院 ○明廟癸亥 公來學于雷龍亭 深服事之

- **郭再祐**

字季綏 號忘憂堂 玄風人 監司越子 明宗壬子生 先生外孫婿也 器宇宏遠 識周庶務 嘗從事文學 兼通武藝 宣廟壬辰 倡義討賊 屏妻孥托其友 傾家財募壯士 據新反之粟 取草溪之兵 設施號令 雷厲颷飛 自稱天降紅衣將軍 盖戰無不勝 軍聲大振 官至漢城左尹咸鏡監司 錄宣武一等勳 卒之日 雷雨大作 紫氣冲霄 雖深山窮谷 莫不震駭焉 贈兵曹判書 諡忠翼 享禮淵院 ○丁卯 公始來學于山天齋 受論語

- **孫天祐**

字君弼 號撫松 密陽人 形容雅端 天性勤厚 事母至孝 多有感動人處 奉祭一出於誠 行己無一點瑕疵 享大覺院 ○公早聞先生之風 入德山執贄請學 先生見其有遠大之志 遂勸讀小學近思錄性理等書 宣廟辛未 先生聞退

陶訃 傷悼曰 斯人云亡 吾亦不久於世 錄士喪禮箭要一册 以授公及河寧
無成柳潮溪等曰 吾歿 以此治喪也 壬申 聞先生疾劇 與李竹閣寧無成潮
溪李茅村李陶丘林藍溪朴雪峰來診 先生又召公等數人 命治喪之節 及葬
公爲文以祭之 宣祖丙子 與崔守愚河覺齋潮溪寧無成州牧具忭及道內士子
合謀 創議建院

■ 李濟臣

字夢應 號淸江 全義人 五歲知讀書 往往有驚人語 八歲 遭王父喪 能懺
以禮 稍長 嶷然能自樹立 官至參判 ○公來拜先生 先生期以遠大 嘗爲晋
州牧 操文祭先生 有謦承手符敬義雷天之語

■ 陳克敬

字景直 號柏谷 驪陽人 爲人剛直 見義必勇 好善嫉惡 出於天性 人以慷
慨士稱之 有遺集 享鼎岡院 ○宣祖戊辰 公與遠近士友 讀書于斷俗寺 又
往拜先生於山天齋 自後出入門下 壬辰亂後 與李茅村河滄洲諸賢 重建德
川書院 仍爲院長

■ 河天澍

字解叔 號新溪 有氣度 外和內剛 事父母甘旨溫凊 無敢少懈 慣士風汙
穢 每有揚淸激濁之志 不幸早世 士流惜之 享鼎岡院 ○公初謁先生 學近
思錄 又遊鄭寒岡之門 寒岡甚器重之

■ 愼公弼

字士勵 號靜齋 居昌人 宣廟朝 官參奉 性軒昂不羣 不以外物動其心 壬
亂 避兵于咸興 及卒 享松島院 ○公贄謁請敎 先生一見稱之曰 此人天禀
淸高 知識通明 雖嘗學詩禮者 殆不及 所謂家有名士 三十年不知者也 何
相見之晩也

- 李瑤

字守夫 宗室慶安令 性癖山水 凡名勝地 足跡殆遍焉 ○公從先生 受性理之學 人稱豪傑之士 先生答公書有曰 惟冀無替所學 宗室中挺 有如公者 幾人 所憂 只在汗血之行 中道而止也

- 李純仁

字伯生 號孤潭 全義人 中宗癸巳生 登第 歷踐淸要 官至都承旨 贈吏曹參判 ○公嘗拜謁先生之門 不憚遠路 喜得聞道焉 先生歿 公以詩哭之曰 邵子辭徵日 文公遇遜辰 工程惟敬義 方寸具經綸 嫉惡剛腸在 憂時老涕頻 平治天未欲 無祿此東民

- 李喜生

字景胤 進士 ○公與盧玉溪禛 同事先生 有高才 能文章

- 吳僩

字毅叔 號守吾堂 丙午生 德溪健從弟 ○公自及先生之門 論議益精 操行益勵 專心實學 手不釋薛文淸讀書錄

- 宋寅

字明仲[12] 號頤庵鈍夫 中廟駙馬 能文善書 尊賢好士 一時名流 皆愛重之 ○先生待之以端士 不以王門豪客視之 丙寅 先生赴召時 重尋蕩春臺 公設依幕于藏義門內 邀先生經過 先生曰 白面都尉 敢招黃髮先生耶 終不入見云

- 河洛 ○見編年及東國文獻錄

字道源 號喚醒齋 晋陽人 中宗庚寅生 戊[13]辰中進士 壯元生員第二 後

---

12) 원문에는 '明仲'이 빠져있다.
13) 원문에는 '壬'으로 되어 있으나, '戊'의 오자이므로 수정하였다.

薦爲王子師傅 癸未 上疏伸救朴思庵李栗谷成牛溪 蒙優批 壬辰之亂 與子生員鏡輝 牽家僮 同赴尙州城 遇賊死之 鏡輝以身翼蔽俱死 公贈左承旨 享道東院 ○公贄謁先生之門 讀心近之書 講易禮之學 經之以孝悌忠信 緯之以格致誠正 嘗曰 學問思辨之敎 敬若神明 敬直義方之訓 昭如日星

■ 金沔 ○見編年

字志海 號松菴 高靈人 中宗辛丑生 氣度峻整 慷慨有大節 宣廟初 擧孝廉 除參奉 不就 俄以遺逸 陞六品職 壬辰亂 涕泣奮起 牽鄕兵討賊 軍聲大振 宣廟賜書褒嘉 尋拜右道兵馬使 至有恢舊業 匪爾伊誰之敎 病卒于軍中 贈吏判 享道岩祠 ○公弱冠 從先生學 得聞敬義之說 尤喜讀二程全書 與鄭寒岡友善 講論不怠 學者多歸之

■ 都希齡 ○見編年

字子壽 號養性軒 星州人 生員得麟子 中宗己亥生 庚申擢殿策及第 朝野賀得人 乙丑 以正字遷弘文舘著作 尋除奉常寺奉事 時文定王后新陟 妖僧普雨 出入宮闈 扇亂朝廷 權奸用事 太學及三司方討普雨之罪 李公鑑武人也 來見公請製疏 一時善類 如鄭藥圃奇高峰 日相過從論事 公始雖黽勉從仕 非其樂也 九月與吳德溪幷辭官 歸鄕里 有文集 ○公初師鄭唐谷希輔 後贄謁于先生 得聞敬義之敎 仍遍遊佳山水 先生之遊智谷及斷俗寺也 公數日陪從講道論禮 鳳城北甘岳山下 有鋪淵 先生詠浴 有浴川詩一絶 公卽次之詩曰 鋪淵淨處日當午 溯得眞源興未休 滌濯塵心知幾許 浴沂千載擅風流

■ 吳澐 ○見編年

字大源 號竹牖 中宗庚子生 辛酉中生員 官至府尹 壬辰 與金鶴峰郭忘憂堂討賊 有勳 屢入褒啓 晚年退閒 無意進取 所著有東史纂要八卷文集三卷 刊行于世 享榮州寒泉院 ○戊午 公拜先生於山海亭

296

덕천사우연원록 德川師友淵源錄

■ 崔滉 ○見編年及李白沙集

字彦明 號月潭 海州人 中宗己丑生 生而多疾 年十五 猶不學 一日 忽自請於外舅韓脩曰 願得一書 從事於師 韓公奇其志 以小學與之 卽往李仲虎門 受不過一行 而通宵不懈 如是者三月 而文義驟長 戊午 中進士 丙寅 捷文科 官至左贊成 贈領議政 封海城君 ○公聞先生承召入京 贄謁請學 先生甚器之

■ 俞大修 ○見編年

字士永 漢陽人 明[14]宗丙午[15]生 牧使 ○公嘗來謁于德川 先生一見稱許 開陳義理之說 公深服膺焉 臨別 至涕出 先生歿 操文以祭之 略曰 先生道大德高 行義聞於一世 才智周乎萬變 氣像嵬峩 有壁立千仞底意 胸衿灑落 貯氷壺秋月而愈明 孝友之行 素著於家 性理之論 不絶於口 見之者感慕 聞之者興起 雖肥遯山林 隱約終身 而未嘗一日忘天下國家之憂 嗚呼 先生三代以上人物也

■ 鄭復顯 ○見編年

字逡初 號梅村 瑞山人 中宗辛巳生 瑞山君仁卿后 公築室於濡溪上 扁曰霽光堂 又愛會稽山水之勝 置精舍數架 逍遙自適 及喪二親 皆廬墓三年 制闋 築雲鶴亭于馬川 日與姜介庵翼邊桃灘士貞 講論心經性理等書 所著有心學傳書易理演說訓蒙篇 幷失於燹 正廟丁酉 享居昌瀯濱院 ○壬戌 公拜先生于德川 仍留門下 講質詩書 先生喜曰 君可謂起余而相長者也 屢月乃還 後與吳德溪候先生于鏡湖畔 有唱酬詩

■ 鄭之猻 ○見編年

字獜瑞 號棲岩 西磵雲子 中宗庚辰生 姿禀高明 器度豪爽 嘗從事功令

14) 원문에는 '中'으로 되어 있으나, '明'의 오자이므로 수정하였다.
15) 원문에는 '丙午'가 빠져있다.

業 五魁東科 七擧鄕試 皆落第 己卯士禍作 遂絶意榮宦 秘跡林泉 自號林泉處士 某甲 除宣略將軍忠順衛 ○公嘗受學于先生 不過數年 文辭大進 先生大奇之曰 英敏如此 鄭氏之福 盖未艾也 先生卒 公爲製師服終制 忌日 必齋素 終身不廢

■ 朴齊賢 ○見編年

字孟思 號松嵒 慶州人 弘文著作盎六世孫 中宗辛巳生 以遺逸薦調繕工監假監役 配享坪川院 ○公與弟齊仁 往德山 謁先生 講質疑義 得師門高獎 壬申 居憂中 承先生訃 爲位而哭 行心喪之制 過先生兎洞舊居 有詩曰 松壇高數仞 夫子有餘風 何日函筵下 閔琴點瑟同

■ 鄭惟明 ○見編年

字克允 號嶧陽 八溪人 進士 贈吏曹參判 ○癸亥 先生往灆溪 謁一蠹鄭先生祠 公與姜介庵鄭梅村林藍溪諸賢 來謁會講 丙寅 先生率諸生 會智谷寺 公又與姜介庵金東岡鄭梅村都養性林藍溪盧徙庵諸賢來 屢日講論

■ 梁弘澍 ○見東國文獻錄
字大霖[16] 號西溪[17]

■ 房應賢 一名應周 ○見東國文獻錄

字俊夫 號沙溪 南陽人 中宗甲申生 天性純粹 六歲喪考妣 執禮如成人 早廢擧業 力學守志 享楡川院 ○公自拜先生 專意於向上 仰思俯讀 竆日夜孜孜 講究義理 嘗曰 名敎中 自有樂地 先生題公茅亭詩曰 莫嫌衣白長咬菜 盤面頭流食不竆

■ 金信玉 ○見東國文獻錄

---

16) 원문에는 '大霖'이 빠져 있다.
17) 원문에는 '西溪'가 빠져 있다.

字公瑞[18] 號雙峰[19]

- 梁應龍 ○見晉陽誌

字士雲 性質淸秀 不妄交遊 出入先生門下

- 金勵 ○見晉陽誌

字勵之 性質狂簡 見人不善 若將浼焉 出入先生門下

- 李郁 ○見朴凌虛師友錄

字文哉 驪興人 聰睿能文章 早捷生員 壬辰之亂 以義兵將入晉陽城 城陷殉節 贈戶曹佐郎 享彰烈祠 ○公早遊先生之門 聞天人性命之說 遂立志堅介 慷慨自勵 終身佩服云

• 卷之四 德川師友淵源錄

- 朴淳

字和叔 號思菴 忠州人 中宗癸未生 癸丑登第 至領議政 諡文忠 ○公晚登先生之門 聞敬義之學 先生承召入京 公數宵侍立 講質疑義 及歸 出餞漢江 先生歿 賦哀詞一闋曰 守分心長逸 匡時道未陳 乾坤收正氣 泉壤閉高人

- 李陽元

字伯春 號鷺渚 全州人 中宗丙戌生 明宗丙辰登第 至領議政 諡文憲 ○公嘗來謁先生于山海亭 論道講書 又指先生敬義釰而言曰 此釰得無重乎 先生曰 吾恐相公腰下金帶爲重也 公謝曰 材薄任重 恐未堪也

---

18) 원문에는 '公瑞'가 빠져 있다.
19) 원문에는 '雙峰'가 빠져 있다.

■ 李山海

字汝受 號鵞溪 土亭之菡從子 中宗己亥生 辛酉[20]登第 至領議政 ○公
哭先生詩曰 道喪吾何托 天高問莫聆

■ 尹根壽

字子固 號月汀 海平人 中宗丁酉生 聰明穎悟 十歲通孝經四子等書 能
曉歷代史跡 以副修撰 請伸雪趙靜菴 丁亥以進賀使朝京 禮部尙書于愼行
見其文大驚曰 藩邦有人矣 封海平君 謚文貞 ○公爲慶尙監司時 與多士
創建德川新山兩院 又有挽先生詩

■ 鄭仁耉[21]

字德裕 號文庵 瑞山人 中宗甲辰生 壬寅以遺逸除司宰監僉正 辭不就
光海嗣位 彝倫斁絶 遂杜門屛跡 爾瞻輩 聞公名以書招之 公以詩絶之曰
松柏本直 難爲桃李顔 與李浣石亭李山南兩賢爲道義交 享雲溪院 ○公
自少志于學 拜謁先生 先生許以篤學

■ 朴潤

字德夫 號竹淵 高靈人 中宗丁丑生 孝友出天 母夫人疾 嘗糞痛泣 丁憂
廬墓三年 築數間精舍 扁曰竹淵 兄弟三人 日遊詠於其上 李黃江希顔裵
洛川紳來 講學論道 宣祖朝 以孝蒙㫌 事載三綱行實錄 享高靈文淵院 ○
公嘗來謁于雷龍亭 仍師事之 後先生往遊竹淵亭 有詩曰 王謝風流數嶺南
多君諸子出於藍 獨憐幽竹扁爲號 其德元來不二三 次晬宴詩曰 㴑水遙從
百里流 洛神還與女深幽 參差亂羽銀魚冒 高下飛絲野馬遊 鶴髮苔深多歲
月 莉花香發小春秋 老來泉石廉於利 未作蘇黃十日留

---

20) 원문에는 '丑'으로 되어 있으나, '酉'의 오자이므로 수정하였다.
21) 원문에는 '耋'으로 되어 있으나, '耉'의 오자이므로 수정하였다.

■ 李宗榮

字希仁 號芝峰 慶州人 中宗辛巳生 辛卯中生員 壬寅疏伸崔守愚之冤
乙巳 錄原從勳 以孝蒙旌褒典 憲宗丁未 享陶溪院 有文集 ○早歲及門

■ 崔源

字道宗 號鶴谷 陽川人 中宗庚午生 性至孝 親病嘗糞 以驗其差劇 及歿
廬墓三年 虎守廬外 精於理學 爲世推服 ○公遊先生之門 與及門諸賢講
磨道義

■ 朴澤

字恭夫 號樂樂堂 竹淵潤弟 中宗辛巳生 聰明絶人 行誼純備 尤深於易
學 裵洛川紳撰行狀 有文集 享高靈文淵院 ○公嘗贄謁于先生 先生見公
所著克己箴 嘆賞不已曰 恭夫誠一之工 於此可見

■ 田有龍

字見卿 號蒿峰 竹軒潭子 中宗丙子生 性廉介高潔 不求名利 且有膽略
婦翁竹閣李公甚奇之 壬辰之亂 從郭紅衣將軍討賊於火旺山城 又與蘭皐
南公 沿江防守 列邑賴安 亂平 以軍功授司憲府監察 載宜寧誌忠勳篇及
壬辰倡義錄 ○公幼從外祖李陶丘學 又出入先生之門 亟被奬詡

■ 李昌

字昌之 號楸岡 星州人 中宗己卯生 明宗丙午中進士 己酉參增廣試文
科壯元 及出爲三陟府使 上以公爲神德王后外孫 命往尋貞陵 再操文以祭
之 官至繕工監正 歷軍資監正 ○辛酉 公與弟晃 贄謁請敎

■ 愼文彬

字□□ 號鋪淵 居昌人 中廟己卯生 官至上護軍知中樞府事 壬辰亂 老
病未得赴義擧 兵糧及壯丁 送至金鶴峰幕府 以爲應援 ○明宗己酉八月

先生遊紺岳山 觀鋪淵時 公居在龜獅 鋪淵在其村邊 故以迎送爲禮 先生
一見公 加愛多所訓誨 公亦感其厚愛 心甚敬服 亦有問業焉

■ 姜瑞

字叔圭 號梅谷 慕庵瑀弟 中宗庚午生 丁酉中進士 丁父憂 哀毀滅性 中
宗甲辰 命旌閭 ○公早遊先生之門 及其歿也 先生作挽詞以悼之 又爲之
撰墓表 載先生集中

■ 李曇

字曇之 號寒泉 星州人 中宗甲申生 蔭忠義衛玉浦萬戶 ○甲子 公與弟
桐谷晁 入德山 拜謁先生于橡室 自後往來受敎

■ 許彭齡

字天老 號晩軒 金海人 中宗戊子生 貞節公麒五世孫 含章鏟彩 肥遯丘
園 以薦除懿陵參奉 不就 ○公少時 從事弓馬 及拜先生于雷龍亭 聞敬義
之訣 歸語人曰 吾儒許多事業 在此而不在彼 遂廢舊業 往來師事 學益博
行益修 所居室 扁以晩軒 蓋以聞道晩也 後與多士創先生院宇于晦山之下
每於月朔 趨拜焚香 老而不倦 其篤信好學 有如此

■ 權文顯

字明叔 號竹亭 安分堂逵子 中宗甲申生 早業科文 累擧不中 有自挽詩
以自悲 ○公受學於先生之門 與李淸香琴惺齋諸賢 參雷龍亭講座 論理氣
因唱酬 及先生歿 與弟文任 爲文以祭之

■ 河魏寶

字美哉 牧使禹治孫 中宗丁亥生 姿稟純粹 學問精博 戊午中生員 屢捷
發解 在泮宮數年 舘中諸儒 皆敬慕公德量 公與弟司諫晋寶生員國寶 征
邁交修 與崔守愚河覺齋爲道義契 養德林泉 以訓迪一方學者 有子十一人
多有名世者 後累贈至吏曹判書晋平君 ○公嘗出入先生門下 雖不執經問

難 多蒙眷愛

■ 朴啓賢

字君玉 號灌園 密陽人 中宗甲申生 登第 至兵曹判書 ○公哭先生詩曰
一爲多士痛 不敢哭吾哀

■ 權文彥

字俊叔 源塘文任弟 中宗庚寅生 氣宇豪俊 以孝友稱 贈兵曹參議 ○公
從諸兄往來門下 獲聞敬義之學 深服事之

■ 裴祺壽

字晋益 號大惺齋 盆城人 林塘愼忱子 中宗壬辰生 早襲庭訓 博通經史
且嫻兵書 智略出羣 壬辰亂 擧義旅 與從子義重武重 率家僮 奮挺而出 壯
士林聖春 亦願從牛峙之役 義聲稍振 歿后 贈司僕正 ○公弱冠 謁先生于
德山 聞性理之論 充然有得 益復志學 盖從師以後 惟恐其業之不篤 扁其
齋曰 大惺

■ 鄭白渠

字弘澤 松潭白氷弟 官西氷庫別座 ○公嘗從伯兄松潭公 往來德山 仍
受業于山天齋 又送子履謙往學焉 先生稱之曰 此兒文章 乃餘事 功名不
難取

■ 金聃壽

字台叟 號西溪 義城人 中宗乙未生 天姿溫粹 踐履篤實 與鄭寒岡金東
岡吳德溪黃錦溪諸賢 講質詩書 交契最厚 甲子 中司馬 辛卯以遺逸薦授
繕工監役 累徵不就 宣廟賜號黃溪處士 付以黃梅一區 配享星州晴川院
○公嘗師事先生 而先生亟稱其襟宇灑落 學術高明

■ 崔餘慶

字悌元 號天民堂 守愚堂永慶弟 年八歲丁外艱 蔬食終三年 母夫人病
劇 晝夜虔禱 有神感鼈魚之異 以行誼著聞 除新寧縣監 欲辭不赴 李白沙
抵書强之 不得已赴命 卽日解歸 與柳潮溪成浮査諸賢 爲道義交 己丑之
變 與兄守愚公俱死獄中 宣祖辛卯 命伸雪 贈戶曹參議 ○公於先生 尊仰
甚至 嘗以未得摳衣爲至恨

■ 李長榮

字壽卿[22] 官郡守 ○公祭先生文曰 顧余薄劣 高山是仰 亟承緖論 耳存
遺響

■ 卞玉希

字得楚 號坪川 草溪人 中宗己亥生 壬辰擧義 殉節于彌陀嶺

■ 金大鳴

字聲遠 號白岩 蔚山人 中宗丙申生 才學絶倫 戊午中司馬 宣祖庚午 魁
文科 行典籍 歷宰四郡 嘗以禮曹正郎爲書狀官 朝天奏對稱旨 神宗皇帝
寵賜玉龍硯及墨畵本八幅以奬之 時黨議起 投紱而歸 入頭流山爲終老計
壬辰 招諭使金鶴峰勸起爲召募將 擊退賊衆於馬山金海等地 歿後 享大覺
院 ○公遊宦四方 雖無贊謁請敎 而嘗深被眷愛 多蒙奬詡

■ 權愉

字□□ 縣監 ○公嘗曰 先生訪丁游軒於海中 講論終日 愉以卝角 獲侍
左右 先生之道 雖未能知 仰承警欬 則有之

■ 鄭師賢 初名思玄

字希古 號月潭 晋陽人 公有格天之孝實地之學 與鄭寒岡李龜岩諸賢爲

---

22) 원문에 비어 있는 것을 채워 넣은 것이다.

덕천사우연원록德川師友淵源錄

道義交 中宗朝 除參奉 不就 享靈淵院 ○公於先生爲妹婿 先生以淸高詡之 嘗登其精舍 有詩曰 綠蘿池面雨生痕 遠岫烟沉近岫昏 松老百年低壓水 樹經三世倚侵門 伽倻古國山連塚 月磯荒村亡且存 小草班班春帶色 一年消却一番魂 公歿 先生撰碣文

- **柳永詢**

字詢之[23] 中宗己卯生 觀察使 ○公於先生 雖不及門請益 而自處以門人之列 及爲本道監司 操文來祭廟庭

- **權文著**

字粲叔 安分堂逵子 公與李桐谷晁李竹閣光友鄭永慕菴構相友善 以遺逸授和陵參奉 不就 終于家 ○公始受業於家庭 又出入先生之門 潛心敬義之學

- **姜㷡**

字德輝 號觀齋 晋陽人 中宗庚子生 大司諫烈五世孫 幼而聰明過人 及長 學業大就 宣廟丙戌 筮仕 補濟用監參奉 尋遷拜直長 以疾辭 退以自修 有所著竹林志一卷 載宜寧誌 ○甲寅 公與弟熹 及門受業

- **鄭大方**

字景道 號東溪 慶州人 明宗乙丑生 敏悟絶人 慷慨有志節 宣祖辛丑 中生員 壬辰倡起義旅 與權源堂濟崔簡易岦曹芝山好益鄭愚伏經世等三十一人 會盟于達城八公山上上庵 各呼韻賦聯句 ○公隨三從兄永慕庵構 同受業於先生之門

- **姜熹**

字德章 號頤齋 觀齋㷡弟 中宗壬寅生 聰警絶人 弱冠 文詞大進 壬辰亂

---

23) 원문에는 '詢之'가 빠져 있다.

嶺表諸鎭 望風奔潰 公奉健僮三十餘人 馳赴郭忘憂堂陣屬焉 公衝突賊陣
視死如歸 轉戰於栗津 矢盡力竭 至以空手搏擊 所殺倭甚衆 而身中數十
創 卒於軍中 亂靖後 郭公狀以聞 贈吏曹參議 載宜寧誌 ○公嘗與伯兄觀
齋燉 來謁先生于德山 同師事之 門下諸公 推公爲畏友

■ 李佶

字汝聞 號儉溪 星山人 靖武公好誠玄孫 中宗戊戌生 頴悟絶倫 稍長 請
業于家兄篁谷偁 讀中庸萬遍 融會旨義 及他經史 若迎刃破竹 文格高古
喪二親 哀毀廬墓 與宜晋諸賢 設耆老契 講呂氏鄕約於胡陰鼎水之間 晚
年 構椽于拱鶴山下 扁曰 獨村書室 聞風來學者衆 所著有禮說輯要經史
疑解 享咸安世德祠 ○公陪內舅林葛川瞻慕堂兄弟 謁先生于安陰三洞之
會 先生稱其謹雅有度

■ 裵明遠

字君晦 號月汀 盆城人 中宗壬寅生 性剛正 不事擧業 講究義理 己丑
與同志諸賢 上疏救崔守愚之寃 壬辰亂 與弟亨遠 起義兵 以應郭忘憂堂
陣 時星州一府 爲賊所衝 幾無人烟 賴公得安堵 招諭使金鶴峰 趣公將略
聞于朝 特拜星州牧使尙州鎭營兵馬僉節制使 癸巳 卒于陣 享明谷院 ○
宣廟壬申[24] 公與弟亨遠來謁

■ 朴寅亮

字汝乾 號萬樹堂 密陽人 孝友恭儉 博學能文 爲世推重 壬辰亂 公以布
衣奮起義旅 與郭忘憂堂同苦於火旺山城 錄原從勳 壽陞同樞 ○辛酉冬
公與內兄永慕庵鄭構 謁先生於德山 請受家禮

---

24) 원문에는 '明廟壬申'으로 되어 있으나, 명종조에는 임신년이 없다. 아래에
　　나오는 배형원조에 형 배명원과 함께 임신년에 선생을 찾아가 병간호를
　　했다는 기록을 본다면, '宣廟壬申'이 맞을 것이므로 수정하였다.

■ 陳克元

字敬汝 號月窩 驪陽人 參奉宣子 中宗甲午生 自幼聰慧過人 壬子中司馬 甲寅 以吏曹正郎召 不就 及遭外內艱 廬墓六年 壬辰之亂 與同郡士友倡義募旅 晚築精舍于月谷 爲藏修之所 遂決遯世之志 歿後 贈吏曹參判有遺集 ○乙卯 公與再從弟克仁來謁先生 自後往來請敎 殆無虛歲

■ 朴而絢

字汝粹 順天人 參奉大榮子 中宗甲辰生 天姿豪邁 智慮宏遠 讀書養性絶意榮途 與一時賢碩 麗澤相資 嘗構屋數架於東嶺之下 扁曰 蒼崖書室壬辰亂 大駕西幸 公馳往靈川 與族弟龍潭而章 同赴于金松庵泃陣 應募協贊 因招集鄕兵 留陣於伽川 屢折賊鋒 時高霽峰敬命起兵於錦山 公追賊至茂州 作爲輔車之勢 是年冬 回軍 指揮督戰 時天寒凍雪 軍卒呵凍疲靡 卒以衆寡不敵 且所騎馬 遇濘蹶之 遂爲被執 槍刀亂至 罵賊不屈而死道臣啓聞 宣祖大加褒獎 贈兵曹參議 仁廟甲子 加贈判書 命旌閭 英廟戊申 賜諡毅愍 享德峰忠烈祠 又從享順天世德祠 殉忠實紀刊行 ○先生嘗訪金七峰希參于沙月 道由伽川 公迎至家侍坐床頭 質難文義 先生甚奇愛之 期勉不淺 後與吳德溪健遊從講磨 得聞敬義之旨 體認而服膺焉

■ 姜濂

字沿洛 號晩松 晋州人 殷烈公民瞻后 中廟甲辰生 篤學好義 囂囂然自樂其志 所著有孝經衍義四禮要解我東淵源錄 失於燹 有實紀 ○公弱冠贄謁先生于山天齋 得聞敬義明誠之旨 李梧月堂惟諴 挽公曰 敬義早回軔明誠實下工 壬申 公在廬所 聞先生訃 爲位而哭 以久不得薰炙爲恨 從河覺齋遊 益聞其緖餘 師門言行錄 多所商確 丙子 創德川院宇 公與之同殫心力

■ 鄭麟祥

字仁伯 號龜溪 晉陽人 中廟甲辰生 宣廟庚寅 官訓導 嘗與成浮查陳柏
谷諸賢 論讀退翁磨鏡寶錄聖學十圖 而開發奧旨 剖析玄理 諸公稱嘆不已
○己未 公贄謁于先生 先生以愛身如玉 持心如水玉缺難圓 水覆難收之書
贈之 柏谷與河寧無成書有曰 南冥門下 隱而無顯 深得妙理者 鄭君仁伯
其人也

■ 崔涏

字□□ 全州人 贈刑判得涇玄孫 有文行 見重於世 旁通陰陽星文地理
極臻其精妙 歿後 以子琦抃琦準 參平倭會盟 推恩 贈戶曹參判 ○公受業
于先生之門 世傳德川院基 公之所点定云

■ 河宗岳

字君礪 晉陽人 縣監渢子 成均進士 ○公於先生爲姪婿也 早就學于先
生之門 英敏好學 先生甚奇愛之 有寄贈詩曰 剩得闍山骨子來 却於冥處
看潮迴 勞君暫許靑藜問 鰲上河關爲一開 公不幸早世 先生傷悼不已 其
答李龜岩書有曰 君礪家事 一朝零落至此 甚可痛可痛

■ 吳俔

字馨淑 號義堂 德溪健從弟 從德溪拜先生 多蒙獎許

■ 許筬

字功彥 號嶽麓 草堂曄子 明[25]宗戊申生 官至吏判 ○公哭先生詩曰 一
夜妖星犯小微 忽傳南國玉沉輝 山林每有傷時嘆 事業長爲杜德機 不復瑤
琴參妙訣 空餘寒月照柴扉 生蒭幸負思賢意 淸淚無端更滿衣

---

25) 원문에는 '中'으로 되어 있으나, '明'의 오자이므로 수정하였다.

■ 許篈

字美叔 號荷谷 草堂曄子 明[26]宗辛亥生 登第 至大司成 聰穎絶倫 十歲
詩文已成 弱冠 選湖堂 甲戌 爲書狀官朝京 與中朝士大夫 論辨朱陸學問
邪正 中朝人莫能屈 著伊山雜述及太極存養讀書等問答書 ○先生歿 公以
詩哭之曰 曾抱陶山慟 徵君又我違 丹衷憂國意 白首製荷衣 人望推喬嶽
天星落小微 傷心羊季淚 復向嶺南揮

■ 姜㻩

字仲圭 號守庵 慕庵瑀弟 自少力學 聲名藹蔚 爲士友所推重 ○公早遊
先生之門 先生稱公 有儒柔溫文之行 蒙養以及於成

■ 河恒

字子常 號松岡 贈判書魏寶子 明宗丙午生 性沉凝寬重 篤志勵學 以孝
友聞 構精舍于松江上 爲藏修之所 嚚嚚然 以古人自期 不幸早世 贈司甕
院奉事 享淸溪院 ○宣祖戊辰 公與成浮査陳柏谷諸賢 讀書于斷俗寺 見
寺僧休靜者撰三家龜鑑 而首佛足儒 卽火其書 毀竺像 齊進山天齋謁先生
語及此事 謝其過擧 先生曰 後生務爲調適 則他日安得有進就也 夫子之
取狂狷者 此意也 因得聞古人爲己之學 退而益篤其學

■ 朴悅

字汝安 號臨履齋 密陽人 明宗朝 以賢良除參奉 不起 婆娑林壑 力讀古
聖賢人書 尤深於易學 潛究消長進退之理 世稱周易先生 載輿覽 ○公以
里閈子弟 早及先生之門 得聞爲學大方 又與同門諸子 相從講磨 一時見
者 無不禮敬焉

---

26) 원문에는 '中'으로 되어 있으나, '明'의 오자이므로 수정하였다.

■ 鄭仁涵

字德渾 號琴月軒 瑞山人 明廟丙午生 自幼志學 踐履篤實 宣廟戊子 中司馬 辛丑 文科 禮曹正郎 出宰盈德 壬辰之亂 倡義 從郭忠翼公再祐 討賊于火旺山城 宣廟嘉其忠義 錄原從一等功 華使渡海 朝廷薦爲接伴使 華使見而稱知禮 逮昏朝斁倫 作退隱詩 以言志 是以見忤於權奸 貶爲晉陽提督 一年而卒 仁廟改玉 特褒贈吏曹參判 享雲溪院 ○公來謁請業

■ 河渾

字性源 號暮軒 晋陽人 文孝公演五世孫 明宗戊申生 性恬靜 不求進取 與金東岡鄭寒岡諸賢遊從講磨 辛卯 疏救崔守愚之寃 又將疏救鄭桐溪之削籍停擧 因桐翁復書而止 壬辰 島夷入寇 參佐起義 與朴大庵郭存齋文茅溪諸公 應期決策 宣廟壬寅 屢除洗馬師傅 至察訪 遆黽勉赴任 翌年 棄歸 歿後 贈左承旨 肅廟庚寅 配享新川院 ○公弱冠 出入先生之門 得聞爲學大方 先生歿後 屢入德川謁廟 公之子景中 從子景新 亦有才學 追講先生之道 載青衿案

■ 權濟

字致遠 號源堂 竹亭文顯子 明宗戊申生 聰明過人 博通經史 傍及兵書 宣祖辛卯 登文科 行弘文舘博士 壬丁之亂 與郭忘憂金松菴倡義旅 永陽兄江之戰 累立奇功 戊戌 出知古阜 郡民皆頌德立碑 載龍蛇應募錄 ○公弱冠 贊謁請敎

■ 李承

字善述 號晴暉堂 全州人 孝寧大君補后 明宗壬子生 神精英秀 器局峻整 性又至孝 親喪廬墓三年 母夫人患瘇 崇公吮濃得瘳 十七歲 有火賊入家 將刃及於本生大人 公以身翼蔽 哀號請代 賊兩釋之 壬辰亂 傾竭家資 造兵器 出家丁 赴金松菴陣 誓心殉國 贈掌苑署別提 享新溪院 ○辛未 公

謁先生于山天齋 講質疑義 多蒙獎詡

■ 李賢佑

字盡忠 號兎川 仁川人 明宗戊申生 學問勤苦 至忘寢食 篤于孝弟 律身
有度 壬辰之亂 與兄睡軒賢佐及松齋曹繼明 倡募鄉兵 赴郭忘憂堂陣 贊
劃方略 ○公於先生爲內姪也 居接隣 自幼陪講 後又拜謁于德山 往來受
敎 先生命就學于李陶丘濟臣 得成就其學 公嘗貽書鄭寒岡 謂先生之道與
退溪媲美 可以躋食聖廟 又合列邑章甫 抵通于寒岡門人李䇐 使之製疏 就
質於寒岡 而仍爲奉疏入京

■ 曹受天

字古初 號靜窩 昌寧人 捿碧軒鏡子 明宗庚戌生 聰穎絶倫 早襲庭訓 絶
意公車 專心爲己之學 以獎進後生爲己任 享德陽院 ○公弱冠 與弟以天
受業於先生之門 聞道器之論 有詩云 繼底是善成底性 賴有先生析妙秘
形上不離形下中 方知此物致無二

■ 盧鈍

字子協 號梅窩 新昌人 明宗辛亥生 壬辰之亂 公以萬石資 納于郭忘憂
堂鼎津之陣 戮力同事 運餉不匱 上嘉其忠義 特除寧邊都護府使 享寧邊
霜陰三嘉龜淵兩院 ○己巳 公贄謁于德山 先生歿 心喪三年

■ 崔汝契

字舜輔 號梅軒 鶴谷源子 明宗辛亥生 壬辰之亂 起義旅 赴郭忘憂堂陣
贊劃方略 宣廟朝 授將仕郎訓導 享文淵院 ○公以父命來受業

■ 裵亨遠

字君吉 號汀谷 月汀明遠弟 明宗壬子生 早志于學 己丑 與同志諸賢 上
疏救崔守愚之冤 壬辰亂 倡起義旅 赴郭忘憂堂陣 助畫方略 不避艱險 亂
旣平 隱居尙志 以遺逸除金海敎授 贈戶曹正郎 享明谷院 ○壬申 與兄明

311

遠來侍疾

■ 姜璹 初名瑁

字季圭 慕庵瑀弟 參奉 事親至孝 以詞章筆法 名於世 ○公與諸兄 出入門下 講質禮疑

■ 柳德龍

字時見 號鷦鷯堂 明宗癸亥生 氣質清秀 容貌巋然 五歲 誦六甲 知算數及長 蔚有文望 享北岩院 ○先生見公有才藝 甚奇之曰 可敎也 敎之以小學 親炙數年 學問精篤 先生稱嘆不已 及先生有疾 侍側不離 易簀之際 先生顧謂河覺齋沆曰 此兒才器非常 善爲敎之 做得吾鄉顏子 可也 先生歿遂摳衣於河覺齋之門 覺齋愛其志行 以女妻之

■ 曹以天

字順初 號鳳谷 靜窩受天弟 明宗庚申生 稟質秀朗 性度敏粹 親喪 皆廬墓三年 居人至今稱孝子山 服闋 結數椽于溪上 扁曰 溪亭 以爲藏修之所 所著有四禮節解 溪亭集 鷄黍錄 享德陽院 ○公未成童 與兄受天 詣先生之門 請業 先生授以小學等書 及還 以書賀公之大人曰 此子才性端敏 舉止凝重 異日成就 豈可量乎

■ 鄭深

字清淑 號月潭 瑞山人 宣祖庚寅生 聰敏好學 丁未 生員 除軍資監判官 時當昏朝 棄官歸鄉 ○戊申 贄謁請學

■ 李宗郁

字希文 號和軒 慶州人 宣祖壬辰 有軍功 拜主簿 錄原從勳 永昌獄起退築江亭於正洞 有戀君臺洗心巖 憲宗丁未 享陶溪院 ○公與再從兄芝峯宗榮 同時及門

■ 曺湜

字幼淸 號梅庵 昌寧人 初受學於唐谷鄭公希輔門 築求仁齋於西溪之上
與盧玉溪金東岡姜介庵都養性軒諸賢 往來徵逐 麗澤相資 又工於筆法 ○
辛酉 公入德山 謁先生 學朱書

■ 曺義民

字子方 號敬慕齋 仁宗乙巳生 先生之從子 官至縣監 壬辰亂 率三子倡
義 與郭忘憂堂 同苦火旺山城 多有軍功

■ 曺次石

字一會 明宗壬子生 先生之子 以蔭行禮安新昌宜寧諸縣守宰 吏畏民安
頌聲日彰 及瓜期 州民呈狀願留曰 侯來何晚 侯歸何遽

■ 曺次磨

字二會 號慕亭 先生之子 明宗丁巳生 天分甚高 形貌嶷然 已自八九歲
令聲大噪 及長 以蔭入仕 屢歷郎署 補外爲漆原宰 莅事公淸 有實紀 ○公
晚構一屋于先生墓近 以慕亭扁之 先生遺文 經壬丁大燹 蕩析無餘 院宇
多不成規 公大竭誠 咸使得宜 學記又在亂楮中 及門諸賢 未及修整 公親
自繕寫 略成編目 屬鄭桐溪爲之跋

• 卷之五 德川師友淵源錄

■ 鄭蘊

字輝遠 號桐溪 嶧陽惟明子 宣祖己巳生 丙午中進士 庚戌登別試第 爲
正言 時兩宮已有間 公獨力言其不可 人謂之鳳鳴朝陽 出補鏡城 及還 永
昌君已死 上疏請斬鄭沆 又言造訌等之極罪 廢主大怒 安置大靜荐棘十年
至癸亥改玉 以獻納召還 丙子之亂 國勢危卵 崔鳴吉力主講和 將以明日
出城 公怒曰 亡國 降虜 吾實恥之 拔佩刀自剚 上聞之大驚 遣御醫救之

舁歸鄉里 入德裕山某里 耕山種秫以自給 不復見新曆 官至吏曹參判 贈
領議政 諡文簡 享安義龍門院 配享居昌道山咸陽灆溪諸書院 ○公於先生
爲私淑諸人 而平生景仰 無異於親炙 累入德川謁廟 嘗曰 先生稟得壁立
之氣 濟以高明之見 又曰 專精敬義之學 已至聖賢之域 又曰 使先生而行
道於當時 則其宏綱大用 豈不足以挽回衰季之風 陶鑄堯舜之化哉

■ 成安義

字精甫 號芙蓉堂 昌寧人 參奉績子 明宗辛酉生 幼而穎達 甫五歲 讀史
至孔子設俎豆 問孔子何人 曰大聖人 俎豆何物 曰祭器也 曰大聖而習祭
禮 祭禮於人 大矣 請學之 八歲 鄭寒岡適至家 公乃書寒岡扇子曰 有客星
州來 云是寒岡翁 不失天賦性 孰非寒岡翁 寒岡擊節稱嘆 後遊寒岡之門
多蒙獎詡 寒岡之宰昌邑也 創書齋於蓮花峯下 以芙蓉二字命名 而使之秉
拂焉 士多成就 宣廟朝 登文科 歷典郡邑 皆有治績 當昏朝 屛居于榮川
多獎學誘進之功 仁祖改玉 叙兩司西長 拜承旨 選淸白錄湖堂 以宣武原
從功 贈吏曹參判 以子溪西公以性 參寧國功 贈吏曹判書 享勿溪燕巖兩
院

■ 河受一

字太易 號松亭 晉陽人 明宗癸丑生 宣廟己丑中司馬 辛卯登第 歷官典
籍刑曹吏曹正郎 外除靈山縣監 尙州提督 慶尙都事 晚年 不事干進 不參
黨議 築水谷精舍 專用訓誨諸生爲己任 享大覺院 ○公嘗語諸生曰 我覺
齋叔父 親炙南冥先生 而傳其道 嘗曰 手中明月 傳自唐虞 如我不肯 擩染
私淑 至死不忘 汝輩出於吾門 亦可以深致如登之力

■ 吳長

字翼承 號思湖 咸陽人 德溪健子 明宗乙丑生 中進士 捷文科 爲正言
天性剛方正直 論議之間 不肯屈撓 人謂德溪有子矣 時以直論 忤當路意
見黜 甲寅 鄭桐溪蘊極言鄭沆殺永昌之罪 癈主大怒 命拿獄 禍將不測 公

與成浮查汝信李進士會一李參奉穀 會宜寧 欲伸其冤 爲執拗者所沮 未上
達 其疏章 則公所製也 以此禍作 謫冤山而卒 時論惜之 贈左承旨 有文集

■ 朴敏

字行遠 號凌虛 泰安人 郡守安邦子 明宗丙寅生 丁卯中進士 師事鄭寒
岡 丁卯虜亂 以嶺右義兵將 參原從勳 光海壬戌 與成浮查河滄洲 共撰州
誌 病末俗舍問學 專尙擧業 約與浮查 會鄕子弟於鼎山書齋 講大學家禮
等書 是時 河謙齋韓釣隱亦來會 李石潭聞之曰 朴行遠 雖懷道不遇 老於
巖穴 以獎後學 振斯文爲己任 其身雖困 而其道亨矣 浮查嘗語人曰 南冥
先生私淑諸人中 若其沉潛純熟 而英邁發越者 惟行遠爲然 乙酉 與浮查
應才學薦 戊子 以孫昌潤貴 贈左承旨 享鼎岡院

■ 成景琛

字仲珍 號鵲溪 昌寧人 司諫遵子 中宗癸卯生 宣敎郞 學究性理 不求名
利 與鄭寒岡同庚 而師事之 有龍華同泛錄 一時稱盛事 與張旅軒郭忘憂
堂諸賢 爲道義交 有遺集

■ 鄭承尹

字任中 號南溪 晉陽人 敎導寬子 中宗辛丑生 庚午中進士 操行甚高 孝
友篤至 居喪一遵禮節 歠粥哀毀 見者歎服 初有産業頗饒 兄弟諸姪之貧
乏者 分而與之 至於屢空 不易其操 成浮查挽公詩有 淸貧原憲介 俊逸鮑
照才之句 倪宇郭鍾錫撰碣銘 享淸溪院

■ 李惟誠

字汝實 號梧月堂 桐谷晁子 明[27]宗丁巳生 早襲庭訓 文望著世 宣祖己
丑 中生員 辛卯 文科壯元 官至正郞 遊崔守愚之門 得聞爲己之學 壬辰 與
文茅溪緯郭忘憂堂再祐吳思湖長 倡義討賊 戊戌 以慶尙都事 拜榮州郡守

---

27) 원문에는 '中'으로 되어 있으나, '明'의 오자이므로 수정하였다.

■ 金天澤

字大亨 號沙峯 義城人 明宗乙卯生 乙酉中生員 遊鄭寒岡之門 得聞爲
學之要 築室於沙峯下 講學其中 壬辰亂 聞大駕西幸 倡起義旅 從郭忘憂
堂再祐 守火旺山城 乙未 卒於城中 臨終以書遺子曰 有親未終養 討賊未
見平 享德泉院 事載倡義錄及火旺同苦錄

■ 河天一

字太和 號守肯齋 松亭受一弟 明宗戊午生 受學于從叔父覺齋之門 宣
祖己卯 中生員 薦除察訪 詩文高妙 深於易學 有遺集

■ 李賀生

字克胤 號梅月堂 星州人 興安府院君濟五世孫 明宗癸丑生 遊吳德溪
崔守愚兩賢之門 得聞山海旨訣 性至孝 多異行 事載丹邱誌 肅宗庚辰 鄉
人士以公學行 將腏享於道川院 適値邦禁 未果

■ 河公孝

字希順 號台村 晉陽人 大司諫潔后 明宗己未生 壬燹之後 校宮頹廢 公
殫力增修 德川書院 亦化爲灰燼 辛丑 又協謀重修 院宇神廚 次第就緒 己
酉 繼營講堂 東齋廚庫隨之 時公與趙鳳岡璲 在任司而敦事焉

■ 金景謹

字而信 號大瑕齋 商山人 明宗己未生 天姿穎悟 骯髒有氣節 從河覺齋
遊 得山海之傳 學問深邃 爲世所重 壬辰 與郭忠翼公倡義討賊 多有贊畫
丁酉 遇賊於三嘉冤洞 罵賊不屈而死 贈司憲府監察 有實記

■ 崔琦弼

字圭仲 號茅山 贈參判涎子 明宗壬戌生 自幼慷慨 有志節 讀書 至孟子
威武不屈之語 揮節嘆曰 大丈夫行事 當如是 嘗與吳守吾堂僩河松亭受一

河滄洲憕吳思湖長 爲道義交 就州西白雲洞 築精舍數架 書史自娛 晋陽
誌云 以行誼達于朝 除參奉 行司饔院奉事 壬亂 率家丁六十餘人 倡義入
城 血戰守城 兵使崔慶會啓聞于朝 特除晋州判官 及城陷之日 與倡義使
金千鎰義兵將高從厚兵使崔慶會 同日懂節 所率奴丁 亦皆赴水而死 時公
年三十二 朝廷嘉其節義 贈兵曹參議 配享彰烈祠

■ 都敬孝

字一源 號病隱 養性軒希齡子 明宗丙寅生 幼聰異 八歲能作詩 比長 痛
己之在母腹而孤 追服三年 業受家庭 又師事盧玉溪禛吳德溪健 得聞爲學
大方 同學讓一頭 宣祖壬辰 郭忠翼公起義兵於宜寧 公率家丁 募鄉勇 往
助其陣 殲賊甚多 爲人高潔豪爽 自應公軍 未嘗請謁公卿間 及成軍功 亦
不開口自伐其勞 歸臥汪巖山水之間 與李蘆坡吳思湖諸賢 講磨道義 庚子
朝令行軍籍講 試官 乃都事鄭弘爐也 性狡猾 凌轢士林 公入場 作歌詩以
諷切之 鄭改容謝之 由是列邑無弊 丹邱誌曰 九苞子金之毛 都在都公 辛
丑 以遺逸除英陵參奉 不就 終老於汪巖泉石間 有文集

■ 崔興虎

字文仲 全州人 義敏公均子 明宗辛酉生 宣廟壬辰 與弟察訪振虎 從義
敏公 倡義赴亂 屢戰得捷 姜松窩佮貽書稱之曰 如君兄弟 可謂孝於親 忠
於君 亂靖後 多士重建德川書院 公屢歲當座 費心經畫 回復舊制

■ 權深

字士長 號晴川 安分堂逵孫 明宗戊申生 受學於從叔源塘公 幼有俊才
聲名藉甚 壬辰亂 與從兄濟倡義 從郭忘憂堂 守火旺山城 亂平 以功除山
陰訓導 後歸臥水淸洞以卒

■ 成顥

字德化 號昌南 昌寧人 進士守文子 明宗乙丑生 生有異質 才氣過人 早

遊門老浮查汝信之門 得聞山海旨訣 終身佩服 宣廟乙酉 中進士 己丑 登文科 庚寅 拜文化縣監 政淸訟簡 縣人立碑頌德

■ 權澤

字致警 源塘文任子 明宗甲子生 克承家學 孝行特著 先府君疾 斷指灌血 得復甦 友人韓大立 貧不能赴試 脫所騎馬與之 使之成進士 以孝除金井道察訪

■ 金雲翼

字士學 號靜齋 明宗壬戌生 白巖大鳴子 官康陵參奉 才器卓越 濡染家庭 以文詞筆藝 名於世 見晉陽誌

■ 鄭大英

字克和 號梅軒 慶州人 明宗乙丑生 官副護軍 壬辰亂 年二十八 與從弟大方 倡起義旅 赴郭紅衣陣 同守火旺山城 捍禦多功 晩而好學 爲世推重

■ 韓大立 一名大岦

字卓爾 號丹巖 沔川人 明宗己未生 七歲 受學於先考訓導公 文學夙成十五 往拜吳德溪門 欲師事之 明年 德溪歿 又就日新堂李公之門 得聞山海旨訣 己酉 同南鄕士友 會講于德川書院 丁巳 中進士

■ 曹慶潤

字汝吉 號桐谷 昌寧人 忠翊公文澤后 明宗戊申生 受學于河覺齋之門覺齋嘗稱之曰 曹某伯仲之文章學行 可爲冠世 而淸儉簡重 亦人莫能及

■ 曹慶洪 一名慶泓

字士吉 號桐山 桐谷慶潤弟 明宗甲寅生 與伯兄同門受學 九歲 能作詩道治心之要 弱冠 已有令名 授軍資監正 不就 其於黨論無一毫所係 心公意平 超然獨立於世俗之表 與梅軒崔汝契松亭河受一鵁鶄堂柳德龍 爲莫

逆之交

■ 梁士元

字源之　號漁隱　南原人　大司諫思貴六世孫　明宗朝文科　吏曹佐郎　軒昂
不群　有弓馬材　壬辰亂　與弟士貞及源堂權濟忠義衛李惟訥校儒金景謹諸
公倡義　赴郭忘憂堂陣　合謀討賊　多有保障之功

■ 朴乾甲

字應茂　號愚拙齋　密陽人　中宗甲午生　戊午中生員　壬辰亂　與郭忘憂堂
倡義聯盟　赴火旺山城　協心討賊　賊不敢犯　事載邑誌　○公與李日新堂天
慶成浮查汝信李蘆坡屹許判官洪器　往來遊從　得聞敬義明誠之旨　深服膺
焉

■ 朴坤甲

字應辛　號默成齋　又號西巖　愚拙齋乾甲弟　中宗庚子生　辛酉中生員　壬
亂　與伯兄愚拙齋公倡義　赴郭紅衣陣　討賊有功　有火旺同苦錄　載邑誌　公
晚　與李日新堂天慶成浮查汝信諸賢　定爲莫逆之交　從遊德川雷龍之間　得
聞敬義緒論

■ 裵自謙

字遜之　號晚隱　盆城人　老隱夏后　中宗丙戌生　以親命屢擧不中　從從叔
父林塘公及盧玉溪吳德溪諸賢遊　益究性理之學　菀有成就　及丁考憂　廬墓
三年　明宗朝　以孝薦授康陵參奉　載山淸誌

■ 裵益謙

字而退　號遯齋　盆城人　武烈公玄慶后　中宗己丑生　天姿英敏　文詞夙成
遊吳德溪門　與都著作希齡宋進士巖爲道義交　明宗己未　上陳弊疏　列擧先
生及成聽松兩賢　其疏辭有曰　自上修聘禮　置之左右　則豈不有助於聖學乎

■ 姜翼文

字君遇 號戀菴 晉陽人 宣廟戊辰生 遊鄭寒岡之門 學問精篤 制行正直
己丑中司馬 壬辰 倡義赴亂 甲辰 同嶺儒 疏伸士禍之冤 仍請五賢陞廡 宣
廟丙午 登第 光海辛亥 伸晦退兩賢之被誣 癸丑 疏救李文翼公德馨 出補
忠原 甲寅 被凶黨所構誣 九年牢囚 仁廟癸亥 得釋 上親題錦帖 萬古瞻仰
四字 以褒美之 以工參陞禮判 丁丑 聞和議成 戒子姪曰 無以老父故受汚
時論韙之 有文集 享明谷院

■ 權濤

字靜甫 號東溪 安東人 承旨世春子 宣祖乙亥生 受學于寒岡旅軒兩賢
之門 光海庚戌 中進士 癸丑 登文科 當昏朝政亂 不復有仕進意 仁祖癸亥
除承政院注書 官至司諫院大司諫 立朝三十年 啓請論覈甚多 又論元宗大
王諡號改正事 有盛德鴻功無跡可尋之語 沒後 以再參振武靖社原從勳 贈
大冢宰 諡忠康 始配享於道川院 正宗戊申 移享於浣溪院

■ 朴絪

字伯和 號无悶堂 又號臨軒 高靈人 高陽府院君光純后 宣廟癸未生 始
爲親從事公車 四占鄉解 居第二者一 不就南宮者再 年二十七 以尹和靖
告其母者 上書告大人公 大人公勇其決 不强奪其志 自此大肆 力於洛閩
諸書 自期待甚遠 仁祖朝 再除參奉 皆不赴 構精舍於釣洞 以居來學者 嘗
誡學者曰 人而自欺 則欺天矣 狼莠生於嘉穀 盜賊出於良民 異端生於吾
儒 所著有无悶堂集五卷 行于世 享龍淵院 ○公嘗撰山海師友門徒錄及年
譜等書 又撰老先生言行總錄

■ 河仁尙

字任甫 號慕松齋 松岡恒子 宣祖辛未生 有文學節義 早登上庠 倡嶺儒
數百人 上疏請先生從祀文廟 及光海斁倫 面折凶論 遂拂袖而歸 終不應

郎剡 固守林樊 獎進來學 河台溪潛 嘗師事之 享淸溪院

■ 申橝

字養仲 號伊溪 高靈人 明宗丙午生 天姿篤實 抑抑有威儀 早遊崔守愚
之門 守愚亟稱之 居家有孝友至行 處鄉亢直不少撓 以嚴見憚 隱居讀書
明於詩律 而常韜晦不顯

■ 朴惺

字德凝 號大庵 密陽人 明宗己酉生 生有異質 九歲丁外憂 哀毀感人 早
陞國庠 棄擧業 專意性理 從裵洛川鄭寒岡兩賢 而師事之 居家 晨則盥櫛
拜廟 退而靜坐讀書 壬辰之亂 聞郭忘憂金松庵起義旅 遂往赴焉 以調度
自任 募粟給餽 金鶴峯李梧里 辟爲參謀 皆許之 在左右籌畫方略 多所裨
益

■ 鄭大淳

字熙叔 號玉峯 延日人 明宗壬子生 性謹厚 有古人風 德川書院爲壬燹
所燬 公時爲本院任司 與李茅村澔河滄洲憕諸公 協謀重建

■ 文緯

字順甫 號茅溪 江城人 明宗甲寅生 九歲 能通尙書 弱冠已有求道之志
遊鄭寒岡之門 講業不怠 壬辰 奉鄉兵 與金松庵沔 合遏倭寇 尋遭母憂 丁
酉 又丁父憂 前後喪 皆大亂中 而無一事不自盡其誠 服闋 築書室 敎授生
徒 金東岡柳西涯交薦 除敎官 光海政亂 棄歸 仁祖朝 除高靈縣監 享龍源
院

■ 河憕

字子平 號滄洲 松岡恒弟 明宗癸亥生 生而穎悟 九歲 丁內艱 守殯如成
人 旣長 律己甚嚴 讀書研究微奧 不事涉獵 事親躬執爨 待兄弟飢寒猶己
多妻庄而分與諸弟 從子智尙 十歲 遇壬亂 陷賊中 公援救獲全 弟忤被擄

在日本 至誠懇乞於泛使 竟得還 早中進士 絶擧子 專意爲己 讀性理書 老
先生學記裒輯印行 德川書院 亂後重建 多公之力也 享臨川院

■ 李潤雨

字茂伯 號石潭 廣州人 宣祖己巳生 師事鄭寒岡 得聞爲學之方 登第 在
史院 直書奸黨所爲 爲韓纘男所劾去 仁祖初 選入玉署 時有啓運之喪 一
用后妃禮 以司諫上疏爭之 上怒 遞爲司成 尋出守潭陽 治以先學敎禁奸
猾 府大治 以參議辭疾歸 卒贈參判 配享檜淵院

■ 趙璿

字瑩然 號鳳岡 林川人 知足堂之瑞曾孫 宣祖己巳生 性孝友 十歲父有
病 斷指得愈 父歿 啜粥廬墓 應公車 屢擧不中 嘗赴省試 舘吏請賂馬以得
科 公叱却之 有詩曰 無金與延壽 終不愧明君 以高年登護軍 卒贈參判

■ 朴文楗

字君秀 號龍湖 潘南人 宣祖庚午生 自幼愛親敬長 儼然若成人 早師事
鄭寒岡 寒岡甚器重之 親喪 廬墓三年 毀幾滅性 成進士 仍自韜晦山水自
娛 吳思湖長以癸丑獻議 歿于謫所 公出私財 返其櫬 晚年 與鄉人士 創西
溪書院 祀吳德溪公 卒 配享西溪院

■ 裵尙龍

字子章 號藤庵 星州人 宣祖甲戌生 才識過人 遊鄭寒岡之門 篤志力學
家貧力作以養老母 有弟敎訓不怠 有過則涕泣而撻之 隱居自守 從武屹巖
泉以終老 平生好善不已 規人過失 若恥之在己 居家 嚴而有禮 所重 在冠
昏喪祭

■ 黃宗海

字大進 號朽淺 長水人 宣祖己卯生 性至孝 親喪前後皆廬墓三年 出入
鄭寒岡之門 得聞爲學宗旨 時光海斁倫 殺永昌 閉大妃 公喟然嘆曰 人道

絶矣 遂廢擧業 讀書求旨 及反正 除參奉敎官 不就 居家 必嚴整 處兄弟
主恩愛 常以藏怒宿怨爲戒

- **趙任道**

字德勇 又字致遠 號澗松 咸安人 宣祖乙酉生 幼瑩秀不凡 始受學於金
槃泉中淸 後遊張旅軒之門 潛心經傳 自治甚嚴 事父母 盡誠敬 居喪 啜粥
終制 有過人行 光海時 爲姦黨所忌 避地漆原江上 躬漁釣以養親 仁廟改
紀 除參奉 不就 後繡衣啓 降旨褒諭 賜米豆 上疏謝 仍陳治務十四條 上
嘉嘆之 卒贈持平 享松汀院 〇公嘗參校山海淵源錄 撰跋文

- **林眞怤**

字樂翁 號林谷 瞻慕堂芸孫 宣祖丙戌生 自少抑抑 有巨人儀 受學於盧
立齋欽李蘆坡屹 蔚有學望 光海時 擧進士 見政亂 不復求進 隱居自守 仁
廟改玉 除大君師傅 事母至孝 母有訓 終身誦之 居常好禮 尤致意於喪祭
有所定禮略一書 享古巖院

- **韓夢參**

字子變 號釣隱 淸州人 宣祖己丑生 姿性穎悟 十歲文理大就 十五丁父
憂 廬墓以終制 癸丑 中生員 初從學朴篁巖齊仁 後遊寒旅兩賢之門 丙子
之亂 倡義勤王 衆推以爲將 薦授察訪敎官 享臨川院

- **權克行**

字士中 號池亭 晴川深子 宣祖壬申生 先公當壬辰亂 赴忘憂堂郭公陣
公陪從之 贊畫軍謀 禦洛江之賊 壬子 中生員 甲寅 與吳思湖諸賢 伸救鄭
桐溪 晚築池亭 爲閒居頤養之所 有文集

- **柳絪春** 後改慶春

字應華 號樂齋 晋州人 宣祖庚午生 醇謹好學 自幼事親務盡其道 弱冠
從河松亭受一學 得聞爲學之方 松亭作序以贊之 略曰 君先世以武爲業

而君獨不染弓馬之習 悅詩書文翰之業 君可謂不爲習性所移者也

■ 成鑄

字而和 號梅竹軒 浮査汝信子 宣祖辛未生 光海庚戌 中進士 氣禀淸秀 文詞富麗 性至孝 奉老必盡滋味 不以家貧而或乏 待朋友 必以誠信爲主 非其義也 一介不以取與於人 其歿也 遠近咸曰 善人亡矣 有遺稿

■ 李瑚

字而重 日新堂天慶子 宣祖丙子生 性孝友 果敢不拘少節 內而受日新堂義方之敎 外而從金東岡鄭寒岡姜寒沙權東溪鄭學圃諸賢遊 皆師事 而或切磨之 雖在奔竄之中 猶不廢學問 其好學之誠 如此 與弟紫圃瑛 友愛彌篤 常聯床共枕 人擬之以伯康之於君實 以蔭授軍資監直長 壽陞嘉善同中樞

■ 權濮

字達甫 號默翁 安東人 太師幸後 宣祖己巳生 聰穎異凡 誠孝出天 爲學根於經術 義理是非之辨 毫釐必精 爲文章雅麗深純 早登寒岡旅軒之門 亟蒙獎詡 辛丑 中進士 當昏朝政亂 無意仕進 潔身退處 仁廟甲子 拜兵曹佐郎 丁卯虜亂 扈駕江都 還拜掌令 屢轉至弼善 竭誠導迪 敢言不諱 以是不久於朝 辛未 補寧海府使 治爲列邑之最 癸酉 卒于官 有遺集

■ 成鏞

字而聞 號慕省齋 浮査汝信子 宣祖丙子生 天資仁厚 筆法精妙 兄弟五人 皆文學行誼 當丁酉亂 陪大人公 赴郭忘憂堂陣 贊畫軍務 多有勞勳 丁內憂 哀毀成疾 未禫而卒 人皆傷惜 有遺稿

■ 權濬

字道甫 號霜嵒 默翁濮弟 宣朝戊寅生 德器渾深 內積誠信 讀書有穿楊之勤 於書無所不讀 師事鄭寒岡 薰炙多年 亟蒙獎許 光海癸丑 中生員 登

增廣第 見時事日非 與兄默翁 退歸鄉里 杜門屛居 及仁廟改玉 始膺召命 拜弼善 歷正郎 官至光州牧使 民感其德 至竪銅碑以頌德 其在光州 聞淸 人來侵 南漢受圍 慷慨檄募鄉兵 以倡義嬀成 後遂自靖不仕 有遺集

- 權克亮

字士任 號東山 宣祖甲申生 東溪濤從子 天資孝友 親喪廬墓三年 出入 鄭寒岡張旅軒兩賢之門 學問精深 光海昏朝 疏斥李爾瞻 遂遯居于河東之 蟾津江上 仁廟改玉 除英陵參奉 堅臥不起曰 東漢日月 羊裘自若 一曲蟾 江 於我足矣 又有抵死盟深鳩鷺伴 扁舟隨意泛滄江之句 從享浣溪祠 有 文集

- 孫綽

字裕卿 號玩梅堂 密陽人 宣祖丁丑生 受學于河覺齋之門 聞山海緖論 與成浮査河滄洲鄭桐溪道義相劘 早年中司馬 丙子 聞大駕幸南漢 慷慨作 詩曰 聞道長安喪萬師 愀然拔釖擊寒楹 肝膽欲裂殊無計 只恨平生不學兵

- 柳伊榮

字道茂 潮溪宗智子 官訓導 業受家庭 行誼純備 己丑逆獄起 潮溪公被 黨人所構誣 栲死王獄 公未及伸雪 而遭壬亂 被虜於異域 至十七年而還 故國 與弟奉事關榮 聯章籲冤于朝 快蒙伸雪 ○公出入德院天齋之間 以 未及摳衣爲至恨焉

- 河悏

字子幾 晋平君魏寶子 宣朝癸未生 丙午進士 天資警悟 才智出人 値昏 朝 絶意名途 講學于丹池之上 負當世重望 後人因其所居 稱丹池先生 李 響山晚燾撰狀有曰 若乃淸修壁立之像 知其私淑入德之門而得之也 當時 諸賢挽誄有曰 文章東壁星猶動 儒學南冥道是宗 有曰 尋師問道德 取友 論義仁 頭流去不遠 吾道其不湮 一心所景仰 匹馬秋復春

■ 李瑛

字而晦 號紫圃 日新堂天慶子 宣祖乙酉生 天姿高邁 才氣宏邃 早遊鄭寒岡之門 好學不倦 一時交遊 若姜寒沙權東溪鄭學圃諸賢 舉相推重

■ 金應奎

字子章 號養存齋 商山人 林泉景認子[28] 宣祖辛巳生 從事文學 蔚有譽望 與趙磵松任道許觀雪厚 爲道義交 相從講磨

■ 河邊海

字伯達 晋陽人 宣祖己丑生 文科 行金井道察訪 早遊從於山海私淑諸賢 獲聞敬義之旨 誠心服膺 筮仕未久 見朝著日非 解紱歸田 築室于月峰山下 扁曰 林月齋 與羣從弟 杜門閣修而終焉

■ 柳壽昌

字而老 號順俟窩 又號盤谷 全州人 直提學克恕之后 早抱經學 不屑學業 光海斁倫 公與伯兄仁昌 自京奉母夫人 南遯于晋之岳陽 以終老焉 與河謙齋河台溪諸賢 爲道義交

■ 李山立

字靜容 咸安人 梅軒仁亨五世孫 宣祖壬申生 少有才諝 與弟玉立 日夜連栗 篤志力學 世稱雙珠 享固城葦溪祠

■ 李玉立

字粹容 山立弟 宣祖乙亥生 蔭宣務郎 贈執義 與兄山立 力學不倦 世稱雙珠 享固城葦溪祠

---

28) 간행된 『덕천사우연원록』에는 '林泉景認子'가 빠져 있으나, 초고본에는 기록되어있다.

덕천사우연원록德川師友淵源錄

■ 都聖欽

字臣哉 號三松亭 病隱敬孝子 承襲庭訓 儒望著世 官軍資監正 受業於竹谷鄭昕之門 有五子 俱有文名

■ 都聖兪

字隣哉 號葵軒 病隱敬孝子 宣祖辛巳生 禮賓寺別提 始受業於家庭 又從師鄭竹谷昕 深於易數 自開國以來 推其年數 以元經會 以會經運 以運經世 窮則變 變則生 生而不窮 毫分縷析 細入秋毫 灑然無疑 涵養其德 發揮孝悌之道 以之而誠意 以之而修身 孝於親 友於兄 依隱玩世 詳載李雲牕時馪江城誌

■ 成鑛

字而廣 號在川亭 浮査汝信子 宣祖戊子生 早襲家學 專務爲己 善屬文 文辭淸越 作病中述懷賦以見志 與河台溪溍同業 伴鳩亭唱酬成秩 及遭艱 哀毁盡制 有遺集

■ 李嵂

字警宇 號梅竹軒 仁川人 宣祖庚寅生 性於孝友 居喪以禮 琢磨乎師友之間 累入德川書院 講敬義明誠之旨 當丙子下城之日 慷慨言志 結茅山中爲終老計 鄭桐溪朴无悶堂諸公 皆以道義相許焉

■ 崔起宗

字孝甫 號愁愁子 慶州人 宣祖庚辰生 穎悟俊拔 見者嘖嘖 遊鄭寒岡門 得師門奬詡 宣廟乙巳 中生員 遊國學 動容周旋 儼有法度 辨釋經義 明白剴切 舘學諸生 無不敬服 與朴无悶堂鄭學圃河台溪權東溪權霜嵒都病隱諸公 道義相磨 終始莫逆 有遺稿

- 成鎬

字而振 號川齋 浮查汝信子 宣祖庚寅生 才氣過人 自少擩染庭訓 直溯
山海之風 其於辨義利得失論人物邪正 有確乎不拔之操 所與從遊 皆當世
名碩 有遺稿

- 姜應璜

字渭瑞 號白川 逍遙堂文會后 宣祖辛未生 早從師鄭寒岡 多蒙獎詡 壬
辰以布衣奔問行在 後柳永慶以奔問事筵白 除敎官佐郎 後因西厓柳成龍
薦 除禮山縣監 病不就 尋拜監察 數月棄歸 築翠寒亭 詩酒自娛 與權東溪
濤盧雲堤亨運朴龍湖文楘諸賢 相從講磨

- 崔夢龍

字祥胤 號悔窩 梅軒汝契子 宣祖己卯生 受學於家庭 卒得成就 歿後 贈
工曹參議

- 李珉

字而俊 號隱庵 日新堂天慶子 明宗乙丑生 業受家庭 篤志勵學 其行以
孝友爲本 壬亂避兵 陪親 負木主 北走咸鏡道永平郡 雖在流離奔竄之中
猶無闕旨灩之供 忠養益勤 亂平 還故土 鄕道人士 以孝薦 除禮賓寺參奉

- 崔夢龜

字瑞胤 號畸翁 宣祖壬午生 梅軒汝契子 久仰先生之道 養德山林

- 李培

字士厚 號心遠堂 晴暉堂承子 宣祖壬申生 才器過人 篤學好禮 以先世
遺訓 廢擧業 專心爲己之學 與三弟垎垺垌 遊鄭寒岡之門 寒岡每有事德川
勢無以躬進 則必使公往來 論老先生文集校正事 甚明 歿後 配享新溪院

■ 文後

字行先 號練江齋 江城人 忠宣公益漸后 宣祖甲戌生 性至孝 親喪廬墓
終制 師事鄭寒岡文茅溪兩賢 與鄭桐溪吳思湖河謙齋趙澗松林林谷諸賢
道義相磨 築亭于昆陽之金城 扁以練江 因以爲號 甲辰 以五賢陞廡事 奉
疏入京 得蒙優批 歿後 贈軍資監正 有文集

■ 李見龍

字誠伯 號竹圃 星山人 宣廟庚辰生 受學于鄭寒岡之門 仁廟丁卯 倡義
旅 丙子 再倡 鄭愚伏經世啓曰 高靈義將李見龍 可委百執事之任 請銓曹
甄錄 授禮賓寺參奉 轉獻宣二陵郎 歷司正別提主簿 李相國景奭特薦 爲
大君師傅 壬午 除軍威縣監 大興儒化 有興學善政碑 有實紀 又有倡義錄

■ 姜文弼

字姬老 晉陽人 號松亭 宣廟朝連捷十二試 竟不利於南省 値壬辰亂 軍
籍蕩闕 設講取墳 公不幸落講 充衛士執殳之伍 入守禁院 夜月誦豳風詩
宣廟微行 聞而嘉之 問其姓名及所遭 上曰 聞近有別試云 可先呈否 越三
日 特設別科 適有奇疾 未納券 上自取券 臨覽先呈者 則是他人矣 卽引見
公 拈韻應製 詩曰 九入蓮池蓮未實 三登桂殿桂無花 蹉跎未遂平生志 白
首功名統伍家 上嗟賞不已 特復其身 又命入格 人士勿應軍講 永爲國典
特除咸平縣監 不應命 還鄉手植二松 以寓歲寒之義 與山海門人姜介庵翼
鄭嶧陽惟明諸君子 道義相交 深服先生敬義之學 常如親受面命也 有文集

■ 柳仲龍

字汝見 文化人 明宗戊午生 師事吳德溪健 受中庸語人曰 天下之理 盡
在此書 築漁適亭于瀿溪之上 自號曰 漁適散人 壬午 擧進士 壬辰 起義旅
赴金松庵陣 同心禦賊 丁酉 虜再猘 從郭忠翼入火旺山城 共圖方略 庚子
登第 屢遷 至掌令 光海斁倫 作嘆世詞 棄官歸 癸亥改玉 上御慶德殿 命

百官重試文科 公居魁 特除弘文舘修撰 尋移校理 至司成 時年已七十 致仕 歸田里 以終老焉 有遺集刊行

■ 文弘運

字汝幹 號梅村 南平人 性傑傲 卓犖不羈 成進士 卽廢擧 晦迹江湖 不肯干祿 從人喜遊名山澤 爲文章 思致淸越 無一點烟火氣 從河謙齋遊 得聞山海旨訣 終身服膺焉 有遺集

● 卷之六 德川師友淵源錄

■ 河弘度

字重遠 號謙齋 晉陽人 大司諫潔后 宣祖癸巳生 道學文章 卓冠一世 世稱老先生後一人 幼時 避寇湖南等地 有一相士 注目良久曰 此兒必爲大人君子 年十二三 已有求道之志 潛心性理之學 丁卯虜變 倡起義旅 仁孝顯三朝 以遺逸屢徵 不起 與弟樂窩弘達 創慕寒齋 爲講道之所 州牧成公以性 訪問治道 公答曰 秦苛而民暴 漢寬而民厚 曷嘗易民而化之也 時朝廷有禮訟 上遣御史南九萬 請問其正 公又答曰 立次長 亦爲三年禮 有明文 況孝廟旣已君臨臣庶 長衆嫡庶 何可論也 九萬旣復命 上特賜米菽 尊禮甚厚 降旨褒諭 諭旨曰 今觀御史南九萬書啓 爾以行誼 見稱於一道 爲人士之所推服 自在先朝 屢被褒錄 及至今日 年齡益卲 合施獎勵之道 故倣古賜帛之規 優給米菽 以示朝廷嘉獎之意 爾其領受事 公上疏謝恩 仍陳君道九事 上優批答之 歿後十年 肅宗丙辰 士林建宗川院 以俎豆之 行釋菜禮于慕寒齋 ○公年二十 入德川書院 校正老先生學記 自後無歲不入德川 凡老先生之年譜文集及師友淵源錄等書 無不參訂 又於老先生操文謁廟者一 作文集跋語者再 書從祀疏後者一 跋師友淵源錄者一 一爲貳任 再爲山長 _{嘗經德川龍巖兩院山長} 嘗改撰春秋常享文 又嘗修書院儒籍 遇老先生忌辰 非甚病 必往參焉 庚子 老先生之孫察訪晉明 將改竪神道碑 請文

於公曰 今門下以道德文章 負一世重望 續遺響於龍門 得玄珠於赤水云云
公以書答之曰 如兒畏雷

■ 姜大遂 初名大進

字學顏 號寒沙 㦙庵翼文子 宣祖辛卯生 受業于鄭寒岡張旅軒兩賢之門
蚤得聖學門路 庚戌 中進士 壬子 登增廣乙科 癸丑 上疏請全恩永昌大君
甲寅 救鄭桐溪 被三司啓劾削官爵 乙卯 謫淮陽 仁廟癸亥 承召 歷三司春
秋 經筵參贊 左右承旨四 參議二 府尹 弘文副提學 丙子 上斥和疏 倡義
赴亂 里中闢石泉精舍 以居來學者 戊戌卒 訃聞 上賜賻祭 參寧國原從功
享道淵院

■ 吳汝橃

字景虛 號敬庵 竹牖澐子 宣祖己卯生 受學於鄭寒岡之門 深於史學 嘗
撰東國及中國歷代紀事總論 辛丑 登文科 官至校理 出宰五邑 皆有聲績
享榮州南溪祠

■ 河溍

字晉伯 號台溪 台村公孝子 宣祖丁酉生 仁祖甲子 中進士 登文科 累歷
清顯 至司憲府執義 選瀛錄 丙子之亂 募鄉兵 赴亂 至尙州 丁父憂 未果
行 其在諫院 疏斥金自點專權誤國之罪 直聲動朝 端 人擬鳳鳴朝陽 嘗在
臺省 或竊其鞍 從者舉其可疑者 請治之 公笑曰 吾之所失者小 而彼之蒙
惡名大矣 勿問也 俄而竊者 還其鞍 其忠愛感人如此 享宗川院 ○壬辰 公
爲德川山長 與河謙齋議正老先生文集

■ 崔濯

字克修 號竹塘 全州人 郡守琦扑子 宣祖戊戌生 幼時 風儀凜然 如巨人
庚午 登武科 仁廟丙子 拜光陽縣監 冬有胡寇 上疏斥和議 癸未 世子及大
君在瀋陽 公以翊贊從 因進言曰 句踐之報吳 實由於嘗膽 而非范蠡輩爲

之謀 安能雪會稽之恥耶 大君曰 才不借於異代 安知數千里東土無一范蠡耶 公要畵師孟永光 畵會稽山圖以進 乙酉 朝廷强授巨濟縣 不就 時明統已墜矣 公有詩曰 大明何處去 天地非王春 强胡猶未殺 虎竹愧斯身 遂隱於俗離山中 爲終老計 時國家有機密事 急使燕而卒 先是公與河謙齋樂窩兄弟 善從遊日久 得聞山海敬義之訣 終身佩服 嘗語樂窩曰 吾死 子當題主 必以丙子前嘲書之 可也 樂窩聞而義之 後果如其言 贈左承旨 享仁溪院

■ 鄭以諶

字愼和 晉陽人 宣祖庚寅生 事親至孝 丁憂 廬墓皆三年 猛虎守廬外 南漢下城之後 悲憤慷慨 杜門潛居 鄭桐溪扁其室曰 慕軒 與河謙齋朴无悶趙鳳岡諸賢爲道義交 謙齋挽公曰 柴門歷訪自三山 矍鑠輕身上据鞍 纔及數年便長逝 聽來酸骨更摧肝 享淸溪院 ○公一生以未及摳衣爲至恨 月朔與諸賢 會德川書院 講究遺書 早夜孜孜 有沒世鑽仰之思

■ 成好正

字尙夫 號彊齋 鵲溪景琛子 宣祖己丑生 甲子中進士 幼而聰慧過人 見者 稱倚馬之才 初師朴篁巖齊仁 又以鵲溪公命受業於鄭寒岡之門 寒岡亟稱之曰 鵲溪有子矣 甲寅 儒生李惟說之救鄭桐溪也 公與李公而楧 主盟于宜春之會 累度疏章 皆出公手 忠直激切 禍幾不測 而公不爲怵 及多士之請斬爾瞻也 公首肯之 見有不應者 輒抗言斥之 平生行事正大 無一毫苟且之端 河謙齋趙澗松諸賢 皆許以豪傑之士

■ 河憬

字敬夫[29] 晉平君魏寶子 早承家庭之學 習聞先生之風 隱居自守 以儒行薦參奉 不就 不幸早世 世皆惜之

---

29) 원문에는 '敬夫'가 빠져 있다.

■ 河忭

字子賀 號丹洲 晉平君魏寶子 美風儀 善文辭 宣廟丁酉 被擄入日本 日本人見公 知其有才學 欲屈之 誘脅以禍福 公抗節不屈 困辱殊甚 拘留二十一年 全節而還 當時諸賢 以詩和之 比擬於蕉中郎 適值昏朝斁倫 不心世路 逍遙林泉 與兄滄洲憕竹軒惺季弟進士悏 連床湛樂 又與成浮查汝信趙鳳岡㻋李蘆坡屹金白巖大鳴河謙齋弘度河台溪溍權霜嵒濤諸賢 相追講磨 以終餘年 有遺稿

■ 成鍱

字而和 號惺惺齋 浮查汝信子 宣祖乙未生 自齠齡有器局 浮查公 題其私稿曰 惺惺齋 因作箴 俾自省焉 盖早服先生金鈴之訣 以是傳於公也 公服膺庭訓 爲一生用工之本 性恬靜自守 絶意榮途 晚年 獎進後學 多有成就 與河謙齋趙磵松河台溪諸賢 交契甚密 又與諸賢 出入德川 講明先生之道 有遺稿

■ 成瀚永

字渾然 號釀和堂 又號筠塢 進士鑄子 宣祖壬辰生 性器溫雅 氣宇冲澹 擩染庭訓 以敬義爲爲學之要 以思無邪無不敬爲治己之方 與河謙齋河台溪趙磵松諸賢 講究切磨 頗有成就 有遺稿

■ 金鳳翼

字德擧 號惺窩 宣祖庚午生 白巖大鳴子 篤學勵行 操守端的 爲鄉黨矜式 以遺逸薦授參奉 多士創德川書院 公與之同殫心力

■ 河弘達

字致遠 號樂窩 謙齋弘度弟 宣祖癸卯生 幼踔厲不凡 八歲 從伯氏謙齋受小學 十歲 命賦竈字 卽應聲曰 竈莫安火怠則滅 伯公大奇之 及長 雄豪有氣概 射御不習而能 鑑識甚明 論人窮達壽夭 輒驗 爲文簡而明 弱冠 高

捷鄕解 心畫亦雄健 人多取寶 與伯公 創敬勝齋及慕寒齋 日與學者講說
周公孔子 下逮濂洛 其樂囂囂 伯公嘗曰 與吾弟處 相長之益滋多 而任重
之器 非吾所及 朴凌虛 與伯公書有曰 致遠天資豪健 志尙篤實 其成就不
可量 方伯以行誼聞于朝 白軒李相公景奭 亦薦儒行 銓曹方處以儒職而遽
歿 享年四十九 士友相吊於鄕 爲之服者 數十人 後英宗朝 贈左承旨兼經
筵參贊官 有遺稿 ○公於老先生 景仰甚至 無歲不會講于德川 河滄洲爲
德川山長 以書邀 與公兄弟 同勘校老先生學記

■ 金復文

字克彬 號遯齋 商山人 宣祖庚寅生 自少力學不倦 見聞日博 嘗讀文文
山詩 感懷有詩曰 黑風夜撼天柱折 萬里飛塵九溟渴 手欲扶之兩腋絶 有
淚琅琅滿襟血 燕庭釖鋋森如雪 膝不可下頭可 截 萬古綱常懸日月 百年
身世輕毫髮 遺編千載光氣發 一字一涕腸欲裂 玉壺碎盡歌激烈 滿壑松聲
助幽咽 時人云 此詩慷慨嗚咽 與文山正氣歌 曠世同調 公贅源堂權公濟
之門 敦行孝悌 權公稱之曰 金壻無愧於古之閔子

■ 鄭頠

字子儀 號秋潭 延日人 圃隱夢周后 宣祖己亥生 公天資英拔 敏學多通
其術以明體適用爲要 不喜厓異 謙約好善士 聞公之風者 樂與之交 好范
文正故事 欲立義庄 不果 又使人耕於海岸 秋大熟 得穀數百斛 盡散與窮
民 而不自有其利 朝廷選才行士 州家擧公者非一 而未蒙恩典 時論惜之
早從河謙齋遊 得山海之傳 有文集

■ 成好晉

字詢之 號性窩 彊齋好正弟 宣祖戊戌生 幼有至性 事偏親 董旨王雀 有
求必至 始受業于伯氏彊齋 及長 就正於凌虛朴公敏之門 發軔正路 玩性
命之源 究理氣之分 嘗曰 性者 天所以賦予 而人所固有者也 擴而充之 則
萬善皆由此出 因扁其書室 而自省焉 取友必諒直 如河謙齋樂窩兄弟及趙

334
덕천사우연원록德川師友淵源錄

澗松河台溪諸賢 皆其切偲而彊輔也 伯公歿 終身痛之 無復有意於當世事
深藏不市 以終老焉

- 孫錫胤

字汝善 號松村 密陽人 幼有雋才 文章贍博 光海乙卯 中進士 早從河謙
齋遊 得聞直方之訣 又與朴无悶堂河台溪鄭學圃諸公 道義相磨 及南漢被
圍 與台溪倡起義旅 至尙州 聞和議已成 痛哭而歸 終老林泉

- 河溍

字淸白 號草亭 台溪潛弟 從成浮查汝信學 才學夙著 蔚有時望 及明亡
與二兄隱居述懷 以寓風泉之思

- 姜大延

字學平 號鏡湖 戇菴翼文子 宣廟丙午生 蔭授宣務郞參奉 天資近道 七
歲曉易理 有詩曰 易畫之前易理先 隨時變易自然天 誰知萬像消長處 渾
向一中造化宣 受業于吳思湖長 學術醇正 有經綸廊廟之才 丙子以後 無
意於世 杜門自靖 所著有易林辨解中庸衍義詩文四卷

- 成昌遠

字自邇 號不慍堂 昌寧人 貞節公思齊后 宣祖辛丑生 天資純孝 事親之
節 一以孝經爲本 受業於鄭寒岡之門 深究性理之學 癸酉 丁外艱 廬墓三
年 泣血終制 後遭內艱 亦如之 見世道昏亂 斂跡就閑 構亭於昌寧縣北道
也洞 獎進來學 多有成就者 有遺稿

- 田榮國

字翊甫 號遯溪 蒿峯有龍子 宣祖甲午生 好學修身 著於鄉邦 與河謙齋
許遁庵河台溪諸賢 契好尤密 仁祖壬午 拜謁于德川書院

■ 權克有 初名克臨

字叔正 號愚川 霜嵒潗子 宣祖戊申生 天資高朗 立心行己 表裡洞然 有氣節 讀書 至古人立懂處 輒掩卷太息 博學善文詞 少遊都下 一時學士大夫 莫不輸情致悃 推以仲舉高義元賓文章 孝宗壬辰 中生員 乙未 調繕工監參奉 晚年 絶意仕進 杜門養德 經德川院長 有遺集

■ 成亮

字明仲 號牙山 昌寧人 參奉應坤子 早受業於浮查之門 獲聞爲學之方 以孝悌忠信敬義等說 終身佩服 文詞贍博 蔚有聲望 庚午 中進士 行參禮察訪 秩滿入京 以濟用監奉事 歿于京

■ 權克重

字學固 號謹齋 東溪濤子 宣祖戊戌生 以親命就學于寒岡旅軒兩賢之門 又從吳思湖姜寒沙諸賢遊 仁祖庚午 中進士 時大人公遊宦在京師 一時名公鉅卿 相就而賀公之有純孝至行 歿後 有鄉道儒林褒狀 而親命以父在子 闓不可 止之

■ 李壕

字士固 雲塘琰子 天性好善嫉惡 見人之善 若己有之 聞人之惡 慣不自已 大人公每戒之 以中正之道 其孝友之行 有足以能繼家聲 而不幸早夭人皆惜之 載晉陽誌

■ 李城

字忠義 號友梅堂 雲塘琰子 性行淳篤 學識宏深 受業于成浮查汝信之門 孝友根天 承順親意 見晉陽誌

■ 鄭順達

字克夫 號遯齋 永慕菴構子 宣祖壬寅生 業受家庭 隱居求志 以行誼薦

授康陵參奉 不赴

■ 崔灐

字克深 茅山琦弼子 壬丁之亂 家室蕩殘 殆無以存 而能自志學 弱冠 從
鄭寒岡鄭桐溪諸賢遊 講先生之道 逮仁祖甲申 抱宗國之痛 遂自號大明處
士 不仕以終

■ 權克泰

字士安 號䕺菴 安分堂逵曾孫 察訪洋子 宣祖戊戌生 受學於從叔父源
堂公濟 肅宗丁卯 以行誼贈吏曹佐郎

■ 金碓

字泰晶 號幼淸 商山人 宣祖乙未生 風流人物 照輝鄕國

■ 鄭有祐

字吉叔 海州人 農圃文孚孫 光海乙卯生 早師河謙齋 得聞敬義之緖 以
文學行義 累被師門推詡 不幸早世 謙齋作挽詞 以深痛之 後贈左承旨

■ 河達永

字混源 號具邇堂 進士怏子 光海辛亥生 姿質淸明 言行篤實 文辭夙成
有遺稿 河謙齋挽公曰 暮年擬共修師緖 一夕風何催秀林[30] 權察訪克經挽
曰 追欽山海承先旨 釐正淵源覺後蒙 公有子曰 灝 初諱濯 字汝海 天性孝
恭 服習庭訓 定省之餘 必整坐讀書 讀訖抄寫 率以爲常 以孝聞 有鄕道狀
竟未蒙旌 時論惜之 號晩香堂 有遺稿

■ 鄭枡

字任重 號他石齋 延日人 學圃暄子 光海庚戌生 早遊河謙齋之門 得聞
爲己之學 文學行誼 爲世所推 又遣子受業于謙齋 頗有成就 謙齋易簀後

---

30) 『겸재집』에는 의擬가 의意로, 최催가 최推로 되어 있다.

俎豆之議 久而未決 公慨然有詩曰 木稼呈妖問幾齡 南天長晦少微星 春風舊座塵埋榻 秋日荒臺草滿庭 月暈蝦蟆猶自白 蘭摧空谷尙留馨 多慚擿埴餘衰疾 白鹿遺規孰主盟

■ **李廷夔**

字公輔 號菊軒 光海辛亥生 竹閣光友孫 聰明過人 筆法天成 追鍾王之妙 摳衣於河謙齋之門 薰炙講習 久而彌篤 一日謙齋問大學要旨 公辨釋如流 謙齋稱嘆不已 所居有蓮塘竹林之勝 築室其間 左右圖書 種菊以當庭實 有文集刊行

■ **河澈**

字伯應 號雪窓 又號安息居士 樂窩弘達子 仁祖乙亥生 受學於伯父謙齋 文章德行 菀然爲一方師表 自少廢擧業 專心性理之學 潛居靜室 廣求經史 探索微奧 旁觀陰陽星文遲疾 及籌數兵家之流 無不精透 筆法神健 一代金石堂宇之鐫 遠近輻湊 時朝廷 有北伐之議 人以公有將略 將薦于朝 公力止之 晩年 築亭于入德門前雪窓江上 因以爲號 亭下有石 命名曰磨鏡臺 蓋取古鏡重磨要古方之義也 監司閔昌道 以行誼啓聞 屢被薦剡 歿後 贈大司憲 士林有俎豆之議 將奉安位牌 而適値邦禁 未果 有文集 ○ 公於老先生 一生景仰 無異於親炙 每德川有事 必殫誠致力焉 嘗手書敬義堂及時靜門六大字於院楣 高宗辛未 見燬

■ **金命兼**

字景鑑 號三緘齋 白巖大鳴曾孫 仁祖乙亥生 穎悟出倫 風儀灑落 權相公大運 以松亭新月竹溪淸風八字 作贊 篆書以贈之 早受業於河謙齋之門 專心性理之學 優遊涵養 硏窮微奧 晩年 成就益高 爲世推重 有文集

■ **郭世楗**

字公可 號无爲子 典籍𣲏子 忘憂堂再祐從孫 光海戊午生 才諝絶敏 氣

宇魁磊 自幼已有局度風威 讀書能七行俱下 師事河謙齋許眉叟兩賢 以學識淹博 志義高明 亟蒙奬詡 丙子亂 仗釰蹴嶺 聞講和之報 痛哭而歸 顯宗甲寅 抗疏論禮 上以忠言至論 下溫批奬之 官至郡守 有文集

- ■ 河海宇

字夏卿 台溪溍子 仁祖癸亥生 擩染家庭 績學砥行 孝友篤實

- ■ 沈自光

字仲玉 號松湖 靑松人 宣祖壬辰生 庚申武科 訓練院僉正 與朴无悶及山海私淑諸賢 從遊日久 得聞敬義明誠之訣 丙子 殉節于南漢 事載南漢日記 及大良輿誌 英宗朝 贈左承旨 有實記 享伊溪祠

- ■ 沈日三

字省吾 號月溪 靑松人 光海乙卯生 初受業于朴无悶堂 又遊河謙齋之門 以文章行義 聞于世 英宗朝 以孝贈戶曹佐郎 有文集 享明谷院及伊溪祠

- ■ 鄭欐

字持世 秋潭頎子 仁祖丁卯生 丁酉 中進士 受業于河謙齋之門 英邁發越 學識淹博 嘗題神明舍圖 有曰 楊子江頭宿浪平 夜來淸氣睡初醒 靈臺迥出秋天表 太一當空下上明 謙齋以才氣過高 戒之

- ■ 裵尙虎

字季章 號愧齋 星州人 宣祖甲午生 神采英發 卓犖魁梧 孝友出天 才識聰睿 從伯氏藤庵公尙龍 受學于鄭寒岡之門 踐履篤實 爲師門所推重 仁廟甲子 中進士 居泮時 爲三度掌儀 上幸太學 命公講謙卦 上稱善不已 欲使之釋褐 公固辭之 壬申卒 享年三十九 顯廟甲戌 贈左承旨 享道川院 有文集

■ 成治永

字煥然 川齋錞子 光海丙辰生 顯宗壬寅 中司馬 承襲詩禮 學有淵源 曾遊泮宮 才氣發越 儕友皆莫及焉

■ 權鍵

字子昭 號源湖 安分堂逵玄孫 光海癸丑生 受學於再從叔池亭克行 以儒行聞 肅宗壬申 以壽陞龍驤衛副護軍 有實記

■ 洪箕範

字師聖 號牛峯 南陽人 光海戊午生 弱冠 受學于朴无悶堂門 承敬義之緒 爲一方所推重 梅堂張銶贊曰 孝篤學奧 行高誠深 跡晦林泉 養志溪山 愚溪堂李學標贊曰 箕山高標 桐江淸流 有文集

■ 金尙鎣

字瑀卿 號槐亭 遯齋復文子 光海辛酉生 隱居求志 篤尙文學 築室於槐陰之陽 日與諸友 嘯咏其間 玩梅堂孫公綽見公識度高明 以女妻之曰 吾得郭林宗 爲婿矣

■ 崔絅

字尙之 號慕學齋 慶州人 善詞章 好經學 仁廟己卯 中生員 遊太學爲舘長 八年後 爲德川山長 與朴无悶堂河謙齋趙澗松諸賢 論正老先生文集及學記 凡係院事 宣力居多

■ 河海寬

字漢卿 號一軒 台溪溍子 仁祖甲戌生 公聰明絶人 孝友特至 親喪廬墓三年 號泣如一 村氓亦皆感泣 年十三 以親命就學于眉叟許文正公 文正手篆思無邪毋不敬六字 以贈之曰 爲聖爲賢 要在是也 公佩服不已 旣冠出入河謙齋之門 獲聞山海旨訣 鄕人欲以公孝友 聞于朝 公固止之 乃已

有遺集

■ 崔振虎

字炳叔 興虎弟 宣³¹⁾祖癸酉生 能文有志略 壬辰 陪父義敏公 倡義勘亂 亂定 以軍功除訓鍊奉事 後授金泉道察訪 不赴 時光海政亂 歸遂初服 從伯公 入德川 與諸賢 論道講義

■ 河世熙

字暐汝 松亭受一玄孫 仁祖丁亥生 幼而孝愛 十三 丁父憂 哀慽至 而動止中禮 州牧以孟宗泣箔爲題 以課士 公有一句曰 人無再孟宗 誰復泣冬箔 候臨考見之 以爲眞孝子也 遂起拜 早從河謙齋學 刻意劬業 尤精於禮學 負儒林重望 臨溪縛屋 扁以石溪精舍 讀書其中 母久病 衣不解帶 飲啜視母爲節 沐浴祝天 既喪 謹終事 哭泣至頓絶 及葬 廬于墓側 山深多猛虎 晨夜哀省 虎爲之護 服関 不御華脆 每值喪餘 自遘疾日已 歠粥悲哀 公歿 繡衣李以晚 上其行 肅廟庚寅 命旌閭

■ 河達漢

字通源 進士怏子 孝友出天 仁孝豈弟 爲鄕黨標準 早擅才藝 庚子 中進士 晚築龍岡精舍 爲頤養之所 德容粹面 皎然有出塵之像 見者 莫不以仙鶴稱之 嘗以老先生神道碑事 往請于懷川 有遺稿

■ 朴櫓

字濟甫 號敬菴 萬樹堂寅亮子 承襲家學 深得敬義之旨 壬亂 負母逃難 備經險艱 鄕里稱孝

■ 朴楣

字彥任 號道菴 敬菴櫓弟 承賢父兄義方之教 成就其學 終不見用於世

---

31) 원문에는 '仁'으로 되어 있으나, '宣'의 오자이므로 수정하였다.

識者恨之 丹邱誌云 公有三刖之歎

- **柳希稷 後改晉昌**

字順卿 號林隱 樂齋緄春孫 光海己酉生 天資卓異 文行兼備 早從河謙齋學 爲士友推重 公沒 謙齋有誄曰 忽聞長逝音 臥病而驚起 今夜祖席張 其如臥漳水 ○公曾拜德川院宇 深致生晚之恨 瞻慕不已

- **梁應崋**

字伯宗 號寒浦齋 南原人 大司諫思貴后 仁祖壬申生 公嘗就鄉試 忤講官意 竟屈 及長 慷慨有膽略 學弓釖 又不屑意 遊河謙齋之門 得敬義敬勝之傳 構數椽於寒浦之上 以終老焉 癸亥 薦授南部參奉 河雪窓澈銘其墓曰 孝爲質兮奉先懋 性好禮兮優於學 官不大兮裕後祿

- **河海壽**

字成卿 台溪潸從子 仁祖戊子生 遊河謙齋之門 學行純熟 早失嚴敎 事母至孝 有飛鳩入室之感 及疾革 血指復甦 且以求梨未供 終身不食 後士林有褒行狀

- **田霅**

字時潤 遯溪榮國子 仁祖甲子生 嚴正不撓 善詞章 能書法 屢捷發解 竟屈南省 識者惜之 顯宗辛亥 拜謁于德川書院 自後深服敬義之敎

- **姜徽鼎**

字汝九 號竹峯 鏡湖大延子 仁廟甲戌生 丙午 魁進士 早業詩禮 克紹家學 常以不欺心爲立心之本 嘗題楊震四知金曰 何待天神與子知 當時只說我知宜 我心知處爲親切 一不欺時百不欺 及丁考妣憂 廬于墓側 哀號以終制 弱冠 遊河謙齋之門 得師門高獎 與裵戒軒一長閔松亭遇金小山碩李侯誠哲朴安樂窩㙐諸公 爲忘形之交 有遺集

■ 金碩

字季晶 號小山 商山人 丹邱齋後后 仁廟丁卯生 顯宗庚子 中生員 在泮
中 成同道禊帖 時黨議紛爭 東西皆欲援引 而不赴 決意南歸 築亭先壟之
傍 扁以小山 安陵李相羲 作亭記曰 余登金公小山亭 如有聞浣溪江聲 似
鐵衣東征 有陸劍南之慷慨氣像 及甲申 神州陸沉 激烈悲憤 壁上掛邪正
圖 以自勵 定社倉節目 有養士養兵之規 有如有用我 不憚無衣偕仇之意
所著詩文 有匪風下泉之什 有文集

■ 金世傳

字子精 槐亭尙鎰子 仁祖壬午生 幼而瑩澈端秀 承襲家學 士友皆推重
屢經鄕案銓衡有司 事載丹邱誌

■ 柳烜

字文晦 號畏軒 全州人 直提學克恕后 早摳衣於河謙齋之門 親喪 足不
及中門 以善居喪稱

■ 權混

字致述 安分堂逵孫 源堂濟弟 承議郎 孝友勤學 事親極盡其道 仁祖朝
贈工曹參議

■ 河景濂

字景周 察訪遴海從弟 早受業於河謙齋之門 行義純正 文藝夙就 以詩
賦名於世 亟蒙師門推獎 不幸早夭 人皆惜之

■ 安時進

字彥漸 廣州人 顯宗庚子[32]中生員 受業於成浮查汝信之門 浮查寢疾

---

32) 원문에는 '庚子' 다음에 '生' 자가 있으나, 사마방목에 의하면 안시진은
임술(1622년)생이고 이 해에 생원에 입격하였다. 그러므로 '生' 자를 삭제

公侍座隅 請爲學之要 浮查著枕上斷編十八篇 以授之 公爲之服膺 又遊
河謙齋之門 講質疑義

- ■ 河德望

字瞻卿 號養正齋 又號光影亭 雪牕澈子 顯宗甲辰生 早從事學問 性理
諸書 無不精透 文章典雅 筆法勁健 兼通六藝 親病 血指注口 幾絶而甦
竟享八耋 親沒 廢功令業 鑿池種蓮 築亭其上 優遊自樂 一切世間名利 泊
如也 監司閔應洙 以遺逸啓聞 御史朴文秀 知事金在魯 筵奏公學問行誼
上卽下南臺召命 時公已歿 上聞之 不勝慨惜 其葬也 士友相與之吊曰 鄕
先生歿矣 吾黨何所依仰 門人弟子爲之服者 甚衆 乙丑 相臣又筵白 吏曹
承傳 贈司憲府持平 有遺集

- ■ 河德休 初名德裕

字道卿 雪牕澈子 顯宗庚戌生 早業詩禮 因滯病 事觀德 肅廟壬午 登武
科 歷典四郡 皆有治績 宰興陽時 繡衣啓曰 性識明慧 文字優長 勤於莅民
敏於趍事 剖決如流 曾爲光陽守 習知南邊物情 不用刑杖 吏皆畏戢 其爲
漆谷及砥平也 適當大無 又有賊警 而一無餓殍 一境 皆晏堵 公不以榮悴
爲意 投紱還鄕 與伯氏持平公 昕夕團樂 逍遙自適 人稱蓮塘兩鶴

- ■ 鄭祥履

字伯綏 號霽軒 他石齋枡子 才性警拔 文藝夙就 受業于河謙齋之門 蔚
有令譽 早歲嬰疾 臨終舌强不能言 援筆題壁曰 承順兩親志 課讀八歲兒
因擧手以示弟景履而歿 時年二十七

- ■ 孫之順

字德而 號溪堂 密陽人 監察景仁孫 孝宗乙未生 肅廟癸酉 中進士 天資
英敏 學業深邃 從河謙齋遊 講先生之道 晚年 送子莆 受學于謙齋 篤志好

하였다.

學 謙齋甚奇愛之 常曰 吾黨有斯人焉 開來之憂 更不復矣

■ 李垠

字而遠 星州人 □□生 早受學于從祖桐谷晁之門 以文學行誼爲世所推
重 値光海昏朝 絶意榮進 及甲寅獄事起 不勝憤悗 隨從叔父梧齋公惟說
赴宜春之會 與諸士友疏救鄭桐溪之冤 屢入德川 修正院錄 事載丹邱誌

■ 河大明

字晉叔 號寒溪 養正齋德望子 肅宗辛未生 聰慧過人 文章典雅 又以筆
法名於世 弱冠 連捷鄉解 程文六體 無不用工 明習禮學 遠近就質 與三從
弟愧窩大觀 得晉陽巨擘河有二大之名 李息山萬敷金霽山聖鐸李參議萬育
皆與之相從講磨 有遺稿

■ 河大觀

字寬夫 號愧窩 謙齋弘度曾孫 肅宗戊寅生 篤志力學 行誼純備 博通古
今 研究微奧 雄辭健筆 鳴於一世 與李息山萬敷金霽山聖鐸 爲道義交 嘗
修晉陽續誌 未及脫藁 所著有愧窩集六卷

■ 權鍼

字美卿 號筠軒 源塘文任曾孫 肅廟朝 中進士 受學於從祖源堂濟之門
以文行著

■ 金聃壽

字台叟 號秋水堂 慶州人 宣祖庚午生 性溫醇高潔 早有聲名 弱冠 與河
台溪溍韓鳳岳夢逸安進士時進諸公 就成浮查之門 篤志力學 絶意榮途 晦
跡以自守

■ 姜振國

字子由 晉陽人 誠齋應台玄孫 光海戊午生 有行義操節 世稱白也洞主

早遊姜豔庵翼文之門 聞爲己之要

■ 金鏊

字伯厚 號默齋 小山碩孫 肅宗壬午生 英宗癸酉 中進士 德行聞望 爲一方之最 英廟甲申 與朴進士挺新 修正山海師友淵源錄 有遺稿

■ 朴挺新

字英休 號漁隱 凌虛敏玄孫 肅宗乙酉生 年十八 捷鄕解 四十三 始擧進士 因廢擧業 杜門屛居 琴酒自娛 築一室於漁隱洞 蒔花種竹 以寓其趣 文辭典贍 言論峥嶸 有一時宰 聞其名 嘗過訪而欲薦之朝 公力辭之 山海師友淵源錄 印行已久 間多訛誤 公與金進士鏊 略加釐正 有遺稿

■ 曹繼明

字熙伯 號松齋 敬慕齋義民子 宣祖戊辰生 自少骯髒 有氣槩 壬辰 倡起義旅 應郭紅衣將軍 且繕岳堅山城 與火旺相爲表裡 屢立奇功 體察使李元翼褒啓 授訓鍊院副正 亂靖後 五歷郡 至黃海兵使 而家不庇風雨 嘗築室於豐角之孤山 扁曰 松齋 更無仕進意 丙子 上疏請北伐胡 未幾 北亂果作 庚辰 世子還自瀋陽 公馳赴護從 至碧蹄驛 自是除官不就而終 贈兵曹參判 享恩津金谷院

■ 曹晉明

字子昭 縣監次石子 擩染庭訓 頗有令聲 以蔭行松羅道察訪 與河謙齋宋存養齋鄭學圃諸賢 麗澤相資 講質難疑 謙齋挽公曰 天眷頭流未喪文 家傳二世是吾君 肧胎餘慶施恩政 擩染儒風保令聞

■ 曹敬明

字子直 慕亭次磨子 仁祖丙子 倡義旅 以軍功 授秉節校尉龍驤衛副司果 與河謙齋鄭學圃諸賢 相友善 有宏才 未及試而歿 識者恨之 謙齋挽公曰 大賢之世有如君 智及能多擬解紛 未試霜鋒身就木 悲風嶽麓不堪聞

■ 曹俊明

字子深 先生之孫 自妙齡 文辭夙就 光海丁巳 中生員 才行出衆 舘中人士 莫不敬重之 有一邊人 作拙辯詆誣老先生 公作反拙辯以明之 晩年 移居開寧 以終老焉 河謙齋挽公曰 冥翁之後有如君 早採蓮芳種德門 擩染胚胎生美質 聰明才器就休文 叢蘭連萎難諶命 琴瑟悲涼更作寃 兩世二人將反几 慶殃天定信前聞

■ 曹昷

字晦之 生員俊明子 仁廟甲戌 中生員 與弟昪 同遊泮宮 俱有才名 又同受業於河謙齋之門 亟蒙奬詡 不幸早夭 謙齋挽公曰 孔聖猶曾哭伯魚 烏川此句義何如 江城雲樹迎丹旐 嶽麓風烟送柳車 姜氏空餘眠共被 王孫何復慰憑閭 當年牧老應無憾

■ 曹昪

字揚之 生員俊明子 仁祖己卯 中生員 河謙齋挽公曰 先世及門情分深 視君猶是弟兄心 忽聞長逝意何極 東望暮雲悲不禁 謙齋又有哀詞一闋

■ 曹晏

字幼安 宣務郎克明子 孝宗[33]辛卯 中生員 嘗讀書泮宮 咿唔不撤 舘長聽書聲問曰 此必曹上庠也 公見時事日非 更無意於世 奉大人公 移居靈山 未幾 又卜宅于安溪 仍受業于河謙齋之門

○ 附諸賢贊述

大谷曰 公學成而醇 德積而崇 又曰 篤學力行 修道進德 精識博聞 鮮與

33) 원문에는 '仁祖'으로 되어 있으나, '孝宗'의 오자이므로 수정하였다.

倫比 亦可追配前賢 爲來世學者宗師 而或者之不知 其論有異 何必求知
於今之人 直百世以竢知者知耳

○ 玉溪曰 抗志古人 勇往不怠 道高見憎 不免羣咻 公一其操 無悔無尤
卒隨以定 心乎翕服

○ 德溪曰 卓立海東 蓋世精神 明透鬼神 勇奪行陣 橫渠壯志 見義奮迅
泰山秋氣 俯壓儕流 立定脚跟 堅節刻意 涵省主敬 斷制以義 駕風鞭霆 闊
步遠指 剛方嚴毅 繩直準平 虛明灑落 玉潔氷淸 艮畜陽德 雷開萬戶 眼索
幾微 心衡今古 休休樂善 燁燁春容 才屈命世 志常愛物 視民疲癃 血誠矜
惻 硏畫救策 對人痛說 隱非忘世 窮豈獨潔 士知所趨 民服其德 允矣吾師
展也先覺 百代大儒三朝徵士

○ 守愚曰 學務爲己 功侔距闢

○ 桐谷李晁曰 顏仁不違 孟氣浩然 唐虞是志 洛閩其傳

○ 東岡曰 用工親切著明 要自確實頭做來 又曰 出處之道 君子愼諸 先
生確然 七十年餘

○ 寒岡曰 先生稟天地純剛之德 鍾河嶽淸淑之精 才高一世 氣蓋千古
智足以通天下之變 勇足以奪三軍之帥 有泰山壁立之像 有鳳凰高翔之趣
璨璨如峯頭之玉 顯顯如水面之月 早業文章 博通羣書 謂吾人大業初不在
此 而奮然用力於爲己之事 隱居求志 閉戶積學 忠信以爲本 敬義以爲主
至於歲月之久 含蓄之深 大本旣立 流轉日用之間 無非這箇動盪之妙 而
猶不敢自謂已到於活熟無言之境 則先生之於道 可謂辛苦而後得之者矣

平生未嘗一念不在於世道 至於蒼生愁苦之狀軍國顚危之勢 未嘗不噓唏掩抑 至或私自經畫處置於胸中 而以爲必先提掇於紀綱本源之地 則初非不屑夫天下之事者 而終歲婆娑於窮山空谷之中 亦豈非世道之不幸哉 世之知先生者 旣鮮 其自謂知之者 不過曰 山林隱逸之流而已 而不知者 輒復詆訶 至有加以不遜之辭 而無所忌憚焉 噫於先生卓卓之見 磊磊之節 欽欽之學 渾渾之量 彼烏可窺測其萬一 而於先生曠然之德 亦何足爲加損哉

　　○ 覺齋曰 旣博以文 反躬造約 眞積力久 成己成物

　　○ 松巖李魯曰 早透眞關 妙契道奧 精思刻厲 實學實蹈 原心眇忽 析理錙銖 和恒直方 嚴毅剛貞 養深積厚 神光內腴 而形而著 動與天符

　　○ 源塘權文任曰 早立根基 潛心道腴 內直外方 是德之隅

　　○ 潮溪曰 力久精積 造深踐實 源本旣立 流出不貳

　　○ 雲岡趙瑗曰 秀爽灑脫 不受一點之塵埃 而先生得於天性者 高潔 精緻細密 本末殫盡 內外通貫 而先生造於學問者 深極 存諸中 而忠信篤敬對越上帝 日乾夕惕 發於外 而精華粹面 春陽及物 曲盡條暢 曠千載而幸出 立萬世之師範

　　○ 思湖曰 五百年間氣 脚跟不待於文王 三千里偏荒 脉絡遠紹於箕子自早年獨得夫書言象意之表 悟末學多滯於文辭訓詁之間 操之者存 索之者精 判義利公私之分 南軒有功於孟子 明天德王道之學 伊川增光於孔門因時救弊 吾道卽然 推己爲人 能事畢矣

○ 龍洲曰 學以顏子爲準則 志以伊尹爲標的 踐蹈規[34]矱 佩服仁義 先生之道 在蠱之上九 維持道德 不隅於時者是已[35] 然其志 以君民爲憂 故率所發於口 不徒爲處士之大言也 昔羊裘男子 與帝共臥 外無半辭裨補於漢室 太原周黨 伏而不謁而已 是雖宿高士名於一時 雲臺博士范升之譏隨其後 先生則不然 所上封事 無非匡君之事 拯民救世之策 千載之下 必有讀未半 而廢書而泣者矣

○ 桐溪曰 先生稟得壁立之氣 濟以高明之見 早炳幾於數十年之前 嘉遯山中 不見是而無悶 專精敬義之學 已至聖賢之域 又曰 使先生而行道於當時 則其宏綱大用 豈不足以挽回衰季之風 陶鑄堯舜之化哉

○ 无悶堂曰 先生當道學旣絶之後 以興起斯文爲己任 而激厲成就 使吾道賴而不墜 士學因而不差

○ 謙齋曰 其果行畜德[36]之懿 扶頹拯溺之功 與夫砥柱奔波底氣像 在我東國一人而已 又曰 先生當士林斬伐之餘 任道學之重 念生民之寄 無適無莫 義之與比 以明廟[37]好賢之誠 旣知其爲國人所宗仰矣 終必至於登庸 則九五[38]文明之象 可不日而見矣 嗚乎 孰謂天未欲平治我東 遽値攀髯之痛哉

○ 尤庵曰 從事於朴實之地 一意進修 所造高明[39] 嚴毅正大 莊敬之心

---

34) 規 : 『용주집』에는 '矩'로 되어 있다.
35) 不隅於時者是已 : 『용주집』에는 '不偶於時 而高潔自守者是已'로 되어 있다.
36) 畜德 : 『겸재집』에는 '育德'으로 되어 있다.
37) 明廟 : 『겸재집』에는 '仁廟'로 되어 있다.
38) 九五 : 『겸재집』에는 '九二'로 되어 있다.

恒存乎中 惰慢之氣 不設於形 其壁立萬仞日月爭光之氣像 至今猶使人凜
然畏敬 其學專以敬義爲主 左右什物所銘 而自警者 無非此事 故其克己
如一刀兩段 處事如水臨萬仞 絶無依違苟且之意 於啓手足 而猶以敬義諄
諄語學者 所謂一息尙存不容少懈者耶

○ 礴松曰 先生爲學 用力於敬義 一生受用 和恒直方四箇字而已 其天
資之剛明 工程之嚴密 操履之果確 氣像之卓爾 出處行義之脫灑磊落 聳
動一世瞻聆 又曰 獨得超詣之識 明體適用之學 燭微先見之明 守道不撓
之介 粹然一出於正 質鬼神而無疑 竢百世而不惑處 則知者或鮮

○ 開巖金大諫宇宏 有挽詩曰 海嶽之精日宿光 大儒端合佐皇王 誰知
著力惟存省 最是收功在直方 氣節稱公猶可笑 才華論學只堪傷 不知何損
知何益 遙寄哀詞淚滿裳

○ 俔宇曰 先生獨得於遺言之中 見千聖心法之斷斷不外於敬義二字 存
心明理 兩下用功 幽獨之居 而可以肅鬼神而參天地 纖微之接 而有如持
權衡而稱毫釐 凡一動一靜 一言一默 一視一聽 一事一行 罔不由這上循
蹈夾持 達于天德 以至己私淨盡 天質融和 襟宇灑落 氣像淸適 而周旋作
止 自不離於規矩丈度之內矣 又曰 盖見之眞 則所言自簡 知之明 則所行
自純 竊嘗僭論 以爲先生砥礪名行似無極翁 英邁盖世 似邵堯夫 精思力
踐 似橫渠氏 嚴肅整齊 似伊川子 不尙纂述 而靜觀默識 灑然瑩澈 似延平
氏 居敬精義 會之於太極動靜之理 而幽明鉅細無不貫于一者 則固無愧入
紫陽之室矣 其心與理涵 行與知一 無一念苟且以自欺 無一事糊塗而自便
從容嚴毅 中立而不倚者 求之東方 雖謂之未始有之人豪 可也

---

39) 所造高明 :『송자대전』에는 '所造益以高明'으로 되어 있다.

○ 甯齋李建昌曰 先生盛德大業 自其在時 通國既宗之 而先生則卷而懷之 又曰 世之尙論先生者 不能無同異 而其宗先生 而述其德者 率多言其巖巖英豪 若不可跋以及 而又徒見先生不事著述 或謂其壹於約也 是豈知之者哉 夫受稟有剛柔 用工有紆直 著跡有顯晦 至其深造自得 而止於所當止 則古今聖賢 未始不一也

右諸賢之論 該括無餘 可以見老先生爲學大要 故敢摭爲一統 附于篇末

德川師友淵源錄跋

金在洙

山海夫子易簀後 六十四年丙子 无悶先生朴公絪 與同志數人 作山海師友淵源錄 後一百八十九年甲申 我五代祖默翁𡐔 與朴漁隱挺新 略加修正 今之行世本也 至今一百九十四年丁酉春亭 山南諸君士盛集 合辭言前行淵源錄未備 無乃擧其名而遺其實乎 今有後孫復庵公垣淳 抄孔周程朱四聖賢序說一通 此夫子平生手摹遺像 朝夕瞻拜 有願學之心也 蓋曰尼父旣勤止 洛閩受之 敷時繹思 惟敬惟義 我徂攸求 定以是剛健 篤實 輝光 日新其德 玉振於山天者乎 今編輯也 遂以四聖賢爲上編 又以淵源之支流餘裔者 續之曰 私淑 取法於理學通錄 南軒考亭之門諸子之在曾玄行 而爲其徒 列書之者也 中篇則視諸舊 或刪煩取要 務出精簡 來者當知之 是役也 吾友河君禹善 寔主其筆 余亦與聞其一二焉

檀紀四二九三年 庚子 嘉排節 後學 尙州 金在洙 謹識

德川師友淵源錄跋

　我東道學　莫盛於明宣之際　而必以紫陽爲依歸　大明先聖之教者　可以推
南冥老先生　先生東方未始有之人豪也　其學以敬義爲主　忠信爲本　眞積力
久　以至集諸儒之大成　傑然爲萬世師範　而無疑也　則雖古之聖賢　或不能
過也　盖其統緒有傳　羣賢接武　治教隆洽　使吾東土　能保守先王衣冠之舊
作禮義文明之區者　實先生有以啓之也　然世之知先生者　鮮矣　是曷足與不
知者　道哉　謹按先生門賢錄　舊無傳者　始崇禎年間　朴无悶先生　獨纂述之
昭示後人　其有功於斯文　可謂大矣　然見其爲書　頗有舛午　卷帙或過於汗
漫　而若其當日神交及親炙之賢　則猶有所未盡撫錄者　後來學者　靡不反復
致訝　思所以釐止者　久矣　往歲丁酉　道人士　會德川院宇　定有司而將改纂
之　屬禹善　幹其役　顧禹善不惟不堪其任　旣有先賢手正　義有所不敢也　盖
以无悶翁之去古未遠　而猶不免指疵於後人　况生後數百載　而妄加手分　欲
求多於无悶哉　以是　逡巡退託　把筆赵赿者　有年矣　今玆道責日至　而任名
未解　則乃與二三士友　考據諸賢遺集　及无悶翁所纂本　而撮其肯綮　更加
廣搜博採　彙分類聚　定爲原續二集　冠四聖賢於卷首　見先生獨得於先聖遺
言之中　末附私淑諸賢　著東方道學沿流之長　總以目之曰　德川師友淵源錄
雖極知猥越僭妄之爲可罪　而事係公衆　亦不得不爾也　未知後來君子　其肯
恕否耶　編之將成　同事諸子　俾余置一言卷中　顧後生晩學　何足以贊一辭
但編趾之述　本錄之不可無者　玆不敢辭　是役也　負重望而能鎭衆者　金丈
在洙氏也　具隻眼而助勘校者　權君昌鉉也　樂與之協贊者　都君秉圭曹君相
夏鄭君永錫也　始終不渝而各勤其事者　成君萬秀曹君哲變也

　　　　　　　　歲庚子　七月　上澣　後學　晉山　河禹善　謹書

353
원문

■ 이상필

1955년 경상북도 성주 출생
영남대학교 국어국문학과 졸업
한국학대학원 한국학과 한문학전공 문학석사
고려대학교 대학원 국어국문학과 한문학 전공 문학박사
현재 경상대학교 한문학 교수

· 논저 및 역서

『남명학파의 형성과 전개』
『경상우도의 학맥에 대하여』
『남명 경의사상의 형성 배경과 그 특색』
『임란 창의 인맥 소고』 등 다수

■ 공광성

1979년 경상남도 통영 출생
경상대학교 세라믹공학과 졸업, 한문학과 복수전공 이수
경상대학교 한문학전공 문학석사
경상대학교 대학원 한문학과 박사과정 수료
현재 지리산문학관 학예사

덕천사우연원록 德川師友淵源錄

인 쇄 2011년 2월 18일
발 행 2011년 2월 28일
역 주 이상필 · 공광성
발행인 한정희
발행처 경인문화사
주 소 서울특별시 마포구 마포동 324-3
전 화 02-718-4831~2
팩 스 02-703-9711
이메일 kyunginp@chol.com
홈페이지 http://www.kyunginp.co.kr | 한국학서적.kr
등록번호 제10-18호(1973. 11. 8)

값 15,000원
ISBN 978-89-499-0790-1 03810
ⓒ 2011, Kyung-in Publishing Co, Printed in Korea